HEYNE BÜCHER



SCIENCE FICTION

Herausgegeben
von Wolfgang Jeschke

Von Kate Wilhelm erschienen in der Reihe
HEYNE SCIENCE FICTION & FANTASY:

*Hier sangen früher Vögel* · 06/3600
*Der Clewiston-Test* · 06/3765
*Winterlicher Strand* ↗ Science Fiction Jahresband 1983, hrsg. von Wolfgang Jeschke · 06/3962
*Wacholderzeit* · 06/3983
*Fühlbare Schatten* · 06/4050
*Margaret und ich* · 06/4114
*Somerset träumt* · 06/4527
*Huysmans Schoßtierchen* · 06/4596
*Verrückte Zeit* · 06/4635
*Die Tür ins Dunkel* · 06/4809

In der BIBLIOTHEK DER SCIENCE FICTION LITERATUR:
*Hier sangen früher Vögel* · 06/1

In der ALLGEMEINEN Reihe:
*Die Hamlet-Falle* · 01/7785

KATE WILHELM

# DIE TÜR INS DUNKEL

*Roman*

Aus dem Amerikanischen übersetzt
von Irene Bonhorst

**Deutsche Erstausgabe**

*Science Fiction*

WILHELM HEYNE VERLAG
MÜNCHEN

HEYNE SCIENCE FICTION & FANTASY
Band 06/4809

Titel der amerikanischen Originalausgabe
THE DARK DOOR
Deutsche Übersetzung von Irene Bonhorst
Das Umschlagbild malte Michael Hasted

Redaktion: Wolfgang Jeschke

Printed in Germany 1991
Umschlaggestaltung: Atelier Ingrid Schütz, München
Satz: Schaber, Wels
Druck und Bindung: Elsnerdruck, Berlin

ISBN 3-453-04998-5

## PROLOG

Das Streben nach Wissen ist das einzige, das den Einsatz von Intelligenz wert ist — so hatte der Meister der Wissenschaften gelehrt, und der Student Kri hatte es geglaubt, ohne es in Frage zu stellen. Im Laufe der Zeit erlangte der Student einen höheren Rang; noch nicht den eines Meisters, doch immerhin den eines Wissenschaftsgehilfen. Und er und sein Meister entwickelten die erste Sonde zur Erforschung des Lebens auf anderen Planeten und sandten sie aus.

Der winzige Zylinder legte den Weg durch das All wie geplant zurück, doch die Botschaften, die er übermittelte, bestanden nur aus Streifen in grellen Farben, flimmernden schmutziggrauen Flecken und schwarzen Sprenkeln, die sich abwechselnd ausdehnten und wieder zusammenzogen, erschienen und verschwanden. Mit Bedauern bediente der Meister den Selbstzerstörungshebel. Die Fontäne aus vielfarbigem Licht, die von der Existenz der Sonde zeugte, wurde schwächer und verblaßte schließlich ganz. Die Botschaften hörten auf.

Die zweite Sonde, eine in wesentlichen Punkten abgewandelte Ausführung, übermittelte überhaupt keine Botschaften, nachdem sie den Raum zwischen zwei Planetensystemen durchquert hatte, sondern eine Säule aus Schwärze verdunkelte in diesem Fall die Lichtfontäne. Diese schwarze Säule flimmerte weder, noch wuchs sie, sie peitschte vielmehr hin und her, von einer Seite zur anderen. Sie widerstand all ihren Bemühungen, sie aufzulösen. Und wieder bediente der Meister den Selbstzerstörungshebel; doch die Säule aus Dunkelheit peitschte weiter im Zentrum der Lichtfontäne hin und her. Botschaften blieben nach wie vor aus.

Eine Prüfungskommission wurde beauftragt, die Arbeit zu begutachten, die Gleichungen zu prüfen, die Methoden zu durchleuchten; sie konnte keinen Fehler entdecken. Die vielfarbige Fontäne blieb ein mißgestaltetes, abscheuliches Ding mit dem Makel der Dunkelheit, die zur Dunkelheit der Unwissenheit geworden war und schließlich zum Schatten der Angst.

»Wir können die Sonde nicht mehr finden«, erklärte der Meister bei seiner Anhörung durch die Prüfungskommission. »Nachdem sie aus unserem Planetensystem ausgebrochen war, war sie für uns verloren. Wir wissen, daß sie noch irgendwo existiert. Wir wissen, daß sie ernsthaft beschädigt ist, und vielleicht handelt es sich um eine unheilvolle Beschädigung. Irgendwann wird sie unsere Galaxis verlassen, doch bis dahin stellt sie dort, wo sie sich befindet, ein Problem dar, vielleicht eine Bedrohung für jegliche Form von Leben, auf die sie stößt. Es steht außerhalb unserer Macht, sie aufzuhalten oder ihre Bahn zu korrigieren. Wir haben es vergeblich versucht.«

Die Prüfungsexperten starrten die fleckige Lichtfontäne an; ein blasses, trauriges Flackern bei einigen von ihnen war die einzige sichtbare Reaktion. Nach der eingeräumten Gnadenfrist wurde auch das Leuchten des Meisters schwächer, und schließlich erlosch sein Licht ganz. Bevor der Wissenschaftsgehilfe seinem Beispiel folgen konnte, schritt die Prüfungskommission ein.

»Wissenschaftsgehilfe Kri«, sprach der Vorsitzende der Kommission, »das Streben nach Wissen ist für die Akademie die vordringlichste Aufgabe der Intelligenz, vor der nur noch die Liebe und Achtung für die Intelligenz an sich rangiert. Ihr und Euer Meister habt Schande über die Akademie gebracht und eine Bedrohung für das Leben heraufbeschworen. Durch Eure Handlungsweise habt Ihr uns jedoch auf die Gefahren aufmerksam gemacht, die waghalsige Experimente im Raum in sich bergen. Wir hatten uns eingebildet, zwischen den Planetensystemen hin und her reisen zu können, und müssen nun einsehen, daß wir uns darauf beschränken müssen, allenfalls in unserem eigenen System herumzustreifen, bis wir die Probleme gelöst haben, die Eure Sonde aufgeworfen hat. Da das Gute, das Ihr für Eure Rasse bewirkt habt, überschattet wird von dem Übel, das Ihr möglicherweise über andere Lebensformen gebracht habt, hat diese Prüfungskommission entschieden, daß Ihr das Projekt, das Ihr begonnen habt, zu Ende führen müßt. Bis das von der Sonde ausgestrahlte Leuchten verblaßt, werdet Ihr die Lichtflimmer am Bildschirm verfolgen, wie lange auch immer die Sonde existieren mag.«

Kris Leuchten wurde schwach und flackernd. »Darf ich also«, fragte er mit belegter Stimme, »diese Forschungen weiter betreiben, um zu versuchen, hinter das geheimnisvolle Rätsel zu kommen?«

»Ja, Wissenschaftsgehilfe Kri. Das wird die einzige Aufgabe sein, die Ihr habt, so lange sie sich stellt.«

Der Zylinder verließ den leeren Raum und gelangte in ein Planetensystem, das aus einem Zentralkörper und fünf Satelliten bestand. Er umrundete einen der Satelliten nach dem anderen, bis er Leben fand. Als er seine Erforschung des Planeten abgeschlossen hatte, hinterließ er eine Spur der Verwüstung — Tod und Wahnsinn. Der Wissenschaftsgehilfe Kri flehte die Intelligenz, die alles Leben beherrschte, an, ihn zu zerstören; doch die vielfarbige Fontäne blieb unbeschadet; die Schwärze in ihrem Kern war weiterhin vorhanden. Das Bedienen des Selbstzerstörungshebels bewirkte nichts; Botschaften wurden nicht übermittelt.

Auf dem Planeten Erde verfolgten mit Pelzen bekleidete Jäger zottige Mammuts über eisige Flächen bis zu entfernten Steppen, und einige setzten ihren Weg nach Süden fort, immer weiter nach Süden. Sie kamen in Wogen, auf der Suche nach ergiebigeren Jagdgründen und

Gebieten, die ihnen bessere Lebensbedingungen boten, und dann schob sich das Eis mit Getöse ins Meer — der Rückzug war ihnen abgeschnitten.

Die Zeit verging, und Kris Leute schickten ein Raumschiff ins All, dann noch eins und noch eins. Einige davon suchten tatsächlich nach dem winzigen Zylinder, doch im gewaltigen All konnten sie ihn nicht finden. Kri beobachtete weiterhin auf dem Bildschirm die Lichtfontäne mit der Schwärze des Bösen im Kern. Er konnte genau verfolgen, wann die Sonde ein System verließ, wann sie in ein anderes eindrang. Er konnte nicht wissen, daß das in ganz bestimmten Intervallen geschah. Er sah nicht mehr das vielfarbige Licht, er konnte nur noch die Schwärze sehen, die Tür ins Dunkel, die finstere Pforte zum Bösen.

# KAPITEL EINS

Juni 1979. Carson Danvers wußte, daß er übertrieben vorsichtig war, indem er Versicherungsexpertisen für alle vier Häuser, die für ihn in Betracht kamen, einholte, aber er hatte Zeit, und Vorsicht war besser, als hinterher das Nachsehen zu haben. Obwohl River House an vierter Stelle auf ihrer Liste stand, hatten sich er und Elinor eigentlich bereits entschieden, daß es dasjenige war, das sie wirklich wollten. Eine halbe Stunde von Washington D.C. entfernt gelegen, in einer ländlichen Gegend mit sanften Hügeln und Wäldern, mit einer kleinen Ortschaft in der Nähe, war es genau das Richtige. Er würde den Namen beibehalten, das hatte er bereits beschlossen. River House, ein Feinschmeckerlokal für Individualisten mit gehobenen Ansprüchen. Er betrachtete Elinors Profil, glaubte, den Ansatz eines Lächelns um ihre Lippen zu erkennen, und spürte, wie sein eigenes Grinsen breiter wurde. Auf dem Rücksitz unterhielt sich sein Sohn Gary in lässigem Plauderton mit John Loesser. Gary war siebzehn und im Herbst soweit, nach Yale zu gehen; es war Zeit, jetzt eine Veränderung vorzunehmen, wenn es jemals geschehen sollte. Er unterdrückte das Verlangen, zu lachen und zu singen; John Loesser hätte bestimmt kein Verständnis dafür gehabt.

Carson bog von der Staatsstraße ab in eine gewundene Nebenstraße, die mit schwarzen Kopfsteinen gepflastert war, und er verringerte die Geschwindigkeit, um durch die Kurven zu steuern, von denen es etliche gab, bevor das alte Gasthaus in Sicht kam. Das Anwesen war vernachlässigt, wie sollte es auch anders sein — Rhododendron von fast zehn Metern Höhe, dichtes Brombeergestrüpp, wuchernde Macchia —, und die

Fenster des Gebäudes waren mit Brettern vernagelt. Doch trotz alledem war der Hauch von Herrschaftlichkeit, der das Ganze umgab, deutlich spürbar. Mit seinen drei Geschossen, einem großzügigen Portal und der Eingangsveranda im Stil der Zeit vor dem Ersten Weltkrieg sowie den wundervoll verzierten Säulen, die bis zum Boden des dritten Stocks hinaufreichten, beschwor das Haus die Anmut des vergangenen Jahrhunderts herauf.

»Das obere Stockwerk werden wir uns als privaten Wohnbereich vorbehalten«, sagte er und wandte sich halb nach hinten zu John Loesser. »Ein allgemeiner Speisesaal im Erdgeschoß, mehrere kleinere Räume für geschlossene Gesellschaften, eine Bar mit gemütlichen Sitzgelegenheiten darum herum, all so etwas. Es werden etliche Umbauten nötig sein, das ist klar, doch das ist immer noch billiger, als bei den heutigen Preisen neu zu bauen.«

»Sofern die Baumasse gesund ist«, sagte John Loesser in seiner sachlichen Art.

Er war kein Traumtänzer, und das war ganz gut so, dachte Carson. Einer von ihnen mußte auf dem Boden bleiben, mußte die Kosten im Auge behalten, die Nebenausgaben bedenken, Versicherungsprämien und so weiter berechnen. John Loesser war dafür zuständig, die Versicherbarkeit des Anwesens einzuschätzen. Carson hielt mit seinem Buick vor dem Vordereingang. Sobald sie aus dem Wagen mit der Klimaanlage ausstiegen, packte sie die Hitze des späten Juni in Virginia. Carson zog sich das Jackett aus, und einen Moment später machte es ihm John Loesser nach. Elinor war vernünftig angezogen; sie trug ein schlichtes Baumwollkleid und Sandalen, ihre Beine waren nackt. Und Gary hatte Shorts und ein ärmelloses T-Shirt an. Nur Geschäftsleute, dachte Carson belustigt, taten sich den Zwang an, Anzüge und Krawatten zu tragen. Wenn er River House erst einmal gekauft und daraus das Restaurant gemacht hätte, das zu besitzen schon seit langem sein Traum war, würde er nie mehr in seinem ganzen Leben eine Krawatte tragen, das schwor er sich, ebensowenig wie ein Jackett im Sommer.

»Ich habe Taschenlampen dabei«, sagte er und öffnete den Kofferraum des Buick. »Letzte Woche habe ich schon ein paar Bretter von den Fenstern gelöst, aber das Erdgeschoß ist immer noch finster wie eine Höhle.« Er reichte John Loesser eine große Taschenlampe, nahm sich selbst eine und bemerkte gleichzeitig, wie der andere Mann die beiden Gewehre, die ebenfalls im Kofferraum lagen, anstarrte.

»Gary kann nachher ein bißchen üben, während wir uns die Einzelheiten des Gebäudes ansehen.« Er schloß den Kofferraum und warf seinem Sohn die Schlüssel zu.

Elinor sah, wie die drei Männer einige der Bretter von den Fenstern lösten, dann zum nächsten Verschlag gingen und ihn ebenfalls herunterrissen. Wie ähnlich sie sich sind, dachte sie überrascht; alle drei waren über einen Meter achtzig groß, alle blond. Gary sah natürlich noch ein wenig schmal aus, nachdem er im vergangenen Jahr über fünfundzwanzig Zentimeter in die Höhe geschossen war; es mochte noch drei oder vier Jahre dauern, bis er den Rahmen ausfüllte, den er für sich selbst errichtet hatte. Siebzehn. Sie ertappte sich dabei, daß sie das voller Erstaunen dachte. Ein deutliches Bild überlagerte für einen Moment den Anblick vor ihren Augen, verdeckte eine Sekunde lang die drei Männer: Sie sah sich selbst, wie sie mit Carson spazierenging, Gary in ihrer Mitte, den sie beide an den Händen gefaßt hielten, der weite, hohe Sprünge machte und dabei lachte. Es kam ihr vor, als sei das gestern gewesen. Dabei war es zehn, zwölf Jahre her. Sie schüttelte den Kopf und wandte sich dem Eingangsportal des Gasthauses zu, steckte den Schlüssel ins Schlüsselloch und drehte ihn um. Als sie eintrat, ließ sie die Tür hinter sich weit aufstehen, um mehr Luft und Licht hereinfluten zu lassen.

Auf der einen Seite wand sich eine breite Treppe mit geschnitztem Geländer in einer gefälligen Biegung nach oben. Sie würde dort oben einen Gesellschaftsraum für Damen einrichten, damit sich jede Kundin für einen Moment wie die Dame des Hauses fühlen konnte, die die Treppe herunterschwebend ihren großen Auftritt vor einer illustren Menge in dem plötzlich verstummenden Ballsaal genoß, um sich im Wohlstand der Aristokratie von Virginia zu sonnen. Elinor mußte lächeln. Das war ihr Phantasiebild. Auf der rechten Seite hatte sich früher die Empfangstheke befunden, jetzt war dort alles leer. Hinter einer geschlossenen Tür lag ein schmaler Korridor, der von kleinen Büroräumen gesäumt war. Links vom Eingang erstreckte sich ein sehr großer Raum mit einem Kamin als Mittelpunkt, der aus peinlich genau passenden Flußkieseln zusammengesetzt war. Sie sah Topfpalmen vor sich, samtbezogene Clubsessel und zierliche Stühle, niedrige Tischchen mit kunstvollen Schnitzereien, Messinglampen ... Nur die verblaßte rosafarbene Tapete mit Stockflecken war von der einstigen Pracht geblieben. Sie durchquerte den großen, leeren Raum und ging in den hinteren Teil des Gebäudes. Plötzlich hielt sie inne, von einem stechenden Kopfschmerz durchzuckt; schnell griff sie nach dem Türrahmen, um nicht zu straucheln.

Ein übermächtiges Gefühl der Verwirrung und ein heftiger Schwindel überkamen sie, veranlaßten sie, den Atem anzuhalten und sich an den Türrahmen zu lehnen; sie drückte fest die Augenlider zu. Der Moment ging vorbei, und sie spürte, wie das Blut in ihren Schläfenadern wild pochte und ein Schmerz sie hinter dem rechten Auge wie ein Messerstich durchbohrte. Nicht jetzt, stöhnte sie innerlich, nicht gerade jetzt ein Migräneanfall! Vorsichtig öffnete sie die Augen; als der Schmerz nicht stärker wurde, bewegte sie sich zaghaft und ging weiter durch den Flur in den hinteren Teil des Gasthauses. Sie öffnete eine weitere Tür und stieß sie weit auf; dann ging sie hinaus auf die hintere Veranda und lehnte sich ans Geländer. Sie holte mehrmals tief Luft, zwang sich, die Nackenmuskeln zu entspannen, die hart wie Eisen geworden waren. Langsam ließ der Kopfschmerz etwas nach, und als schließlich Carson und John Loesser in ihr Blickfeld kamen, war es nur noch ein gleichmäßiges Pochen, kein übermächtiger Schmerz mehr.

Carson sah sie am Geländer lehnen, und ein Gefühl der glücklichen Vertrautheit stieg in ihm auf. Wie sie so dastand, im Profil, so hübsch und schlank, wie sie vor zwanzig Jahren gewesen war, bot sie einen erfreulichen Anblick. Sie war eine schöne Frau. »Sind Sie verheiratet?« fragte er John Loesser.

»Meine Frau ist vor fünf Jahren gestorben«, antwortete Loesser mit unbewegtem Gesicht.

»Oh, das tut mir leid.« Loesser war bereits weitergegangen. Carson holte ihn wieder ein. »Hier ist der Hintereingang. Wir werden dort unten noch eine Terrasse bauen und auf der Veranda mit Blick auf den Fluß Tische und Stühle aufstellen. Das Grundstück reicht bis ans Flußufer. Ich möchte, daß es wie ein Garten wird, der zum Herumschlendern und Entspannen einlädt.«

Sie gingen durch die offene Hintertür in die Küche, die komplett umgestaltet werden mußte; Wände mußten herausgerissen werden, damit man mit einem Servierwagen hin und her fahren konnte. Carson legte seine Pläne dar, als John Loesser plötzlich einen gurgelnden Laut von sich gab und umzufallen drohte. Er streckte eine Hand aus, um sich irgendwo festzuhalten, und erwischte einen Einbauschrank. Mit geschlossenen Augen stand er schwankend da. Schweiß bedeckte sein Gesicht, er sah wächsern und bleich aus. Carsons erster Gedanke war: *Herzanfall,* und gleichzeitig mit diesem Gedanken ergriff ihn die Angst, unter der Männer seines Alters, Mitte der Vierzig, stets litten. Auch Loesser war in diesem Alter, das wußte er. Er nahm Loessers Arm.

»Lassen Sie uns hinausgehen, etwas Luft schnappen. Geht es Ihnen wieder besser?«

»Mir geht es gut«, sagte John Loesser und entwand ihm seinen Arm. Seine Stimme war schwach; es klang eher Verwirrung darin an als Angst. »Ein Schwindelanfall. Könnte hier irgendwo Gas ausgetreten sein? Schlechte Luft?«

Carson sah ihn zweifelnd an. »Wie denn? Ich war schon dreimal in jedem Winkel dieses Hauses. Elinor, Gary, wir alle sind durch sämtliche Zimmer gegangen, und damals waren noch die Bretterverschläge vor den Fenstern, bevor man uns gestattete, sie zu entfernen.«

Loesser atmete tief durch, seine Gesichtsfarbe normalisierte sich wieder, und die einzige Regung, die Carson erkennen konnte, war der Ausdruck von Verwirrung. »Was immer das war, es ist vorbei. Ich habe schon die ganze Zeit leichte Kopfschmerzen, vielleicht war das der Grund. Verstehen Sie, alle Zahlen, die ich nenne, sind nur Annäherungswerte, viele andere Faktoren spielen noch eine Rolle. Zum Beispiel muß noch untersucht werden, ob es Termiten gibt.«

Carson nickte, und sie gingen langsam durch die anderen Räumlichkeiten hinauf ins Hauptgeschoß. Irgend etwas hatte sich verändert, dachte er plötzlich. Es stimmte, daß er und Elinor und Gary das ganze Haus schon dreimal durchstöbert hatten, aber jetzt war irgend etwas verändert. Er hatte beinah das Gefühl, als ob irgend jemand oder irgend etwas im Hinterhalt lauerte und daß er, wenn er den Kopf plötzlich und schnell genug herumdrehen würde, einen Blick auf einen ungebetenen Eindringling erhaschen könnte. Auch er litt seit ihrer Ankunft unter heftigen Kopfschmerzen, die hinter seinen Augen pochten. Er kam zu dem Schluß, daß es an der verdammten Hitze liegen mußte; vielleicht braute sich ein Gewitter zusammen, der Luftdruck war niedrig. Oder hoch; jedenfalls hatte er das Gefühl, als ob die Luft zu einer festen Masse zusammengedrückt wäre und auf seinem Kopf lastete. Er und Loesser gingen über die breite, geschwungene Treppe hinauf ins zweite Stockwerk, wo er seine Pläne für einen Gesellschaftsraum für Damen erläuterte.

Plötzlich hörte er Elinors Schrei, ein durchdringendes, schrilles Kreischen des Entsetzens, das durch einen Schuß abgeschnitten wurde. Er machte kehrt und raste durch den oberen Gang zur hinteren Treppe. John Loesser rannte zu der Treppe, auf der sie soeben heraufgekommen waren. Noch bevor Carson den ersten Stock erreicht hatte, vernahm er einen zweiten Schuß, noch lauter als beim erstenmal. Er hetzte hinaus auf die Veranda, sprang mit langen Sätzen auf die gegenüberliegende Seite und sah Elinor gekrümmt am Boden liegen.

Eine ihrer Sandalen war verschwunden, dachte er in dumpfer Benommenheit. Wie konnte das passiert sein? Er berührte ihr Gesicht. Ein Auge war geöffnet und so blau wie ihr Kleid, das verrutscht war und sich eng um ihre Schenkel gewickelt hatte. Die andere Seite des Gesichts war nicht mehr da. Von Entsetzen geschüttelt berührte er ihre Wange, flüsterte ihren Namen. Er nahm sie in die Arme, hob sie hoch, trug sie ins Haus, ordnete ihr Kleid ... Weit, weit weg hörte er einen Mann ängstlich wimmern. Zornig über dieses Geräusch sprang er auf, fuhr herum und sah, daß sein Sohn Gary das Gewehr auf ihn gerichtet hielt. Er bewegte sich noch, als der Schuß losging, und noch einer. Er wurde durch den Stoß nach hinten geworfen, kurz aufgehalten durch das Verandageländer. Dann taumelte er darüber und fiel in das dichte Gestrüpp darunter.

Langsam kam er zur Besinnung und wußte nicht, wo er war, weshalb er im Gebüsch lag. Er versuchte aufzustehen und fiel wieder zu Boden. Jemand schluchzte; er horchte, ob die andere Person etwas sagen würde. Ein Chor von Insekten schwoll zum Crescendo an. Er versuchte, sich auf eine Seite zu rollen und sich aufzustützen, mußte aber feststellen, daß sein Arm schwer wie Blei war. Er empfand keinen Schmerz. Irgend etwas stimmte jedoch mit seiner Sicht nicht; mit der Hand, die ihm noch gehorchte, rieb er sich die Augen. Klebrig. Er betrachtete die Hand genauer und sah Blut; sein Erinnerungsvermögen kehrte zurück, und jetzt schwappte eine Woge von Schmerz über ihn. Er hörte wieder das entfernte Schluchzen, und diesmal erkannte er, daß das Geräusch von ihm selbst stammte. Elinor! Gary! Er strengte sich erneut mit allen Kräften an, sich aufzurichten, zunächst auf die Knie. Er kämpfte das Schwindelgefühl und die Benommenheit nieder und kam schließlich auf die Beine. Er taumelte, stürzte und sammelte eine Zeitlang neue Kräfte, bevor er einen weiteren Versuch unternahm.

Immer wieder fiel er hin, rappelte sich auf, kroch weiter, taumelte, zog sich mit der unversehrten Hand an Büschen und Gestrüpp weiter; auf diese Weise schleppte er sich zum Gebäude und die Stufen zur Veranda hinauf. Dort brach er erneut zusammen. Nachdem mehrere Minuten vergangen waren, machte er sich daran, Zentimeter um Zentimeter zu der Stelle zu kriechen, wo er Elinor gesehen hatte. Diese Seite der Veranda war blutüberströmt. Elinor war nicht dort.

Aufwallender Schmerz nahm ihm den Atem; er sackte nach vorn und blieb liegen. Als er wieder fähig war, die Augen zu öffnen, entdeckte er ihre Fußspuren — einmal mit Schuh, einmal ohne. Sie war offenbar weggegangen, um Hilfe zu holen, dachte er merkwürdig nüchtern, und er sah wieder ihren halben Kopf mit dem zerstörten Gesicht vor sich; eine bizarre blutige Masse, zunächst riesengroß, dann schrumpfte er immer mehr zusammen, bis er schließlich wieder anschwoll, in einem pulsierenden Rhythmus. Carson zwang sich aufzustehen.

Während der nächsten Stunde folgte er den blutigen Fußspuren, manchmal auf Knien rutschend, manchmal halb aufgerichtet taumelnd. Am Fuß der geschwungenen Treppe waren eine größere Lache Blut und mehrere Fußabdrücke. Er hob eine Brieftasche auf. Loesser mußte sie verloren haben, dachte er dumpf, so wie Elinor ihre Sandale verloren hatte. Er steckte die Brieftasche ein und schleppte sich die Stufen hoch, wobei er immer häufiger eine Pause einlegte; manchmal verließ ihn für eine Weile das Bewußtsein, und sein eigenes Stöhnen riß ihn irgendwann wieder aus dem Dämmerzustand. Sehr langsam gelangte er immer weiter nach oben.

Während einer seiner Ruhepausen merkte er, daß sie alle um ihn herum waren. Jene Eindringlinge, deren Anwesenheit er zuvor gespürt hatte, waren immer noch da, überall, beobachteten ihn, umringten ihn, drückten gegen seinen Kopf und warteten. Er kam zu dem Gewehr und ruhte daneben aus, dann kroch er weiter. Auf einmal hörten die Fußspuren auf. Er lag mit dem Gesicht nach unten am Boden und wußte, daß eine der blutigen Spuren seine eigene war. Vor ihm war eine Abstellkammer mit geöffneter Tür; der blutige Pfad endete dort. Er seufzte erschöpft, hob den Kopf und versuchte, durch die Dunkelheit, die die Türöffnung füllte, zu spähen. Tintenschwärze, sonst nichts.

Er ruhte sich aus. Sie waren hier, überall, dachte er wieder benommen, wie durch dichten Nebel. Sie lauerten. Plötzlich brachte ihn eine schlagartige Erkenntnis zur Besinnung, und er machte einen Satz nach vorn. Sie warteten darauf, daß er zu Tode verbluten würde. Sie warteten darauf, daß er sterben würde. Mühsam verfolgte er seine Spur zurück. Den größten Teil der Treppe rollte er hinunter. Irgendwann wurde er gewahr, daß er es tatsächlich bis zum Buick geschafft hatte; er sank auf den Vordersitz und ruhte sich lange Zeit aus. Es wurde dunkel. Schlüssel, dachte er. Er hatte Gary die Schlüssel zugeworfen. Planlos und ohne nachzudenken suchte er und fand Elinors Schlüssel in ihrer Handtasche auf dem Beifahrersitz. Er ließ den Motor des Wagens an und fuhr in Richtung Staatsstraße davon. Als er sie erreicht hatte, fiel er nach vorn und verlor das Bewußtsein.

Er hörte eine beruhigende Stimme, spürte Hände auf sich und versuchte, in jenen Schwebezustand zurückzusinken, der nicht Schlaf war, sondern etwas Angenehmeres, weil es ihm traumloses Vergessen bescherte. Die Stimme sprach beharrlich auf ihn ein.

»Hören Sie mich? Kommen Sie, Mr. Loesser, wachen Sie auf! Sie sind jetzt in Sicherheit. Sie werden gesund werden. Wachen Sie auf, Mr. Loesser.«

Gegen seinen Willen wurde er in die Welt zurückgezerrt.

»Nur eine kleine Weile, Mr. Loesser, dann können Sie wieder schlafen.« Die Stimme nahm jetzt einen geringfügig anderen Tonfall an. »Er kann Sie jetzt hören und Ihnen antworten, sofern er dazu bereit ist.«

Eine andere Stimme sprach. »Wer hat auf Sie geschossen, Mr. Loesser?«

Er öffnete die Augen, merkte, daß nur eins funktionierte, und hob die Hand, um nach dem Verband zu tasten, der sein halbes Gesicht bedeckte. Er erinnerte sich, daß er zuvor schon einmal wach gewesen war, erinnerte sich, um einen Schluck Wasser gebeten und ihn nicht bekommen zu haben, erinnerte sich, daß ihm gestattet worden war, wieder einzuschlafen.

»Wer hat auf Sie geschossen, Mr. Loesser?« Er nahm den Sprechenden verschwommen war: ein mageres, traurig aussehendes Gesicht.

»Gary«, sagte Carson und vernahm es als Krächzen.

»Sagten Sie Gary? Meinen Sie Gary Danvers?«

»Gary«, wiederholte er und schloß sein eines Auge. »Meine Frau ...«

»Ja? Ihre Frau? Was ist mit Ihrer Frau?«

»Tot«, sagte er mit seiner fremden Krächzstimme.

Die andere Stimme erklang wieder, die mit dem beruhigenden Tonfall. »Schlafen Sie jetzt wieder, Mr. Loesser. Ihre Frau ist schon vor langer Zeit gestorben. Erinnern Sie sich? Das ist sehr lange her.«

»Was soll das alles heißen?« fragte der Traurige.

»Er ist verwirrt. Schock, Trauma, hoher Blutverlust. Seine Frau ist bei einem Flugzeugabsturz vor mehr als fünf Jahren ums Leben gekommen. Lassen Sie ihn jetzt ausruhen. Sie werden ohnehin nicht viel aus ihm herausbekommen, bevor die Wirkung des Beruhigungsmittels nachläßt.«

»Okay. Okay. Ich komme morgen wieder vorbei.«

Carson Danvers verfiel wieder in den Schwebezustand wie vorher, und sein letzter Gedanke war, wenn er John Loesser wäre, dann hätte er schon vor langer Zeit um seine tote Frau getrauert. Dann schlief er ein.

## KAPITEL ZWEI

»Mr. Loesser«, sagte Dr. McChesney, »gehen Sie nach Hause. Es hat keinen Sinn, daß Sie weiter hier herumlungern. Ich kann Ihnen einen Arzt empfehlen, der Ihre Rekonvaleszenz von jetzt ab überwachen kann. Sie brauchen die Gesellschaft von Freunden, Verwandten, Menschen, die Sie kennen und die sich um Sie kümmern. Dieses ewige Grübeln darüber, was Sie zu tun versäumt haben könnten, führt zu nichts, Mr. Loesser. Ich habe mit den Herren von der Kriminalpolizei gesprochen, und sie sind sich alle einig, daß Sie nicht mehr hätten tun können. Es war in der Tat sogar sehr mutig, wenn nicht gar leichtsinnig, daß Sie überhaupt versucht haben zu helfen.«

Carson Danvers saß auf der Bettkante. Sein Gesicht war in Verband gehüllt. Eine Kugel hatte seinen Backenknochen gestreift und den größten Teil des Fleischs der einen Gesichtshälfte weggerissen. Es würde noch einiges an plastischer Chirurgie nötig sein. Sein rechter Arm steckte in Gips. Eine Kugel war durch seine Schulter gedrungen. Sein ganzer Oberkörper war bandagiert. Man hatte ihm in einer komplizierten Operation den Teil einer Rippe entfernt, die durch die dritte Kugel zerschmettert worden war. Sie war an der Rippe abgeprallt und durch ein zweites Loch wieder nach außen gedrungen. Abgesehen von der plastischen Chirurgie, die ihm noch bevorstand, war er wiederhergestellt, auf dem Weg zur Genesung, so weit geheilt, daß er aus dem Krankenhaus entlassen werden konnte.

Dr. McChesney erhob sich. »Wenn Sie hier in der Gegend bleiben wollen, kann ich Ihnen eine Pension empfehlen, wo Sie gut untergebracht sind, und ich werde die Schwester anweisen, Ihnen einen Termin für meine Sprechstunde in der nächsten Woche zu geben.«

»Das werde ich machen«, sagte Carson. Das Sprechen tat ihm weh, und er beschränkte sich auf das Nötigste.

»Okay. Ich werde das Erforderliche veranlassen. Ihre Firma hat bestätigt, daß sie alle Kosten übernehmen wird. Sie sind für die nächsten drei Monate krankgeschrieben, und danach werden wir weitersehen. In dieser Hinsicht brauchen Sie sich also keinerlei Sorgen zu machen.« Er sah seinen Patienten einen Moment lang an, dann legte er Carson die Hand auf die Schulter. »Ich kann mir überhaupt nicht vorstellen, wie es Ihnen gelungen ist, sich die Treppe hochzuschleppen. Sie haben weiß Gott mehr als das Menschenmögliche getan, John. Quälen Sie sich nicht. Ich werde Ihnen die Schwester schicken.«

Carson wußte, daß er ihnen irgendwann die Wahrheit sagen mußte, aber jetzt noch nicht; jetzt brachte er es noch nicht fertig. Ellys Eltern, ihre Schwester, seine eigenen Eltern ... Wie könnte er ihnen erklären, daß Gary verrückt geworden war und seine Mutter umgebracht hatte? Schon der Versuch, die richtigen Worte zu finden, um es ihnen begreiflich zu machen, ließ ihn erschaudern und seine Augen vor Tränen brennen. Noch nicht.

Das Merkwürdige war, wie gelassen er es hinnahm, John Loesser zu sein. Sie hatten eine Brieftasche — Loessers Brieftasche — bei ihm gefunden. Carsons Papiere waren in dem Jackett, das er an jenem Tag im Buick gelassen hatte. Sogar der Mann, den die Firma zu ihm geschickt hatte, hatte ihn als Loesser akzeptiert. Natürlich hatte er ihn nicht persönlich gekannt, doch er hatte ihn zuvor schon ein- oder zweimal gesehen gehabt. Man hatte von Carson damals noch nicht erwartet, daß er spräche, und der Verband hatte ein weiteres dazu beigetragen, seine Identität zu verbergen, aber trotzdem, grübelte er, trotzdem ... Bei den wenigen Gelegenheiten, als er zu dem Versuch angesetzt hatte, den

Irrtum aufzuklären, hatte sich auf einmal nur noch dumpfe Leere in seinem Kopf breitgemacht, er hatte angefangen zu zittern und die Beherrschung über sich selbst verloren. Zweimal hatte man ihm eine Spritze gegeben, damit er wieder einschliefe, und beim letzten Mal hatte man einen neuen Arzt hinzugezogen, dessen Name ihm bereits wieder entfallen war. Einen Irrenarzt, wie ihm nach kurzer Zeit klar wurde. Schuldgefühl, hatte dieser Irrenarzt großspurig angefangen, sei das verzehrendste aller Gefühle. Er hatte weitere Schlauheiten von sich gegeben, doch Carson hatte nicht mehr zugehört. Das Schuldgefühl des Überlebenden, das war es, worunter er nach Meinung des Irrenarztes litt. Und so war es, genauso war es. Das Gefühl der Schuld, Gary etwas so Fürchterliches angetan zu haben, daß er das Gewehr gegen seine eigenen Eltern richtete. Das Gefühl der Schuld, seiner sterbenden Frau nicht helfen zu können. Das Gefühl der Schuld, seinem Jungen nicht helfen zu können. Schuld, Schuld, Schuld. Doch als John Loesser empfand er diese Schuld als etwas Abstraktes, weit Entferntes. Er würde den Irrtum später aufklären, hatte er an jenem Tag beschlossen. Viel später.

Zwei Wochen nach seiner Entlassung aus dem Krankenhaus flog er nach Richmond und verschaffte sich Zutritt zu John Loessers Wohnung. Er trug immer noch einen Verband über dem Gesicht, und das würde auch so bleiben, bis die plastische Chirurgie ihr Wunderwerk vollbracht hätte. Die Leute, die ihm begegneten, wandten den Blick ab, und das war ihm recht so. Die Wohnung war peinlich ordentlich — von fast besessener Ordnungsliebe geprägt — und ausgestattet mit guten Bildern, guten Büchern, guten Möbeln, guten Stereo- und Fernsehgeräten. Geld, dachte er ohne Begeisterung. Loesser hatte Geld gehabt. Bis dahin hatte er über diesen Punkt nicht nachgedacht. Er wanderte zaghaft durch die Wohnung, um seinen Gastgeber kennenzulernen, wobei er ihm immer weniger sympathisch wurde, doch es war beruhigend, daß es immer offenkundiger wurde, daß Loesser weder Freunde noch Verwandte gehabt hatte. Er war nach dem Tod seiner Frau zum Einsiedler geworden, oder war das schon immer seine Veranlagung gewesen? In einem Adreßbuch fand er einige Namen; manche kannte er bereits von den Karten, die er im Krankenhaus bekommen hatte — unpersönliche Pflichtkarten mit den besten Wünschen zur Genesung. Er fand Kontoauszüge und Wertpapiere. Es war ein echtes Vermögen vorhanden. Mrs. Loessers Lebensversicherung war über eine halbe Million Dollar abgeschlossen gewesen, dazu kam eine Reiseversicherung, die die schlimmsten Katastrophen abdeckte und sich auf hübsche Art ausgezahlt hatte. Er fand ein Photo von ihr: eine nette Frau mit einem kleinen Mund, einer Stupsnase und blauen Augen. Ein Gesicht, das man gleich wieder vergaß. Das Photo war in einer Abstellkammer in einer Schachtel mit allerlei Erinnerungsstücken verstaut gewesen, zusammen mit ihrem Abschlußdiplom vom College und ärztlichen Befunden, angefangen von ihrer Kindheit bis zu dem Zeitpunkt vor fünf Jahren, als sie jede Bedeutung verloren.

Er verbrachte das ganze Wochenende dort, erfuhr viel über Loesser, viel über Geld, über Aktien, Schuldverschreibungen, langfristige Anlagen. Niemand behelligte ihn. Der Gebäudeportier klopfte einmal an die Tür, und als Carson mit vorgespannter Kette öffnete, sah er ihn kaum an. Er habe von der Sache gehört, sagte er, was für eine Wahnsinnstat! Wenn er irgend etwas für ihn tun könnte ... Und weg war er.

Am Sonntag saß Carson bei hereinbrechender Dunkelheit in dem Wohnzimmer dieser fremden Wohnung und wurde plötzlich von so tiefer Trauer übermannt, daß sein ganzer Körper bebte, ein stechender Schmerz in seine Wange fuhr und sich seine Brust zusammenzog, so daß er fürchtete — und gleichzeitig hoffte —, einen Herzschlag zu bekommen. Er mußte ihre Eltern anrufen, das wußte er, aber jetzt noch nicht. Nicht, bevor er sie gefunden hatte, bevor er Gary gefunden hatte. Bis jetzt waren noch keine Leichen entdeckt worden.

Er fuhr mit Loessers Malibu zurück nach Washington und sank nach der Ankunft in seiner Pension sofort erschöpft ins Bett. Er könnte sich ein Apartment mieten, dachte er, während er an die Decke starrte, ein schönes Apartment mit Aussicht, und dort könnte er abwarten, bis man sie und Gary gefunden hätte, und dann würde er ihre Eltern anrufen. Am nächsten Tag fuhr er hinaus zu dem alten Gasthaus.

Jemand war inzwischen dagewesen und hatte alles wieder mit Brettern vernagelt, genauso, wie es gewesen war, als er es zum erstenmal gesehen hatte. Er ging um das Gebäude herum und blieb auf der hinteren Veranda, wo er sie gefunden hatte, stehen. Obwohl sie gereinigt worden war, sah er immer noch das Blut und ihren Körper vor sich, und den einen Fuß, an dem die Sandale fehlte. Wo mochte sie geblieben sein? Fast wäre er die Stufen hinuntergegangen, um sie in dem Dornengestrüpp zu suchen. Er umklammerte mit seiner gesunden Hand das Geländer und rieb sich mit der anderen die Augen. Er erinnerte sich, wie er aufgestanden war und seinen Sohn mit dem Gewehr in der Hand gesehen hatte. Plötzlich schnitt etwas durch seine Erinnerung, wieder dieses rätselhafte Etwas, genau wie es beim letztenmal gewesen war. Etwas, das gegenwärtig, doch unsichtbar war. Carson bewegte sich nicht, hielt den Atem an und lauschte. Kein Laut. Aber etwas war da, das spürte er genau. Etwas. Langsam drehte er sich um, und jetzt schloß er die Augen, um sich ganz und gar auf dieses Etwas zu konzentrieren. Er hatte das Gefühl, in ein elektrisches Feld geraten zu sein, das mit einer Frequenz vibrierte, die keine Auswirkung auf Muskeln und Haut hatte, sondern tief innen in seinem Kopf wirkte und dort Schmerzen verursachte. Einen Augenblick lang taumelte er, doch der Schwindelanfall ging schnell vorüber, und er spürte nur noch den ständig zunehmenden Kopfschmerz. Wie ein Kater nach einer durchzechten Nacht, dachte er benommen und befreite sich davon auf die gleiche Weise, wie er es vor zwanzig Jahren am College gelernt hatte. Einfach so tun, als wäre er nicht vorhanden, sich innerlich davon lösen; sollte das verdammte Ding doch so sehr weh tun, wie es wollte. Diesen Rat hatte ihm damals Cholly gegeben. Cholly, mit dem er während der Studienzeit das Zimmer geteilt und an den er während all der Jahre nicht mehr gedacht hatte. Der Kopfschmerz wurde beherrschbar, und er öffnete behutsam die Augen, als ob er Angst hätte, das Etwas, das hier bei ihm war, zu erschrecken und zu reizen. Er konnte es immer noch spüren, fühlte sich von ihm umgeben, als ob es von allen Seiten auf ihn eindrückte. Mit sehr langsamen Schritten bewegte er sich zurück, ging die Stufen hinunter und betrat den überwucherten Weg, schlich bewußt vorsichtig um das Haus und stieg in sein Auto, vielmehr in Loessers Auto. Das Etwas war immer noch bei ihm. Er schaltete die Zündung ein, und dann war es verschwunden.

An diesem Abend stellte er sich nackt vor den Spiegel und betrachtete die lange, häßliche Narbe, die irgendwo auf seinem Rücken, wo er sie nicht sehen konnte, anfing, unter dem Arm hindurch verlief und kurz unter der Brustwarze endete. Die Narben an seiner Schulter waren noch größer, noch häßlicher. Die Haut- und Knochentransplantate würden sich verwachsen, hatten ihm die Ärzte versichert, doch das brauchte nun mal seine Zeit. Sein Gesicht war am schlimmsten entstellt. Abscheulich verstümmelt, flammendrot, gespenstisch, das Gesicht eines Ungeheuers. Nach einigen schönheitsoperativen Eingriffen würde man nichts mehr davon sehen, hatte man ihn getröstet. Er war ein hervorragendes Paradebeispiel, an dem man beweisen konnte, zu welchen Glanzleistungen die Medizin in dieser Hinsicht heute in der Lage war. Sein Blick schweifte an seinem Körper hinunter, und es überraschte ihn, wie dünn er geworden war. Er hatte fast vierzig Pfund abgenommen. Die Ärzte hatten gestaunt, daß er seine Verletzungen überlebt hatte und daß seine Genesung so schnell und komplikationslos vonstatten ging. Er selbst hatte ebenfalls darüber gestaunt, doch jetzt wußte er, warum er davongekommen war, wußte, was er zu tun hatte. Er war verschont worden, weil er dieses Etwas in dem Gasthaus vernichten mußte.

Am nächsten Tag zog er in ein helles, luftiges Apartment, das hübsch und einladend aussah, mit Blick auf den Potomac. Der Fluß unterhalb des Gasthauses fiel ihm wieder ein. Waren dort die Leichen versteckt worden? Während er noch darüber nachdachte, wußte er, daß es nicht so war; sie waren von der Dunkelheit am Ende des Korridors verschluckt worden. Diesmal kamen ihm keine Tränen. Er machte sich in Gedanken eine Liste der Dinge, die er brauchen würde. Brecheisen, Taschenlampe, Benzin. Er war bereits zu dem Schluß gekommen, daß er es in Brand stecken mußte, daß Feuer das Haus verzehren und reinigen sollte. Streichhölzer. Es wäre schrecklich, alles vorbereitet zu haben und dann ohne Streichhölzer dazustehen. Nach einem Gewitter, wenn das Gehölz naß wäre. Er wollte keinen Waldbrand, keine Feuersbrunst auslösen; er wollte nicht, daß irgend jemand zu Schaden käme, oder Gefahr laufen, daß das Feuer gelöscht würde, bevor sein Werk verrichtet wäre. Ein Feuer im Innern, das bereits nicht mehr unter Kontrolle zu bringen wäre, wenn man es von außen bemerkte, zu einer Zeit, zu der niemand unterwegs wäre, um die Feuerwehr anzurufen. Er legte sich einen genauen Plan zurecht und begann am nächsten Tag damit, sich die nötigen Dinge zu beschaffen. Fast jeden Nachmittag gab es ein Gewitter, er konnte sich also eine beliebige Nacht aussuchen.

Er spürte Es gleich, als er mit dem Wagen vor dem Gasthaus anhielt. Es war halb vier Uhr morgens, eine pechschwarze Nacht, die Luft schwer von verfaulenden Blättern und Waldhumus und dem erdigen Geruch des endlosen Kreislaufs von Leben und Tod. Er konnte den Fluß und das Gras riechen. Er ging um das Gasthaus herum nach hinten, wo er von einigen Fenstern gewaltsam die Bretter losriß. Er kletterte hinein und öffnete die Tür, dann trat er auf die rückwärtige Veranda. Vorsichtig goß er Benzin auf die Stelle, wo ihr Körper gelegen hatte, folgte ihren unsichtbaren Spuren durchs Haus — ein Fuß mit Schuh, einer ohne, beide blutig —; es waren keine Abdrücke mehr vorhanden, doch er kannte den Weg. Er beträufelte die Spur mit Benzin. Die geschwungene Treppe hinauf, durch den Korridor zu der Tür, wo die Abdrücke aufgehört hatten, wo immer noch der bodenlose Abgrund gähnte. Das war der Ort, wo sich Elinor und Gary befanden, davon war er überzeugt. Dieser finstere Abgrund, dieses Nichts, hatte sie verschlungen. Er bespritzte die Wände mit Benzin, schüttete reichlich davon auf den Boden, dann leerte er den Kanister bis zur Neige aus, indem er seiner eigenen Spur von jenem Tag folgte, über die Hintertreppe hinunter, zur Veranda. Fertig. Ein entferntes Donnergrollen erschütterte die Luft. Das Etwas, das ihn ringsum umgab, auf ihn eindrückte, verschwand im selben Augenblick; es war wieder da, als der Donner nachließ. Hin und wieder ertappte er sich dabei, daß er sich mit der Hand vor dem Gesicht herumfuchtelte, als ob er Spinnweben wegwischen wollte; seine Hand fuhr jedesmal durch eine Leere, und sie waren immer noch da, drückten auf ihn ein. Diesmal blieb das Schwindelgefühl aus, doch sein Kopf schmerzte leicht. Er entzündete ein Streichholz und warf es in das leuchtend nasse Benzin an der Stelle, wo ihr Körper gelegen hatte. Die Veranda explodierte in einer Flammenwand, die sich mit rasender Geschwindigkeit durch das ganze Haus fraß, entlang der Spur, die er gelegt hatte, durch Zimmer und Flure, Stufe um Stufe die Treppe hinauf. Von oben drang das laute Knallen kleiner Explosionen und das Knistern neuentfachter Flammen an sein Ohr. Er hatte die hintere Tür nicht geschlossen. Erst jetzt fiel ihm ein, daß es vielleicht besser gewesen wäre, die Bretter von den vorderen Fenstern zu entfernen, um Durchzug zu schaffen. Er stand da und sah zu, wie die Flammen an der Küchenwand hochzüngelten, und er wußte, daß er genug getan hatte. Langsam wandte er sich ab und ging zum Auto; das Etwas nahm er mit sich und vergaß ganz, daß er dessen Zerstörung geplant hatte. Er stieg ein und betätigte die Zündung, wie beim letztenmal floh es im selben Moment. Er fuhr davon, ohne sich noch einmal umzusehen.

Während der nächsten sechs Monate wurde seine Schulter noch ein paarmal operiert, plastische Chirurgie in seinem Gesicht vorgenommen. Eine auffallende Narbe verunstaltete seine Wange. Das würde man auch noch in Ordnung bringen, versicherte man ihm. Lassen Sie erst einmal einige Monate vergehen. Er begab sich nicht mehr in Behandlung. Er lernte, seinen rechten Arm wieder voll und ganz einzusetzen; die Bank, die Anwälte, niemand stellte Fragen wegen seiner veränderten Unterschrift. Sie alle wußten, unter welchem Trauma er litt, verstanden, welchen schwierigen Heilungsprozeß er durchmachte. Von Carson Danvers hatte er sehr wenig übernommen. Carson war Chefkoch gewesen, und die neue Person, die daraus hervorgegangen war, ließ sich von ihm die Küche mit dem besten Geschirr ausstatten und die besten Gewürze und Kräuter besorgen, doch sie machte wenig Gebrauch davon. John Loesser war ein von Ordnungsliebe besessener Mensch gewesen; der neue Mensch liebte Ordnung mehr, als er es je für möglich gehalten hätte, doch bei weitem nicht bis zu diesem Extrem. Carson hatte gern

Leute um sich gehabt, war aufgeschlossen und kontaktfreudig gewesen. Er hatte die Menschen gemocht, hatte sie unterhalten, seine Späßchen mit ihnen gemacht. Der neue Mann kannte niemanden; es gab keinen, mit dem er sich gern unterhalten hätte, keine Scherze, keine Geschichten waren mehr wert, zum besten gegeben zu werden.

Er verbrachte viele Stunden damit, in der Dunkelheit in seinem Apartment in Washington zu sitzen, die Lampen auf dem Fluß und die Lichtmuster der Stadt zu betrachten und nichts zu denken. Er verbrachte viele Stunden damit, seine Vergangenheit an sich vorbeiziehen zu lassen, sich manche Szenen immer wieder und wieder zu vergegenwärtigen, bis er wußte, daß er keine Einzelheit ausgelassen hatte; dann nahm er sich neue Szenen vor. Am Anfang war sein Schmerz beinah unerträglich, doch im Lauf der Zeit ließ er nach, und er konnte sogar bei manchen Erinnerungen lächeln. Ihre erste Verabredung, wie mulmig ihm damals zumute gewesen war, wieviel Angst er hatte, sie zu beleidigen, sie zu langweilen, ja, sie sogar zu erschrecken. Er hatte sie vom ersten Augenblick an geliebt, und er hatte ihr seine Liebe viel zu früh erklärt, lange bevor sie sich ernsthaft mit ihm auseinandersetzen konnte. Er war im Umgang mit ihr so tolpatschig gewesen, so stümperhaft im Gebrauch der richtigen Worte, und dabei hatte er sie so sehr angebetet. Der Schmerz ließ nach, doch die Leere dehnte sich aus.

Die Firma schickte ihm noch einmal jemanden zu Besuch, und zum erstenmal ließ er durchblicken, daß er vielleicht niemals wieder arbeiten würde. Er unterhielt sich mit dem Mann — Tony Martinelli — im halbdunklen Wohnzimmer, wobei er dafür sorgte, daß kein Licht auf sein Gesicht fiel. Martinelli bedrängte ihn nicht, wahrscheinlich war er erleichtert. Sie würden warten, sagte er; es eilte nicht, es bedurfte keiner überstürzten Entscheidung. Niemand hatte ihm gut zugeredet, schnell wieder gesund zu werden und an seinen Arbeitsplatz zurückzukehren. Loesser hatte auch in seiner Firma keine Freunde, er würde niemandem fehlen. Irgendwann schickten sie ihm seine Papiere; er beauftragte einen Rechtsanwalt mit der Wahrnehmung seiner Interessen und schenkte der Angelegenheit keine weitere Beachtung mehr, bis eines Tages ein Brief eintraf, mit dem höflich angefragt wurde, ob es ihm vielleicht etwas ausmachte, bestimmte Unterlagen zurückzugeben, gewisse Computerdaten zur Verfügung zu stellen. Er machte sich an die Ergründung von John Loessers Computer, befaßte sich mit seinen Aufzeichnungen, Unterlagen, gespeicherten Daten, Begleitbüchern — alles fein säuberlich in Kästen aufbewahrt. Bis dahin hatte er sich diese Dinge noch nicht angesehen gehabt. An diesem Nachmittag kippte er einen der Kästen nach dem anderen aus und sah den Inhalt durch. Er fand das Computer-Handbuch und stellte irgendwelche Kombinationen her, getreu den Anweisungen, die dort standen, aber er konnte nichts damit anfangen. Es gab Unterlagen über das Versicherungsgeschäft im allgemeinen, Computerdaten über Statistiken und Hochrechnungen und Entschädigungspläne und Prämientabellen. Endlich hatte er etwas zu tun, etwas, bei dem er nicht um Hilfe bitten konnte; von John Loesser wurde angenommen, daß er sich mit diesen Dingen auskannte. Es war Wochen her, daß er die Polizei auf den Plan gerufen hatte, damit sie Nachforschungen über den Verbleib der Leichen anstellte. Wochen waren vergangen, seit er mit der Absicht gespielt hatte, seine wahre Identität preiszugeben. In dieser Nacht wurde ihm klar, daß Carson Danvers ebenso tot war wie Elinor und Gary Danvers.

Er erlernte den Umgang mit dem Computer, lernte, wie man Disketten kopierte, den Modem gebrauchte. Er nahm sich eine dicke Akte vor und kopierte alle Schriftstücke darin, dann verstaute er die Originale wieder in der entsprechenden Schachtel. Er schickte der Firma die gewünschten Unterlagen und hatte endlich nichts mehr mit ihr zu tun. Er hätte nicht zu sagen vermocht, warum er die Kopien haben wollte, es gab eigentlich keinen anderen Grund, als daß diese Beschäftigung einen Zeitvertreib für ihn darstellte. Ohne weiter über den Sinn nachzugrübeln, verschaffte er sich nach und nach immer mehr Einblick in das Versicherungsgeschäft anhand von John Loessers Ansammlung von Akten und Notizen und durch den Einsatz des Modems.

Eines Tages hatte er eine einigermaßen große Überraschung erlebt, als er John Loessers Anweisungen, die er in seiner exakten, gestochen scharfen Handschrift festgehalten hatte, folgte und feststellte, daß er sich damit Zugang zu einem Großrechner verschafft hatte, der Daten über die gesamte Versicherungsbranche enthielt. Fasziniert von der Flut an Informationen, die sich ihm damit auftat, hatte er die verschiedenen Bereiche vor sich abspulen lassen: Entschädigungen bei Hochwasserschäden in Florida, bei Einbußen durch Verhungern beim Viehbestand in Montana, bei Sturmschäden in Texas. Schmerzensgeld bei Unfällen in Supermärkten, in städtischen Omnibussen, auf Nachbargrundstücken und in fremden Häusern ... Leistungsansprüche bei Bruchleiden, Knochenfrakturen, Hysterektomie, Bypass-Operationen ... Zunächst war er angewidert durch die vergleichsweise hohe Einschätzung des Wertes von Kraftfahrzeugen, dann langweilte ihn dieses Thema. Er erfuhr, daß nach verschiedenen Gruppen eingeteilt wurde: Angriffe von Haien, Insektenstiche, Nahrungsmittelvergiftungen ...

Seine Finger zitterten, als er die Frage nach Hotelbränden eingab. Da war es, sein River House, gefolgt von den Worten *Brandstiftung — ungelöst*. Er konnte nicht weitermachen, so sehr zitterte er. Und wenn sie nun eine Möglichkeit hatten herauszufinden, wer solche Informationen abrief? Und wenn sie nun auf ihn kämen? Am nächsten Tag meldete er sich als freiberuflicher Versicherungsgutachter an, um seinen Umgang mit den Computerdaten legal erscheinen zu lassen. Warum? fragte er sich, doch er ging der Frage nicht weiter nach. Er besorgte sich eine Liste geschlossener Hotels und wunderte sich über die große Anzahl. Wenn Carson Danvers all das gesehen hätte, was ihm jetzt als John Loesser zugänglich war! dachte er.

Einige Tage später kam ihm der Gedanke, sich einmal alle Fälle plötzlicher Geistesverwirrung und brutaler Mordanschläge anzusehen, und wieder war er angewidert. Er ließ die Liste ablaufen und ging zu etwas anderem über, dann hielt er inne. Camden, schoß ihm durch den Kopf. Er hatte kürzlich etwas über Camden, Ohio, in der Zeitung gelesen, und eins der verlassenen Hotels lag in Camden. Er ließ die Liste noch einmal abspulen und fand es. Dwyer House, gebaut 1897, geschlossen 1936. Zweiundvierzig Zimmer. Zwischen 1938 und 1944 als Bürogebäude genutzt. Zwischen 1944 und 1954 Gegenstand eines Gerichtsverfahrens. Eigentum der Firma Gerstein & Winters, Immobiliengesellschaft. Versichert mit vierzigtausend Dollar. Das hörte sich genau nach dem Gasthaus an, das Carson Danvers gesucht hätte. Der falsche Ort, doch das richtige Gebäude.

Im Geiste sah er die geräumige Veranda vor sich, Elinors hingestreckten Körper, die Blutspuren, die die dekorative geschwungene Treppe hinaufführten. Und wieder spürte er die Gegenwart des unsichtbaren Etwas, das ihn von allen Seiten umschwirrte. Wieder sah er den leeren, wahnsinnigen Ausdruck in Garys Gesicht, den Blick voller krankhafter Mordlust ... Er schaltete den Computer ab und verließ das Apartment, um einen ausgedehnten Spaziergang durch die Stadt zu machen.

Am nächsten Tag suchte er im Zeitungsarchiv der Stadtbibliothek alles, was er über Camden finden konnte. Er zitterte jetzt nicht mehr, sondern kam sich so kalt und spröde wie ein Eiszapfen vor. Er fand die Geschichte, die ihm im Gedächtnis haften geblieben war, zu der sein Gehirn einen Zusammenhang hergestellt hatte. Mildred Hewlitt hatte in einem Anfall von geistiger Umnachtung mehrere Patienten in einem Pflegeheim in der Hannover Street, in dem sie arbeitete, brutal abgeschlachtet, im wahrsten Sinne des Wortes. Sie war verschwunden, und eins der Opfer ebenfalls. Das Hotel, Dwyer House, lag auch an der Hannover Street. Dabei war er stutzig geworden. Er ging nach Hause und sah sich noch einmal die Computerliste der Schadenersatzleistungen durch, die ihm anfangs die Haare auf den Armen und im Genick hatten zu Berge stehen lassen. Zwei Wochen zuvor war ein junger Mann wahnsinnig geworden und mit seinem Auto durch die Fußgängerzone eines Einkaufszentrums gerast; er war zu Fuß geflohen und verschwunden. Eins der Opfer hatte Schadenersatz gefordert; der Fall war im Hauptcomputer registriert. An diesem Tag packte Carson Danvers seinen Koffer und fuhr nach Camden.

Er stahl von einem in einer Parkgarage abgestellten Wagen ein Nummernschild mit einer Zulassung aus Ohio und montierte es an dem Morgen, an dem er in Camden ankam, an sein Auto. Er mietete sich in einem Motel außerhalb der Stadt ein, las die Lokalzeitungen der vergangenen beiden Tage und ging zu Fuß in die Innenstadt. Er plauderte mit einem Kellner, dem Angestellten am Motel-Empfang und verschiedenen anderen Leuten. Zur Grundstücksverwaltung ging er nicht. Er begab sich in das Einkaufszentrum, wo die Angestellten in den Läden sehr bereitwillig über den entsetzlichen Vorfall Auskunft gaben.

»Dort drüben ist er hereingekommen«, sagte eine Frau, die vor einer Glückwunschkarten-Boutique stand, und deutete auf eine Stelle im Pflaster, die jetzt abgesperrt war. Einige Pflanzentröge aus Holz waren zertrümmert, manche Schaufenster mit Latten vernagelt. »Er riß den Wagen herum, fuhr mit einer Geschwindigkeit von vielleicht fünfzig bis sechzig Meilen hier herüber und brüllte dazu wie ein vom Teufel Besessener. Mein Gott, Menschen wurden in alle Richtungen geschleudert! Alle schrien! Überall war Blut! Und er stieg aus und rannte davon. Niemand machte den Versuch, ihn aufzuhalten. Niemand hatte Zeit, irgend etwas gegen ihn zu unternehmen bei all dem Schreien und dem vielen Blut. Er konnte unbehelligt entkommen.«

Carson schüttelte ungläubig den Kopf und ging weiter zu einem Heimwerker-Markt, wo er sich eine Brechstange kaufte und die gleiche Geschichte hörte; allerdings ein wenig ausgeschmückt, weil in diesem Fall der Verkäufer, der sich dazu ausließ, die Ereignisse mit eigenen Augen gesehen hatte. Er legte die Brechstange in seinen Wagen und ging in ein Kaufhaus, wo er einen Benzinkanister und eine Taschenlampe kaufte. Dann fragte er sich zur Hannover Street durch. Sie fing in der Innenstadt an, setzte sich schnurgerade durch einen Vorort fort und wurde bald zur Landstraße. Das Pflegeheim, in dem Mildred Hewlitt gearbeitet hatte, lag am Rande des Vororts, anschließend kamen eine Tankstelle mit einem kleinen Kramladen und schließlich Felder und lichte Wälder. Ein vierspuriger Highway war drei Meilen weiter südlich gebaut worden, und der Verkehr hatte sich dorthin verlagert. Die Hannover Street wurde nur von Bauern mit ihren landwirtschaftlichen Fahrzeugen benutzt. Die gleiche Situation wie in der Gegend von River House.

Er fuhr langsam, bis er zu der Einfahrt von Dwyer House kam. Sie war mit einer Kette versperrt. Das Hotel war von der Straße aus nicht sichtbar. Bäume und Sträucher hatten sich auf dem Gelände breitgemacht, Laubgewächse, deren neue Aprilblätter noch nicht ganz entwickelt waren — Eschen, Ahornbäume, Eichen, alle struppig und ungepflegt. Hohes Gras und Unkraut und wild wucherndes Gestrüpp bildeten den niederen Bewuchs. Ein Pfad führte hindurch, ziemlich niedergetrampelt; offenbar wurde er täglich benutzt. Er fuhr noch etwa hundert Meter auf der Straße weiter und kam zu einer Abzweigung auf der Seite, auf der das Hotel lag, und dort bog er ab. Es war ein unbefestigter Weg, ausgewaschen und in schlechtem Zustand, aber befahrbar. Die Lieferanteneinfahrt? Doch wenn das so war, warum gab es hier keine Kette? Und was hatte Mildred Hewlitt hier zu suchen gehabt, und der junge Mann und die vier oder fünf anderen, über die er etwas gelesen hatte? Staunend fuhr er weiter, bis er zu einer freien Stelle kam, vielleicht einem ehemaligen Parkplatz. Von hier aus konnte er das Hotel sehen: drei Stockwerke hoch, ein Holzgebäude, üppig verziert mit Kuppeln, Balkönchen, Veranden mit schmuckvollen Geländern und hübsch geschnitzten Säulen. Es war mit Brettern vernagelt, aber er konnte sich die prächtigen Fenster aus farbigem Glas vorstellen. Im Innern gab es bestimmt holzgetäfelte Wände, kunstvolle Stukkaturen an den Decken, aufwendige Muster im Parkettfußboden. Er hatte das Gefühl, dieses Gebäude bis ins kleinste zu kennen, so sehr ähnelte es denjenigen, die er sich vor langer Zeit angesehen hatte, auf der Suche nach einem Ort, wo er ein besonderes Lokal aufmachen könnte. Es war genau wie jene. Er hielt an und schaltete den Motor aus, und dann spürte er Es wieder, und auch dieses Gefühl war das gleiche, wie er es schon zuvor erfahren hatte. Ein Druck, die Gegenwart von Etwas, wie elektrisch geladene Spinnweben. Diesmal war das Empfinden von einem nur leichten Kopfschmerz begleitet, wie ein entferntes Pochen. Er stieg aus und blieb neben der Wagentür stehen, um sich umzusehen, und jetzt verstand er, warum die Leute hierherkamen. Es war ein geeignetes Liebesnest, eine Stelle, wo man parken konnte, ohne von der Straße aus gesehen zu werden, ohne dem Krach der vorbeifahrenden Autos und den Blicken Neugieriger ausgesetzt zu sein. Das erklärte das jugendliche Alter der Opfer, dachte er, während er den Spinnweben, die hin und wieder sein Gesicht streiften, nicht auswich.

Ein Mädchen von achtzehn Jahren — Selbstmord. Der junge Mann, Collegestudent von einundzwanzig Jahren. Mildred Hewlitt, fünfundzwanzig. Noch ein Junge von zwanzig Jahren, der dabei erwischt worden war, wie er die Scheiben einer Grundschule zertrümmerte. Als man ihn schnappte, brach er in einem Zustand katatonischer Erregung zusammen, wovon er sich nie wieder ganz erholte. Von weiteren Vorfällen wurde gesprochen, im Flüsterton geraunt, voller Fassungslosigkeit; merkwürdige Dinge, sehr merkwürdig, hatte der Mann am Motel-Empfang mit gedämpfter Stimme gesagt. Merkwürdig. Sie wissen, was ich meine? Carson Danvers stand da und wischte elektrische Spinnweben weg, die keine Spinnweben waren; er nickte. Er wußte es. Er stieg wieder ins Auto und schaltete die Zündung ein, woraufhin er wieder allein war. Er fuhr los.

Ein leichter Nieselregen hatte eingesetzt, sanft und dem frischen Frühlingswachstum zuträglich, mit dem Geruch nach aufbrechenden Knospen und duftender Erde. Frühling, dachte Carson, wärmere Nächte, Pärchen in Autos mit ausgeschalteter Zündung. Als er in sein Motel zurückgekehrt war, stellte er sich den Wecker für drei Uhr dreißig und legte sich hin, schlief jedoch nicht. Als die Zeit gekommen war, fuhr er auf den Parkplatz des alten Hotels und wendete den Wagen so, daß er in Fluchtrichtung stand. Er achtete nicht auf die Spinnweben, die ihn sofort fanden, sondern lud systematisch seine Ausrüstung aus. Er brach eine Tür auf der Rückseite des Gebäudes auf, ließ das Brecheisen auf die Veranda fallen und trat vorsichtig ein, mit der Taschenlampe in der einen Hand, den Benzinkanister in der anderen. Diesmal bestand keine Veranlassung, eine bestimmte Spur zu legen, die Vergangenheit mit Feuer auszulöschen. Er bahnte sich einen Weg durch die Schwärze, indem er dem schmalen Strahl seiner Lampe folgte; er setzte sehr behutsam einen Fuß vor den anderen, da er nicht durch ein verfaultes Brett fallen oder über irgendeinen vergessenen kleinen Gegenstand stolpern wollte. Er fand die Treppe und stieg hinauf, wobei er jede Stufe zuerst gründlich untersuchte. Das Gebäude war massiv, voller echter Spinnweben und Staub und Moder. Auf dem Treppenabsatz im ersten Stock verlor er für einen Moment die Orientierung, doch er schloß die Augen und zeichnete sich in Gedanken einen Lageplan, dann setzte er seinen Weg durch den Korridor fort zu der Stelle, die seiner Vermutung nach den Mittelpunkt des Hotels bildete. Viele der Türen standen offen, keine war abgeschlossen. Er öffnete die meisten und goß Benzin an den Wänden und den Korridor entlang. Er wischte Spinnweben weg und leuchtete mit seiner Lampe in alle Winkel, um sich zu vergewissern, daß er überall ausreichend Benzin hingeschüttet hatte. Dann ging er wieder hinunter, wobei er im Gehen weiterhin Benzin aus dem Kanister tröpfeln ließ. Er versuchte die Stelle zu finden, die ungefähr unter dem am meisten getränkten Teil liegen mußte, und goß den Rest aus dem Kanister aus; mit den allerletzten Tropfen befeuchtete er ein Taschentuch, das er um einen Stein gebunden hatte. Er leuchtete noch einmal mit der Lampe in alle Richtungen und sah sich genau um, dann ging er zurück zu der Tür, die er gewaltsam aufgebrochen hatte. Dort zündete er ein Streichholz an, führte es zum Taschentuch, das sofort in Flammen aufging, und warf das Tuch zum Fuß der Treppe, um die Benzinspur zu entzünden. Er spürte, wie die Spinnweben ringsum auf ihn eindrängten, während er das Brecheisen aufhob und zurück zum Wagen ging. Er verstaute den leeren Benzinkanister im Kofferraum, schlug die Spinnweben aus dem Weg, stieg ins Auto und drehte den Zündschlüssel um. Das Etwas floh. Er fuhr langsam hinaus. Als er das Haupttor passierte, war noch kein Feuer zu sehen. Es regnete immer noch, doch jetzt war es mehr wie niedergehender Nebel, der sich sanft, aber mit großer Beharrlichkeit herabsenkte, als ob sich eine riesige Wolke auf die Erde legte.

Er fuhr zurück zu seinem Motel, ging in sein Zimmer und fiel ins Bett, wo er sofort einschlief, ohne sich auszukleiden.

Es war eine der wenigen Nächte während der letzten neun Monate, in denen er nicht von Alpträumen heimgesucht wurde und nach denen er erfrischt und mit neuen Lebensgeistern aufwachte.

## KAPITEL DREI

Oktober 1985. Constance Leidl fuhr an diesem Oktobernachmittag guter Dinge nach Hause. Der zwei Jahre alte Volvo roch immer noch nach Äpfeln; ein Stapel Bücher aus der Universitätsbibliothek fügte seinen eigentümlichen, beruhigenden Duft hinzu, doch der vorherrschende Geruch war der nach Herbst, brennenden Holzscheiten im Kamin, bevorstehendem Frost und Laubfeuer. »Die Welt hat sich in das prachtvolle Kleid des Herbstes gehüllt«, hatte eine der Patientinnen im Krankenhaus gemurmelt. Eine hoffnungslos Schizophrene, die in einer Welt der Poesie und des Surrealen herumwandelte. Constance schüttelte den Kopf, dann lächelte sie, als ihr wieder einfiel, wie Charlie sich darüber beschwert hatte, daß sie während der letzten drei Tage Äpfel aufsammeln mußten.

»Schatz, ich verstehe das nicht. Warum geben wir uns solche Mühe mit der Pflege all dieser verdammten Bäume, wenn wir dann die Äpfel verschenken?«

»Möchtest du, daß es in unserem Garten von Fremden wimmelt, die sie sich selbst pflücken?«

»Du spinnst!«

»Also dann ...«

»Es gibt doch nicht nur die eine oder die andere Möglichkeit«, sagte er schmollend.

»Wir könnten das Grundstück verkaufen.«

Er räusperte sich als Antwort auf ihr Grinsen. »Okay. Aber erkläre mir nur, warum wir das alles tun.« Der kühle Wind hatte seine Wangen so rot gefärbt wie die Äpfel, die sie ernteten. Er hatte aufgehört zu arbeiten, und sah sie mit einem trotzigen Gesichtsausdruck an.

»Nun«, hatte sie geantwortet und war sich dabei mäßig schlagfertig vorgekommen »eben darum.«

»Aha«, hatte er gesagt. Nun wußte er Bescheid. Sie hatten sich wieder der Arbeit des Apfelerntens zugewandt.

Heute hatte sie drei große Körbe voll zum Krankenhaus gebracht. Es standen noch zwanzig weitere Körbe voll auf der hinteren Terrasse; einige sollten abgeholt, die anderen irgendwohin gebracht werden. Sie summte beim Fahren vor sich hin. Einfach darum. Sie liebte dieses Stück der Strecke von dem Krankenhaus, das sie besucht hatte, nach Hause. Zur einen Seite der mit Kopfsteinen gepflasterten Landstraße erstreckte sich eine Weide, auf der drei rotbraune Pferde grasten und sich jedesmal in Pose stellten, wenn ein Fahrzeug vorbeikam. Ein weißer Zaun vervollständigte das eindrucksvolle Bild. Auf der anderen Seite, auf der sie wohnten, war ein zweihundert Jahre altes Bauernhaus das Wahrzeichen dessen, was sie als ihre Heimat betrachtete. Das alte Haus bestand aus Stein und Holz und Ziegeln und hatte ein schiefergedecktes Dach; die Dorsetts wohnten darin. Die besagten Dorsetts hatten immer dort gewohnt, würden immer dort wohnen. Daran glaubte sie. In der Nähe stand ein Haus mit Wänden aus Zedernholz und einer für den Süden typischen Fassade, die zum größten Teil aus Glas bestand. Dort wohnten die Mitchums. Sie hatten vier Söhne, alles rauhbeinige Football-Typen. Zwei der Jungen waren zu ihnen herübergekommen, um bei der Apfelernte zu helfen, und hatten zwei Körbe voll als Lohn für ihre Arbeit mitgenommen. Manchmal buk Constance ihre Spezialität, schwedische Plätzchen, die Charlie mehr liebte als jede andere Süßigkeit; die meisten davon pflegte sie den Mitchum-Jungen zu schenken. Auch dafür hatte sie eine Erklärung. Wenn sie sie bei sich zu Hause aufbewahrte, würde Charlie sie alle aufessen, und in seinem Alter — etwas über fünfzig — brauchte er nicht so viele Kalorien. Die Jungen hingegen hatten sie nötig. Als er sie gefragt hatte, ob sie nicht einfach weniger backen könnte, hatte sie nein gesagt.

Überall leuchteten Ahornbäume und tauchten die Welt in einen roten Lichtschein. Der Herbst hatte es bis jetzt gut mit ihnen gemeint. Er war sanft eingezogen, mit wenigen vorzeitigen kurzen Frostabschnitten, dann war ein milder Spätsommer gefolgt, und jetzt gab es wieder etwas Frost. Es hatten keine Stürme getobt, die alles von den Bäumen gefegt hätten, auch von heftigen Regenfällen waren sie verschont geblieben. Sie fuhr an einer langgestreckten Weidefläche vorbei — die Mitchums hielten Ziegen —, und schließlich tauchte ihr Haus auf. Die tiefstehende Sonne verwandelte die Ahornbäume in ihrem Vorgarten in Willkommensfakeln. Sie ließ die Chrysanthemen entlang der Einfahrt wie Feuer lodern und legte einen Teppichläufer aus Rot, Rostbraun, strahlendem Gelb und Weiß aus. Ein silberner Mercedes war mitten auf dem Weg vor der Garagentür geparkt.

Constance runzelte die Stirn über den fremden Wagen. Die Auffahrt war breit genug für zwei Autos, doch nicht, wenn eines von dieser Größe die Mitte einnahm. Einen Teufel wird sie tun, dachte sie mißmutig, die Chrysanthemen umzufahren. Sie hielt hinter dem Mercedes an und stieg aus. Als sie auf das Haus zuging, sah sie, daß Charlie und ein unbekannter Mann in der Garage standen. Vom Garagendach herunter blickte sie der graugetigerte Kater Brutus mit zu Schlitzen verengten gelben Augen an.

Charlie trat aus der Garage und kam ihr entgegen. Er trug Jeans und ein kariertes Hemd, wodurch seine Stämmigkeit unterstrichen wurde. Sein kräuseliges Haar war schwarz mit so viel Grau dazwischen, daß es vornehm aussah, und seit sie aufs Land gezogen waren, hatte er eine tiefbraune Hautfarbe. Sie fand, daß er außerordentlich gut aussah, und sagte es ihm oft. Er hörte es gern. Jetzt küßte er sie und murmelte ihr etwas ins Ohr. »Der Berg ist zum Propheten gekommen.«

Während er ein dunkler Typ war, war sie hell: ihr

lichtblondes Haar war fast weiß, ihre Augenfarbe Hellblau — manche bezeichneten sie als Grau —, und ihre Haut hatte einen so zarten Elfenbeinton, daß man meinen könnte, sie ginge selten an die frische Luft. Dabei verbrachte sie mehr Zeit im Freien als er. Sie war groß und mager; als alte Frau würde sie einem knorrigen Stock gleichen, sagte sie manchmal mit einem Anflug von Bedauern. Sie gingen zusammen in die Garage, wo der Besucher wartete und den Eindruck machte, als wäre ihm nicht ganz wohl in seiner Haut. Er war ein grauer Mensch mit verkniffenem Mund, dachte sie kühl, ein Städter, der gefälligst dort bleiben sollte, wohin er gehörte.

»Schatz, dies ist Mr. Thoreson«, stellte Charlie vor. »Meine Frau, Constance Leidl.«

»Angenehm, Mrs. Meiklejohn, oder sollte ich Miss Leidl sagen? Guten Tag.«

Sie hatte vorausgesehen, daß sein Händedruck schlaff sein würde; sie benahm sich ihm gegenüber distanziert und kühl, wenn auch nicht unhöflich. »Entweder das eine oder das andere, oder beides abwechselnd«, beantwortete sie seine Frage. »Sollen wir ins Haus gehen?« Sie beobachtete mit dem Interesse einer Therapeutin, ob er sich unbewußt die Hand am Hosenbein abwischen würde. Er tat es. Ein grauer Mensch mit einer grauen, ängstlichen Seele. Sechzig, zweiundsechzig Jahre alt. Graue Haare, bläßlicher Teint, graues Gesicht, dezente braune Krawatte. Sie setzte sich in Richtung Hauseingang in Bewegung.

»Schatz«, sagte Charlie, »wir können uns doch hier genausogut unterhalten.«

»Entschuldigen Sie bitte, daß ich so geparkt habe«, sagte Thoreson fast gleichzeitig. »Überall liefen Katzen herum. Ich hielt es für das beste, einfach anzuhalten.«

Wie aufs Stichwort kam Candy, die orangefarbene Katze mit den butterblumengelben Augen in halb kriechender Gangart auf Constance zu und miaute. Constance wollte sie gerade aufheben, doch sie schlich sich davon, wobei sie Thoreson und Charlie nervös beäugte und im Klageton maunzte.

»Charlie, was ist passiert?« fragte Constance.

»Nichts, eigentlich nichts. Ich habe die Tür geöffnet, und alle Katzen rannten nach draußen, genau in dem Moment, als Mr. Thoreson hereingefahren kam, und ich ging ihm entgegen, und dann kamst du nach Hause.«

Sie sah ihn forschend an und versuchte dahinterzukommen, was er vor ihr verbarg; dann wandte sie sich ab, um ins Haus zu gehen. Die Vordertür stand sperrangelweit auf.

»Wir werden hier warten«, rief ihr Charlie hinterher.

Als sie zurückblickte, grinste er sein nettestes Grinsen, während Mr. Thoreson verkniffener denn je aussah. Sie war jetzt auf alles gefaßt und ging langsam ins Haus, wo sie sofort wegen des durchdringenden, beißenden Gestanks von verbrannten Chilischoten husten mußte. Tränen traten ihr in die Augen, sie machte einen Satz zur Tür und hastete hinaus, dem Ersticken nahe.

»Charlie«, rief sie, »warum hast du mich nicht gewarnt?« Sie hustete weiter und suchte in ihrer Handtasche nach einem Papiertaschentuch.

»Du wolltest es ja unbedingt selbst herausfinden«, sagte er und verlieh dabei seiner Stimme den Klang besonnener Vernunft. »Ich hatte vor, chinesisches Huhn zu machen, und dafür muß man zuerst zehn Chilischoten anbraten.«

Thoreson blickte von ihm zu Constance, dann wieder zurück zu Charlie. Er musterte die Garage geringschätzig, dann sagte er: »Mr. Meiklejohn, könnten wir uns vielleicht irgendwo unterhalten? Phil Stern hat mir versichert, daß Sie mir zumindest zuhören würden.«

»Gehe ich recht in der Annahme, daß es schlimmer wird, je weiter man ins Haus kommt?« fragte Constance.

»Na klar«, bestätigte Charlie. »Die Küche ist unbewohnbar. Ich habe den Ventilator angeschaltet und die Fenster aufgerissen.«

»Mr. Meiklejohn! Verdammt, ich bin den weiten Weg von New York hier herausgefahren, um mit Ihnen zu reden. Ich muß mich entschuldigen, daß ich nicht rechtzeitig vorher angerufen habe. Stern hatte jedoch versprochen, Sie anzurufen und Ihnen die Situation zu erklären.«

»Er hat nicht angerufen«, sagte Charlie. Er warf Constance einen Blick zu. »Bei Benny?« Als sie nickte, wandte er sich wieder an Thoreson. »Es gibt eine Raststätte ein Stück die Straße weiter, vielleicht vier, fünf Meilen. Wir könnten dort etwas trinken. Und Sie können reden. Ich werde zuhören.«

Thoreson hatte die Lippen zu einer schmalen Linie zusammengepreßt.

»Fahren Sie hinter uns her«, sagte Constance und setzte sich in Richtung Volvo in Bewegung. Sie wandte nicht den Kopf, um zu sehen, ob Thoreson wegen ihres ungastlichen Benehmens ein saures Gesicht machte. Stadtmensch, geh nach Hause, dachte sie, und nimm deine Probleme mit!

»Wer ist das?« fragte sie im Wagen; diesmal saß Charlie am Steuer.

»Hal Thoreson. Er sagt, daß er aufgrund von Phils Empfehlung zu uns geschickt worden sei, aber Phil hat nichts davon erwähnt. Tatsächlich hat mich Thoreson vor einer Woche oder so angerufen und gebeten, daß ich mich mit ihm in New York treffe, aber dann hättest du mich nur verdächtigt, daß ich mich vor der Apfelernte drücken wollte.« Was Thoreson wirklich getan hatte, obwohl Charlie es nicht so ausdrückte, war, von ihm eine Zusammenkunft regelrecht zu verlangen.

»Ich kann ihn nicht leiden«, sagte sie.

»Ach was!«

»Das ist bestimmt ein Versicherungsfritze.«

Charlie lachte. »Das ist Phil auch.«

»Das ist etwas anderes, und das weißt du auch.«

»Nicht, was das Geschäft betrifft.« Er kannte Phil seit ihrer gemeinsamen Zeit am College, und während all der Jahre, die inzwischen vergangen waren, waren sie Freunde geblieben. Als Charlie vorzeitig aus dem Dienst bei der New Yorker Polizei ausgeschieden und in Pension gegangen war, hatte sich Phil einmal wegen einer privaten Nachforschung an ihn gewandt, und danach noch einmal und schließlich immer wieder. Was Phil sich etwas hatte kosten lassen, war nicht so sehr Charlies fachmännisches Können als Detektiv, obwohl ihm auch daran gelegen war, sondern vielmehr seine unvergleichliche Erfahrung in Sachen Brandstiftung. Charlie war jahrelang Sachverständiger bei der Feuerpolizei gewesen, bevor er sich als Kriminalbeamter zur städtischen Polizei versetzen ließ. Thoreson war daran schuld, dachte er schlechtgelaunt, daß er die Chilischoten hatte anbrennen lassen. In dem verdammten Kochbuch stand, daß man die vorbereitenden Arbeiten vorweg erledigen könnte, dann würde es nur noch zehn Minuten dauern, bis man das fertige Gericht auf den Tisch bringen könnte. Ha! Er hatte Constance überraschen wollen, und dann hatte er ein Auto gehört und war zum vorderen Fenster gegangen, um hinauszusehen. Inzwischen waren die Chilis verbrannt, und nun hatte er diesen Miesepeter Thoreson am Hals. Bis jetzt war es kein guter Tag gewesen, dachte er mißmutig, während er vor Benny's parkte. Thoresons Mercedes war direkt hinter ihm. Er holte sie ein, bevor sie die Raststätte betraten.

Benny's war an diesem Nachmittag ziemlich leer. Es war noch keine sechs Uhr. Ein Mann in einer Lederjacke saß an der Bar und unterhielt sich mit Ron, dem spindeldürren Barkeeper, der gehen würde, sobald Benny käme. Zwei Frauen sprachen mit gedämpften Stimmen an einem Tisch im hinteren Teil des Raums. Charlie und

Constance winkten Ron zu und setzten sich an einen anderen Tisch; sie nahmen nebeneinander Platz, Thoreson ihnen gegenüber. Ron kam herangeschlurft, nahm ihre Bestellung auf und schlurfte wieder davon. Während sie auf ihre Drinks warteten, sagte keiner von ihnen ein Wort, doch genau in dem Moment, als die Drinks serviert wurden, fing Thoreson an zu sprechen, als ob das das Signal für seinen Einsatz wäre.

»Vor zwei Wochen fand eine Konferenz von Versicherungsexperten in Dallas statt. Ich nahm daran teil, ebenso Phil Stern. Ich kenne ihn natürlich schon seit vielen Jahren. Während eines der inoffiziellen Treffen am Rande wurde eine erstaunliche Tatsache zu Tage gefördert. Als ich mit Stern über die Angelegenheit sprach, schlug er vor, daß ich mich mit Ihnen darüber unterhalten sollte. Und das habe ich versucht zu tun«, sagte er mit einem Hauch von Verbitterung in der Stimme. »Ich weiß, daß ich nicht der Typ Mensch bin, dem auf Anhieb Sympathie entgegengebracht wird, Mr. Meiklejohn, Mrs. Meiklejohn.«

Er hatte seinen Auftritt offenbar unterwegs in seinem silbernen Mercedes geprobt, stellte Constance mit Interesse fest. Zunächst schmeichelte er seinem Gesprächspartner, dann machte er sich selbst auf anbiederische Art schlecht, und als nächstes würde er mit der erstaunlichen Tatsache herausrücken. Sie warf Charlie einen Blick zu; er schien vollkommen davon in Anspruch genommen zu sein, die Silberzwiebel in seinem Drink aufzuspießen.

»Ich arbeite im allgemeinen hinter den Kulissen, und bisher mußte ich mich noch nie mit einer derartig brisanten Angelegenheit auseinandersetzen, und ganz ehrlich, der Gedanke, einen Privatdetektiv zu beauftragen, um eine so ... so ... delikate Nachforschung anzustellen, hat etwas Abschreckendes für mich.«

»Ihre Gesellschaft beschäftigt doch eigene Detektive, oder nicht?« warf Charlie ein.

»Ja, natürlich. Wir haben jedoch den Verdacht, daß es irgendwo eine undichte Stelle gibt. Phil dachte, und darin stimme ich voll und ganz mit ihm überein, daß in diesem speziellen Fall der Einsatz eines Privatdetektivs angebracht sei.«

Charlie hatte die Zwiebel erwischt und verspeiste sie mit sichtlichem Genuß. Er lächelte Thoreson an. »Warum hören Sie nicht auf mit diesem Getue und kommen endlich zum Kern der Sache?«

»Genau aus diesem Grund hätte eigentlich Phil mit Ihnen reden sollen«, sagte Thoreson mit wehleidiger Stimme. »Er wußte, daß ich ohne ihn die Sache verderben würde.«

Er seufzte tatsächlich. Constance spürte, wie Charlie ihr sanft gegen das Bein stieß, und sie sah weg, um nicht lächeln zu müssen.

»Uns ist aufgefallen, daß es eine Reihe von Hotelbränden gegeben hat«, sagte Thoreson. »Bis jetzt haben drei Versicherungsgesellschaften insgesamt eine Million Dollar Schadenersatz gezahlt. Das ist einer der Gründe, weshalb wir die Untersuchung von unabhängiger Seite für klug hielten.«

»Das ist Ihnen einfach so aufgefallen«, murmelte Charlie.

»Ja. Sie fanden in großen geographischen Abständen statt und umfaßten einen Zeitraum von fünf Jahren.«

»Wie weit lagen die Orte auseinander?« Obwohl er sich noch immer lässig und desinteressiert anhörte, erkannte Constance an seiner Stimme, daß Thoreson endlich etwas gesagt hatte, das seine Wirkung tat.

»Vermont, Ohio, North Carolina, Kalifornien, Idaho und Washington.«

Charlie schüttelte ungläubig den Kopf. »Ein notorischer Brandstifter, der von einer Küste bis zur anderen arbeitet. Das kann ich nicht glauben.«

»Kamen dabei Menschen zu Schaden?« fragte Constance, fast ohne es zu wollen.

»Nein. Es war sogar so, daß jedes dieser Hotels geschlossen, längst nicht mehr in Betrieb war, als der Brand ausbrach.«

Charlie machte ein ausdrucksloses Gesicht, blickte gelangweilt drein. »Es bedarf des ATF oder irgendeiner anderen staatlichen Einrichtung, um Nachforschungen in dieser Größenordnung anstellen zu lassen. Über einen Zeitraum von fünf Jahren? Da wird man sowieso nichts herausfinden können. Wahrscheinlich handelt es sich um eine Reihe von Zufällen.«

»Phil sagte, er würde Sie über den *Modus operandi* — ist das der richtige Ausdruck? — informieren. Er war der gleiche. Wir wissen, daß es zumindest sechs vorsätzlich gelegte Brände gab, dazu drei, bei denen wir nicht so ganz sicher sind. Das Feuer ging jeweils von einem Innenraum aus und setzte sich nach außen fort, und bis zu dem Zeitpunkt, zu dem die Feuerwehr eintraf, waren die Gebäude praktisch bis aufs Skelett niedergebrannt. Es geschah in jedem Fall zwischen zwei und fünf Uhr morgens. Und meistens in Nächten, in denen es regnete oder schneite, mit zwei Ausnahmen, einmal bei dichtem Nebel und einmal, nachdem es zuvor eine Woche lang ununterbrochen geregnet hatte. In jedem einzelnen Fall wurde nach dem Geschehen Brandstiftung vermutet.«

Charlie schüttelte den Kopf. »Und Sie glauben, einer der Mitarbeiter Ihrer Gesellschaften steckt dahinter? Warum?«

»Nicht als direkter Täter, das nicht. Sondern vielleicht als Informant für jemanden, dem er Hinweise gibt, wo verlassene Hotels liegen und wie hoch sie versichert sind.«

Charlie sagte außerordentlich liebenswürdig: »Mr. Thoreson, gehen Sie! Wenn Sie eine kriminelle Verschwörung vermuten, übergeben Sie die Sache dem FBI. Wenn Sie Brandstiftung annehmen, benachrichtigen Sie das ATF. Die sollen sich darum kümmern.« Er sah zu Constance, die nickte. Dem ATF, der zuständigen Behörde für die Bekämpfung von Alkohol-, Tabak- und Feuerwaffen-Delikten war ein landesweit arbeitendes Team zur Verhütung beziehungsweise Aufklärung von Brandstiftung angeschlossen.

Thoresons Lippen waren wieder zu einem schmalen Strich zusammengezogen. Er hatte seinen Scotch mit Wasser noch nicht angerührt. Jetzt führte er das Glas zum Mund, dann stellte er es mit einem heftigen Ruck wieder ab. »Genau das ist das letzte, das wir zu tun beabsichtigen. Dabei würde bestimmt etwas durchsickern, vielleicht würde das Ganze in allen Einzelheiten an die Öffentlichkeit dringen. Wissen Sie, was es bedeuten würde, wenn die Öffentlichkeit davon erführe?«

»Es würde jede Menge Nachahmer geben«, sagte Charlie. »Doch das ATF kann in bezug auf seine Ermittlung sehr gut dichthalten. Es arbeitet sehr diskret.«

»Und es löst etwa drei Prozent aller Brandstiftungsfälle, mit denen es befaßt ist!« brauste Thoreson auf. »Wir haben beschlossen, keine Behörde zu informieren. Eine einzelne Person, Sie, die Fragen stellt und sich mit der Angelegenheit beschäftigt, erweckt keine besondere Aufmerksamkeit. Wenn eine Horde von Leuten ausschwärmt und Fragen stellt, wie lange könnte das geheimgehalten werden? Mr. Meiklejohn, die Versicherungsbranche ist angewiesen auf Diskretion. Ohne Diskretion gäbe es keine Versicherungsbranche.« Er hob sein Glas aufs neue, und diesmal trank er es mit einem Zug leer. »Wir sind bereit, sehr großzügig zu sein, Sir. Wovor wir uns am meisten fürchten, ist die Möglichkeit, daß sich jemand eine neue Form der Dienstleistung ausgedacht, ein Syndikat gegründet hat, wenn Sie so wollen, mit einer Sondereinheit, bestehend aus Spezialisten für Brandlegung. Mit internen Informationen über die Lage alter Gebäude und deren Versicherung könnten sie an die Besitzer herantreten, denen einen Handel vorschlagen und das Feuer legen. Mr. Meiklejohn, diese

Geschichte hat drei unserer Gesellschaften bereits über eine Million Dollar gekostet!«

»Und wenn ich mich nun der Sache annehme und schließlich doch zu dem Schluß komme, daß es alles Zufälle waren?«

»Das wäre das beste Ergebnis, das wir uns wünschen könnten.«

Charlie kniff die Augen zusammen und fixierte dabei sein Gegenüber mit eindringlichem Blick. »Da ist doch noch etwas mit im Spiel, nicht wahr, Thoreson? Was ist es?«

Thoreson goß sich ein paar Tropfen geschmolzenes Eis in den Mund und sagte dann mit weiterhin auf das Glas gesenktem Blick: »In den erwiesenen Fällen, von denen ich sprach, hatte es den Anschein, als ob die Feuerwehr — es handelte sich ausnahmslos um die freiwillige Feuerwehr — die Bekämpfung des Brandes verzögert hätte. Fast so, als ob sie die Gebäude absichtlich so weit verbrennen ließen, daß es für jede Rettung zu spät war, bevor sie in Aktion traten.«

Während er Thoreson fast gelangweilt ansah, hob Charlie lässig die Hand, um Rons Aufmerksamkeit zu erregen. Kurz darauf erschien der Barkeeper mit einer neuen Runde Drinks auf einem Tablett. Erst dann sprach Charlie. »Sie nehmen also an, daß die verschiedenen Gruppen der Feuerwehr ebenfalls an der Verschwörung beteiligt sind?«

»Ich weiß nicht, was ich annehmen soll«, gab Thoreson zu. »Eine Million Schadenersatz, Mr. Meiklejohn, das ist es, was ich genau weiß. Alte, verlassene Gebäude, in den meisten Fällen so gut wie nichts mehr wert. Und es muß noch Hunderte dieser Art übers ganze Land verteilt geben! Hunderte!« Er rieb sich die Augen. »Mit Ihrer Erfahrung könnten Sie sich an einige der Orte begeben, sich mit den Leuten bei der Feuerwehr unterhalten, herausfinden, was die darüber wissen, falls sie etwas wissen. Sie könnten herausfinden, ob sie ihren Einsatz wirklich hinausgezögert haben, und wenn ja, warum. Stern hat mir das Handbuch gezeigt, das Sie verfaßt haben, die Bibel für freiwillige Feuerwehrleute, sagte er. Diese Männer würden Ihnen sofort Auskunft geben. Sie können ja sagen, Sie sammeln Informationen für ein neues Buch oder so. Mit Ihnen würden sie reden.«

Constance hätte am liebsten geschrien: Nein! Er wird nicht für Sie arbeiten. Hauen Sie ab! Sie hätte gern Charlies Hand genommen und geflüstert: Diesmal nicht! Nicht für diesen Kerl! Keine Feuergeschichten mehr! Keine Brandstiftung! Keine verkohlten Gebäude mit zerstörten Balkonen, die jeden Moment auf dich herabfallen, mit Böden, die einbrechen, mit Wänden, die einstürzen können! »Charlie«, sagte sie und berührte ihn am Arm. Er wandte ihr das Gesicht zu, doch sie wußte, daß er sie nicht sah, nicht in diesem Moment. Seine Augen waren stumpf und finster geworden, wie Kohle kurz vor dem Entzünden, vor dem Brennen. »Charlie«, wiederholte sie eindringlicher. In seine Augen kam wieder ein Leuchten. »Wir müssen in zehn Tagen nach San Francisco fliegen, vergiß das nicht. Und in ein paar Wochen nach Mexico, du erinnerst dich doch?«

Er blinzelte, sah Thoreson wieder an und zuckte die Achseln.

»Gestatten Sie mir, daß ich Ihnen die Unterlagen dalasse«, sagte Thoreson, der Verzweiflung nahe. »Ich habe sie alle hier in meiner Aktentasche. Entscheiden Sie sich nicht jetzt sofort. Sehen Sie sich an, was wir bis jetzt zusammentragen konnten. Wir erwarten nicht von Ihnen, daß Sie auf der Stelle alles andere fallenlassen und sich ausschließlich dieser Angelegenheit widmen. Schließlich erstreckt sich das Ganze über einen Zeitraum von fünf Jahren. Doch wenn Sie in den nächsten Wochen einmal Gelegenheit hätten, es durchzusehen, in den nächsten Monaten vielleicht ...«

Er hat den Hintergedanken, daß er bis dahin Phil auf jeden Fall dazu gebracht haben wird, anzurufen, wollte Constance sagen, während sie ihren Irish Coffee trank. Charlie dachte das gleiche, doch er erklärte sich freundlich einverstanden, die Unterlagen durchzulesen, die Schadenersatzansprüche zu prüfen und mit ihm in Verbindung zu bleiben. Thoreson war so erleichtert, daß er einen Blankoscheck unterschrieben hätte, dachte Constance.

»Wir werden Phil Stern bitten, die Einzelheiten zu regeln«, sagte er. »Da Sie in der Vergangenheit mit ihm zusammengearbeitet haben, scheint das angebracht zu sein. Seine Gesellschaft gehört zum Konsortium, genau wie meine. Wir sind gleichermaßen verantwortlich, doch er wird der Verbindungsmann sein, wenn es Ihnen recht ist.« Er nippte an seinem zweiten Drink und stand auf. Er machte keine Anstalten, ihnen die Hand zum Abschied zu geben.

»Wenn Sie mir in den nächsten ein bis zwei Tagen Bescheid geben könnten ...«

»Bis Freitag«, sagte Charlie, der ebenfalls keinerlei Anstalten zum Händeschütteln machte. Er erhob sich nicht. Thoreson blickte von ihm zu Constance, die Lippen zu einer schmalen Linie zusammengekniffen; dann nickte er und ging.

»Charlie, das ist der helle Wahnsinn«, sagte sie, sobald die Tür des Rasthauses hinter Thoreson zugefallen war. Einige neue Gäste waren hereingekommen; Stimmen und Musik hatten sich zum üblichen Geräuschpegel erhoben. »Was kannst du fünf Jahre nach den Ereignissen noch herausfinden? Hast du wirklich die Absicht, die nächsten Jahre damit zu verbringen, von Vermont nach Kalifornien und weiter nach Ohio und was er sonst noch alles aufgezählt hat, zu reisen? Allein?«

Er grinste, als er ihren drohenden Tonfall vernahm. »Ach was. Ich werde Tom Hoagley beauftragen, für mich die Voruntersuchungen durchzuführen, während ich zu Hause bleibe und Äpfel ernte. Und dann werde ich mit dir nach San Francisco reisen und deinen schlauen Ergüssen lauschen.«

Sie spürte Eiseskälte in sich aufsteigen. War das der Grund, warum er Thoreson nicht hinausgeworfen hatte? Sie hatte eine Reihe von Artikeln zum Thema ›Xenophobie und ihre vielfältigen Auswirkungen, angefangen vom kindlichen Verhalten im Grundschulalter bis zur Beeinflussung internationaler Außenpolitik‹ verfaßt, und als Folge davon war sie zur Teilnahme an einem Psychologen-Symposium mit Experten aus dem ganzen Land aufgefordert worden. Sie hatte angenommen, daß er sich mit der gleichen Begeisterung wie sie darauf freute, eine Woche in San Francisco zu verbringen.

Obwohl sie sich theoretisch zur Ruhe gesetzt hatte, arbeitete sie praktisch soviel wie eh und je, erstellte Gutachten, schrieb Bücher, betätigte sich im Bereich der Forschung und Beratung. Das einzige, das sie aufgegeben hatte, war ihr Lehramt. Gleichfalls theoretisch hatte Charlie seine Zeit eigentlich dazu nutzen wollen, ein endgültiges Werk über die Methoden zur Ermittlung in Brandfällen zu schreiben; das Handbuch, von dem Thoreson gesprochen hatte, war bis jetzt das einzige, das bei seinen Bemühungen herausgekommen war.

»Ein Assistent«, sagte Charlie und unterstrich die Worte mit einem Nicken. »Tom Hoagley. Ein anderer soll die Dinge für mich herausfinden. Zum Beispiel: Haben sich auffällige Fremde vor dem Ausbruch eines Feuers in der Gegend aufgehalten? Hat sich irgendein ungewöhnliches Verhalten stets wiederholt? Haben sich Interessenten zur Renovierung der Gebäude gemeldet? Gab es Angebote zum Kauf der Anwesen? Auffällige Zeitungsabonnements? Legten die Besitzer während der letzten Jahre eine besondere Reiselust an den Tag?« Er sah sich nachdenklich im Raum um, der sich jetzt langsam mit der für den Abend eines normalen Wochentags üblichen Kundschaft füllte. »Wenn ein Fremder hier in unserer kleinen Gemeinde auftauchen und sich irgendwie auffällig benehmen würde, wie lange würde es dauern, bis es alle ringsum wüßten, was meinst du?«

»Am nächsten Tag wüßten es alle«, sagte sie. »Charlie, wirst du diesen Fall übernehmen?«

»Ich weiß noch nicht so recht. Wie ich zu ihm gesagt habe, will ich mir erst einmal die Unterlagen ansehen. Zum Beispiel will ich wissen, wer bis jetzt ermittelt hat. Die haben ein paar ganz gute Schnüffler bei den Versicherungen, weißt du. Was mich wirklich interessiert, ist die Behauptung, die Feuerwehr ließ die Häuser erst mal eine Weile brennen. Nicht, daß ich ihm glaube. Er ist ein Arschloch. Doch es sind ein paar fähige Leute unter denen, die hinterher in der Asche herumwühlen. Ich möchte wissen, ob die das gleiche sagen.«

Sie sah erschreckt aus. »Das glaubst du doch nicht im Ernst?«

Er war laut seinen Gedanken nachgegangen und sah jetzt ernüchtert aus. »Es geht nicht darum, was ich glaube oder nicht glaube. Doch wenn es sich herausstellt, daß es wahr ist, dann will ich, verdammt noch mal, wissen, warum das so ist. Komm, wir wollen hier zu Abend essen. Hast du Hunger?«

Ein paar Minuten später gingen sie hinüber ins Lokal, und er sah sie entsetzt an, als sie Kalbsbries bestellte. Ein Schaudern durchlief ihn.

Als sie spät am Abend nach Hause kamen, war der beißende Gestank nach verbrannten Chilischoten fast verflogen, doch die Katzen benahmen sich, als ob eine feindliche Armee ins Haus eingefallen wäre. Sie streiften aufgeregt schnuppernd durch alle Räume und sprangen beiseite, als Charlie Thoresons Aktentasche abstellte.

In der Nacht wachte Constance auf, aufgeschreckt durch das Heulen des Windes, der durch die Bäume im Garten fegte. Der lange, milde Herbst war vorüber.

## KAPITEL VIER

Du siehst ganz schön mies aus«, sagte Charlie zu Phil Stern, der in seinem Apartment in Manhattan im Bett lag. »Hast du deswegen Thoreson geschickt, weil du so erkältet bist? Hat es dich ernsthaft erwischt? Soll ich lieber nicht so nah an dich herankommen?«

»Es hat mich ernsthaft erwischt«, sagte Phil düster. »Wenn es nicht so wäre, läge ich nicht im Bett, oder? Da ich aber im Bett liege, muß es ernst sein.« Er ächzte, während er sich anders hinlegte. »Komm mir nicht zu nah. Grippe. Was machst du hier?«

»Ich helfe Constance bei der Auslieferung ihrer Äpfel.« Er schüttelte den Kopf. »Es ist eine lange Geschichte.«

»Du hast also auch die alte Streberleiche kennengelernt?«

Charlie machte ein verständnisloses Gesicht. »Streberleiche? Ich bitte um Aufklärung.«

»Thoreson. Halbert Thoreson. Diejenigen von uns, die ihn kennen und lieben, nennen ihn Streberleiche. Wenn er es zu etwas gebracht hat, dann weißt du jetzt, warum.«

Ach so, dachte Charlie, der Mann mit der Leidensmiene, mit den zusammengekniffenen Lippen. Er nickte. »Hast du Lust zum Reden. Oder solltest du besser still sein? Dich ausruhen oder so was?«

»Ich ruhe mich aus. Ich ruhe mich unheimlich aus. Ich bin bis zum Kinn voll mit Medikamenten, ich schwimme in Medikamenten und ruhe mich aus. Streberleiche ist ein lästiger Zeitgenosse, aber wahrscheinlich ist er irgendeiner Sache auf die Spur gekommen. Es überrascht mich, daß er bei dir erschienen ist. Der Gedanke an einen Skandal ist für ihn fürchterlicher als die Angst vor dem Buhmann Polizei!«

Phil wiederholte die Geschichte fast genauso, wie Thoreson sie geschildert hatte. Seiner Meinung nach tendierte die Zahl der vorsätzlich gelegten Feuer eher zu zehn oder sogar zu zwölf, doch einige davon warfen ziemlich große Zweifel auf. »Sieh mal«, sagte er nach einigen Minuten, »Thoresons Gesellschaft wurde schlimmer als irgendeine andere in dem ganzen Verein getroffen — ein Grund, warum sie die Öffentlichkeit scheut. Thoresons Name steht mit keinem dieser Fälle in Zusammenhang, so vorsichtig ist er, so sehr achtet er auf den Ruf seiner Firma. Ich habe den Vorstoß gewagt. Ich und meine Gesellschaft«, fügte er hinzu. »Nicht, daß der alte Bolye besonders froh darüber wäre, aber so ist es nun mal gelaufen. Du hast dich also entschieden? Wir werden dir den Vertrag zuschicken; ich werde allerdings auf die Bermudas abhauen, sobald ich aufstehen darf. Ein Kuraufenthalt«, fügte er augenzwinkernd hinzu. »Ich bin gut versichert.«

Charlie spreizte die Hände und sagte: »Dann läuft jetzt im Moment noch nichts, nicht bevor du wieder in Amt und Würden bist.«

Phil schüttelte den Kopf und ächzte wieder. »Das ist eins der Dinge, die ich zur Zeit noch vermeiden soll«, sagte er nach einer Weile. »Du bist dran, Charlie. Befaß dich mit der Sache. Mein Gott, unter den von uns versicherten Objekten befinden sich mehr als vierzig solcher alter Prunkkästen. Wir sind bis jetzt noch nicht betroffen, aber ich fürchte, wir werden es bald sein.«

»Zu den üblichen Bedingungen?« fragte Charlie.

»Was immer du verlangst. Streberleiche hat sich über die hohen Kosten aufgeregt, aber ich habe ihm gleich gesagt, daß du nicht billig bist. Wir schicken gleich morgen einen Scheck raus. Gönn dir eine Erhöhung. Ich werde unterschreiben. Eine Erhöhung, die irgendwie im Rahmen bleibt, meine ich.«

Charlie lehnte sich zurück und sah seinen Freund skeptisch an. »Es muß sich um eine heimtückische Kopfgrippe handeln, dein Gehirn scheint in Mitleidenschaft gezogen. Okay, in der Zwischenzeit sind die Bermudas eine gute Idee.«

»Ja, ich weiß.« Phil schloß die Augen. »Ich bin müde. Erzähl du. Was soll der Quatsch mit den Äpfeln?«

Drüben in der Houston Street sah Constance ihren alten Freund Patrick Morley voller Zuneigung an. »Es sind wirklich zehn Körbe voll«, sagte sie. »Aber wir konnten sie nicht gut in den Körben transportieren, deshalb haben wir Schnapskisten dafür organisiert. Jetzt mußt du dir etwas einfallen lassen, wie du an zehn Schnapskisten gekommen bist, mein Freund.«

Pater Patrick Morley, der geschäftsführende Leiter des Waisenhauses, das den größten Teil des Häuserblocks einnahm, lachte vergnügt. »Und du behauptest, es gäbe kein absolutes Gut und Böse! Komm rein, damit ich dir eine Tasse Kaffee anbieten kann! Wo ist Charlie?«

Zwei halbwüchsige Jungen erschienen und machten sich daran, die Äpfel aus den Kisten zu packen. Einer von ihnen sah Constance unablässig mit einem schüchternen Lächeln an. Patrick führte sie in das trutzige Schulgebäude. Ein paar Kinder spähten durch eine Tür, während sie durch den Flur gingen; als sie näher kamen, wurde die Tür geschlossen. Ein schwaches Grinsen spielte um Patricks Lippen, das einzige Anzeichen dafür, daß er das Interesse seiner Schutzbefohlenen an dem Besuch wahrgenommen hatte. Das Gebäude hätte an allen Ecken und Enden einer Renovierung bedurft — die Farbe blätterte ab, das Holz hätte erneuert, die Fenster ausgewechselt werden müssen ... Doch alles war pedantisch sauber. Sie gingen in sein Arbeitszimmer und setzten sich an einen niedrigen Tisch, auf dem einige Tassen und eine Thermoskanne standen. Er rückte zwei der Tassen zurecht, dann öffnete er die Kanne und äugte hinein, um den Inhalt zu prüfen. Er goß ein. »Irgendwo finde ich bestimmt etwas Zucker und Milch«, sagte er ohne Überzeugung.

Sie schüttelte den Kopf. »Charlie besucht einen alten Freund. Wir treffen uns zum Mittagessen. Wie geht es dir?«

»Gut«, antwortete er und beendete damit das Thema. Er sah schlecht aus, abgemagert, blaß. Er litt an Leukämie und war todkrank. Während sie ihn ansah und dieser Anblick sie schmerzte, war Constance fast bereit zuzugestehen, daß es das absolut Böse, dem er eine eigenständige Existenz zuschrieb, wirklich gab.

Irgendwo läutete eine Glocke, und die Ruhe vor seinem Arbeitszimmer wurde durch junge Stimmen, Getrappel und sich öffnende und schließende Türen gebrochen. Patricks Lächeln wurde breiter. Constance nahm einen Schluck von ihrem Kaffee. Es war abscheulicher Kaffee. Warum opferst du dein Leben? hatte sie ihn oft fragen wollen, obwohl sie es nie getan hatte und niemals tun würde.

Er betrachtete sie erneut, mit ruhigen, ernsten Augen. »Kannst du dich an das Spiel erinnern, das wir in der Schule häufig gespielt haben?« fragte er unvermittelt. »Jemand aus der hintersten Reihe tippte seinem Vordermann auf die Schulter und flüsterte: ›Weitergeben.‹«

Sie nickte, und jetzt mußte sie grinsen. »Als ich dann schließlich an der Reihe war, war aus dem Antippen ein kräftiger Schlag geworden.«

Er lachte. »Genau! Der Steigerungseffekt. So ist es mit dem Guten. Etwas Gutes widerfährt dir, du gibst es weiter, in größerem Umfang, mehr davon, als du selbst bekommen hast. Es hat eine Steigerung erfahren.« Das Lächeln wich aus seinem Gesicht, und gleichzeitig wirkte er sehr alt, sehr bekümmert. »Auch mit dem Bösen ist es so, Constance. Menschen wie du, die von Grund auf gut sind, nennen das Gute, das sie tun, vernünftig. Das Böse, das du siehst, nennst du unvernünftig, bezeichnest es als gestörtes Verhalten von Menschen, die Hilfe brauchen. In diesem Zusammenhang wird sogar das Böse vernünftig definiert. Deine Vernunft ist gefährlich, Constance. Sie kann sich als Falle erweisen, die tödlicher ist, als du ahnst.«

»In welch erschreckender Welt du lebst«, sagte sie leise, eisig berührt von dem Gedanken an seinen Tod, der jetzt so nah, so unausweichlich war.

»Mich kann nichts erschrecken«, sagte er, und sie glaubte ihm. Seine persönliche Ernsthaftigkeit war unerschütterlich, sein Glaube über jeden Zweifel erhaben. »Du siehst in meiner Welt lauter Schrecknisse, weil ich mich zum Absoluten bekenne — zum absolut Guten und zum absolut Bösen, zum absoluten Glauben. Für mich ist deine Welt viel erschreckender, Constance. Du kannst das Gute und das Böse nicht mit einem vergleichenden Maßstab bewerten. Wenn du das absolut Gute siehst, suchst du nach versteckten Beweggründen, bastelst dir ein System der Gegenleistungen zurecht, sogar wenn du selbst es bist, die Gutes tut. Ich befürchte, wenn du einmal dem absolut Bösen begegnest, wirst du feststellen, daß deine Vernunft versagt, und ohne Vernunft und ohne Glaube bist du verloren. Dann wirst du ein Werkzeug des Bösen, nichts weiter. Oder du stirbst.«

»Ich habe keine Angst vor dem Tod«, flüsterte sie. »Er ist nichts Böses. Der Tod ist ein Teil des Lebens, das weißt du.«

»Wir geben unser Wissen um den Tod weiter, unsere Angst, wenn er gegenwärtig ist. Manche empfinden ihn als leichtes Antippen, andere als gewaltigen Schlag. Doch wenn uns der Tod in einer Begegnung mit dem Bösen ereilt, könnte das, was wir weitergeben, zu einem unheilvollen Schlag werden, und die, die wir zurücklassen, empfinden ihn so. Manche erholen sich davon wieder. Viele jedoch nicht, und sie geben ihn ihrerseits weiter, immer fester, immer durchdringender, immer stärker durch die Kraft des Bösen, die dahintersteckt. Seine

Wirkung steigert sich immer weiter, bis jemand stark genug ist, sich ihm zu widersetzen, das Böse für gewisse Zeit zu bezwingen. Er stirbt nicht, doch er wartet auf ein neues Opfer, um das Spiel von vorn zu beginnen.«

Unvermittelt stand Constance auf. »Ich muß gehen. Sonst komme ich zu spät.«

Patrick erhob sich ebenfalls. »Erinnerst du dich an unsere Begegnung vor zwanzig Jahren, als sich unsere Wege nach langer Zeit wieder kreuzten? Wie fassungslos du warst, daß ich Geistlicher geworden war? Du hast mir damals sehr entschlossen erklärt, daß du unsere Freundschaft beim leisesten Versuch, dich zu bekehren, beenden würdest. Ich habe es nie versucht, oder?«

»Natürlich nicht«, sagte sie kühl. »Ich habe es bei dir auch nicht versucht.«

Er lachte und nahm ihre Hände in seine. »Leb wohl, Constance. Danke für die Äpfel. Für all deine Güte.« Er ließ sie nicht gleich wieder los. Seine Hände waren heiß.

»Warum sagst du mir jetzt solche Sachen?« fragte sie und machte keine Anstalten zu gehen.

»Ich weiß nicht. Seit deinem Anruf spüre ich eine Finsternis, die dich bedroht. Meine Träume sind ... seit einigen Tagen schlimm; ich träume von alten Freunden, Leuten, die ich geliebt habe, Leuten, mit denen ich sprechen möchte, Menschen, die ich um Vergebung bitten muß für Verletzungen, die ich ihnen vor so langer Zeit zugefügt habe, daß sie nichts mehr mit mir und ihnen zu tun zu haben scheinen. Menschen, die ich warnen muß. Dich zum Beispiel.« Er sah ihr forschend ins Gesicht, dann küßte er sie auf die Stirn. »Ich habe das Gefühl, daß du dich ernsthaft in Gefahr befindest. Es tut mir leid.«

Immer wenn Charlie und Constance in der Stadt waren, aßen sie in Wanda Lorens Restaurant zu Mittag, ein halbes Dutzend Häuserblocks von der Wohnung entfernt, in der sie so viele Jahre lang gelebt hatten. Die Gegend veränderte sich nie, und war doch immer wieder anders, dachte Charlie, während er sie mit einer halben Stunde Verspätung mit eiligen Schritten durchwanderte. Ein Laden machte zu, ein anderer, der sich kaum davon unterschied, wurde an derselben Stelle eröffnet. Fondue war nicht mehr gefragt, Naturkost war in. Sushi-Restaurants waren aus dem Boden gesprossen, das italienische Restaurant, in dem es das beste Kalbfleisch in Marsalasauce gegeben hatte, war verschwunden, statt dessen hatte dort ein indisches Restaurant aufgemacht. Die Kundschaft bestand aus genau denselben Leuten, davon war er überzeugt, nur daß sie anders angezogen waren. Anzüge für Männer und Kostüme für Frauen waren in Mode, lässige T-Shirts und Jeans waren out. Die Luft roch noch genauso, eine verpestete Mischung aus Auspuffgasen und Blech und Menschen. Der Krach war der gleiche, fünf Dezibel über dem Erträglichen. Er trat gebückt durch die Tür in Wandas Restaurant.

»He, Charlie! Wie geht's, Teufel aber auch! Sie ist schon da!«

Wanda begrüßte ihn mit einer herzlichen Umarmung. Sie war keine einsfünfzig groß, wog so viel, daß man darüber am besten schwieg, wie sie immer zu sagen pflegte, und hatte ein hübsches Gesicht, ein Kamee-Gesicht mit wundervollen Linien, mandelförmigen Augen und ohne jede Spur von Make-up.

»Wanda, wenn ich nicht so ein alter Mann wäre, würde ich dich hoch in die Luft heben«, sagte Charlie und küßte sie auf den Mund. »Du bist bestimmt um einige hundert Pfund leichter geworden.«

»Zwanzig, Charlie, bis jetzt nur zwanzig. Aber ich danke dir.«

Er setzte sich zu Constance und stellte mit Überraschung fest, daß sie bereits eine Flasche Wein in einem Eiskübel vor sich stehen hatte und schon trank. Bevor er dazu eine Bemerkung machen konnte, fragte sie: »Übernimmst du den Fall? Sag mir, wie du dich entschieden hast, ja?«

Er legte eine Hand auf ihre und ließ sie eine Weile dort liegen, dann goß er für sich ebenfalls Wein ein und begann zu erzählen, was er im Lauf des Vormittags alles getrieben hatte. Er wußte, wie es um Patrick stand, wußte, daß es schlimm aussehen mußte. Später würde sie darüber sprechen, das wußte er ebenfalls, doch jetzt würde er ihr Schweigen überbrücken.

Später kam er zu der Überzeugung, wenn Patricks bevorstehender Tod und seine Warnung Constance nicht so durcheinandergebracht hätten, wäre ab diesem Moment alles anders gelaufen. Sie hätte ihm normalerweise unerbittliche Fragen gestellt, er hätte wahrscheinlich den größten Teil der Ermittlungen Tom Hoagley übertragen. Da ihm klar war, daß das hervorragende Essen, das ihnen Wanda servierte, an Constance verschwendet war, daß sie ganz und gar von anderen Dingen in Anspruch genommen war, hielt er es für das Beste, sie in seine Pläne einzuweihen, ihre Partnerschaft vorauszusetzen, es als gegeben hinzunehmen, daß sie ebenfalls eine Rolle in dem Ganzen spielte. Alles schien ihm recht, das dazu angetan war, diesen leeren Ausdruck aus ihrem Gesicht zu vertreiben, zu erreichen, daß sich ihr Blick wieder auf das Hier und Jetzt konzentrierte, nicht auf irgendeine Vision, die Patrick vor ihr hatte entstehen lassen. Er brauchte ihre Hilfe beim Durchsehen alter Zeitungen, erklärte er, und endlich blinzelte sie und nahm ihn wahr.

»Tom wird Zeitungen aus den Gegenden besorgen, in denen die Brände ausgebrochen sind«, legte er noch einmal sein Vorhaben dar. »Das wird ein gewaltiger Berg sein, befürchte ich. Ich brauche Hilfe, um sie alle zu sichten, um vielleicht auf etwas zu stoßen, das eine Verbindung zwischen den einzelnen Fällen herstellt. Okay?«

Er hatte eigentlich vorgehabt, Tom Hoagley damit zu

betrauen, doch während er seinen Plan in Worte faßte, wurde ihm bewußt, daß er es mit Constances Hilfe lieber selbst erledigen würde. Gemeinsam würden sie vielleicht auf Zusammenhänge stoßen, die jemandem wie Hoagley nicht auffallen mochten, obwohl er ziemlich gewitzt war.

»Glaubst du wirklich, daß all diese Brände etwas miteinander zu tun haben, daß ein System darin liegt?«

»Ja«, sagte er ohne zu zögern; bis dahin hatte er sich seine endgültige Entscheidung noch vorbehalten. Und selbst in diesem Moment wäre es vielleicht noch nicht zu spät gewesen, wenn sie ihn gedrängt hätte, ihr einen vernünftigen Grund für seine Entscheidung zu nennen, seine Haltung zu rechtfertigen. Er wäre dazu nicht in der Lage gewesen, und die Dinge wären dann vielleicht anders gelaufen.

## KAPITEL FÜNF

Charlie blieb vor der halbgeöffneten Tür zu Constances Arbeitszimmer stehen. Sie sprach auf Band. »... und die Kinder, die bis zur Pubertät in ihrer gewohnten Umgebung blieben, entwikkelten keine erkennbare Form von Xenophobie. Stattdessen behielten sie während ihres ganzen Erwachsenendaseins gegenüber anderen Menschen eine Einstellung des Akzeptierens, der Einfühlsamkeit und der Neugier bei. Gottverdammter Mist!« Etwas wurde auf den Tisch geknallt. Er blickte hinein. Sie hatte ihr Notizbuch auf den Tisch geworfen. Sie starrte ihn an.

»Entschuldigung«, sagte er. »Es gibt was zu essen. Wenn du Lust hast ...«

Sie stand auf und schob behutsam den Stuhl unter den Schreibtisch; ihre Bewegungen waren übertrieben bedacht, so wie es immer der Fall war, wenn sie außer sich vor Wut war. Dann verließ sie das Arbeitszimmer. »Dieser Idiot! Dieser verdammte, dickköpfige Idiot!«

»Waldman?«

»Weißt du, was er mir am Telefon gesagt hat? Zehn Minuten! Weil Isaacson seine Schau abziehen will, hat man uns die Zeit für unsere Einführung auf jeweils zehn Minuten zusammengestrichen!«

Sie gingen in die Eßecke in der Küche, und er schöpfte zuerst für sie Suppe, dann für sich selbst. »Jetzt mußt du deine Einführung raffen, was?«

Sie nahm einen Löffel Suppe, nickte, dann nickte sie mit mehr Nachdruck. »Gute Suppe. Ich kann es ja mal mit dir ausprobieren. Ich beginne mit der Definition des Begriffes. Leite ihn ab. Xeno von *xenos,* ein Wort aus dem Altgriechischen, das von einem noch älteren Wort, *wenwos,* abstammt, dessen Ursprung unbekannt ist. Das

Wort bedeutet fremdartig, der Fremde, der Ausländer, der Andersartige. So ungefähr. Schon in frühester Zeit, seit überhaupt Sprache überliefert ist, hat es ein Wort für die anderen gegeben. Okay. Phobie von *phobos*. Auch wieder griechisch, mit der Behauptung von Angst, Flucht, Panik. Das kommt von *phegw* und *phebesthai*, was wiederum Panik, Flucht aus Angst bedeutet. Daraus setzt sich Xenophobie zusammen — eine panische Reaktion auf Fremde und der Drang, vor ihnen zu fliehen. Nun behaupten also Isaacson und seine Bande, daß Xenophobie angeboren sei, und sie ziehen ihre Tierversuche heran, um diese Theorie zu beweisen. Du verstehst, ein Huhn kommt mit einer angeborenen Ablehnung gegenüber dem Hühnerhabicht auf die Welt und gegenüber jeder Kontur, die dem eigentlichen Feind in etwa ähnelt. Ich halte dagegen, daß wir keine Hühner und die Welt kein Tummelplatz von Hühnerhabichten ist. Und dann gibt es eine Studie, durchgeführt mit einer Gruppe von Kindern, die im Kleinkindalter während des Zweiten Weltkriegs in England zusammengesucht wurden. Eine bunte Mischung von Kindern. Mit der Studie, für die sie herhalten mußten, sollten Neurosen nachgewiesen werden. Verstehst du, es waren Kinder, die ihren Eltern weggenommen wurden, oder Waisen und so weiter, aber das war die beste Voraussetzung, um zu beweisen, daß niemand ihnen die Angst voreinander oder vor Fremden im allgemeinen beigebracht haben konnte, und sie hatten auch keine, weder damals noch später. Sie waren nicht xenophob. Sie sahen die Welt nicht so wie andere Menschen — eine Welt, in der jede Variation der Hautfarbe eine Bedrohung bedeutet. Darauf will ich in meiner Einführung hinaus, und das und die anderen Punkte, auf die es mir noch ankommt, kann ich einfach nicht in zehn Minuten darlegen.«

Er hörte ihr zu, nahm sich noch etwas Suppe, während er den wechselnden Ausdruck in ihrem Gesicht und das Sonnenlicht des Spätnachmittags auf ihrem Haar beobachtete. Selbst er hätte nicht zu sagen vermocht, wo es die ersten Ansätze von Grau zeigte und wo es noch immer den lichtblonden Ton hatte, den er seit mehr als fünfundzwanzig Jahren liebte. Als sie innehielt, sagte er: »Schatz, was würde passieren, wenn du die dir zugestandene Zeit einfach überschrittest? Wenn du statt zehn dreizehn Minuten sprächest? Würde man den Strom abschalten? Würde man den Stecker des Mikrofons herausziehen? Aus Protest geschlossen den Saal verlassen?«

Sie sah ihn skeptisch an, dann mußte sie plötzlich grinsen. Schließlich kicherte sie.

Als sie mit dem Essen fertig waren, ging sie mit ihm in sein Arbeitszimmer, und sie betrachteten die Landkarte, die er an die Wand geheftet hatte. Darauf waren die USA zu sehen, und da und dort steckten Markierungsnadeln.

»Rot für die Hotels, die zuerst ausgeräumt wurden und dann brannten«, sagte er. »Blau für die, die noch im ursprünglichen Zustand sind. Weiß für die beiden, für die keine Versicherungsdeckung besteht.«

»Ausgeräumt?«

»Ja. Manchmal geschieht es vor dem unerwarteten und bedauernswerten Ausbruch eines Feuers, daß der Besitzer die gesamte Holztäfelung oder das Inventar, den Teppichboden, bunte Glasfenster oder Dinge dieser Art verkauft.« Seine Stimme klang neutral, verriet nichts als die bloßen Tatsachen. »Die Baumeister haben Materialien verwendet, die damals zu einer normalen Ausstattung gehörten, die heute jedoch fast unbezahlbar sind. Manchmal werden sie vor dem Brand verkauft.«

»Hat es im Nordosten angefangen und sich nach Westen fortgesetzt?« fragte sie, während sie die Karte eingehend betrachtete.

»Nein. Der erste Fall, jedenfalls aus dieser Serie, ereignete sich in Ohio, der nächste in North Carolina, dann in Vermont, und weiter ging's in Kalifornien, Idaho und schließlich Washington.«

»Diese Serie«, murmelte sie. »Wenn Phil recht hat und die Zahl doppelt so hoch ist, dann gibt es bestimmt noch etliche Fälle, in denen niemand Verdacht geschöpft hat. Wahrscheinlich sind es so viele, daß du nie ein System darin entdecken kannst, selbst wenn es eins gibt.«

Er widersprach ihr in diesem Punkt nicht. Das Telefon läutete, und sie begab sich wieder an ihre eigene Arbeit, während er den Hörer abnahm. Es war Stan Kraskey, einer der Ermittler, der die Ruine des Hotels in der Nähe von Longview, Washington, untersucht hatte. Stan hatte vor fünfzehn Jahren als Polizeineuling unter Charlies Lehrherrnschaft in New York City gearbeitet.

Nach den üblichen Höflichkeitsfloskeln sagte Stan: »Herrje, Charlie, du weißt doch genau, daß du darin keine Gesetzmäßigkeit nachweisen kannst, selbst wenn sich zwei Fälle ähneln sollten. Das ist einfach nicht möglich. Es war genauso wie bei der Sache drunten in Kalifornien, das Orick-Feuer. Sieh mal, das Longview-Feuer ist zwölf Meilen von der nächsten Feuerwehrstation entfernt ausgebrochen. Die Jungs da oben sind ziemlich tüchtig, sie haben viel Erfahrung darin, während der trockenen Sommer rasch zum Schauplatz von Waldbränden zu gelangen, und für sie dürften zwölf Meilen ein Katzensprung sein. Es hatte ein paar Monate lang fast ununterbrochen geregnet, wie es dort oben im Winter üblich ist. Alles war patschnaß. Und der Laden brannte bis auf die Grundmauern nieder. Sie wußten, daß das Feuer gelegt worden sein mußte, und ich weiß es auch, aber darum geht es nicht. Es geht darum, daß sie es hätten löschen können, alle Voraussetzungen waren günstig dafür, doch sie löschten es nicht. Sie kamen verspätet dort an, hatten Probleme mit dem Schlauch, Probleme mit der Pumpe, der Druck reichte nicht aus, es war zuwenig Wasser im Tank. Zum Teufel! Der Kerl, mit dem ich gesprochen habe, sah mir offen in die Augen und log mich ungeniert an und wußte, daß ich wußte, daß er log.«

»Warum?« murmelte Charlie. »Was hatten sie davon?«

»Absolut gar nichts, soweit ich herausfinden konnte. Wenn ich den geringsten Anhaltspunkt gehabt hätte, warum das so war, dann hätte ich nicht lockergelassen, aber es gibt keinen Anhaltspunkt.«

»Kursierten irgendwelche Gerüchte über das Anwesen in der Gegend? Hatte es einen schlechten Ruf?«

»Charlie«, sagte Stan fast beleidigt. »Das kannst du dir doch denken.«

»Ja.« Es gab immer allerlei Geschichten um ein verlassenes Gebäude, besonders wenn es sich um ein so großes handelte, das eine gewisse Berühmtheit genossen hatte. »Gab es dort mehr als den üblichen Tratsch, oder drunten in Orick?«

»Falls das so ist, dann konnte ich nichts davon herausbringen. Ich bin in beiden Fällen nicht weitergekommen.«

»Gab es in einem oder beiden Gebäuden Anzeichen dafür, daß sie jemandem als Unterschlupf gedient haben könnten? Du weißt schon, Drogentypen, Obdachlose, irgend etwas in dieser Art?«

»Nein. Einer der Gründe, den die Feuerwehrleute in beiden Fällen für ihr verspätetes Erscheinen nannten, war der schlechte Zustand der Zufahrtswege. Und daran war durchaus etwas Wahres, wenn auch nicht viel, aber immerhin ein bißchen. Sie waren tatsächlich lange Zeit nicht benutzt worden.«

Charlie stellte noch einige Fragen und legte schließlich den Hörer auf, weniger zufrieden denn je. »Feuerwehrleute lassen Gebäude nicht einfach bis auf die Grundmauern niederbrennen, verdammt noch mal«, murmelte er vor sich hin.

Am nächsten Tag flogen sie nach San Francisco. Am

Sonntag waren sie zu einem aufwendigen Frühstücksbuffet mit raffinierten Häppchen eingeladen, und zum Mittagessen gab es indisches *Tandoori*-Huhn; Charlie sah danach der Woche, die vor ihnen lag, mit etwas mehr Begeisterung als zuvor entgegen. Er hatte die Absicht, nur zu den beiden Podiumsdiskussionen zu gehen, an denen Constance teilnahm, gut und üppig zu speisen, Angelausflüge zu unternehmen, einige seiner alten Freunde zu besuchen und sich ganz allgemein auszuspannen. Doch am Montag beschloß er entgegen all diesen Plänen, die Küste hinaufzufahren und den Schauplatz des Orick-Feuers zu besuchen.

Er faßte seinen Entschluß im Embarcadero, wo das Symposium in wenigen Minuten eröffnet werden sollte; er beobachtete Constance, die von Leuten umringt war, die er nicht kannte und nach deren Bekanntschaft er kein Verlangen verspürte. Es gab einen langen Tisch, vollbeladen mit Kaffee und Gebäck und Obst und Säften und sogar einer Orangen-Champagner-Bowle. Ein Mann neben ihm sagte: »Natürlich, wenn man die vielen Verästelungen des zu Tage tretenden Verhaltensmusters, wie sie sich bei Großstadtbewohnern darstellen, in Betracht zieht, kann man nicht umhin zuzubilligen, daß ohne angemessene psychologische Auswertung, angefangen von der Geburt und fortgesetzt durch die Kindheit, diese Kinder einfach die ihnen vorgezeichneten Rollen ausfüllen, die dadurch gekennzeichnet sind ...«

»Entschuldigen Sie mich bitte«, sagte Charlie, stellte sein Glas mit Bowle vorsichtig auf ein Geländer und ging weg. Der Mann sprach selbstvergessen weiter.

Charlie versuchte, sich einen Weg zu Constance zu bahnen, dabei schnappte er immer wieder Fetzen verschiedener Unterhaltungen auf. »Zunächst müssen wir eine Umgebung schaffen, die eine Aktualisierung des Potentials zuläßt ...«

»Sehen Sie, es gab da eine Parzelle Land, sieben Morgen, stellen Sie sich das vor! Und dann hatte ich die Idee. Die meisten Patienten brauchen zusätzlich zur psychologischen Betreuung physische Betätigung. Sind Sie nicht der gleichen Meinung?«

Charlie sah die Frau mit einer Mischung aus Ehrfurcht und Abscheu an. Unbezahlte Landarbeit, die ihr in der Stunde hundert Dollar und noch was einbrachte! Er ging weiter. Ein anderes Paar unterhielt sich über die Schwierigkeit, irgendwo einen Lehrstuhl zu bekommen. »Die alten, verstaubten Krähen räumen einfach nicht das Feld«, beklagte sich ein gutaussehender junger Mann.

»Hallo«, sagte Constance ziemlich dicht neben seinem Ohr. »Du machst einen verlorenen Eindruck.«

Er wandte sich zu ihr um. »Ich hatte gedacht, ich hätte bessere Nerven«, sagte er. »Wenigstens so gute, um das hier ein paar Tage lang durchzustehen. Irrtum! Ich hätte jetzt schon gern ein Gewehr und säße auf einem Hochsitz. Dabei hat die Diskussion noch nicht einmal angefangen. Es ist immer noch die Phase des Sich-Kennenlernens-und-ein-belegtes-Brötchen-miteinander-Essens, und ich könnte bereits Amok laufen.«

Lachend nahm Constance seinen Arm. »Ich weiß. Du sprichst lieber über den Wasserdruck pro Quadratzentimeter und darüber, welches Material für Schläuche vorzuziehen ist und ob die Gifte, die bei einem Brand durch die neuen Chemikalien freigesetzt werden, wirklich soviel schlimmer sind oder ob man ihre Auswirkung jetzt nur besser kennt.«

»Stimmt verdammt genau«, sagte er leidenschaftlich. Ein Mann, der auf der anderen Seite neben Constance stand, hörte belustigt zu. Er hatte einen hellbraunen, ordentlich gestutzten Bart, braune Augen und braunes Haar; er war lässig gekleidet mit einem Pullover und einer Freizeithose.

»Okay«, sagte Constance. »Bevor du eine aufsehenerregende Szene machst, möchte ich dich mit Byron Weston bekanntmachen.« Sie stellte die beiden Männer einander vor.

»Wir sind uns schon einmal irgendwo begegnet, nicht wahr?« sagte Charlie, während sie sich die Hände gaben, doch dann ließ er sofort einen Widerruf folgen. »Nein, nein. Ich kenne Sie vom Fernsehen.«

Byron Weston nickte, noch immer belustigt. »Macht es Ihnen etwas aus, wenn ich Sie benutze, um etwas zu demonstrieren, Mr. Meiklejohn? Würden Sie sich zur Verfügung stellen?«

Charlie warf Constance einen Blick zu, die allzu unschuldig dreinsah. »Sicher«, antwortete er.

»Um was ich Sie bitten möchte, ist folgendes: Schließen Sie die Augen, und beantworten Sie uns ein paar Fragen. Das ist alles.« Charlie schloß die Augen. »Wie hoch ist dieser Raum bis zur Decke?«

»Neun Meter.«

»Wie viele Menschen befinden sich in diesem Saal?«

»Zweihundertvierzig, einschließlich sieben Hotelbediensteter, drei Kriminalbeamter in Zivil und eines Hoteldetektivs.«

Constance hörte voller Ehrfurcht zu, während Charlie noch einige weitere Fragen dieser Art beantwortete, jedesmal ohne das geringste Zögern. Als Byron ihm dankte, drückte sie seinen Arm.

»Das war die ganze Demonstration?« fragte Charlie. »Das beweist doch nur, was eine gründliche Ausbildung ausmacht. Es wird einem sozusagen zur zweiten Natur, Dinge wahrzunehmen, die in den eigenen Arbeitsbereich fallen.«

»Genau das wollte ich darlegen, Mr. Meiklejohn. Ihre Gattin und ich unterhielten uns vorhin über ein Therapeutenteam, das ich zur Zeit zur Behandlung des Postkrisis-Effekts ausbilde. Manche Menschen machen unmittelbar im Anschluß an eine Situation, die ihre Nerven bis zum äußersten beansprucht hat, einen stabilen Eindruck, und Monate, ja sogar Jahre später wird dann ihre persönliche Krisis ausgelöst, bricht die Reaktion aus ihnen heraus. Das geschieht bei Geiseln, Opfern von Amokläufern, unschuldigen Menschen, die von Bankräubern bedroht wurden, selbst bei Überlebenden von Naturkatastrophen. Es besteht in weiten Kreisen eine gewisse Ablehnung gegenüber der prophylaktischen Therapie zur Vorbeugung gegen diesen Effekt, doch wir versuchen, neue Anhänger dafür zu gewinnen.«

Charlie nickte nachdenklich. »Wir erleben das gleiche bei den Opfern von Bränden«, sagte er. »Zuerst meint man, es handelt sich nur um einen unmittelbaren Schock, weil jemand beinah in einem Feuer umgekommen ist, doch manchmal hat man den Eindruck, daß im nachhinein beinah so etwas wie ein Schuldkomplex aufkommt. Wenn ein Feuerwehrmann ohne seine Ausrüstung ein Gebäude stürmt, was manchmal erforderlich ist, wird das Gefühl der Schuld aus einem unerfindlichen Grund stärker. Als ob sein Schutzanzug, der Helm, die ganze Ausrüstung ihm das tröstende Gefühl verschafften, daß er beim besten Willen nicht mehr hätte tun können.«

Ein verhaltenes Klingeln ertönte, und die Leute begaben sich nach und nach an den langen Tisch, um Tassen und Servietten loszuwerden. Byron Weston warf einen verärgerten Blick in Richtung der Türen. »Mr. Meiklejohn, das ist genau das, was ich zu ergründen versuche. Könnten wir nicht einmal zusammen essen, vielleicht heute abend?«

»Es tut mir leid, aber ich glaube nicht, daß ich dann noch hier sein werde.« Er wandte sich an Constance. »Ich dachte, ich fahre mal rauf nach Orick und verschaffe mit einen Überblick vor Ort. Vielleicht bleibe ich einen oder zwei Tage dort.«

Byron lachte. »Wie wäre es dann mit morgen abend? Zufällig bin ich morgen abend ebenfalls in Orick.«

Charlie hob die Schultern. »Warum nicht?«

»Ich wohne im Motel Seeblick, einige Meilen südlich

der Stadt. Hinterlassen Sie eine Nachricht, wo ich Sie erreichen kann; dann werden wir etwas vereinbaren. Wunderbar, Mr. ... darf ich Charlie sagen? Vielen Dank.« Es klingelte wieder, diesmal irgendwie mit einem etwas ungeduldigen Beiklang. Er verzog das Gesicht und sagte: »Ich muß jetzt gehen, Charlie. Bis morgen abend.« Fast im Laufschritt entfernte er sich.

»Aha«, sagte Charlie, während er ihm nachblickte, bis er außer Sicht war. »Er will offenbar die Eröffnungszeremonie auf keinen Fall verpassen.«

Constance lächelte mitleidig. »Liebling, er *ist* die Eröffnungszeremonie. Er ist der Hauptredner und Leiter des Symposiums. Ich muß jetzt auch gehen.«

Er gab ihr einen Kuß. »Ich werde dich heute abend anrufen.« Er sah ihr nach, wie sie davoneilte, und dann schlenderte er durch den sich leerenden Saal, den er Byron Weston gegenüber so genau beschrieben hatte, obwohl er sich nicht erinnern konnte, sich besonders angestrengt zu haben, diese Einzelheiten wahrzunehmen und sich einzuprägen.

An diesem Abend beobachtete Charlie den Sonnenuntergang durch die großen Fenster von Sam's Fish House, zehn Meilen südlich von Orick in Kalifornien. Mit an seinem Tisch saß J. C. Crandle, fünfunddreißig, früher FBI-Beamter und jetzt Leiter der Polizei von Orick. J. C. war grob gebaut und braungebrannt. Sein Haar lichtete sich, es war hellbraun und vorn von der Sonne so gebleicht, daß es fast blond wirkte. Seine Augen waren dunkelblau, ohne Wärme.

»Stellen Sie ruhig alle Fragen, die Sie stellen wollen«, sagte J. C. »Sie werden damit nichts erreichen. Es steht alles im Bericht, das ganze Geschehen ist dort genau festgehalten, es gibt nichts mehr hinzuzufügen. So ist es.«

»Sie waren damals doch noch nicht bei der hiesigen Polizei, oder? Wie können Sie so sicher sein, daß alles in dem Bericht steht?«

J. C. leerte sein Bierglas mit einem Zug und bestellte mit einer Handbewegung eine neue Flasche. Eine junge Frau in einer engen, roten Hose, gleichzeitig Bedienung und Barfrau, kam an ihren Tisch geschlendert, blinzelte sie beide an und nahm die beiden leeren Flaschen mit.

»Es steht alles drin«, wiederholte J. C., und sein finsterer Blick galt nicht so sehr Charlie, als vielmehr dem übrigen Teil des Speiseraums, dem anderen halben Dutzend Leute, die sich darin befanden, dem prachtvollen Sonnenuntergang jenseits der Fenster. »Ich weiß, daß alles drinsteht, weil sich niemand auch nur einen Scheißdreck für dieses verdammte Feuer interessierte.«

Charlie bestellte eine Terrine mit Muscheln in dampfendem Sud, und sie machten sich darüber her sowie über einen Laib warmes Brot, der als Beilage dazu serviert wurde. Ein paar Minuten lang sprach keiner von ihnen.

»Sehen Sie, Charlie«, sagte J. C. schließlich, »der Kerl von der Versicherung, der hier nach dem Brand auftauchte, das war eine ziemliche Niete, verstehen Sie?«

Charlie zuckte die Achseln. »Normalerweise ist er recht fähig. Er hat einen Riecher für Brandstiftung.«

»Kann schon sein, aber er ist eine Niete. Er tauchte hier gleich nach dem ganzen Durcheinander und den Scherereien auf. Leute, die etwas zu berichten hatten, wollten über die Scherereien sprechen. Leute, die nichts zu berichten hatten, konnten eben nichts sagen. Er dachte, sie wichen ihm aus. Ausweichen, so ein Blödsinn! Es interessierte sie einfach einen Scheißdreck.«

»Was für Scherereien waren das?« fragte Charlie und wußte im gleichen Moment, daß er damit den Punkt getroffen hatte, auf den J. C. zu sprechen kommen wollte, daß er über nichts anderes als über diese Probleme sprechen wollte.

»Sehen Sie? Das unterscheidet Sie von dem anderen. Die Leute wollten die Sprache darauf bringen, und er klappte sein Notizbuch zu, sagte vielen Dank und ging weg. Es stand damals in den Zeitungen. Wahrscheinlich haben Sie etwas darüber gelesen, es jedoch wieder vergessen.«

Er hatte die Stimme gesenkt, sie hörte sich jetzt fast drohend an. Er hob den Blick von der Schüssel mit Muschelsud und dem Brot, und sah sich gehetzt und lauernd im Raum um, dann dämpfte er seine Stimme noch mehr. Seine Erzählung wurde mehrmals unterbrochen durch den Hilfskellner, der die leeren Muschelschalen wegräumte, durch die Frau in der roten Hose, die noch mehr Muscheln brachte, andere Gäste, die ihn begrüßten, das Auftischen von noch mehr Bier und seine eigenen langen Pausen, während derer er grübelte, wie er sich am besten ausdrücken sollte, oder sich wieder intensiv seinem Essen widmete. Er brauchte länger als eine Stunde für die ganze Geschichte.

Zwei Schwestern, Beth und Louise Dworkin, waren vor zehn Jahren in diesen Küstenstrich gezogen, berichtete er. Beth war dreiundfünfzig, Louise dreiundvierzig. Keine von beiden war je verheiratet gewesen. Sie hatten als Lehrerinnen in Sacramento gearbeitet, bis sie nach Orick zogen, um selbst ein Internat für Kinder bis zur sechsten Klasse zu eröffnen. Einige Kinder wurden ihnen nur während der Woche in Obhut gegeben, manche während der ganzen Saison, andere fürs ganze Jahr.

»Sie stellten eine Musiklehrerin ein, eine weitere Lehrerin zur Aushilfe, einen Busfahrer für Ausflüge — wie es eben für eine Schule normal war. Und sie hatten es mit einer Horde von kleinen Wilden zu tun, das steht fest. Dann fingen die Scherereien an.« J. C.s dunkelblaue Augen sahen schwarz und stumpf aus.

»In der Weihnachtszeit fuhren die meisten der Kinder nach Hause, doch ein paar blieben während der Ferien dort. Eine Woche vor Weihnachten, vor vier Jahren, wurde eins der kleinen Mädchen, elf Jahre alt, aufgegriffen, wie es splitterfasernackt und ungebändigt wie ein Floh durch den Wald tobte. Die Kleine sprach wirres

Zeug und schrie. Eine Gruppe von Collegestudenten entdeckte sie. Zwei der Jungen nahmen ihre Verfolgung auf. Sie war wirklich übergeschnappt, zappelte, strampelte und brüllte. Jedenfalls konnte sie sich losreißen, sie rannte zur Klippe und stürzte hinunter.«

Die Collegestudenten waren zur Polizei gegangen, und etwa zur gleichen Zeit hatten die Schwestern Dworkin das Verschwinden des kleinen Mädchens gemeldet. Als sie von dessen Tod erfuhren, waren sie zutiefst erschüttert; sie sprachen davon, die übrigen Kinder nach Hause schicken zu wollen, und erwogen sogar, die Schule ganz zu schließen, für eine Weile oder für immer. Doch die Leute redeten es ihnen aus. Auch andere Kinder legten ein merkwürdiges Verhalten an den Tag; der Arzt sprach von einer Hysterie. Beth litt in dieser Zeit unter heftigen Kopfschmerzen, und er behauptete, das beruhe auf übermäßigem Streß. Weihnachten stand vor der Tür, Kinder waren krank, eine Lehrerin war krank — das war mehr, als der Arzt verkraften konnte, und er genehmigte sich erst einmal einige Wochen auf Hawaii, nachdem er alle Symptome als Hysterie abgetan hatte, als Auswirkung des bedauernswerten Todesfalls, an dem niemand schuld war. All das würde vorübergehen, versicherte er Louise, sobald das neue Schuljahr begänne und der normale Alltag wieder einkehrte; dann fuhr er wie geplant in Urlaub. Ein anderer Arzt stand als Vertretung zur Verfügung, aber niemand kannte ihn so richtig, und irgendwie konnte sich niemand aufraffen, ihn tatsächlich zu konsultieren. Weihnachten kam und ging vorüber; die beunruhigenden Vorfälle setzten sich fort, wurden vielleicht noch schlimmer. Von da an wurde die ganze Sache zu undurchsichtig, als daß sich jemand einen Reim darauf hätte machen können — so erzählte J. C.

Die junge Lehrerin, die die Schwestern eingestellt hatten, kam zurück, die Musiklehrerin kam wieder, Kinder trafen nach und nach fürs neue Schuljahr ein, und allem Anschein nach verliefen die Dinge wieder in normalen Bahnen. Dann verschwand die Musiklehrerin. Sie ging am Mittwoch wie üblich zur Schule, unternahm einen Spaziergang im Wald und wurde nie wieder gesehen. Ein Hausmeister verschwand. Ein paar Tage später erschien ein Lieferant bei der Polizei und berichtete, daß er schreckliche Schreie gehört habe, die aus dem oberen Stockwerk der Schule gedrungen seien, und daß Louise sich so sehr wie eine Wahnsinnige benommen hätte, daß er Angst vor ihr bekommen habe. Sie hatte sich die Kleider vom Leib gerissen, hatte obszöne Dinge gebrüllt, sich wie eine Rasende gebärdet.

J. C. Crandle setzte sich aufrechter hin, als er zum Ende der Geschichte kam, so, als ob er sich von einer großen Last befreit hätte. »Und dann«, sagte er, »als sie hinkamen, waren die Schwestern alle beide übergeschnappt. Eins der Kinder war tot, zu Tode geprügelt. Zwei wurden vermißt und sind nie gefunden worden. Die Musiklehrerin tauchte nicht wieder auf. Die andere junge Lehrerin wurde erwürgt aufgefunden. Von den sechsundzwanzig Kindern, die entweder schon zurückgekommen oder gar nicht nach Hause gefahren waren, hatten sich elf drei Tage lang in einem der oberen Räume eingeschlossen; die anderen waren alle mißhandelt, geschlagen, gefoltert worden, waren verschwunden, wahnsinnig oder tot. Das waren die Scherereien, die wir hier hatten, Charlie. Und als zwei Wochen später das Hotel in Flammen aufging, kam es diesem Typen komisch vor, daß niemand *darüber* sprechen wollte.«

»Sie waren damals noch nicht hier?« fragte Charlie.

»Nein.« Er holte tief Luft. »Sie werden es sowieso erfahren. Heute abend oder morgen. Sobald ich hier rausgehe und Sie allein im Restaurant bleiben. Der Arzt, der nach Hawaii gereist war, kam aus dem Urlaub zurück, ging ins Schulhaus und hängte sich auf. Er war mein Vater.«

Charlie blieb noch, nachdem J. C. gegangen war. Er

trank zwei Tassen Kaffee und ging schließlich ins Motel Seeblick zurück. Er hatte dort noch ein Zimmer bekommen, im selben Motel, in dem Byron Weston am nächsten Abend absteigen wollte. Postkrisis-Therapie. Er war noch nicht reif fürs Bett, es würde noch Stunden dauern, bis er soweit wäre. Er ging in sein Zimmer, meldete ein Gespräch mit Constance an und war froh, daß sie noch nicht vom Abendessen zurückgekehrt war. Er hinterließ eine Nachricht und ging hinaus, um in der dunklen, kalten Nacht einen Spaziergang am Strand zu machen.

## KAPITEL SECHS

Am nächsten Nachmittag wanderte Charlie zum höchsten Punkt der Landspitze, dem Gelände mit dem niedergebrannten Hotel. Er liebte den Blick übers Meer, wenn sich seine grenzenlose Weite vor ihm erstreckte. Vom Hotel an sich war nichts mehr zu erkennen. Das Feuer hatte in seiner Zerstörung gründliche Arbeit geleistet, und Abbruchmannschaften hatten die Trümmer mit Bulldozern zusammengeschoben und in die Vertiefungen geschaufelt, die einst Parterre und Tiefparterre gewesen waren. Jetzt überwucherten Pflanzensprößlinge die Auffahrt und wuchsen aus den Fugen der Steine eines ehemaligen gewundenen Pfads. Er stand am Rand der Klippe, angelehnt an eine brusthohe Steinmauer mit einem Kamm aus glattem Kalkstein.

Das Hotel hatte einst mit ausgedehnten, kunstvoll angelegten Gärten geprunkt, mit gepflegten Wegen und Pfaden zum Strand hinunter — es mußte zu seiner Zeit schon etwas dargestellt haben, dachte er, während es ihm heute wie damals das Schauspiel der untergehenden Sonne bot, die am Horizont in etwas, das aussah wie ein Schneetreiben, versank. Nebel zog auf. Dichter Nebel hatte in jener Nacht geherrscht, als es ausbrannte, fiel ihm wieder ein. Die ganze Landzunge mußte wie die Aurora geglüht haben. Und niemand war gekommen, bis es zu spät war. Er blickte finster aufs Meer hinaus, das sich jetzt in eine graue Fläche mit einem Spitzenbesatz aus weißem Schaum verwandelt hatte.

»Mr. Meiklejohn?«

Er zuckte zusammen, und als er sich umdrehte, sah er einen alten Mann am Ende der Auffahrt. Auf sein Nikken hin kam der alte Mann näher. Er trug eine Baseball-

Mütze, einen dicken Pullover, so etwas wie eine Schifferhose und Stiefel. Seine Haare waren weiß und lang, sie hingen unter der Mütze heraus und flatterten im Wind. Sein Gesicht war tief zerfurcht und sonnengebräunt.

»Burry Barlow«, sagte der Mann, während er sich weiter näherte und die Hand ausstreckte.

Seine Hand war hart und trocken wie Treibholz, sein Griff fest. Charlie lehnte sich an die Mauer und sah ihn forschend an. Barlow seinerseits betrachtete ihn ebenso forschend.

»Habe gehört, daß Sie mich fast den ganzen Tag lang gesucht haben«, sagte er schließlich und wandte sich ab, um aufs Meer hinauszublicken.

»Das stimmt«, bestätigte Charlie. »Ich ermittle im Fall des Hotelbrandes. Warum hat man es brennen lassen, Mr. Barlow?«

Der alte Mann sah ihn an, dann schmunzelte er. »Sie schleichen nicht lange um den heißen Brei herum, was?«

»Vielleicht bin ich der einzige in diesem ganzen verdammten Land, der das nicht tut«, gab Charlie zu.

Barlow schmunzelte erneut und nickte. »Wir benutzen Ihr Büchlein bei uns in der Wache, wissen Sie. Das Handbuch. Stehen einige sehr brauchbare Sachen drin. Gutes Schulungsbüchlein.«

Charlie wartete.

»Sie haben sich mit J. C. unterhalten«, fuhr Barlow nach einer Weile fort. »Der ist natürlich erst hierhergekommen, nachdem sein Dad sich aufgehängt hat, deshalb kann er nicht wissen, wie es hier wirklich zugegangen ist. Es war ein Tollhaus, Mr. Meiklejohn. Lauter Irre.«

»Das Hotel ist erst einige Wochen nach den anderen sogenannten Scherereien abgebrannt«, sagte Charlie ungerührt. »Es bestand keine Verbindung zwischen beidem.«

»Vielleicht, vielleicht auch nicht. Doch die Scherereien waren damals noch nicht ausgestanden. Mildred Searles stürzte mit dem Auto von der Klippe, und Carey Duke unternahm eine Wattwanderung und kam nie mehr zurück. Das war, nachdem man die Schwestern abgeholt hatte. Man kann sagen, daß wir danach immer noch Scherereien hatten, Mr. Meiklejohn.«

»Erzählen Sie mir von der Nacht, in der das Feuer ausbrach«, sagte Charlie schroff.

»Richtig. Ich war Einsatzleiter, wie man Ihnen im Ort sicher erzählt hat. Bin seit zwanzig Jahren nicht mehr selbst ausgerückt, aber ich helfe auf der Wache immer noch manchmal aus. Ich kenne jede Straße in der Gegend wie meine eigene Westentasche.« Er ließ weiterhin den Blick suchend übers Meer schweifen, als ob er nach Walen Ausschau hielte. »Um vier Uhr morgens rief Michael Chubb an. Sagte, die Schule stünde in Flammen. Das war alles. Er sah es, als er sich auf dem Weg hinunter zu den Docks befand. Niemand wußte, ob man zum Fischen würde rausfahren können — der Nebel, wissen Sie —, doch sie gingen alle runter zu den Docks und lungerten dort herum, für den Fall, daß er sich bei Sonnenaufgang etwas lichten würde.« Er holte tief Luft. »Ich ging mit meinem Fernglas hinaus und sah zu dieser Landzunge hier herüber; da war nur ein schwacher rötlicher Schein, mehr nicht, und ich dachte ebenfalls, es sei die Schule. Das dachten wir alle, und wir wollten, daß sie niederbrennt, Mr. Meiklejohn. Verlassen Sie sich darauf, das wollten wir. Ja, wir haben es sogar als Tatsache vorausgesetzt, daß einer von uns, einer, der unter den Scherereien besonders zu leiden hatte, sie angezündet hat. Jemand wie Joe Eglin zum Beispiel. Die arme Mrs. Eglin schrie drei Tage lang ununterbrochen. Haben Sie davon gehört? Endlich hörte sie auf zu schreien, und seither hat sie kein einziges Wort mehr gesprochen oder sonst irgendeinen Ton von sich gegeben, soweit wir alle wissen. Wenn Joe das Feuer gelegt hätte, dann hätte ihm nicht einer von uns einen Vorwurf deswegen gemacht. So war das.«

»Als Sie merkten, daß es sich um das falsche Gebäude handelte, nahmen Sie jedenfalls zur Lüge Zuflucht«, sagte Charlie verbittert. Er war müde, so müde, wie er sich auch in New York schon immer gefühlt hatte, wenn er Ruinen und Asche durchwühlen mußte, auch wenn es nur wenige Minuten lang war. Der Gedanke an Feuer machte ihm immer schwer zu schaffen.

Burry Barlow zuckte die Achseln und blickte über das ehemalige Hotelgelände. »Ich weiß nicht, ob es das falsche Gebäude war«, sagte er schließlich zögernd. »Die Scherereien hörten nach dem Brand schlagartig auf. Manche Leute sagten, sie hätten nach dieser Nacht seit vielen Wochen zum erstenmal wieder richtig geschlafen, und wir alle hatten das Gefühl, als ob uns etwas Schweres und Böses von den Schultern genommen worden wäre. Und übrigens, als die Männer hier ankamen, war der Brand schon zu weit fortgeschritten. Sie konnten nicht viel mehr tun als zuschauen.«

»Es gab Probleme mit dem Schlauch, wegen eines Stromausfalls konnte nicht Alarm gegeben werden. Sie stolperten und konnten zehn Minuten lang nicht weiterlaufen, die Benachrichtigung der einzelnen Männer verzögerte sich ... Sie haben einen Meineid geleistet. Sie alle. Warum sagen Sie mir jetzt plötzlich die Wahrheit?«

»Sie sind einer von uns, Mr. Meiklejohn, ein Feuerwehrmann wie wir. Da Sie ohnehin Bescheid wußten, hatte das Lügen keinen Sinn mehr. Doch an unseren offiziellen Aussagen ändert das natürlich nichts, und ich bin ein alter Mann mit senilem Geist, mein Erinnerungsvermögen ist längst beim Teufel. Doch Sie sollten die Wahrheit wissen.«

Charlie brummte; er war einer von ihnen, das stimmte. »Haben sich in jener Nacht irgendwelche Fremden hier herumgetrieben?« Barlow schüttelte den Kopf.

»Sind Sie herausgekommen, um sich das Feuer anzusehen? Wie war das, als Sie hier ankamen?«

»Ich bin hergekommen«, sagte Barlow. »Es war Brandstiftung, ohne Zweifel, und dazu von einem Könner. Das Feuer fing im zweiten Stock in einem Innenraum an und setzte sich eine ganze Zeitlang nach oben und unten fort, bevor es die Außenwände erreichte. Es ist komisch, Mr. Meiklejohn, Sie wissen doch, wie bei einer Explosion alles nach außen drängt, ein dem Mittelpunkt entgegengerichtetes Streben nach außen, so stelle ich mir das vor.«

»Eine Explosion?« fragte Charlie. »Was befand sich denn dort drin, das explodieren konnte?«

»Keine Explosion«, sagte Barlow nachdenklich. »Ich würde sagen, eine Implosion. Es bildete sich ein Vakuum und sog alle Materie in sich auf. Selbst die größten Balken und solche Sachen wurden regelrecht angezogen, strebten der Mitte zu.« Er sah Charlie herausfordernd an. »Haben Sie irgendeine Erklärung für so etwas?«

»Nein. Was noch? Sie könnten jetzt wirklich mit der ganzen Wahrheit herausrücken.«

»Ja. Es gibt noch mehr.« Er lehnte sich in lümmelnder Haltung an die Wand, den Rücken dem Meer zugekehrt. »Ich stand während des Brandes genau an dieser Stelle. Kein Wind, kein Regen, nur Nebel und Feuer. Ein hübscher Anblick. Sie kennen so was ja.«

Charlie nickte. Brände waren das Schönste auf der Welt, das wußte jeder Feuerwehrmann.

»Eben. Wunderschön, bei dem Nebel. Am nächsten Tag, als es sich abgekühlt hatte, kamen ich und ein anderer Typ hierher, und wir gingen hinein. Wir fanden den größten Teil von zwei Skeletten. Nicht alles, nur den größten Teil.«

Charlie spürte, wie ihn ein Frösteln durchlief. Der ruppige Wind, der jetzt eisig vom Meer her wehte, mochte daran schuld sein; es war sehr kalt geworden. »Fahren Sie fort«, sagte er schroff.

»Na ja. Wir besprachen die Sache, wollten eigentlich den Sheriff rufen, sprachen weiter und beschlossen, daß wir besser die Kriminalpolizei benachrichtigen sollten. Dann wurde dem anderen Typen schlecht, wir besprachen noch einmal alles, und schließlich begruben wir die Skelette wieder. Sie liegen noch dort drin. Ich sagte ein paar Worte zu dem Begräbnis, und damit war das erledigt. Keine weiteren Scherereien mehr, beschlossen wir, nur keine Scherereien mehr! Sie waren mausetot. Soweit wir das beurteilen konnten, hätten sie seit einigen Jahren tot sein können. Also begruben wir sie.«

»Männer? Frauen? Kinder? Wer waren sie?«

»Ein Mann, gut einsachtzig groß. Eine Frau, vielleicht fünfundfünfzig.«

»Kann es sein, daß irgend jemand vor Ausbruch des Feuers hier herausgefahren ist?«

»In der Brandnacht mußten wir die Kette vor der Einfahrt mit Gewalt aufschneiden. Sie war völlig festgerostet. So, das ist alles, was ich weiß, Mr. Meiklejohn. Jetzt kennen Sie die ganze Geschichte. Und ich werde jedes Wort abstreiten, wenn irgend etwas davon nach außen dringt. Vielen Dank, daß Sie mir zugehört haben.« Er beugte sich gegen den Wind weit nach vorn und stapfte mühsam davon.

»Barlow«, rief Charlie ihm nach, »danke.«

Der alte Mann winkte mit der Hand, sah sich jedoch nicht mehr um.

In seinem Motelzimmer goß sich Charlie einen Drink ein, schaltete das Fernsehgerät ein, um die Nachrichten zu sehen, und saß dann mit starrem Blick davor, ohne das geringste zu sehen oder zu hören. Auf seinem Weg zum Hotelgelände war er an der Schule vorbeigefahren, ohne ihr Beachtung zu schenken; jetzt versuchte er, die Strecke zu rekonstruieren. Das Grundstück der Schule und das des Hotels hatten zwar einen gemeinsamen Zaun, die Gebäude aber standen etwas mehr als eine

Meile weit auseinander. Bei dem dichten Nebel hatte es wahrscheinlich so ausgesehen, als ob die Schule in Flammen stünde, besonders für die Leute im Ort, die sich sehnlichst wünschten, daß die Schule brennen sollte. Zumindest begriff er jetzt, warum sich die Männer der freiwilligen Feuerwehr nicht übermäßig beeilt hatten. Er überdachte noch einmal die verschiedenen Vorkommnisse, die die »Scherereien« verursacht hatten. Die Musiklehrerin war verschwunden, ebenso der Hausmeister. Die Skelette in dem Hotel. Warum? Er nahm einen großen Schluck und setzte das leere Glas ab. Es war fast sieben Uhr, und er wußte, daß er sehr bald betrunken sein würde, wenn er nicht bald etwas äße. Er hätte gern Constance angerufen, aber er kam zu dem Schluß, daß sie wahrscheinlich schon zum Abendessen gegangen war. Sie fehlte ihm.

Er hatte sein Fenster einen Spaltweit offen gelassen; der Wind blies heulend herein. Er stand auf und schloß das Fenster. Das Problem war, dachte er, daß er zugelassen hatte, daß die Leute hier ihre »Scherereien« in seinem Denken mit dem Feuer vermengt hatten, und jetzt konnte er die beiden Dinge nicht wieder voneinander trennen. Und das lag nur daran, weil er zu großen Hunger hatte! Mit einem plötzlichen Entschluß verließ er sein Zimmer und ging in den Speiseraum des Motels. Wenn Byron dort auftauchen würde, bevor er fertig war, gut; wenn er nicht auftauchte, auch gut. Er blieb an der Empfangstheke stehen, um eine Nachricht zu hinterlassen, und in diesem Moment kamen Constance und Byron Weston herein.

Sein Lachen war aufrichtig und ungekünstelt wie das eines Kindes, als er sie sah und auf sie zulief, um sie in die Arme zu nehmen und zu küssen. Zehn Minuten später saßen sie alle drei im Speiseraum.

»Ich war um eins fertig, und wir hatten beide Lust abzuhauen, also sind wir abgehauen. Am heutigen Nachmittag und auch noch den morgigen Tag über beherrschen die Fühlis die Szene«, sagte Constance, während sie seine Hand auf dem Tisch umfaßt hielt.

»Und die Brüllis und Berühris«, sagte Byron ernst.

»Und die Heuler und Renner und Vorturner«, fügte Constance hinzu und lachte. Sie und Byron hatten sich während der letzten Stunde ihrer Fahrt die Zeit mit einem Wortspiel vertrieben, indem sie die Verfechter verschiedener Therapien mit neuen Begriffen beschrieben. Sie drückte Charlies Hand und ließ sie dann los, um die Speisekarte zur Hand zu nehmen. »Genug von dem Quatsch. Ich habe wahnsinnigen Hunger.«

Schließlich hatten sie alle etwas zu essen vor sich stehen, und Charlie hörte zufrieden Byron zu, der ihm seine Postkrisis-Therapie auseinanderlegte.

»Behandeln Sie J. C. Crandle?« fragte Charlie.

»Sie kennen ihn?«

»Ich habe ihn eben erst kennengelernt.«

»Die Antwort lautet: nein. Er kam ja eigentlich erst hierher, als die Katastrophe vorüber war. Bei seinem Vater wäre die Therapie vielleicht angebracht gewesen, doch nicht beim Sohn. Als er nach Hause kam, war er vollkommen von Sinnen, wollte irgend jemanden zusammenschlagen. Wahrscheinlich hat er sich immer noch nicht beruhigt, möchte ich wetten. Doch er ist nicht das Opfer, nach dem wir suchen und dem wir helfen möchten.«

»Wie ist es mit Burry Barlow?«

Byron schüttelte den Kopf. »Ich kenne ihn nicht einmal. Was hat er damit zu tun?«

»Wenn ich das nur wüßte! Ich dachte nur so.« Er widmete sich eine Weile schweigend seinem Essen, dann fragte er: »Was ist mit den beiden Schwestern, die durchgedreht sind? Und mit der bedauernswerten Mrs. Eglin?«

»Sie haben sich schon ganz schön umgehört, wie?« fragte Byron. Sein Blick war eine Spur freundlicher als noch vor ein paar Minuten. »Sehen Sie, unsere einzige

Absicht ist es, jenen zu helfen, die unter den Ereignissen direkt zu leiden hatten, nicht jenen, die ein Verbrechen begingen. Sie sind in einem Krankenhaus, in der Staatlichen Psychiatrischen Klinik, nehme ich an, obwohl ich es nicht genau weiß. Vermutlich werden sie mit Elektroschocks und Psychopharmaka behandelt. Gott weiß, was man alles mit ihnen anstellt. Das ist nicht mein Gebiet, weder das eine noch das andere. Was Mrs. Eglin angeht, ihr Zustand steht in keinem Zusammenhang mit der ganzen Sache. In ihr hat offenbar seit Jahren schon eine starke Veranlagung zur Schizophrenie geschlummert. Plötzlich kam sie zum Ausbruch, wie es so oft passiert, ohne daß man einen direkten Auslöser erkennt. Doch mit der Angelegenheit, mit der wir uns hier beschäftigen, hat das nicht das geringste zu tun.«

Constance erkannte, daß Charlie ab diesem Moment während des Zuhörens sein offizielles Gesicht aufsetzte. Er sah desinteressiert aus — vielleicht sogar gelangweilt —, machte die richtigen Bemerkungen an den richtigen Stellen und benutzte den größten Teil seines Gehirns für seine eigenen Gedanken. Und Byron merkte nichts davon, wie sie außerdem mit einiger Geringschätzung feststellte.

Beim Kaffee fragte Byron, ob sie Lust hätte, am nächsten Tag seine Therapeutengruppe kennenzulernen und ihrer Diskussion über das während der vergangenen Monate Erreichte beizuwohnen. Sie setzte gerade zu einer höflichen, bedauernden Ablehnung an, als Charlie sie unterbrach. »Warum gehst du nicht hin, Schatz? Ich werde den ganzen Tag über ziemlich eingespannt sein. Vielleicht springt sogar Stoff für einen Artikel für dich dabei heraus.«

Byron machte eine Sekunde lang einen verunsicherten Eindruck. Scheinheilig fragte Charlie: »Hätten Sie etwas dagegen, wenn sie über Ihre Arbeit hier schreiben würde?«

»Keineswegs«, sagte Byron. »Sie werden natürlich verstehen, daß ich selbst über unsere Arbeit bereits ziemlich ausführlich geschrieben habe.«

»Daran zweifle ich nicht, doch Constances Sachen werden auf breitester Ebene veröffentlicht. *Harper's, The New Yorker,* in solchen Blättern.« Constance versetzte ihm unterm Tisch einen Fußtritt, und er lächelte sie liebevoll an. »Möchtest du einen Cognac?«

»Was sollte denn dieses Theater?« fragte sie ihn später, als sie in ihrem Zimmer waren. »Er ist kein Scharlatan, zum Teufel. Die Arbeit, die sie machen, ist wichtig und wertvoll.«

»Das nehme ich an«, sagte er und nahm sie in die Arme. »Du hast mir gefehlt. Dein Haar riecht gut. Jedenfalls«, fuhr er fort, als sie ihn wegschob und immer noch zweifelnd ansah, »wollte ich erreichen, daß er dir erlaubt, Fragen zu stellen, und wenn er mit der Möglichkeit einer Veröffentlichung rechnet, dann sind ihm Fragen willkommen. Veröffentlichung bedeutet Geld, nicht wahr? Zuschüsse, staatliche Gelder, was weiß ich. Sonst würde er doch nur wieder das Ruder übernehmen und den Kahn in seine Richtung steuern, so wie er es während des Essens gemacht hat. Ich habe mich ihm nicht in den Weg gestellt, sondern ihm die Führung überlassen, die er auch prompt ergriffen hat. Stimmt's?«

Sie holte tief Luft und nickte dann. »Stimmt. Das ist so seine Art.«

»Und jetzt denkt er, ich bin ein blöder Bulle, und du bist das Gehirn der Familie. Und natürlich hat er recht. Wenn du es irgendwie einrichten kannst, zeig ihm die Unterlagen. Finde heraus, wer zu seinen Patienten gehört und in welchem Zusammenhang sie mit der Schule stehen oder standen und ob es irgendeine Verbindung zu dem Hotel gibt. Leidet irgend jemand unter Alpträumen in bezug auf das Hotel, auf den Brand, irgend etwas, das damit zu tun hat, diese Dinge. Okay? Was veranlaßte ihn, manche Leute in seine Liste der Geschädigten aufzunehmen, andere dagegen nicht? Warum nicht die arme Mrs. Eglin oder J. C., zum Beispiel?«

Sie sah ihm tief in die Augen. »Glaubst du, es besteht ein Zusammenhang zwischen dem Ausbruch der geistigen Verirrungen an der Schule und dem Hotelbrand?«

Er schüttelte den Kopf. »Nein, bis jetzt glaube ich noch gar nichts. Es ist noch zu früh. Ich bin nur verdammt wißbegierig. Und dein Haar riecht so gut. Laß uns ins Bett gehen.«

Joe Eglin war achtundzwanzig, seine Frau Marie fünfundzwanzig. Sie hatte seit vier Jahren nicht mehr gesprochen, keinen Ton von sich gegeben, sich aus eigenem Antrieb nicht mehr bewegt. Soviel hatte Charlie von verschiedenen Leuten an diesem Morgen im Ort erfahren. Er war in die Berge hinaufgefahren und über eine steile Straße wieder hinunter, und war schließlich zu den fünfzehn Morgen Land gekommen, die Joe bewirtschaftete. Die Farm war hübsch gelegen, umgeben von bewaldeten Hängen, in einem Tal mit Pinien, ockerfarbenen Wiesen und einem reißenden Fluß. Man hatte den Eindruck, als gäbe es Millionen von Hühnern, Truthähnen, Gänsen und Enten, die alle frei herumliefen, die meisten von ihnen auf der schmalen Kiesstraße. Joe ließ Charlie zögernd in sein Wohnzimmer eintreten. Das Gegackere und Geschnattere des Federviehs draußen machte es unmöglich, zu sprechen und verstanden zu werden, bevor die beiden Männer im Haus waren und die Tür hinter sich geschlossen hatten. Charlie hatte vorher angerufen und angekündigt, er wolle mit Joe über einen Schadenersatzanspruch an die Versicherung sprechen. Offenbar hatte das gereicht, um Joes Neugier zu wecken.

»Wie ist das mit der Versicherung?« fragte Joe. Er war schwabbelig, dickwanstig, und unter seinen Augen waren dunkle Ringe.

»Ich würde gern mit Ihrer Frau sprechen«, sagte

Charlie freundlich. Er sah sich im Zimmer um, das spartanisch möbliert, aber sehr sauber war. Und sehr einfallslos. Die Wände waren hellgrün gestrichen, ein brauner Teppich lag vor einem braunen Sofa, ein Fernseh- und ein Videogerät beherrschten den Raum, es gab zwei Sessel mit Holzrahmen und losen Polstern, einen leeren Couchtisch. Eine Jalousie war vor ein Panoramafenster gezogen, das fast die ganze Breite des Zimmers einnahm.

»Sie hat sich zum Schlafen hingelegt«, sagte Joe Eglin. »Worum geht es eigentlich?«

»Ich bin von der Versicherungsgesellschaft beauftragt, Licht in die dunkle Geschichte mit der Dworkin-Schule zu bringen«, sagte Charlie leichthin, als ob ihn das Ganze nicht besonders interessierte. »Wir überprüfen noch mal die Ansprüche, die im Zusammenhang mit den Schwestern Dworkin und ihrer Schule gestellt worden sind. Wir würden den Fall gern endgültig abschließen, und Ihr Name und der Ihrer Frau tauchten in den Unterlagen auf. Wissen Sie, für mich hört sich das alles verrückt an, aber ich war ja nicht dabei. Es gibt eine Aktennotiz mit Ihren beiden Namen, wir konnten jedoch nicht feststellen, daß Sie einen Anspruch geltend gemacht haben. Haben Sie einen Antrag eingereicht?«

Joe Eglin befeuchtete sich die Lippen. Er nickte in Richtung eines der Sessel. »Möchten Sie ein Bier oder was?«

»Nein, vielen Dank.«

»Wir haben bis jetzt noch keinen Antrag gestellt. Ich wollte noch abwarten, ob sie vielleicht von selbst wieder einrastet.«

Charlie schüttelte den Kopf. »Mr. Eglin, ich will offen mit Ihnen reden. Gestern habe ich im Ort gehört, daß Ihre Frau tot sei, daß es gar keine Mrs. Eglin mehr gebe. Seit vier Jahren hat sie niemand mehr gesehen. Sie lassen niemanden hier herein. Verstehen Sie, zu welchem Schluß mich das führen muß? Ich meine, wenn ich jetzt weggehe und Sie nächste Woche mit Ihrer Frau erscheinen, was beweist das? Hat Ihre Frau jemals Fingerabdrücke von sich machen lassen? Natürlich nicht. Warum sollte sie auch. Ich möchte sie wirklich heute hier sehen, Mr. Eglin.«

Joe Eglin ballte die Hände zu Fäusten und machte einen Schritt auf Charlie zu, dann noch einen. »Raus!«

»Selbstverständlich«, sagte Charlie. »Doch, Mr. Eglin, bedenken Sie, ich bin hier im Namen der Versicherungsgesellschaft. Wenn ich in meinem Bericht bestätige, daß es keine Mrs. Eglin gibt, wie werden Sie dann dastehen, wenn Sie zum Beispiel jemals ihre Lebensversicherung beanspruchen? Fünftausend, nicht wahr? Das ist zwar kein Vermögen, doch wenn sie stirbt, brauchen Sie es für die Beerdigung und all das.« Er ging zur Tür und blieb mit der Hand auf der Klinke stehen. »Ich möchte wissen, wieviel J. C. Crandle verlangt, um hier ein bißchen rumzuschnüffeln. Gibt es irgendwo eine Sterbeurkunde?«

»Warten Sie einen Moment«, sagte Joe Eglin. Er schwitzte heftig. »Geben Sie mir eine Minute. Sie wissen, was mit ihr los ist?«

»Ich habe davon gehört.«

»Ja, das kann ich mir denken. Warten Sie einen Moment, in Gottes Namen.« Er fuhr sich mit der Hand übers Gesicht. »Okay, sie ist nicht richtig im Kopf. Der Doktor wollte sie ins Krankenhaus stecken, aber ich habe es nicht zugelassen. Ich kann mich um sie kümmern. Aber jetzt ... Es geht jetzt schon vier Jahre so, und ihr Zustand bessert sich nicht. Sind Sie hergekommen, um eine Regelung vorzuschlagen? Ist es das? Wieviel?«

»Ich möchte sie sehen«, sagte Charlie.

»Einen Anwalt. Ich brauche einen Anwalt. Sie wollen auf einen Vergleich hinaus, nicht wahr? Ich kann Sie und Ihre Scheißversicherung bis auf den letzten Hemdenknopf verklagen!«

Charlie hob die Schultern und drückte die Klinke hinunter. »Ich werde jetzt zu Crandle gehen und ein wenig mit ihm plaudern; er kann eine eidesstattliche Erklärung abgeben, oder was immer nötig sein wird.«

»Warten Sie eine Minute!« brüllte Joe Eglin. »Sie können sie sehen. Sie schläft. Ich muß sie wecken und anziehen. Fünf Minuten! Warten Sie fünf Minuten, Sie Scheißkerl!«

Charlie wartete dreißig Sekunden, dann folgte er ihm aus dem Wohnzimmer hinaus und durch einen kurzen Gang bis vor eine Tür, wo er stehenblieb. Er hörte Joe Eglin auf der anderen Seite etwas murmeln. Leise drückte er die Klinke und öffnete die Tür.

Eine nackte Frau stand in einem Schlafzimmer, das Gesicht der Tür zugewandt, wo Charlie sich befand. Joe versuchte, ihr einen Bademantel anzuziehen. Ihr Gesicht war vollkommen ausdruckslos, weder widersetzte sie sich ihrem Mann, noch half sie ihm; sie stand einfach da wie eine bewegbare Puppe. Ihr Haar war ungekämmt. Auf der einen Gesichtsseite hatte sie einen dunkelblauen Fleck von einer Prellung und auf den Brüsten rote Male. Sie war schwanger, mindestens im sechsten Monat. Ihr Blick war stumpf, ihr Gesicht leer. Abgesehen von ihrem gerundeten Bauch war sie entsetzlich mager.

Charlie wandte sich um und ging davon, ohne sich weiterhin zu bemühen, leise zu sein. Hinter sich hörte er ein heiseres Fluchen und dann ersticktes Schluchzen. Er verließ das Haus, fuhr achtsam zwischen den Hühnern und Enten hindurch, die kreuz und quer über die Straße watschelten, bis zu dem Tor in dem hohen Zaun, das er öffnete und hinter sich schloß.

»Herr im Himmel!« murmelte J. C. Crandle und sah Charlie voller Haß an. »Warum lassen Sie die Dinge nicht auf sich beruhen?«

»Die junge Frau gehört in ein Krankenhaus, wo man ihr helfen kann, falls es überhaupt Hilfe für jemanden wie sie gibt. Dort wird sie jedenfalls mißhandelt.«

»Okay, okay. Wann hört das alles endlich auf? Wann, zum Teufel, ist Schluß damit?«

Charlie zuckte die Achseln. Sie befanden sich in Crandles Büro. Das ärztliche Gutachten über Marias Zustand lag auf dem Tisch, der Polizeibericht daneben. Joe und Maria waren an jenem Tag, als sich das Mädchen von der Klippe gestürzt hatte, zur Schule gefahren, um zwei Truthähne zu liefern. Maria hatte im Auto gewartet, während Joe die Tiere ablieferte. Als er zurückkam, hielt sie sich den Kopf und stöhnte. Als er sie berührte, fing sie an zu schreien. Dr. Crandle hatte ihr eine Beruhigungsspritze gegeben. Er hatte Joe gut zugeredet; sie war angeblich überanstrengt, hysterisch, sie brauchte Ruhe, dann ginge es ihr wieder gut. Als sie aufwachte, fing sie wieder an zu schreien. Noch eine Spritze, und in der Zwischenzeit hatten die Scherereien in der Schule begonnen. Maria schrie drei Tage lang, wenn sie nicht unter starken Medikamenten stand. Danach wachte sie auf und schrie nicht mehr. Für die folgende Woche war ein Anhörungstermin vereinbart worden; Joe hielt ihn nicht ein. Niemand in der Polizeistation hatte Maria seither je wieder gesehen.

Charlie stand auf und rieb sich die Augen. Am liebsten hätte er einfach Constance abgeholt und wäre mit ihr von hier weggefahren, weg von dieser Spirale des Wahnsinns, die endlos erschien.

Constance machte ein erschrecktes Gesicht, als sie ihn sah. »Was ist passiert?« fragte sie und nahm seine Hand.

»Es war ein schlechter Tag. Ich erzähle es dir später. Was hast du herausgefunden?«

»Nicht genug«, sagte sie bedauernd. »Paß auf, ich habe Byron gesagt, daß wir ihn auf einen Drink treffen, aber nicht zum Essen. War das in deinem Sinne?«

Er küßte sie. »Wie gut, eine Psychologin zur Frau zu haben.«

»Und wenn du lieber auch keinen Drink mit ihm nehmen möchtest, so habe ich auch für diesen Fall vorgesorgt. Ich habe vereinbart, daß ich mich erst einmal nach deinen Plänen erkundigen wollte und daß wir entweder um halb sieben an der Bar sind oder er nicht mehr mit uns zu rechnen braucht.«

Charlie lachte. »Was soll's, zum Teufel! Trinken wir ein Glas mit ihm, und dann machen wir uns zum Abendessen aus dem Staub. Ich bin schon etwas neugierig auf diesen Wunderknaben und seine Methode, die die wirklich interessanten Fälle ausschließt.«

Sie sah so aus, als ob sie eine Bemerkung machen wollte, doch dann hielt sie sie zurück. »Okay.« Sie war im Begriff, ins Bad zu gehen, doch dann blieb sie stehen und sagte: »In einem Punkt muß ich Byron zustimmen. Ich sehe einfach keinen Zusammenhang zwischen dem Chaos an der Schule und dem Hotelbrand Wochen später. Irgendwie ergibt das keinen Sinn.«

Das war das Problem, dachte er mürrisch. Es ergab keinen Sinn. Und doch, es bestand eine Verbindung. Sie waren nur noch nicht darauf gekommen. Es mußte eine Verbindung geben. Jemand hatte die Leichen ins Hotel geschafft. Sie waren nicht auferstanden und allein dorthin marschiert. Und es mußte sich dabei um die Musiklehrerin und den Hausmeister handeln, der ebenfalls vermißt wurde. Der alte Barlow war dieser Ansicht, und er war es ebenfalls. Es mußte eine Verbindung geben. Und das wichtigste war: Warum hatte die bedauernswerte Mrs. Eglin geschrien? Und geschrien und geschrien?

## KAPITEL SIEBEN

Das Bedeutendste, das während des Höflichkeitstreffens mit Byron Weston herauskam, war nach Constances Einschätzung die Tatsache, daß er sich bei Charlie entschuldigte. Das war etwas vollkommen Unerwartetes. Sie hatten oberflächlich miteinander geplaudert, alle drei, so höflich, wie es Menschen zu tun pflegen, die aus keinem ersichtlichen Grund eine gemäßigt feindselige Einstellung zueinander haben. Byron hatte über seine Ausbildungsbemühungen gesprochen, die Pläne seiner Gruppe für die nächste Zeit, die Art, wie sie Menschen begegnete, die nichts von ihr wissen wollten.

»Man muß davon ausgehen, daß diejenigen, die am dringendsten Hilfe brauchen, die letzten sind, die sie haben wollen«, sagte er, während er mit seinem tropfenden Glas Ringe auf die Tischfläche zeichnete. »Ich dachte, Sie wollten mir meine beiden schlimmsten Fehlschläge hier unter die Nase reiben«, sagte er und wandte den Blick von Charlie ab und wieder seinen komplizierten Mustern auf dem Tisch zu. »Es tut mir leid, daß ich unwirsch darauf reagiert habe.«

Charlie war überrascht und wachsam. »J. C. Crandle und Maria Eglin?«

Byron nickte. »Er hat eine mörderische Veranlagung und braucht ein Ventil. Er hat mich mit wüsten Bedrohungen in die Flucht geschlagen, als ich versuchte, mich ihm zu nähern. Und ehrlich, ich wußte fast ein Jahr lang nichts über Maria Eglin. Ich habe sie nie gesehen, immer nur ihren Mann.« Er verzog das Gesicht und hörte auf, mit seinem Glas zu spielen. »Ich hätte über sie Bescheid wissen müssen. Es gab Hinweise. Er stand im Ruf, brutal zu sein; sie ist jung und neu in dieser Gegend, ohne Freunde. Doch trotz alledem ließ ich sie fallen. Sie paßte nicht ins Schema. Sie kannte niemanden in der Schule, hatte keine Freunde, keine Kinder, keinen Anlaß zu Schuldgefühlen, weil sie nichts unternommen hatte. Mein Gott, sie wohnen irgendwo draußen auf dem Land, meilenweit vom Ort entfernt. Ich kam zu dem Schluß, daß ihr seelischer Zusammenbruch in keinem Zusammenhang mit den anderen Ereignissen stand, daß das Zusammentreffen reiner Zufall war. Vielleicht habe ich mich getäuscht, ich weiß es nicht. Doch wir müssen immer solche Entscheidungen treffen. Man zieht die Grenzen und bewegt sich innerhalb dieser, sonst verliert man sich im Uferlosen.«

»Sie wäre der wichtigste Fall, wenn ich die Grenzen zu ziehen hätte«, sagte Charlie.

»Wieso? Sie ist überhaupt nicht ausgestiegen. Er gab die Sachen ab, ließ sie im abgestellten Wagen sitzen und kam nach höchstens fünf Minuten wieder.« Byron schüttelte den Kopf.

»Ich habe nicht gesagt, daß es mir angenehm wäre, sie innerhalb meiner Grenzen zu haben anstatt außerhalb«, entgegnete Charlie. »Wenn man den Job hat, Steine umzudrehen, dann findet man sicher eine ganze Menge Dinge, die man lieber nicht finden möchte, und trotzdem dreht man die Steine um.«

»Aber Ihr Job ist das doch gar nicht mehr. Warum drehen Sie immer noch Steine um?«

»Weil ich das besser als alle anderen kann«, sagte Charlie vielleicht mit einer Spur zuviel plumper Überheblichkeit. »Und ich habe vor langer Zeit gelernt, die Gegebenheiten die Umgrenzungslinien abstecken zu lassen und nicht durch eigenmächtig gezogene Grenzen Gegebenheiten zu ignorieren.«

Byron sah auf die Uhr, trank sein Glas leer und stand auf. »Ich muß leider gehen«, sagte er. »Ich würde lieber bleiben. Ich vermute, Constance hat mich und die anderen heute auf Ihr Betreiben hin ausgequetscht. Ich hoffe,

Sie finden, was Sie suchen, was immer das sein mag, Charlie. Wirklich, ich hoffe es.«

»Er ist in Ordnung«, sagte Charlie, nachdem er und Constance wieder allein waren.

»Natürlich«, sagte sie in einem Tonfall, der bedeutete: das habe ich dir doch gesagt.

Er lachte. »Ich kenne um die Ecke eine kleine Kneipe. Dort gibt es die besten Muscheln an der ganzen Küste. Und ein gutes dunkles Bier. Wie wär's, Kleines?«

Während sie sich durch zwei Terrinen Miesmuscheln arbeiteten, überhäufte sie ihn mit Einzelheiten, die sie Byron und seiner Gruppe entlockt hatte. Niemand von den Leuten, die sie behandelten, brachte das Feuer mit den anderen Vorkommnissen in Verbindung, genausowenig wie das Hotel mit der Schule. »Natürlich«, räumte sie ein, während sie sich schließlich die Hände abwischte, »heißt das nicht soviel, wie es zunächst scheinen mag. Patienten folgen oft dem Weg, den ihnen ihre Therapeuten vorgeben, und wenn der Therapeut diese Verbindung nicht herstellt, dann bleibt dieser Pfad für sie verschlossen. Das geschieht im Unterbewußtsein, auf beiden Seiten.«

Er brummte etwas, sah in die Terrine, fischte noch eine Muschel heraus und ließ sie mit einem Seufzer zurückfallen. »Wenn ich die noch esse, platze ich«, sagte er. Beim Kaffee erzählte er ihr die Sache mit Maria Eglin.

Aufgebracht rief sie aus: »Wo liegt die Lösung? Die Leute wußten, daß sie Hilfe brauchte! Sie mußten es wissen! Sie haben einfach Augen und Ohren verschlossen!«

»Es gibt keine«, sagte er. »Lösung? Keine Beschwerden, keine Probleme.«

Als sie zahlten, sagte die Bedienung in der engen roten Hose: »Haben Sie das über J. C. gehört? Er ist mit seinem Hilfssheriff zu Joe Eglin gefahren und hat Joe die Seele aus dem Leib geprügelt. Man mußte ihn in ein Krankenhaus bringen, hat man mir erzählt.«

Charlie dankte ihr, machte eine anerkennende Bemerkung übers Essen und fragte sich: Reichte das aus, um J. C.s mörderische Veranlagung zu befriedigen? Er bezweifelte es. Er kehrte mit Constance ins Motel zurück. Am nächsten Tag fuhren sie ans Meer, machten mal hier Rast, mal dort, spazierten im Regen durch die Rotholzwälder, wanderten bei Nieselregen am Strand entlang, sonnten sich in Malibu. Eine Woche später sagte sie während des Frühstücks zu ihm: »Laß uns nach Hause fahren.« Er hatte dazu genauso große Lust wie sie.

Constance schob die Zeitungen an den Rand des Küchentischs. Sie stützte das Kinn in eine Hand, klopfte mit den Fingern der anderen auf den Tisch und starrte mit leerem Blick Charlie an, der ihr gegenüber saß, vorbei durch die Glasscheibe der Hintertür. Sie waren seit zwei Wochen wieder zu Hause. »Nicht gut«, sagte sie mit einem Ton von Endgültigkeit in der Stimme. »Kein Wort über die Hotels, die verbrannt sind, nichts außer den vollendeten Tatsachen. Aber, du liebe Güte, eine geheimnisvolle, finstere Gruselgeschichte nach der anderen über seltsame Vorkommnisse — Selbstmorde, Morde, verschwundene Menschen, Fälle von Wahnsinn und Unfälle ... ich möchte bloß wissen, was sich in Wirklichkeit in diesen Situationen abgespielt hat.« Sie hielt einige der Zeitungen hoch. »In Orick«, fuhr sie fort, »waren die Blätter voll von Geschichten über die verrückten Schwestern, die Fälle von Wahnsinn an der Schule, doch kein Wort über Maria Eglin. Dem Selbstmord wird ein kleiner Absatz unter ›Vermischtes‹ gewidmet; die Frau, die mit dem Wagen von der Klippe gestürzt ist, wird als ganz normales Opfer eines Unfalls, an dem niemand sonst beteiligt war, bezeichnet; der Mann, der ins Meer hinausgelaufen ist, wird als Opfer einer unerwarteten hohen Welle dargestellt. Und das an einem Ort, von dem wir genau wissen, was dort alles vorgefallen ist. Wer nicht mehr weiß, als das, was in den Artikeln steht, könnte dieses alles für bare Münze nehmen.« Charlie setzte zum Sprechen an, aber sie hob die Hand. »Ich weiß, ich weiß. Thoreson hat Angst vor einer undichten Stelle, falls wir zu viele Fragen stellen. Ich habe darüber nachgedacht, und er könnte recht haben, wenn du dich zu neugierig zeigst. Doch bei mir ist es etwas anderes. Es gibt offizielle Statistiken, Behörden, die alle Fälle von Geisteskrankheit registrieren, die Unterlagen über Einweisungen in Anstalten und neue Patienten von privaten Psychiatern führen. Ich werde mich mal ans Telefon hängen.«

»Ich habe den Eindruck, wir bekommen so langsam eine ziemlich umfassende Liste von mehr oder weniger kriminellen, aber auf jeden Fall sonderbaren Ereignissen«, sagte er, während er sich auf seinem Stuhl ihr gegenüber am Tisch zurücklehnte. Doch darin bestand zum Teil das Problem: Sie hatten nicht nach kriminellen und sonderbaren Ereignissen gesucht. Sie hatten etwas gesucht, das Aufschluß über eine Verbindung zu den Bränden geben könnte. Die Zeitungen waren ihnen im Laufe der vergangenen zehn Tage zugeschickt worden, Motelunterlagen waren etwas später eingetroffen, so umfangreich, daß sie damit während des folgenden Monats beschäftigt wären. Doch er spürte ihre Unzufriedenheit. Zu langwierig war das alles, zu sehr dem Zufall unterworfen. Und das schlimmste war, daß keine Zeitung je etwas über die Hotels geschrieben hatte, sie wurden erst erwähnt, nachdem sie abgebrannt waren; doch in jeder der betroffenen Gemeinden hatte es zuvor mehr als den üblichen Anteil an Wahnsinnstaten und Gewalt gegeben. Das beunruhigte ihn am allermeisten.

»Zwei Dinge sind an dieser Methode falsch«, sagte sie. »Erstens haben wir keine Vergleichsgrößen. Wir brauchen zumindest ähnliche Orte als Anhaltspunkte. Vielleicht passieren solche Sachen immer und überall. *Jungen lösen Explosion in Schulgebäude aus.* Das haben Jungen schon immer mal gemacht, wenn sie dachten, es erwischt sie keiner. Und dies hier: *Bauer tötet Viehbestand des Nachbarn.* Wie viele Bauern haben sonst noch das Vieh ihres Nachbarn getötet? Wir wissen es nicht.«

»Und dies hier«, setzte er die Aufzählung trocken fort: *»Mutter wirft drei Kinder aus dem Fenster des siebten Stocks. Springt hinterher.«*

»Sogar solche Fälle passieren immer wieder. Wir brauchen auf jeden Fall Vergleiche. Und der zweite Mangel ist, daß zu vieles eben gar nicht in den Zeitungen erscheint. Wenn die Frau eines Bürgermeisters der Kleptomanie verfällt, liest man darüber nichts. Der Schaden wird bezahlt und die Frau für eine Weile zur Kur geschickt. Oder wenn Frau Krösus eine Phobie gegen Schmutz und Bakterien entwickelt und nichts mehr ißt, steht darüber nichts in der Zeitung. Ein gepflegter Urlaub in einem hotelähnlichen Sanatorium, so verfährt man in einem solchen Fall. Wenn ein hochangesehener Mann über Nacht zum Exhibitionisten wird oder sein Haus in ein Bordell verwandelt oder irgend etwas tut, das nicht gerade Mord ist, dann ist es sehr unwahrscheinlich, daß jemand davon etwas erfährt. Unfälle, geheimnisvolles Verschwinden, wirkliche Morde, darüber wird berichtet, über die kleineren Ereignisse nicht. Und manchmal sind die von den kleineren Ereignissen Betroffenen ebenso verzweifelt, brauchen ebenso dringend Hilfe, neigen ihrerseits gleichfalls dazu, Verbrechen zu begehen, wenn sie keine Hilfe erhalten.«

Er zuckte die Achseln. »Du hast gewonnen. Was mich stört, ist, daß ich nirgends ein System erkenne, ein einheitliches Muster. Die Menschen werden auf die vielfältigste Weise verrückt. Nichts, wo man einhaken könnte, nichts, das als Bindeglied zu den Hotels dienen könnte.«

»Hinsichtlich der Geisteskrankheiten ist das nicht verwunderlich«, sagte sie und tat diesen Punkt ab. »Das ist typisch für Wahnverhalten. Es gibt einige physische Voraussetzungen, die zu bestimmten Syndromen führen, doch Verhaltensstörungen erscheinen in so vielen unterschiedlichen Formen, daß man darin kein Muster finden wird. Was meiner Meinung nach hinter vielen dieser Geschichten steckt, ist das, was meine Kollegen gern paranoide Schizophrenie nennen. Damit können sie sicher sein, ein weites Feld abzudecken.«

»Und du würdest es nicht so nennen?«

»Dieser Begriff ist zu umfassend, um viel zu bedeuten. Schizophrenie heißt abgeschnitten von der Realität, und Paranoia, du weißt schon, Verfolgungswahn, tief vergrabene Gefühle, und doch ... Verstehst du, was ich meine? Das beschreibt einen Zustand, und was weiter? Es ist noch nicht so lange her, da erklärte einem der Hausarzt etwa: Aha, ja, Sie haben eine Grippe, und er beschreibt einem die Symptome und was man in den nächsten Tagen zu erwarten hat, und alle waren damit getröstet und zufrieden. Die Beschreibung eines Zustandes. Heutzutage werfen wir mit Begriffen wie Schizophrenie um uns und benutzen Pharmaka und wenden Schock-Behandlungen an, wo sie noch erlaubt ist, und alle fühlen sich irgendwie getröstet und zufrieden. Das ist beschreibende Therapie, und die Behandlungsmethoden beruhen auf einer Mentalität, die große Kaliber bevorzugt. Es werden nicht viele Menschen geheilt, obwohl es manchen ein bißchen besser geht. Und niemand kann mit Gewißheit sagen, was die Ursache ist. Einiges kommt als Ursache nach heutigen Erkenntnissen nicht mehr in Frage — Dämonen, Besessenheit von bösen Geistern, die Ursünde, der Bann des Bösen, der auf einem Opfer liegt. Wir vermuten vielmehr eine falsche Ernährung, Vitaminmangel, Störungen im Hormonhaushalt, einen genetischen Unfall. Man kann viele Dinge vermuten. Und nichts davon paßt ins Schema, falls es ein Schema gibt. Wie soll man einen exakten Ansatz in einem so weitverzweigten Gebiet finden? Es ergibt einfach keinen Sinn. Ich werde jetzt mal ein bißchen telefonieren.«

Selbst wenn es kein Muster gab, nach dem die Irren irr wurden, grübelte Charlie, nachdem sie hinausgegangen war, so gab es eins, nach dem die Brandstiftungen abliefen. Sie waren alle das Werk ein und derselben Person, das konnte auch ein Blinder sehen, wenn man ihn darauf aufmerksam machte. Ein Raum im oberen Stockwerk, Benzin, gewaltsames Eindringen, zwischen ein und drei Uhr morgens. Ein einzelner fleißiger Feuerteufel.

Als Constance anderthalb Stunden später wieder in die Küche kam, fand sie Charlie auf Händen und Knien vor, und vor ihm verzog sich Brutus mit gewölbtem Buckel in einer Ecke hinter einer antiken Truhe aus Ahornholz. Charlie brummte: »John Daniels, Carl Larson, John Lucas, Carlton Johns, John Carlton ...« Er sah zu ihr auf und machte ein finsteres Gesicht. »Dieser gottverdammte Kater hat mir zum letztenmal meinen Käse geklaut. Ich schnappe ihn mir jetzt und stupse ihn mit der Nase auf den Teller, und dann schleudere ich ihn bis in den nächsten Bezirk. Brutus, dein Stündlein ist gekommen.« Der graue Kater Mülleimer war hereingekommen, um nach dem Rechten zu sehen; er ging auf Charlie zu, beschnupperte seine Hände und leckte eine davon. »Hinaus, verdammt! Dies ist unsere entscheidende Schlacht, du dummes Vieh!«

Mülleimer rollte sich auf den Rücken und rieb seine Backe an Charlies Arm. Brutus machte einen Satz, überrumpelte sowohl Charlies ausgestreckte Hand als auch Mülleimer und jagte ins Wohnzimmer, wobei er verächtlich mit dem Schwanz zuckte. Charlie seufzte und erhob sich schwerfällig vom Boden. Er warf Constance einen noch finstereren Blick zu, da sie in Lachen ausgebrochen war; sie unterdrückte es ziemlich schnell und drehte ihm den Rücken zu. Ihre Schultern bebten weiter.

»Also?« schnaubte er und trug den leeren Teller in eine Ecke.

»Ich habe Spione ausgesandt. Es dauert noch ein paar Tage. Wer sind die Männer, deren Namen du gerade heruntergeleiert hast?«

»*Ein* Mann«, sagte er. »Ich wette eins zu fünf, daß es nur *ein* Mann ist.«

Sie schüttelte den Kopf. »Wetten verstößt gegen meine moralischen Prinzipien. Außerdem verliere ich immer. Sag schon!«

»Er taucht in den Motel-Listen auf. Er mietet sich immer einen oder zwei Tage vor einem Feuer ein Zimmer, am Tag danach ist er stets abgereist. Er fuhr bis letztes Jahr einen schwarzen Malibu, Baujahr neunundsiebzig, danach hatte er ein vierundachtziger Modell, auch wieder schwarz. Er hat immer Nummernschilder aus den entsprechenden Bundesstaaten am Wagen, aber das läßt sich leicht machen. Die Zimmermiete zahlt er jeweils bar. Als Beruf gibt er Immobiliengutachter an. Die Leute drehen durch, er taucht auf und steckt ein Hotel in Brand, die Leute drehen nicht mehr durch. Reicht das?«

Sie nickte, dann fragte sie: »Was ist ein Malibu?«

»Vergiß es. Glaube mir einfach — es gibt ungefähr eine Million davon auf Amerikas Straßen. Wer kocht heute abend?« Mit einemmal hatte er eine verdächtige Unschuldsmiene aufgesetzt.

»Du, Charlie. Angenommen, du hast recht, woher weiß er, wohin er fahren muß? Vorausgesetzt, Wahnsinn und Brandstiftung haben etwas miteinander zu tun. Aus den Zeitungen bestimmt nicht. Wir sind ja auch nicht dahintergekommen.«

»Das gleiche habe ich mich auch gefragt«, sagte er mit einem Anflug von Schlaubergerei im Ton. »Du hast deine Quellen, offizielle Irrenverwaltungen und so weiter, aber ist dir schon mal eingefallen, wer außerdem gute

Quellen hat, oder vielleicht noch bessere? Die Leute, die bei den Versicherungen Schadensfälle bearbeiten. Wer geht heutzutage noch in ein Krankenhaus, ohne versichert zu sein? Niemand, das kann ich dir sagen. Wer zahlt also? Du und ich und jeder andere Inhaber einer Versicherungspolice. Und wer hat die Unterlagen darüber? Die Krankenversicherungsgesellschaften. Streberleiche hat den Verdacht, daß es eine undichte Stelle gibt, und den gleichen Verdacht habe ich auch. Jemand hat Zugang zu diesen Daten, da gehe ich jede Wette ein.«

»Sie sind sicher alle in ihren Computern gespeichert«, sagte sie und blickte nachdenklich an ihm vorbei.

»Eben. Wenn sich jemand damit auskennt, wenn man seinen eigenen kleinen schnuckeligen Computer zu Hause hat und einen Modem, dann kann man ganz leicht diese Listen abrufen, nach verschiedenen Gesichtspunkten, Gebieten, Summen, Krankheiten, Unfall oder Krankheit, wie man es wünscht.« Er ging zur Vorratskammer und öffnete die Tiefkühltruhe. »Kannst du dich an die Steaks erinnern, die wir am Meer gegessen haben? A la Cajun? Feurige Steaks, könnte man sie nennen. Dijonsenf, Knoblauch und viel Cayenne, meinst du nicht? Noch was?« Er kam mit einem Fleischpaket zurück. Sie verließ die Küche. »He, wohin gehst du?«

»Ich schließe die Türen, damit der Qualm nicht ins ganze Haus zieht, und ich hole den Ventilator vom Dachboden. Öffne diesmal den Abzug, bevor du anfängst, ja?«

Während die Steaks auftauten, rief er Phil an, der von den Bermudas zurückgekehrt war. Er erklärte ihm, daß er Computerausdrucke sämtlicher Schadenersatzfälle brauchte, und hörte sich die vielen Gründe an, warum das unmöglich sei, dann sagte er, er brauche auch die Liste mit den anderen gefährdeten Hotels, von der Phil gesprochen hatte. Er hielt sich den Hörer auf Armlänge vom Ohr weg und blinzelte Constance zu.

Als Phil die Luft ausgegangen war, sagte Charlie

freundlich: »Nimm's nicht so schwer, alter Knabe, und gute Besserung.«

»Charlie, wegen der Regulierungsfälle, weißt du, es verstößt wahrscheinlich gegen das Gesetz, diese Daten herauszugeben, gegen die guten Sitten auf jeden Fall. Streberleiche bekommt bestimmt einen Herzanfall. Und da wir gerade von Streberleiche sprechen, er treibt mich in den Wahnsinn. Hast du mal das Ansinnen an ihn gestellt, etwas höchst Unmoralisches und möglicherweise Gesetzwidriges zu tun?«

Charlie lachte. »Das habe ich, aber er ging nicht darauf ein. Und noch etwas: ich möchte eine Liste aller Teilnehmer an der Konferenz in Dallas, bei der ihr über die Hotelbrände gesprochen habt. Eine Liste aller Versicherungsleute, die dabei waren.«

»Verdammt, Charlie! Ich kann doch nicht einfach mit dem Finger schnipsen und Listen herbeizaubern. Was willst du sonst noch? Eine Liste aller eingetragenen Wähler? Eine Liste aller Highschool-Absolventen der Jahre neunzehnhundertfünfzig bis neunzehnhundertachtzig? Noch irgendeine Kleinigkeit, da wir gerade dabei sind?«

»Also, Phil, jetzt werde nicht komisch!« sagte Charlie. »Morgen? Spätestens übermorgen. Schick sie per Expreß, ja? Es war nett, mal wieder mit dir zu reden, Junge. Paß auf dich auf!« Sanft legte er den Hörer auf die Gabel. Er betrachtete sein Steak-Päckchen und fing an, lustvoll — und nicht sehr richtig — Melodienfetzen aus *Figaros Hochzeit* zu singen, in freigewählter Reihenfolge.

Zwei Tage später fuhr Charlie um vier Uhr morgens im Bett auf. Ein Fenster, dachte er, hellwach und zitternd. Und Benzin. Constance wachte auf und sagte: »Was war das?«

»Ich weiß nicht. Zieh deinen Bademantel an!« Er schlüpfte bereits in seinen und befand sich auf dem Weg zur Tür. Er legte eine Hand auf die Klinke, die andere gegen die Holztäfelung der Tür, schnupperte, dann öffnete er sie. Der Geruch nach Benzin wurde stärker. Keine Hitze, kein Rauch, kein flackerndes Licht. Erst jetzt schaltete er das Licht im Gang ein und ging die Treppe hinunter. Er folgte dem starken Geruch nach Benzin ins Wohnzimmer, wo eine Fensterscheibe eingeschlagen war. Kein Feuer. Er ging auf die Eingangsveranda hinaus und stellte fest, daß die Vorderseite des Hauses benzingetränkt war. Der Kanister stand auf der Veranda. Constance folgte ihm dicht auf den Fersen.

»Alles in Ordnung«, sagte er; seine Stimme klang hart, und er sprach ohne Betonung. »Es wird bei diesem Wind schnell verfliegen.« Er hob vorsichtig den Kanister auf, indem er mit dem Handrücken unter den Griff fuhr. Der Kanister war leer. Er trug ihn ins Haus, quer hindurch bis zur hinteren Veranda, wo er ihn absetzte. Dann untersuchte er den Rest des Hauses, angefangen im Keller, weiter im Erdgeschoß, in der Garage, im ersten Stock und sogar auf dem Dachboden. Als er fertig war, reichte ihm Constance ein Glas, das fast randvoll mit Bourbon war. Er nahm einen großen Schluck, und langsam ließ sein Zittern nach.

Constance zog ihn an den Küchentisch, wo sie ein zweites Glas hingestellt hatte. Sie deutete auf einen Stein und ein Stück zerknülltes Papier. »Ich habe versucht, keine Spuren zu zerstören, die er möglicherweise hinterlassen hat«, sagte sie. Ihre Stimme klang angespannt und fremd. Er legte ihr den Arm um die Schulter und beugte sich vor, um die Notiz zu lesen, ohne das Papier aufzuheben.

*Halte dich raus, sonst zünde ich es das nächstemal an.*

Er holte tief Luft, hob sein Glas und trank wieder.

Constance war von einer so heftigen Wut gepackt, daß sie Angst davor bekam. Wut und Angst, Angst vor der Wut, Angst um Charlie. Erinnerungsblitze an die Jahre in New York durchzuckten sie, gegen Ende seiner Laufbahn bei der Feuerpolizei, einige Jahre voller Alpträume, mit Nächten, in denen sie aus dem Schlaf gerissen wurde und in der nächsten Sekunde hellwach war, genau wie in dieser Nacht, doch damals ohne Grund. Sie sah wieder vor sich, wie er Türen abtastete, bevor er sie öffnete, wie sein Blick jedesmal herumwanderte, wenn er einen unbekannten Raum betrat, immer auf der Suche nach dem Fluchtweg, auf der Suche nach einer Brandfalle: aufgetürmte Stoffballen hinter einer Tür, leicht entflammbare Vorhänge, verschüttete brennbare Flüssigkeiten. Sie hörte wieder seine unverständlich gemurmelten Worte, wenn er im Traum gegen Dämonen mit feurigem Atem kämpfte, mit Ausgeburten des Feuers. Wie er sich im Bett herumwarf, ächzend, stöhnend, dann plötzlich hellwach war und mit einem Satz aus dem Bett sprang und die ganze Nacht nicht wieder einschlafen konnte, ob es nun ein Uhr war oder zwei oder sechs oder sieben.

Lieber Gott, hauchte sie tonlos, laß nicht zu, daß das wieder anfängt. Bitte.

Die orangefarbene Katze Candy kam in die Küche getrottet und beschwerte sich bitterlich, während sie sich mit wilden Augen umsah. Brutus saß auf dem Kühlschrank und blickte mit Schlitzaugen herunter. Mülleimer hatte sich in irgendeinem Versteck verkrochen. Wozu waren diese Viecher gut? dachte sie verbittert. Kein Mucks von ihnen, nicht der geringste Hinweis, daß jemand ins Haus eingebrochen war. Wozu, zum Teufel, waren die bloß gut?

»Ich werde uns ein Frühstück machen«, sagte sie. »Es hat keinen Sinn, noch mal ins Bett zu gehen.«

»Ich verschließe das Fenster mit Pappe.«

»Das habe ich schon erledigt, während du dich umgesehen hast.«

»Ich räume die Glassplitter weg, bevor noch eine der Katzen hineintappt.«

Sie setzte an, nein zu sagen, ihn zu bitten, sich hinzusetzen und sich zu entspannen, doch sie wußte, daß er sich in dieser Nacht nicht mehr entspannen würde. Ebensowenig wie sie.

»Er weiß, daß wir die Schlinge enger ziehen«, sagte Charlie, als er aus der Küche ging, um den Staubsauger zu holen. »Er bekommt es mit der Angst zu tun.«

Sie auch, gestand sie sich wortlos ein. Sie auch.

# KAPITEL ACHT

In seinen Träumen brannten Mietshäuser, brannten Blocks mit Eigentumswohnungen, brannten Bürogebäude, Fabriken, Einfamilienhäuser, Schulen. Er rannte sinnlos hierhin und dorthin, während in Flammen stehende Menschen sich schreiend aus Fenstern beugten. Irgendwann war er dann immer im Innern der Gebäude, hastete durch einen Korridor nach dem anderen, tastete Türen ab, sah Metallklinken rot glühen, sah, wie Rauch aus Wänden aufstieg, wie sie schwarz wurden und in Flammen aufgingen. Er rannte, bis er vor Erschöpfung zusammenbrach, und das Feuer raste aus allen Richtungen auf ihn zu. Er vergrub den Kopf in den Armen und erwartete es, und dann wachte er auf, schweißgebadet, zitternd, und lag den Rest der Nacht wach.

Die Berichte wurden geschickt, die Listen kamen an, Mikrofilme, Fotokopien und noch mal Fotokopien von Zeitungsartikeln, Versicherungsunterlagen über die Abwicklung von Schadensfällen, Polizeiberichte, Berichte von Feuerwehreinsatzleitern. Thoreson rief täglich an, verlangte, daß etwas geschah; Charlie rief ihn nicht mehr zurück. Phil schickte lustige Postkarten, rief jedoch nicht an.

Charlie betrachtete schlechtgelaunt eine Fotografie von John Loesser, der sein Apartment verlassen hatte, ohne eine Nachsendeadresse zu hinterlassen. Draußen im Garten machte ein neu angeschaffter Wachhund trottend seinen Patrouillengang. Die Katzen waren wegen des Hundes total in Aufruhr geraten, der sie ihrerseits vollkommen ignorierte. Nun wußte er schon so viel, dachte Charlie verbittert, nur das Wichtigste nicht: Warum? Loesser hatte einen Mordanschlag überlebt, hatte seinen Job bei einer der größten, angesehensten Versicherungsgesellschaften der Welt aufgegeben, um selbständiger Gutachter zu werden, der anscheinend niemals etwas begutachtete. Zwei Wochen nach seiner Entlassung aus dem Krankenhaus war das erste Hotel in Brand gesteckt worden, das, in dem der Mordanschlag auf ihn verübt worden war. Er hatte Zugang zu Computerdaten, wußte damit umzugehen, verstand ihre Bedeutung. Leute drehten an verschiedenen Orten durch, der edle Ritter, Retter der Bedrängten, erschien und brannte ein Hotel nieder; die Leute drehten nicht mehr durch. Wahrscheinlich besaß er schon genügend Material, um eine Festnahme zu erwirken, dachte Charlie; eine offizielle Ermittlung würde das Ganze untermauern, und doch ... Es war nicht seine Art, irgendeinen verdammten Fall weiterzugeben, wenn er nicht den Schlüssel zum Warum gefunden hatte. Er blickte das Foto finster an, verfluchte John Loesser im stillen. Du Dreckskerl, warum tust du das?

Constance kam in sein Arbeitszimmer und berührte ihn an der Schulter. »Charlie, Byron Weston ist am Telefon. Du solltest mit ihm sprechen.«

Ihre Stimme klang fremd, distanziert, und in ihrem Gesicht stand jener Ausdruck, der im allgemeinen verriet, daß sie sich mit großer Anstrengung um Selbstbeherrschung bemühte. Charlie schob Loessers Foto weg von dem Telefon auf seinem Schreibtisch und drehte es um, damit das Gesicht nach unten lag. Er nahm den Hörer des Nebenanschlusses ab. »Ja?« sagte er.

»Charlie, als Sie in Orick waren, stellten Sie einige Fragen bezüglich des alten Hotels. Warum? Was hatte das mit der Epidemie des Wahnsinns zu tun?«

»Ich weiß nicht«, antwortete Charlie leise. »Warum fragen Sie?«

Es entstand eine Pause; Charlie konnte andere Stimmen hören, dann das Zuschlagen einer Tür. Byron war wieder dran. »Entschuldigung«, sagte er. »Charlie, haben Sie heute abend die Nachrichten gesehen? Die überregionalen Nachrichten?«

»Nein.«

»Okay. Da war eine Geschichte. Morgen wird es eine noch größere Geschichte sein. Wir haben eine Wiederholung des Orick-Wahns, und diesmal habe ich die Grenzen nicht abgesteckt. Ich habe zugehört.«

»Ist ein Hotel mit im Spiel?«

»Gleich zwei«, sagte Byron schroff. »Allerdings kein Feuer. Sehen Sie, Sie haben die Vermutung geäußert, daß die Leute von Orick von irgend etwas infiziert seien, daß sie unter irgendeinem Einfluß stünden — Leute, die ich nicht in meine Studie mit einbezogen habe. Nun, heute morgen hat ein Amokläufer eine ganze Zugladung von Leuten in der Nähe einer Touristenattraktion, der Nachbildung einer alten Westernstadt, als Geiseln genommen. Neun Menschen wurden getötet, bevor das Drama zu Ende war. Mein Büro wurde angerufen, und ich bin gleich hingeflogen und war eine Stunde nach Beendigung der Belagerung dort. Ich habe mir die Aussagen der Leute gleich nach dem Vorfall angehört, und ich habe sie den Verlauf des Gesprächs bestimmen lassen. Sie behaupteten, daß die Vorkommnisse vor über einem Monat in der Stadt Grayling in Kalifornien begonnen hätten, und sie bringen das alte Hotel in der Westernstadt in Zusammenhang mit den Fällen von Wahnsinn. Was können Sie mir darüber sagen, Charlie? Ich brauche hierzu Ihre Hilfe.«

»Warum wird es morgen eine noch größere Geschichte sein?« fragte Charlie ungerührt. Constance, die zuhörte, fing beim Klang seiner Stimme an zu zittern.

»Weil einer der Überlebenden den Reportern erzählt hat, daß einer der Toten aufgestanden und weggegangen sei. So etwas ist doch ein gefundenes Fressen für die Presse.«

Charlie sprach noch fünfzehn Minuten lang mit Byron; nachdem er den Hörer aufgelegt hatte, nahm Constance das Telefon und buchte Flüge für den nächsten Morgen. Sie benutzte ihren Nachnamen, Constance und Charlie Leidl; sie buchstabierte ihn und nannte die Nummer ihrer Kreditkarte. Charlie runzelte die Stirn, dann nickte er. Sie erwartete mit der gleichen Sicherheit wie er, daß Loesser wieder zuschlagen würde.

Der Flug nach Las Vegas war immer wieder schrecklich, dachte Constance, während sie aus dem Fenster blickte. Meilen um Meilen öde Wüstenlandschaft, und dann, mit einemmal, aus dem Boden gestampfte Glitzer- und Neonburgen; kahle Hügel und wild wuchernder Salbei; Spielautomaten im Flughafenterminal. Die Stille der Wüste und der Mißklang des dichten Verkehrs auf der Interstate 15. Charlie saß am Steuer, er fuhr nach Byrons Anweisungen zur kalifornischen Grenze, wo er die Interstate verließ und auf der Staatsstraße nach Grayling weiterfuhr. Von Las Vegas aus eine Stunde, hatte Byron gesagt, doch es dauerte nur fünfzehn Minuten bis zu der kleinen, staubigen Stadt.

Die Staatsstraße ging in die Hauptstraße des Ortes über, wo sie an einem Lehmgebäude vorbeikamen, der Highschool von Grayling, und dann an einem Futtermittellager, einem Autohändler mit einem Angebot von einem halben Dutzend Gebrauchtwagen, einigen kleinen Geschäften, einem Drugstore, einem Möbelladen, einem Ramschkaufhaus, einem St.-Vincent-DePaul-Freizeitheim ... alles sah verschlafen aus, grau staubig. Ein paar verstreut stehende Bäume ohne Laub schwankten im sehr kalten Wind. Charlie bog in die Mesquite Street ein und hielt vor der Nummer 209 an. Zwei Autos standen bereits dort, eines davon ein schmucker, babyblauer Cadillac, Byron Westons Wagen.

Charlie parkte in der Auffahrt, stieg aus und öffnete den Kofferraum. Er holte ihr Gepäck heraus und stand dann da und sah sich in der trostlosen Umgebung um. Die Straße war nicht lang, mit acht oder zehn Häusern auf jeder Seite, dann fing die Wüste wieder an. Die meisten Häuser waren aus Holz, und bei vielen blätterte die Farbe ab; höchstens eins oder zwei waren in gepflegtem Zustand mit Rasen und einigen Pflanzen. Auf der Hauptstraße hatte ein wenig Leben geherrscht, einige Autos hatten sich bewegt, einige Leute hatten sich geduckt durch den Wind gekämpft; hier war niemand zu sehen. Am Ende der Straße bildete sich ein Staubwirbel und jagte wie vom Leibhaftigen besessen davon.

»Nun«, sagte er zitternd. Er betrachtete mit mißmutigem Gesicht das Haus vor ihnen. Abblätternde Farbe, Grau, ein paar ungepflegte Salbeisträucher zu beiden Seiten der Treppe. »Ich glaube nicht«, sagte er, »daß ich in Versuchung komme, hier länger als unbedingt nötig zu bleiben. Laß es uns hinter uns bringen.«

Constance nickte; sie war bis auf die Knochen durchgefroren wegen des grimmigen Windes und ebenso angewidert und entmutigt durch die trostlose, heruntergekommene Stadt wie Charlie.

Die Frau, die sie ins Haus einließ, war groß, wunderschön gebaut, mit glattem, schwarzem Haar und schwarzen Augen. Eher indianisch als spanisch, dachte Constance, während sie ihr die Hand gab.

»Beatrice Montoya«, stellte die Frau sich vor. »Ich bin Byrons Assistentin. Ich soll Ihnen Ihr Zimmer zeigen und Ihnen etwas zu trinken anbieten — Kaffee oder was Sie wünschen — und Sie dann die Berichte durchsehen lassen, falls Sie es wollen.«

Sie führte sie während des Sprechens durchs Haus. Das Wohnzimmer war mit schweren, dunklen Möbeln im spanischen Stil eingerichtet, was einen sehr ungemütlichen Eindruck machte. Sehr schöne indianische Webdecken hingen an den Wänden, die die Düsternis und die Schwere etwas auflockerten. Sie gingen durch die Küche, die spärlich ausgestattet war mit einem Herd und einem altertümlichen Kühlschrank und baufälligen Schränken, und traten dann auf der anderen Seite in einen schmalen Flur mit weißem Anstrich. Sie kamen an einigen geschlossenen Türen vorbei. Ihr Zimmer lag ganz am Ende des Gangs. Es war angenehm hell, da die Fenster nach Osten gingen und die Wände weiß gestrichen waren; es gab auch hier wieder schöne Decken, eine auf dem Bett, zwei an der Wand.

»Es ist nicht gerade das Waldorf Astoria«, sagte Beatrice, wobei sie sie mit einer Handbewegung hereinbat. »Aber ganz schlimm ist es auch nicht. Byron meinte, Sie sollten selbst entscheiden. Wenn Sie lieber im Motel wohnen wollen — es ist nur ein paar Schritte weiter. Im Moment wimmelt es dort allerdings von Fremden. Sie wissen schon, Neugierige, Reporter, Sensationslüsterne, diese Typen.«

Sie war unnatürlich höflich, fand Charlie, der sie nachdenklich betrachtete, als sie eine Pause machte. Zu verschlossen; sie machte sich kaum die Mühe so zu tun, als ob sie sich für sie interessierte. Er und Constance waren ebenfalls Fremde, fiel ihm ein, Sensationslüsterne, Leichenfledderer. Beatrice machte Anstalten, sich zu entfernen, und er fragte: »Halten Sie es für besser, daß wir ins Hotel gehen?«

Einen Moment lang machte sie einen verdutzten Eindruck, dann zuckte sie die Achseln. »Das liegt bei Ihnen. Byron und die anderen werden in etwa einer halben Stunde zurück sein. Ich lasse Sie jetzt allein, damit Sie sich frischmachen und vielleicht umziehen können, oder was immer Sie möchten, und setze inzwischen Kaffeewasser auf.«

»Ich weiß nicht, wie es dir geht«, sagte Constance, sobald die Frau die Tür hinter sich geschlossen hatte, »aber mir ist kalt. Ich denke, ich ziehe mich um, dann sehen wir weiter.«

Als sie ein paar Minuten später wieder in die Küche kamen, hatte Beatrice ein Tablett vorbereitet. Sie nahm es zur Hand und sagte: »Diese Richtung.« Sie führte sie in einen anderen Teil des Hauses, wo sie in einem halbwegs wohnlichen Raum stehenblieb, der vermutlich einmal als gemütliche Stube gedacht gewesen war. Es gab einen Kamin, einige flauschige Sessel in einer Ecke, ein wulstiges Sofa, das ebenfalls aus dem Weg geschoben war, sowie zwei Schreibtische und mehrere Bürostühle. Auf einem der Schreibtische stand eine Computeranlage. Ein Durcheinander von Flaschen und Gläsern bedeckte einen Tisch, und Computerausdrucke, Landkarten, aufgerolltes Papier, Zeitungen und Notizbücher lagen überall herum.

Eine große topografische Karte war mit Heftzwecken an einer Wand befestigt. Drei rote Kreise ergaben ein Dreieck. Charlie ging näher hin.

»Hier liegt Grayling«, sagte Beatrice und deutete auf einen der Kreise. »Hier ist das große Erholungshotel, das neu gebaut wird; es ist noch nicht ganz fertig. Und das hier ist Old West. Dort ... dort haben sich die Dinge abgespielt.«

Charlie nickte. Er hatte sich die Gegend schon zu Hause auf der Karte angesehen, doch dies war eine hervorragende Generalstabskarte, auf der jeder Felsen, jede Talsenke, jede Erhebung zu erkennen waren. Mehr gab es dort draußen auch nicht, dachte er: Erhebungen, Senken, Spalten, Hügelkämme, ausgetrocknete Seenmulden, ausgedörrte Flußbetten, kahle Felsen, dorniges Wüstengestrüpp ... Hinter ihm goß Beatrice Kaffee ein.

»Wir haben heute morgen um sieben angefangen«, sagte sie zu Constance, »und heute nachmittag stand es für Byron fest, daß wir alle die Örtlichkeiten mit eigenen Augen sehen müßten. Die Berichte ergaben einfach keinen Sinn, und sie wichen in ihrer Darstellung, wie sich die Dinge abgespielt haben, so sehr voneinander ab. Wir haben das Los entscheiden lassen, wer heute hingeht und wer sich bis morgen gedulden muß. Polly und Mike und Byron sind also heute gegangen, vielleicht vor einer Stunde. Sie müßten jetzt eigentlich jeden Augenblick zurückkommen.«

Byron wäre es lieber gewesen, Beatrice wäre anstelle von Polly mitgekommen; er wußte, daß das unfair war, und er versuchte sogar, sich dazu zu zwingen, die kleinen Tändeleien zwischen Polly und Mike zu übersehen. Wenn Mike nur nicht so ein Arschloch gewesen wäre, dachte er, und wußte, daß er sich auch damit abfinden mußte. Mike war nun mal ein Arschloch; er buhlte so sehr um Pollys Aufmerksamkeit, daß es für alle anderen ringsum peinlich war. Und Polly konnte ein Biest sein, das wußte er ebenso, das Mike so sehr reizte, daß er sich noch mehr zum Arschloch machte, doch sie ging nie so weit, die Hüllen fallen zu lassen. Mike war sechsundzwanzig, Polly einige Jahre älter und sehr attraktiv, mit hellblondem Haar und blauen Augen unter unglaublichen Wimpern. Mike war ein ziemlicher Fettwanst, ein Ringer, der eines Tages vielleicht ein verdammt guter Psychologe werden könnte, aber im Moment war er einfach eine Zumutung. In letzter Minute hatte Byron beschlossen, daß Mike mit seinem eigenen Land-Rover fahren sollte, weniger aus Angst um seinen Cadillac, als vielmehr, um ihm eine Beschäftigung zu bieten. Schließlich, dachte er, wurde die Straße jeden Tag von den Bauarbeitern benutzt, sie mußte also einigermaßen in Ordnung sein. ›In Ordnung‹ erwies sich als eine entschieden zu hoch gegriffene Einstufung. Sie war gerade noch befahrbar, mit tiefen Furchen und dicken Steinen und starkem Gefälle. Mike machte es Spaß, sie zu befahren. Er blickte dabei ständig in den Rückspiegel, um Polly anzugrinsen, die wie ein Milchmixgetränk durchgerüttelt wurde.

Er fuhr um eine scharfe Kurve, und Old West tauchte vor ihren Augen auf. Zwei Gebäude, das alte Hotel und ein anderes Haus ein Stück die Straße weiter runter, vom Zahn der Zeit angenagt und silbergrau verwittert, sahen aus, als ob sie von jeher in die Wüste gehörten. Alles andere war neu. Staub wirbelte von der Straße auf, senkte sich herab, wirbelte erneut auf.

»Probier mal, ob du rundherum fahren kannst«, sagte Byron, als sie dicht herangekommen waren. Die Straße schlängelte sich weiter zu einem kleinen Platz mit einem transportablen Toilettenhäuschen und einem abgestellten Wohnwagen, dann hinter das alte Hotel und die neuen Gebäude und schließlich hinter den Bahnhof der Westernstadt, wo sie endete. Die letzte Viertelmeile war eigentlich keine Straße mehr gewesen, sondern nur noch eine von Bulldozern plattgewalzte Fläche. Es war schon so spät, daß die Gebäude ihre Schatten auf die Straße warfen und tiefe Einschnitte von Dunkelheit schufen, Holz, das noch nicht silbern verwittert war, schimmerte golden in den Sonnenstrahlen, die flach zwischen den Gebäuden hindurchfielen. Sobald das Geräusch des Motors verstummte, hörten sie das Heulen des Windes lauter. Das Schild, das über dem Eingang zum Saloon hing, quietschte jedesmal, wenn es hochgehoben wurde und wieder heruntersackte und wieder hochgehoben wurde. Polly zog sich den Lammfellmantel enger um den Körper, so daß der Kragen die Hälfte ihres Kopfes verdeckte, und nahm ihren Zeichenblock zur Hand. Mike prüfte seine Kamera und setzte sich die Straße entlang in Bewegung, und Byron richtete seine Aufmerksamkeit auf den Bahnsteig.

Im Geiste rekonstruierte er die Szene des Massakers, wie es ihm in diesen Tagen immer wieder geschildert worden war. Der Zug fuhr auf der anderen Seite des Bahnsteigs ein; Leute stiegen aus und verteilten sich gleich in alle Richtungen. Ein breiter, höhergelegener Bürgersteig verlief vor den Gebäuden zu beiden Seiten der Straße entlang. Zwei Meter fünfzig bis drei Meter breit, gelegentlich unterbrochen durch eine zweistufige Treppe mit Geländer, Pfosten zum Anbinden von Pferden, großen mexikanischen Töpfen, die bis jetzt noch leer waren, in denen aber eines Tages Pflanzen wachsen würden. Die Leute schlenderten zu beiden Seiten der Straße entlang, blickten in die Läden mit Verkaufspersonal und Kunden, die alle im Stil von 1880 kostümiert waren, eine Nachstellung des Lebens von damals. Dann begann die Schau.

Byron blickte die ganze Straße hinunter bis zu dem Hotel am anderen Ende, etwa eine halbe Meile entfernt. Auf der rechten Seite, von ihm aus gesehen, etwa nach der Hälfte der Straßenlänge, lag der Saloon. Die Pferdekoppel erstreckte sich dahinter, von seinem Standpunkt aus nicht sichtbar. Von dort waren die Cowboys gekommen, johlend und schreiend und Platzpatronen in die Luft abfeuernd. Ein paar Eingänge weiter nach dem Saloon befand sich das Gefängnis auf der gegenüberliegenden Seite; der Sheriff war mit gezogener Pistole herausgestürmt, und gleichzeitig waren einige Männer aus dem Saloon gestürzt, ebenfalls mit Pistolen. Noch mehr Schüsse, noch mehr Krawall. Und dann hatte die echte Schießerei begonnen. Byron wandte sein Augenmerk wieder dem Saloon zu, sein Blick wanderte hinauf zum oberen Stock mit dem schmalen Balkon, von wo aus ein Verrückter die gesamte Stadt drei Stunden lang in Schach gehalten hatte.

Mit düsterem Gesicht sah er die Szene vor sich, so wie sie ihm schon mindestens ein halbes Dutzend mal beschrieben worden war. Arbeiter waren von der anderen Seite herübergekommen, aufgeschreckt durch die Schreie, die nicht zur Schau gehörten. Auch auf sie wurde geschossen, und mehrere von ihnen wurden tödlich getroffen, wenn man den Erzählungen glauben durfte. Diejenigen, die noch die Flucht ergreifen konnten, hatten das getan. Einige von ihnen waren immer noch verschwunden.

Jemand hatte versucht, in einem Lieferwagen zu entkommen, und war erschossen worden. Von dem Balkon aus konnte der Killer die ganze Gegend überblicken, und er war ein guter Schütze. Zwei der Männer war es schließlich gelungen, hinter das Saloon-Gebäude zu kriechen, zu Fuß über den hinteren Weg zu entkommen und Hilfe zu holen. Und einer der Toten war aufgestanden und zum Hotel marschiert. Byrons Gesicht verfinsterte sich noch mehr, als er grübelnd die breite Straße von Old West hinunter bis zum Hotel blickte. Der Mann konnte eindeutig nicht tot gewesen sein. Er war hineingegangen, durch den Hinterausgang wieder hinaus und dann in die Wüste, wo er gestorben, doch bis jetzt noch nicht gefunden worden war. Aber er war noch nicht tot gewesen, als er aufgestanden und weggelaufen war. Er war noch nicht tot gewesen.

Der Schauplatz des Dramas war zum größten Teil gesäubert worden, Fenster waren mit Brettern vernagelt; da und dort glitzerten Glasscherben im goldenen Licht der Nachmittagssonne, die zwischen den Gebäuden hindurchflutete. Der Wind heulte wie irre, und das Schild schaukelte mit einem quietschenden, jaulenden Geräusch auf und ab. Byron entschied, daß sie hier keine weiteren Aufschlüsse mehr erhalten würden, und er sah sich nach Polly um. Fast im Unterbewußtsein fiel ihm auf, daß er während der letzten paar Minuten Mike beobachtet hatte. Mike hatte aufgehört zu fotografieren, hatte ganz aufgehört, sich zu bewegen, statt dessen stand er mit starr abgewandtem Gesicht da, in Richtung Hotel blickend. Byron hatte angenommen, daß Mike auf das richtige Licht zum Fotografieren wartete oder auf irgendeinen Schatten oder etwas anderes, das Spannung in eine Aufnahme des Hotels gebracht hätte. Dann ließ Mike die Kamera fallen. Er bewegte sich immer noch nicht. Polly wandelte durch einen der Sonnenstrahlen in den nächsten Schatten. Langsam, fast schwerfällig. Mike drehte sich um und ging auf sie zu. Sie konzentrierte sich auf ihre Füße, um nicht auf Glasscherben zu treten. Byron spürte, wie seine Kehle trocken wurde, als Mike plötzlich die Hand nach Polly ausstreckte.

Byron machte einen Sprung über das Geländer des Bürgersteigs und rannte zu den beiden hin. Polly schrie auf und wollte weglaufen, doch Mike schnappte sie und zerrte sie vom Bürgersteig auf die Straße. Sie stürzte, rollte sich weg und versuchte aufzustehen, doch er schlug sie wieder zu Boden, und diesmal hatte er es auf ihre Kehle abgesehen. Byron erreichte sie und packte Mikes Arm, versuchte, ihn wegzuzerren. Mike stieß ihn mühelos zur Seite. Byrons Hand schloß sich um die schwere Kamera. Er hob sie hoch, holte so kräftig aus, wie er konnte, und schlug Mike damit gegen die Schläfe. Mike ächzte und fiel nach vorn auf Polly. Sie schluchzte hysterisch auf.

Byron wuchtete Mikes trägen Körper zur Seite und schaffte es schließlich, ihn von Polly herunterzurollen und sie zu befreien, ihr auf die Beine zu helfen. Dann sah er Mike an, und sein Magen hob sich. Mikes Augen waren weit aufgerissen, blicklos, vom Tode gezeichnet.

»O mein Gott!« hauchte Byron, und noch einmal, und er merkte, daß es sich ihm immer wieder und wieder entrang. Halb zog er, halb führte er Polly weg, auf den Bahnsteig zu, zum Landrover, während sie erstickt schluchzte und würgte und er ständig wiederholte: »O mein Gott!« Immer wieder. Sie stolperte, und er hielt sie fest, dann zerrte er sie weiter, doch sie blickte zurück und stieß einen durchdringenden Schrei aus und sackte neben ihm zusammen. Als er sich ebenfalls umwandte, sah er Mike, wieder auf den Beinen, mit weit aufgerissenen Augen und blindem Blick, der auf sie zukam. Er war zu Eis erstarrt, gelähmt. Mike machte einen Schritt nach dem anderen, setzte langsam und unsicher einen Fuß vor den anderen. Byron zerrte Polly weiter; sie gab ihm erschlafft nach, ohne den Blick von Mike zu lassen, der sich ihnen langsam, doch stetig näherte. Byron hob Polly unter einem Arm an und warf sie sich über die Schulter; dann wich er rückwärts zum Bahnsteig zurück, unfähig, die Augen von Mike abzuwenden. Er stieg ebenfalls rückwärts die drei Stufen zum Übergang hinauf, überquerte ihn, und erst dann drehte er sich um und rannte zum Landrover.

Mike hatte die Schlüssel auf der Ablage liegenlassen. Byron hantierte nervös damit herum, bis er den richtigen gefunden hatte und die Zündung einschaltete. In diesem Moment blieb Mike stehen, er stand auf dem Übergang, etwa sechs Meter von ihnen entfernt. Er drehte sich um und entfernte sich in entgegengesetzter Richtung.

Byron hatte bei dem Versuch, loszufahren, den Motor abgewürgt und sah zu seinem Entsetzen, daß sich Mike wieder auf sie zubewegte. Er schaffte es, den Motor in Gang zu bringen, und mit einem Aufheulen fuhr er rückwärts, wendete mit quietschenden Reifen und raste über die plattgewalzte Fläche auf die Straße. Als er noch einmal zurückblickte, sah er, wie Mike auf das Hotel zuwankte.

## KAPITEL NEUN

Auf der Rückfahrt zum Haus hatte sich Polly wieder einigermaßen gefaßt. Sie zitterte und weinte, doch sie konnte sich aufsetzen und — so hoffte Byron — ihm zuhören und seine Worte begreifen.

»Wir müssen den Sheriff rufen«, wiederholte er. »Mike ist in Raserei verfallen, er hat dich angegriffen. Ich habe ihn niedergeschlagen, und es gelang uns zu entkommen, ihn abzuhängen. Verstehst du?«

Sie nickte.

Die Sonne war jetzt hinter den Bergen verschwunden, und Schatten lag über der Landschaft: Teiche wie Tinte, schwarze Gruben, unergründliche Schluchten. Der Wind hatte noch mehr aufgefrischt, und obwohl er sehr kalt war, wußte Byron, daß weder sein noch Pollys Zittern etwas mit der Temperatur zu tun hatte. Vor dem Haus brachte er den Landrover holpernd zum Stehen und stieg aus; er half ihr beim Aussteigen und hielt den Arm um ihre Schulter gelegt, während sie zur Tür gingen.

Byron war ungeheuer erleichtert, als er Charlie und Constance sah. Er gab eine kurze Schilderung von dem, was passiert war, und bat Beatrice, den Sheriff anzurufen. Polly stand noch zu sehr unter Schock, um schon sprechen zu können. Constance ging mit ihr ins Bad, um ihre Verletzungen zu untersuchen und ihr den Schmutz vom Gesicht abzuwaschen. Sie war überzeugt davon, daß die junge Frau sie überhaupt nicht wahrnahm.

Als Sheriff Logan Maschi erschien, hatte sich Byron inzwischen gewaschen und umgezogen, und er zitterte nicht mehr sichtbar, doch er war blaß und hatte den starren Blick eines Menschen, der unter Schock steht. Pollys Zustand war schlechter, sie war gespenstisch blaß und zitterte am ganzen Körper.

»Herr im Himmel!« murmelte Maschi, als Byron mit seiner Geschichte zu Ende war. Er hatte sie stark gerafft, hatte nicht mehr erzählt, als daß Mike von Sinnen gewesen sei und Polly angegriffen habe. Maschi war ein kräftiger Mann in den Sechzigern, sonnengebräunt mit einer Farbe wie die von altem Mahagoniholz. Er trug Cowboykleidung: Hut, Stiefel und alles, was dazugehörte, sogar die silberne Schnalle an seinem Gürtel fehlte nicht.

Charlie beobachtete die Szene schweigend, während der Sheriff Fragen stellte, sich Notizen machte und schließlich aufstand, um zu gehen. Charlie ging mit ihm hinaus in die Vorhalle.

»Der Mann auf dem Balkon vor ein paar Tagen — kannten Sie ihn?«

»Ja.«

»Soviel ich weiß, hatte er keinen Grund, derartig durchzudrehen, weder gesundheitlich noch finanzielle Probleme, nichts.«

»Trevor Jackson war der unauffälligste Mann, den ich kannte«, sagte der Sheriff heftig. »Zum Teufel, einer der Kerle, die er erschossen hat, war sein eigener Schwager. Und jetzt diese Geschichte!« Er holte tief Luft. »Ich wünschte bei Gott, der alte Lorrimer hätte sein Geld in den Casinos drüben in Las Vegas stecken lassen. Es gibt nichts als Schwierigkeiten, seit sich dieser verdammte Geldsack in den Kopf gesetzt hat, diese Geisterstadt wieder aufzubauen. Geisterstadt! Ha! Ich sage Ihnen eins: Diese Stadt wird niemals fertig werden. Das steht fest. Es gab schon vorher niemanden, der dort wieder hin wollte, und jetzt, nach alledem, erst recht nicht.«

»Sie werden doch heute nacht keine Ortsbesichtigung vornehmen, oder?«

»Zum Teufel, nein. Das hat überhaupt keinen Sinn.

Sind Sie mal draußen gewesen? Ein Kerl fällt in eine Grube, trägt eine Kopfverletzung davon, wer weiß. Hat keinen Sinn bei Nacht. Wir werden morgen suchen.«

Charlie ging wieder hinein, bis auf die Knochen durchgefroren, in düsterster Stimmung. Im Haus war es keine Spur wärmer als im Eingang. Er gesellte sich zu den anderen in der Stube und rieb sich kräftig die Hände.

»Okay«, sagte er. »Es ergeben sich ein paar Fragen. Wie heizt man dieses Haus? Wie steht es mit etwas zu essen? Und was ist heute dort draußen passiert? Zuerst die Sache mit dem Heizen.«

Beatrice sah ihn entgeistert an, als ob er eine Orgie vorgeschlagen hätte. Er hob eine Augenbraue. »Heizen«, wiederholte er.

»Es tut mir leid. Im Wohnzimmer gibt es ein Thermostat. Es war vorhin noch so warm, daß ich nicht daran gedacht habe.« Sie ging hinaus.

Charlie wandte sich an Byron: »Essen?«

Byrons Gesicht blieb ausdruckslos.

»Es gibt kein vorbereitetes Abendessen im Kühlschrank, ich habe nachgesehen«, sagte Charlie geduldig. »Sie haben sich doch sicher Gedanken gemacht, was wir zu Abend essen? Wie?«

Byron befeuchtete sich die Lippen. »Wir hatten gehofft, daß wir jemanden bekommen könnten, der uns hier etwas kochen würde, doch bis jetzt hatten wir noch kein Glück. Wir haben in dem Restaurant neben dem Motel gegessen. Jodie's. Fürs Frühstück und Mittagessen haben wir etwas im Haus.«

»Jodie's«, wiederholte Charlie zufrieden. Er ging zum Telefon, fand das Telefonbuch und blätterte darin. Dann wählte er eine Nummer, wartete ein paar Sekunden lang und sagte dann: »Ich möchte fünf Steaks bestellen, blutig bis medium, Folienkartoffeln, Salat mit allem für fünf Personen. Wie lange dauert das?« Er hörte wieder zu, dann sagte er: »Natürlich, zum Mitnehmen. Wann kann ich es abholen?« Er hörte wieder zu. »Hören Sie, Sie kochen und ich übernehme den Transport. Also, wann?« Er blickte zur Decke, während er wartete, dann sagte er: »Verstanden. Auf den Namen Leidl.« Er buchstabierte ihn. »Okay.« Er legte auf. »Fünfundvierzig Minuten. Jetzt zur letzten Frage.«

Beatrice war wieder ins Zimmer gekommen. Sie ging zu der selbstgezimmerten Bar und goß einen Drink ein, dann setzte sie sich neben Polly aufs Sofa. Polly saß zusammengekauert in eine Decke gewickelt da und starrte Charlie mit weit aufgerissenen Augen furchtsam an. Sie schüttelte den Kopf, als er sie ansah. Er wandte sich an Byron. »Was ist wirklich dort draußen geschehen?«

Diesmal schilderte Byron die Vorfälle so, wie er sie in Erinnerung hatte, ohne etwas auszulassen. Charlie hörte aufmerksam zu und nahm gleichzeitig interessiert zur Kenntnis, daß der Drink, den Beatrice eingegossen hatte, für Polly bestimmt war. Sie gab ihn der anderen jungen Frau in die Hand und half ihr sogar dabei, ihn zum Mund zu führen. Er kam zu der Ansicht, daß sie ihre Sache richtig machen würde.

»Verstehen Sie, warum ich das dem Sheriff so nicht erzählen konnte«, fragte Byron hilflos. »Wer würde uns glauben? Und, ehrlich gesagt, ich kann es selbst nicht mehr glauben. Wahrscheinlich habe ich ihn nur verletzt.«

»Vielleicht«, sagte Charlie. Er sah zu Polly hinüber. »Sie hätten eine Skizze machen sollen, nicht wahr? Wie weit sind Sie die Straße hinuntergegangen? Ist Ihnen etwas Außergewöhnliches aufgefallen, haben Sie etwas gefühlt, gehört?«

Das wenige an Farbe, das in ihr Gesicht zurückgekehrt war, schwand wieder. Beatrice warf Charlie einen vorwurfsvollen Blick zu. Er ließ seine Stimme strenger, unpersönlicher klingen. »Polly, ich habe Sie etwas gefragt.«

Sie trank einen Schluck, dann sagte sie: »Ich hatte

plötzlich Kopfschmerzen, daran erinnere ich mich. Während ich zeichnete, war mir plötzlich eine oder zwei Sekunden lang schwindelig, und dann bekam ich scheußliche Kopfschmerzen. Da beschloß ich, daß ich genügend Skizzen im Block hätte. Ich wollte zurückgehen. Und das war der Augenblick, in dem Mike ...«

»Wie weit waren Sie gegangen?«

»Am Saloon vorbei, nicht ganz bis zum Ende der Straße, ein paar Eingänge vom Ende entfernt, glaube ich.«

»Und dort haben Sie Ihren Skizzenblock fallen lassen?«

Sie sah sich schuldbewußt um.

»Das macht nichts, doch ich möchte Sie bitten, daß Sie jetzt für mich die Örtlichkeiten neu skizzieren, bevor Sie die Einzelheiten vergessen. Okay? Würden Sie das für mich tun?«

Sie nahm noch einen Schluck von ihrem Drink und stand dann auf, anscheinend erleichtert, daß sie etwas zu tun bekam. Byron nickte, und Constance empfand fast so etwas wie Stolz wegen der Art, wie Charlie mit dem Mädchen umging. Er machte es genau richtig, dabei hatte er in dieser Hinsicht nicht die geringste Ausbildung.

Charlie sah Beatrice an. »Kann sie irgendwo in Ruhe zeichnen, wo sie nicht durch unsere Stimmen gestört wird?«

»Natürlich. Komm, Polly! Wir gehen an den Tisch in der Küche.« Sie gingen zusammen hinaus.

Charlie goß einen Drink für Constance ein, und dann noch einen zweiten für sich selbst. Er setzte sich neben Byron. »So, jetzt klären Sie mich doch bitte mal darüber auf, was, zum Teufel, dort in Old West vor sich geht. Okay? Und hier in Grayling. Ich nehme an, daß beides etwas miteinander zu tun hat.«

Byron zog ein Notizbuch aus seiner Jackentasche. Er erinnerte sich daran, wie er damals bei dem gemeinsamen Abendessen mit Charlie und Constance in Orick die Unterhaltung beherrscht und Charlie für einen uninteressanten, phlegmatischen Typen gehalten hatte; er schob die Erinnerung rasch beiseite.

»Ich habe hier eine Aufstellung in zeitlicher Reihenfolge. Sie ist zwar unvollständig, bietet aber gewisse Anhaltspunkte. Der erste Vorfall ereignete sich vor fast fünf Wochen. Nellie Alvarez erlitt einen Nervenzusammenbruch; sie rannte in die Wüste und verschwand. Man fand ihre Leiche eine Woche später. Ich glaube, damit fing alles an.«

Charlie nahm das Notizbuch und blätterte es durch. Constance fragte: »Haben Sie dort draußen irgend etwas gespürt? Etwas gesehen?«

»Nein, ich selbst gar nichts. Polly hatte mir bis jetzt nichts von ihren Kopfschmerzen und dem Schwindelgefühl gesagt. Allerdings wehte ein ziemlich heftiger Wind, das könnte die Ursache dafür gewesen sein.«

Ohne von dem Notizbuch aufzublicken, fragte Charlie: »Waren all diese Leute in Old West, bevor sie anfingen zu spinnen?«

Byron warf Constance einen Blick voller Empörung zu, überzeugt davon, daß sie bei dieser Formulierung das gleiche empfand. Sie verdrehte die Augen und zuckte die Achseln.

»Ich weiß es nicht«, sagte Byron.

»Würden Sie es bitte herausfinden«, sagte Charlie geistesabwesend, während er weiterblätterte.

»Erklären Sie mir doch eins«, entgegnete Byron daraufhin. »Was untersuchen Sie? Brandfälle? Oder etwas anderes? Sie waren der Ansicht, daß die Vorfälle in Orick etwas mit dem Hotel zu tun hatten, nicht wahr? Und jetzt ist hier wieder ein altes Hotel im Spiel. Was geht da vor? Und warum benutzen Sie nicht Ihren richtigen Namen?«

Charlie hatte dem Sheriff Constance als Dr. Leidl vorgestellt und sich selbst als ihren Mann, ohne noch mal einen Namen zu nennen. Er zuckte die Achseln und stand auf. »Zum Teufel, wenn ich das wüßte. Es ist Zeit, das Essen abzuholen. Zeigen Sie uns, in welcher Richtung das Restaurant liegt, okay?«

Die Stadt war so klein, daß man sie in weniger als einer halben Stunde zu Fuß mehrmals durchqueren konnte, doch der Wind war so kalt, daß sie froh waren, nicht zu Fuß gehen zu müssen. Alle Geschäfte waren inzwischen geschlossen, die Hauptstraße sah öde und verlassen aus. Sie fuhren zwei Häuserblocks weit, dann bogen sie nach rechts ab, und die Straße vor ihnen wurde wieder zum Highway; die schwarze Wüste, kahl und leer, schien im Begriff zu sein, in die Stadt einzufallen. Jodie's war eine einladende Oase mit flackernden Neonzeichen und einer Menge geparkter Autos. Daneben war auf einem Schild an dem Motel zu lesen: Belegt. Das Motel lag ein ganzes Stück von der Straße zurückgesetzt, sein Parkplatz war ebenfalls ziemlich voll.

Charlie fuhr langsam über die beiden Parkplätze und besah sich die Autos, wobei er befriedigt feststellte, daß kein schwarzer Malibu neueren Baujahrs dabei war. Dann hielt er in der Nähe des Eingangs zum Restaurant an. »Ich werde den Typen am Motel-Empfang bestechen, während du dich ums Essen kümmerst. Die perfekte Arbeitsteilung.« Er grinste sie flüchtig an und schlenderte gemächlich davon.

Constance mußte zehn Minuten warten, bis die bestellten Sachen hergerichtet waren, und während dieser Zeit sprach sie mit der Frau an der Kasse. Es stellte sich heraus, daß es Jodie persönlich war, Lorraine Jodrell, mittleren Alters, grauhaarig mit lebhaften dunklen Augen; sie sprach ihre Gäste beim Vornamen an.

»Wir bekamen vor drei Jahren Wind von der geplanten Touristenattraktion«, vertraute sie ihr an. »Dieser Laden hier« — sie deutete mit einer umfassenden Bewegung auf das Restaurant — »war eine miese Spelunke. Bier und Hamburger wurden angeboten, und lauter

Country-Rock. Wir liehen uns Geld von Homers Vater und verwandelten ihn in ein gutes Restaurant. Tüchtige Facharbeiter verdienen ordentliches Geld, und dann sollten natürlich die Touristen so langsam kommen. Es dauerte über ein Jahr, bis wir es so hatten, wie es uns vorschwebte.« Sie sah mit betrübten Augen an Constance vorbei. Das Restaurant war geschmackvoll eingerichtet, mit vielen Pflanzen in naturfarbenen Tontöpfen, ein angenehmer Gegensatz zu der unwirtlichen Landschaft draußen. »Das Essen ist auch gut«, sagte Jodie.

Constance hörte ihr zu, stellte hin und wieder eine Frage und beobachtete die Gäste. Das Geschäft im Restaurant lief nicht schlecht, und dabei ging es ziemlich ruhig zu. Sie sah, daß jeder Tisch besetzt war, und die Nischen entlang der Wand waren bis auf den letzten Platz belegt. Die meisten Kunden waren im Westernstil gekleidet, Leute aus der Gegend, und es befanden sich höchstens ein halbes Dutzend Touristen darunter. Die Touristen waren an der Art ihrer Kleidung zu erkennen — Designerjeans, Seidenhemden, Cashmere-Strickjakken, polierte Stiefel — und an der Art, wie sie die Einheimischen angafften. Gelegentlich stand jemand von einem Tisch voller Leute, die sich mit gedämpften Stimmen unterhielten, auf und ging an einen anderen Tisch voller Leute, die sich ebenfalls mit gedämpften Stimmen unterhielten. An vielen Tischen saßen nur Männer, und alles in allem überwog der Anteil der Männer den der Frauen im Verhältnis eins zu zwei. Das vorherrschende Gefühl war Angst, stellte Constance fest. Diese Menschen hier hatten verzweifelte Angst.

»... natürlich ist jetzt alles kaputt. Armer Homer, armer alter Dad.«

»So dürfen Sie nicht denken«, entgegnete Constance. »Es wird Gras über das Ganze wachsen, so ist es immer.«

»Nicht in diesem Fall. Vier, fünf Männer sind verschwunden, und seit heute geht das Gerücht, daß es noch einer mehr ist. Die Menschen werden wahnsinnig, begehen Wahnsinnstaten. Und dann diese Schießerei. Niemand wird dort mehr hingehen. Warten Sie's ab, Sie werden sehen. Oh, ich habe natürlich versucht, Leute von auswärts anzuziehen, um den Verlust wettzumachen, doch wenn auch denen alles mögliche passiert, werden auch die ausbleiben. Warten Sie's ab.«

»Waren Sie schon mal da draußen?«

»Ganz am Anfang. Ich wollte mir mal die Gegend ansehen. Wir liefern Essen mit einem Verkaufswagen, wissen Sie, heiße Suppe, Sandwiches, solche Sachen. Wir haben einen jungen Mann, der hinausfährt, Essen verkauft und zurückkommt. Ich bin hinausgefahren, um zu sehen, ob er die Strecke leicht hin und zurück fahren kann. Wir schicken ihn jetzt aber nicht mehr, das ist vorbei.«

Sie plauderten noch ein paar Minuten lang miteinander, dann kam das Essen, eingepackt in einen großen Pappkarton, und Constance ging. Sie hatte eigentlich nichts Konkretes erfahren, erklärte sie Charlie während der Heimfahrt. Doch sie hatte jetzt ein Gefühl dafür, was die Leute hier durchmachten. Sie hatten Todesangst.

»Sie führen es auf alles mögliche zurück, von einem alten Indianerfluch bis zur Strahlenverseuchung durch die Atomtests in Nevada. Von undichten Nervengaslagern der Regierung bis zu einer Machenschaft des Teufels.«

Er nickte. »Sie haben nichts im besonderen gegen das alte Hotel, soweit ich erfahren konnte. Sie sagen sogar, daß sie das neue vielleicht fertigstellen wollen. Es ist vielmehr dieses Projekt der Rekonstruktion einer alten Stadt, das ihnen angst macht. Es ist die Rede von schädlichen Strahlungen, die von unsichtbaren Geräten ausgesandt werden, vielleicht sogar irgendwo aus dem Weltraum.« Er hörte sich mürrisch an, als er sagte: »Weißt du eigentlich, wie spät es ist? Schon nach zehn!«

Constance erkannte, daß er sich deshalb so verdrossen anhörte, weil er Hunger hatte. Sie hatten seit dem Frühstück nichts mehr gegessen, und das schien Tage her zu sein. Irgend etwas war ihnen im Flugzeug serviert worden, das eine entfernte Ähnlichkeit mit Fisch hatte, doch keiner von ihnen hatte es angerührt. Jetzt füllte der Duft von gutem Essen den Leihwagen, und sie spürte, wie ihr Magen knurrte. Sie tätschelte Charlies Bein, um ihm ihr Mitleid kundzutun; er legte seine Hand auf ihre und nahm es dankbar an.

Nachdem sie die hervorragenden Steaks und so viele Beilagen, daß noch drei Leute davon satt geworden wären, verspeist hatten, war es nach Mitternacht, und Byron zwang Polly regelrecht dazu, eine Schlaftablette zu nehmen und zu Bett zu gehen. Sie war erst dazu zu bewegen, als Beatrice versprach, in dieser Nacht bei ihr im Zimmer zu schlafen, und sie fügte hinzu, daß sie einen sehr leichten Schlaf habe.

»Sie hat Angst, daß Mike bei ihr auftauchen wird«, sagte Beatrice matt, nachdem die jüngere Frau schlafen gegangen war. »Ich glaube, ab morgen hat sie die Linie von der Seite der Therapeutin auf die Seite der Patientin überschritten.«

Sie sah Byron direkt ins Gesicht, sprach jedoch den Rest der Bemerkung, der in der Luft hing, nicht aus. Er widersprach weder der angedeuteten Vermutung, noch bestätigte er sie — daß nämlich auch er vielleicht ab morgen in eine andere Rolle geschlüpft sein könnte.

»Wir werden sehen, was der morgige Tag bringt«, unterbrach Charlie das sich hinziehende Schweigen. »Und noch heute nacht werde ich Sie beide über den Hintergrund meiner Ermittlungen aufklären. Anschließend können Sie mir sagen, ob Sie abspringen oder mitarbeiten wollen. Okay?«

Er gab einen Überblick über die verschiedenen Feuersbrünste, die während eines Zeitraums von sechs Jahren in einem Gebiet, das sich von Küste zu Küste erstreckte, ausgebrochen waren. »In jedem Fall ist es uns gelungen, einige Einzelheiten ans Licht zu bringen, die Vorfälle spielten sich im großen und ganzen immer auf die gleiche Weise ab. Die Leute fangen an, verrückt zu werden, schreckliche Dinge passieren, dann brennt ein Hotel ab, und der ganze Spuk hört auf. Nach diesem Muster lief es in Orick ab, und bis jetzt sieht es hier genauso aus.«

Byrons Gesichtsausdruck zeigte keine Regung. »Das ist alles, was Sie herausgefunden haben?«

»Das ist alles«, sagte Charlie fast fröhlich. »Wenn ich es richtig sehe, dann haben Sie beide und jede andere Person, die Sie als Mitglied Ihres Teams ins Spiel bringen, die beste Möglichkeit, Fragen zu stellen, um die sich die Polizei nicht kümmert. Sie könnte mit den Antworten ohnehin nichts anfangen. Zunächst müssen wir wissen, wer sich zu irgendeinem Zeitpunkt in diesem Hotel oder auch nur in seiner Nähe aufgehalten hat. Manche sind verrückt geworden, andere nicht. Warum? Welche Verbindung bestand zwischen den Menschen aus diesem Ort hier, die während der letzten Wochen vom Wahnsinn befallen worden sind. Wer ist verschwunden? Der Erzählung nach sind vier oder fünf Männer verschwunden, doch was bedeutet das? Es ist ein Unterschied, ob ein ortsansässiger Familienvater nicht mehr gesehen wird, oder ob ein Landstreicher weiterzieht. Es ist anzunehmen, daß die Leute des Sheriffs oder der Polizei oder irgend jemand die gesamte rekonstruierte alte Stadt nach den Männern durchsucht haben, die am Tag der Schießerei verschwunden sind. Warum waren *die* nicht betroffen? Verstehen Sie, worauf ich hinauswill? Sie können Fragen dieser Art stellen und werden Antworten erhalten, an die sonst niemand gelangen kann. Ich zum Beispiel könnte es auf keinen Fall, das ist so sicher wie das Amen in der Kirche.«

Beatrice machte ein skeptisches Gesicht. Sie schüttelte den Kopf. »Das ergibt keinen Sinn. Warum das Hotel? Warum nicht die ganze Stadt? Und warum gerade jetzt? An dem Projekt wird seit drei Jahren gearbeitet. Die Leute sind in den Gebäuden Hunderte von Malen ein und aus gegangen, ohne etwas Ungewöhnliches festzustellen.«

Charlie nickte ihr anerkennend zu. Sie würde ihre Sache gut machen, sagte er sich erneut. »Alles gute Gesichtspunkte. Fragen, auf die ich keine Antworten weiß. Aber wie ich erwähnt habe, handelt es sich in allen Fällen um ein altes Hotel, das seit vielen Jahren geschlossen ist. Und in jedem Fall hörten die Vorfälle auf, wenn es niedergebrannt war. Tut mir leid, das sind meine einzigen Anhaltspunkte, aber so ist es nun mal.« Er wandte sich an Byron, der die Augen vor Konzentration zusammengekniffen hatte; jede Spur von Schock war verschwunden. »Gibt es dort drüben Strom?«

»Nein. Das ist einer der Punkte, über die es am Anfang eine heftige Diskussion gegeben hat. Man kam schließlich überein, alles so zu halten, wie es damals 1880 gewesen war. Es gibt einen an einen Lastwagen angeschlossenen Generator, mit dem der für die Bauarbeiten nötige Strom erzeugt wird.«

Noch eine Übereinstimmung. Keins der Gebäude war ans Stromnetz angeschlossen, oder zumindest war der Strom seit vielen Jahren abgeschaltet. Charlie grinste Beatrice an. »Sie sehen, wie ich mich an jeden Strohhalm klammere. Haben Sie Lust, darüber nachzudenken?«

Sie sah Byron an und erschrak über seinen Gesichtsausdruck voll angespannter Konzentration, die seine Stirn furchte und seine Lippen zu schmalen Linien straffte. »Wir können unsere Arbeit nicht in den Dienst der Ermittlungen für eine Versicherungsgesellschaft stellen«, sagte sie scharf.

Byron schreckte aus seiner Konzentration auf und öffnete den Mund, um etwas zu erwidern, doch Charlie stand auf und nickte Constance zu. »Laß uns einen Spaziergang machen«, sagte er. »Kalt oder nicht, jedenfalls scheint ein heller Mond, und es wird behauptet, die Wüste im Mondlicht sei eine seltene Sehenswürdigkeit. Wollen wir?«

Sie nickte und sah dabei genauso betrübt aus wie Beatrice. Sie zogen sich warme Mäntel an und waren im Begriff hinauszugehen. An der Tür wurden sie durch Byrons Stimme aufgehalten.

»Wenn wir nicht mit Ihnen zusammenarbeiten, was dann? Was werden Sie dann tun?«

»Oh«, sagte Charlie, »dann werde ich mit dem Sheriff oder mit der Polizei reden, wer immer dafür zuständig ist. Mal sehen, ob sich jemand von denen eingehender mit der Sache beschäftigt. Ich könnte es mir vorstellen.«

»Das ist widerwärtig«, entfuhr es Beatrice. »Sie haben keine Ahnung, in welchem Zustand sich diese Menschen befinden. Sie brauchen Hilfe, keine Aufregung.«

Charlie zuckte die Achseln. »Vielleicht habe ich eine Ahnung, vielleicht nicht. Eins weiß ich jedoch genau: Es wird noch mehreren so wie ihnen gehen, wenn wir der Sache nicht auf den Grund kommen. Bis nachher.«

Sie gingen auf der Sandstraße voran, die aus der Stadt hinausführte. Der Wind wehte jetzt nur noch leicht, und die Luft war erfüllt von eigenartigen Gerüchen, nicht nach vermoderndem Laub, sondern urtümlicheren Düften von nackter Erde und Felsen und den einfachsten Formen von Pflanzen. Hinter ihnen jaulte ein Hund, ein anderer bellte scharf, und aus der Ferne erklang die Antwort — oder die Verhöhnung — von einem Fuchs oder Cojoten. Die Wüste schimmerte im Mondlicht. Die Schatten waren von abgrundtiefer Schwärze, das Licht war silbern, kalt und unirdisch.

»Du bist böse auf mich«, sagte Charlie, nachdem sie einige Minuten lang schweigend nebeneinander her gegangen waren.

»Ein wenig. Sie hat recht, weißt du. Therapeut-Patient, das ist eine Beziehung, die keine Störung vertragen kann, aus welchem Grund auch immer. Aber du hast auch recht. Das ist das Dilemma.«

Er brummte etwas und legte ihr die Hand auf den Arm, voller Wärme und Kraft.

»Sobald du den Brandstifter geschnappt hast, ist deine Aufgabe erfüllt.«

Diesmal machte er sich nicht die Mühe, etwas zu brummen. Er wußte, daß es stimmte.

»Und was wird damit erreicht, wenn erwiesen ist, was du bereits vermutet oder gewußt hast? Daß die Hotels etwas an sich haben, das bei den Menschen etwas Bestimmtes auslöst? Ein unsichtbares, unaufspürbares, bewegliches Etwas, das die Leute in den Wahnsinn treibt? Ich meine, bis zu diesem Punkt hast du dich ja bereits mit den Tatsachen abgefunden.«

»Stimmt. Aber warum trifft es nicht jeden? Warum nur manche Menschen?« Der Griff seiner Hand um ihren Arm wurde fester, doch seine Stimme klang gelassen und fast vergnügt, als er fortfuhr. »Du hast das andere noch nicht ausgesprochen. Ich habe meine Schuldigkeit hier getan. Irgendwann muß ich zur Polizei gehen — warum nicht jetzt gleich?«

Sie war erleichtert, daß er das Thema zur Sprache gebracht hatte. Und er hatte recht, das war etwas, über das sie noch sprechen mußten. »Charlie, und wenn es nun wirklich ein Gas ist? Du kannst keine Probe beibringen oder es analysieren. Und wenn es irgendwelche Strahlen sind? Und wenn es sich um die außer Kontrolle geratene Erfindung eines wahnsinnigen Wissenschaftlers handelt? Man hat diese Gebäude durchsucht und nichts gefunden. Was kannst du allein erreichen?«

»Ich weiß nicht«, gab er zu. »Aber stell dir doch die Szene einmal vor: Ich gehe zur Polizeiwache und sage ›ach, übrigens dort in dem Hotel stimmt was nicht‹. Und dann antwortet der freundliche Hauptwachtmeister: ›Ich habe jeden Quadratzentimeter durchsucht, mein Freund. Desgleichen das FBI und die Leute vom ATF. Es ist nichts dort.‹ Ich sage: ›Okay, aber denken Sie doch an all die Menschen, die durchdrehen.‹ Und er sagt: ›Dann sehen Sie sich doch mal meine Statistiken an, meine Freund. Jeden Monat drehen Tausende von Menschen durch.‹ Und ich nehme meinen Hut und gehe nach Hause.«

»Du bist aber von deiner Meinung überzeugt«, gab sie zu bedenken.

»Ich weiß. Doch ich brauche meine Meinung nicht einem Polizeihauptmann oder einem Kriminalkommissar oder einem Bürgermeister darzulegen oder irgend jemandem, der mir empfehlen wird, erst einmal Urlaub zu machen und mich zu erholen. Alles, was ich tue, bringt mich Schritt für Schritt weiter. Die Gespräche mit den Leuten in Orick haben mich weitergebracht, die Lektüre all dieser Zeitungen, die Bekanntschaft mit Polly, alles bringt mich weiter. Aber, Schatz, ich hatte über einen Monat Zeit, darüber nachzudenken. Wenn ich John Loesser nicht mit dem Benzinkanister in der Hand erwische, habe ich nichts als eine Theorie, an die ich bisher selbst noch nicht so recht glaube. Also spiele ich noch eine Weile weiter. Aber du hast recht. Irgendwann werden wir ohne Hilfe nicht mehr auskommen. Irgendwann.«

Sie waren seit einigen Minunten bergab gegangen, einen flachen Hang hinunter, dessen Gefälle kaum wahrzunehmen war, doch plötzlich merkten sie beide, daß die Lichter der Stadt von Felsgestein verdeckt waren. Jetzt strahlte nur noch das silberne Licht des Mondes in einer unheimlichen Stille. Constance erschauderte.

»Richtig«, sagte Charlie schroff. »Zurück nach Haus, zu heißem Kaffee und unter Menschen.«

Er war erstaunt, wie schnell und unmerklich das passiert war, und er grübelte finster darüber nach. Er hatte auf eigene Faust Untersuchungen anstellen, prüfen wollen, ob es den Hauch eines Beweises für seine Vermutung gäbe. Er zweifelte jetzt daran, daß er es schaffen würde, bezweifelte, daß er diesen Kerl mit dem Benzinkanister in der Hand draußen in der Wüste auf dem Weg zum alten Hotel antreffen würde. Diese verdammte Landschaft war zu heimtückisch.

»Weißt du, was die Sache so schwierig macht, warum du Mühe haben wirst, irgend jemanden zu überzeugen?« sagte Constance. »Angst ist der Grund. Du rührst an zwei elementare Ängste. Erstens die Angst vor dem Wahnsinn. Jeder Mensch hat Angst davor, auch wenn es keiner zugibt. Und die Angst vor auferstandenen Toten. Unsere Mythen, unsere Alpträume, unsere Horrorfilme sind voll davon. Wenn man akzeptiert, daß etwas so Entsetzliches tatsächlich geschehen könnte, dann bringt man unser ganzes Glaubenssystem, an dem wir so beharrlich festhalten, ins Wanken. Wenn das möglich ist, dann ist alles möglich, und diese Vorstellung ist zu furchterregend, als daß man sich damit abfinden könnte.«

Die Lichter der Stadt kamen wieder in Sicht. Ein Hund jaulte, ein anderer bellte, und aus weiter Ferne erklang die Antwort eines primitiven Geschöpfs. Seine Stimme hörte sich nach einer Verhöhnung an.

## KAPITEL ZEHN

Es tat sich etwas, dachte Charlie am nächsten Morgen, nur nicht das Richtige. Ein Hubschrauber kreiste eine Zeitlang über der Gegend und suchte nach den Vermißten, nach offizieller Auffassung insgesamt vier, so hatte er erfahren, einschließlich Mike. Kein einziger war gefunden worden. Eine Schlange von Personenwagen, Geländefahrzeugen und Lastautos wand sich hinaus in die Wüste, durch Old West hindurch, und wand sich den gleichen Weg wieder zurück. Der Sheriff erschien noch einmal, um Byron Fragen zu stellen, die gleichen Fragen, die zu den gleichen Antworten führten, und diese führten alle zu nichts. Byron und Beatrice begaben sich in die Praxis von Dr. Sagimore, wo sie sich mit verschiedenen Betroffenen unterhielten. Polly bat um Beurlaubung. Die Sonne kam heraus, und der Tag war fast zu warm. Die Hunde bellten nicht. Constance machte sich daran, Tonbänder abzuhören, die Byron und sein Team während der letzten Tage aufgenommen hatten. Ungekürzt und ungerafft, bemerkte sie mit vielsagendem Achselzucken. Beatrice kam zum Mittagessen nach Hause, sah sich Polly an und bestand darauf, sie nach Las Vegas zu bringen, wo sie sie in ein Flugzeug nach Hause setzen konnte. Polly war tatsächlich über Nacht zur Patientin geworden; sie hatte den ganzen Morgen in ihrem Zimmer geweint.

Die meiste Zeit des Tages spazierte Charlie durch die Stadt, sprach mit Leuten, hörte zu, stellte ein paar Fragen. Er fuhr hinüber zu dem neuen Hotel, das kurz vor der Fertigstellung stand — ein protziges, hohes Gebilde, das in der Wüste, direkt an der Grenze des Bundesstaates Nevada, wie ein Fremdkörper wirkte. Es war luxuriös ausgestattet, mit Spielsalons im ersten Stock, einem gewaltigen Swimmingpool und Sportanlagen. Willkommen in Nevada, dachte er, während er es besichtigte. Er trat auf der hinteren Seite wieder ins Freie und kam an die Stelle, wo der Zug für eventuelle Passagiere bereitstand; er stieg ein und wanderte von einem Ende zum anderen hindurch. Er war so prächtig eingerichtet wie das Hotel, mit roten Plüschsitzen und glänzenden Messingbeschlägen. Er unterhielt sich mit einigen der Männer, die ihre Arbeit hier wieder aufgenommen hatten. Niemand arbeitete mehr in Old West. Und schließlich kehrte er nach Hause zurück, wo Constance am Küchentisch saß und sich immer noch Tonbandaufnahmen anhörte, wobei sie sich dann und wann Notizen machte.

»Post von Hoagley«, sagte sie und deutete auf einen großen Umschlag. Er rieb sich die Ohren.

Er hatte eine umfassende Auskunft über John Loesser angefordert, und jetzt war das Material gekommen. Seine Schul- und anschließende Studienzeit, der Tod seiner Frau durch einen Flugzeugabsturz, der Mordanschlag, nach dem Loesser ins Krankenhaus eingeliefert werden mußte und bei dem offenbar die ganze Familie Danvers ums Leben gekommen war. Charlie ließ sich schwer in einen Sessel fallen, während er las.

»Ich habe den Mistkerl«, murmelte er nach einer Weile. Er starrte an Constance vorbei. »Heute, morgen, irgendwann wird er auftauchen. Es wird nicht mehr lange dauern.«

Nachdem eine Weile vergangen war, sagte sie: »Charlie, es ist Zeit, die Behörden einzuschalten. Du hast deine Aufgabe erfüllt.«

Er sah auf. Seine Augen glichen den kleinen Obsidiansteinen, die sie am Flughafen gesehen hatten, wo sie zum Verkauf feilgeboten wurden; Apachentränen nannte man sie. Er grinste, doch das bedeutete nichts; sie wußte, daß er sie überhaupt nicht sah.

Constance nahm seinen Arm. »Paß mal auf«, sagte

sie ruhig. »Den ganzen Tag habe ich die Leute über die schrecklichen Dinge, die an jenem Ort vor sich gehen, reden hören.« Sie hob eins der Tonbänder auf und knallte es mit Wucht wieder auf den Tisch. »Charlie, es gibt verschiedene Grade des Wahnsinns, er kann sich auf verschiedene Weise äußern, in verschiedenen Ebenen von Mord- und Selbstmordneigungen. Die Personen, die unter dem Einfluß dessen stehen, was immer dort sein mag, sind extreme Beispiele. Es ist, als ob jeder latent vorhandene, bis dahin verdrängte Mordgedanke auf einmal in die Tat umgesetzt würde, frei zum Ausbruch käme. Verstehst du, was ich sage?«

Sie hörten, wie die Haustür geöffnet und geschlossen wurde; Byron und Beatrice kamen in die Küche. Er sah mitgenommen aus, sehr blaß; selbst sein eleganter Bart war zerzaust. Beatrice zitterte.

»Wir haben gerade erfahren«, berichtete Byron, »daß einer der Männer des Sheriffs, der heute bei dem Suchtrupp dabei war, zu Hause seine Frau aus heiterem Himmel verprügelt hat. Sie war im fünften Monat schwanger und erlitt eine Fehlgeburt. Wahrscheinlich wird sie jedoch wieder gesund werden. Nachbarn überwältigten den Kerl, er brach zusammen und fing an zu heulen; bis jetzt hat er sich noch nicht wieder beruhigt.«

»Wann wird endlich Schluß damit sein?« schrie Beatrice.

»Wenn das Hotel brennt«, sagte Charlie.

»Um Himmels willen! Lassen Sie uns dem Sheriff alles sagen, was Sie wissen, und dann sollen sie das verdammte Ding eben niederbrennen!«

»Und dann wird der Spuk irgendwo anders von neuem anfangen«, sagte Charlie matt. »Nächsten Monat, in drei Monaten, nächstes Jahr, irgendwann.«

Beatrice rannte zum Telefon, das sich in der Nähe der Hintertür befand. »Ich werde den Sheriff jetzt anrufen. Wir müssen die Leute warnen, damit sie sich von dort fernhalten, wenn wir sonst schon nichts unternehmen.«

Charlie zuckte die Achseln. »Ich schlage vor, wir rühren uns nicht, bis wir den Feuerteufel geschnappt haben, und dann entscheiden wir weiter.«

»Mich interessieren die Brände und die Versicherungen einen verdammten Dreck!«

»Mich auch«, sagte Charlie leise. »Aber dieser Feuerteufel besitzt etwas, das wir brauchen. Zwei Dinge: Informationen und Immunität. Offenbar kann er sich hierhin und dorthin begeben und ein Feuer legen und wieder davonspazieren, ohne behelligt zu werden, oder er ist so wahnsinnig, daß ihm alles egal ist. Ich meine, wir müssen ihn schnappen, bevor wir irgend etwas anderes unternehmen. Wenn der Sheriff und seine Männer ihn einkreisen, wird es eine Schießerei geben. Die Chance, daß er sie überlebt, ist gleich Null, wenn man bedenkt, wie gereizt die Nerven von jedermann hier in der Gegend sind.«

Sie stand da, den Telefonhörer in der Hand, und hielt seinem Blick ohne mit der Wimper zu zucken stand. Dann holte sie tief Luft und legte wieder auf. »Noch einen Tag«, sagte sie. »Morgen um diese Zeit werde ich mich nicht mehr von Ihnen davon abhalten lassen, alles zu erzählen, was Sie uns gesagt haben.«

Byron ging, um ihnen allen etwas zu trinken zu bereiten, und kam mit einem Tablett voller Gläser in die Küche zurück, er reichte jedem eins. »Charlie, haben Sie in Betracht gezogen, daß sich Ihr Mann in einem Motel drüben in Las Vegas eingemietet haben könnte? Man braucht von dort nach hier nur eine Stunde, und es wäre eine Armee nötig, um zu beobachten, wer dort des Nachts welche Wege geht.«

Charlie nippte an seinem Bourbon, der so gut wie nicht durch Wasser oder Eis verdünnt war. Genau so mochte er ihn. »Er ist ein Stadtmensch«, sagte er daraufhin. »Genau wie ich. Ich habe heute den ganzen Tag die Gegend auskundschaftet, versucht, ein Gefühl dafür zu bekommen, wo es befahrbare Straßen gibt, wie schnell man wohin kommt. Er wird so ziemlich das gleiche tun müssen. Das ist das Muster, nach dem es immer abläuft, ohne wesentliche Abweichungen. Er reist an und kundschaftet die Gegend einen Tag vor dem Ereignis aus, dann legt er sein Feuer und macht sich aus dem Staub. Ich glaube nicht, daß er diesmal davon abweichen wird.« Wenn sich Loesser diesmal anders verhalten würde, wenn er sein Feuer entfachen und entkommen würde, würde es Jahre dauern, bis sie ihm wieder so dicht auf die Fersen kommen würden. Wenn Byron ihn nicht angerufen hätte, hätte er zu spät über die Vorfälle in Old West erfahren, und es wäre lediglich als weiterer Schauplatz einer Brandstiftung in die Statistik eingegangen.

Beatrice und Byron fuhren kurz nach diesem Gespräch zum Abendessen nach Las Vegas. »Ich möchte mal ein paar Stunden weg von hier«, hatte er gesagt. »Und ich möchte, daß du mit mir kommst.«

Constance und Charlie gingen zu Fuß zu Jodie's. Er machte einen kleinen Abstecher ins Motel, um sich ein wenig mit dem Mann am Empfang zu unterhalten; als er zurückkam, schüttelte er den Kopf. Noch nichts.

Das Restaurant war wieder bis auf den letzten Platz besetzt, und die Stimmung war noch gedämpfter als am Abend zuvor. Die Unterhaltungen wurden noch leiser geführt, die Gesichter der Gäste zeigten einen noch düstereren Ausdruck. Constance und Charlie saßen an einem Tisch fast am hinteren Ende des Restaurants, von wo aus er den Raum gut überschauen konnte. Die Leute hier würden im Zweifelsfall als erste schießen, das war ihm klar, und er konnte es ihnen nicht im geringsten verübeln.

»Nun, wir können genausogut darüber reden«, sagte Constance, nachdem sie sich ein paar Minuten lang schweigend gegenübergesessen hatten. »Du oder ich?«

Er grinste, und diesmal meinte er es so. »Du.«

»Okay. Die Leute, die auf den Tonbändern sprechen,

sind alle von hier, Bauarbeiter oder Angestellte, die in den Läden arbeiten; du weißt schon, die Statisten in dem Warenmagazin, dem Saloon und so weiter. Sie waren ganz am Anfang schon einmal draußen gewesen, um sich ein Bild von dem Ort zu machen; doch damals war es laut und hektisch durch den Baubetrieb zugegangen, die Maschinen liefen und all so was. Immer wieder kam zum Ausdruck, daß es an jenem Tag der Schießerei ganz anders war. Offenbar läuft der Generator ziemlich laut, und als er an jenem Tag abgeschaltet wurde, war die Stille gespenstisch, die Stadt schien wie verhext. Viele von den Leuten erwähnten diese Stille und wie unheimlich sie war. Irgend etwas machte ihnen während dieser kurzen Zeit angst. Bei den meisten Eindrücken muß man allerdings davon ausgehen, daß sie erst nachträglich so empfunden wurden, wenn auch nicht alle. Mindestens vier Leute beklagten sich, unter Schwindelgefühl und Kopfschmerzen gelitten zu haben. Der Schwindel ging vorüber, doch die Kopfschmerzen blieben fast die ganze Zeit über, zumindest so lange, bis ihre Angst so groß war, daß sie jede andere Empfindung überwog.«

Sie atmete tief durch, nachdenklich und in Erinnerung versunken an all die Stimmen, die Entsetzen ausdrückten, die Aufgebrachtheit, die Ungereimtheit und das wirre Gestammel. »Jedenfalls ertönte die Zugpfeife bereits vom Hügel herunter, bevor der Zug tatsächlich zu sehen war, und in diesem Moment wurde der Generator abgeschaltet und die Bauarbeiter verzogen sich hinters Hotel. Man fuhr den Lastwagen, der den Generator antrieb, weg, damit sein Anblick die Illusion nicht beeinträchtigen würde. Und dann, so berichteten sie, entstand diese gespenstische Stille, während derer Trevor Jackson seine Waffe vom Lastwagen geholt haben mußte. Jeder scheint hier mindestens zwei Gewehre im Auto zu haben.«

Sie schüttelte fassungslos den Kopf, dann fuhr sie

fort. »Niemand behauptet, ihn tatsächlich dabei beobachtet zu haben, aber sie wußten nicht, zu welchem anderen Zeitpunkt er es hätte tun können. Er betrat den Saloon durch die Hintertür. Der Zug fuhr mit viel Getöse ein, die Trillerpfeife ertönte, und die Leute ergossen sich heraus und waren ausgelassen und vergnügt. Es war geplant, daß ein paar kleine Reden gehalten werden sollten, eine Begrüßungsansprache und so etwas. Die Gäste waren alle Aktionäre und Freunde, die sich in Las Vegas getroffen und am Abend zuvor eine Party gefeiert hatten; als krönender Abschluß war dieser Besuch in Old West gedacht. Da begann Trevor zu schießen.«

Charlie hatte aufmerksam zugehört. Jetzt entspannte er sich ein wenig. »Es ist immer wieder so ziemlich die gleiche Geschichte. Ich habe sie auch von verschiedenen Leuten gehört, die nicht zu den Patienten gehören. Außerdem habe ich erfahren, daß alle Gäste, die sich in dem Zug befunden hatten, sich wieder in alle Winde in ihre Heimatorte zerstreut haben. Wenn es darunter einen oder mehrere Bekloppte gibt, werden die Familien wahrscheinlich darüber Stillschweigen bewahren.«

Sie machte ein gequältes Gesicht, als er diesen Ausdruck gebrauchte, doch sie unterdrückte eine Bemerkung dazu. »Charlie, es geht noch etwas anderes aus diesen Berichten hervor. In einigen Fällen tauchen Geisteskrankheit und Gewalt im selben Moment auf, doch Trevor hatte Zeit, seine Waffe und Munition zu besorgen. Er mußte auf jeden, der ihn beobachtete, einen normalen Eindruck gemacht haben. Und der Hilfssheriff, der nach Hause ging und seine Frau verprügelte, mußte ebenfalls einen normalen Eindruck gemacht haben. Es war nicht wie bei Mike, der sofort mit Gewalttätigkeit reagierte. Du weißt nicht, was du von John Loesser zu erwarten hast. Vielleicht erscheint er so vernünftig wie ein ... wie ein Versicherungsvertreter und vielleicht ist er mordlüstern wie Mike.«

»Glaubst du, daß Loesser verrückt ist?«

»Nun ja, natürlich. Ich meine, wenn einer sich für eine Karriere als Brandstifter entscheidet und seinen Beruf dafür aufgibt und sein ganzes Leben deswegen ändert, muß es wohl sein. Warum? Glaubst du das nicht?«

»Du bist die Expertin«, sagte er mit spitzbübischem Grinsen. Seiner Meinung nach handelte John Loesser eigentlich vollkommen vernünftig: Er suchte nach einem Nest voller Giftschlangen, wurde fündig und brannte es aus, dann suchte er weiter und danach wieder weiter.

Sie waren mit dem Essen fertig und hatten Lust auf Kaffee, als ein Kellner ein Tablett mit mehreren Gläsern fallenließ. Im gleichen Moment sprangen ein halbes Dutzend Männer auf, die Hände in die Jacken oder die Taschen geschoben, auf eine Art, die Charlie den Atem anhalten ließ, bis jemand lachte und alle ihre Plätze wieder einnahmen. Niemand fiel in das Lachen mit ein, und es hörte sich gekünstelt an, mehr wie ein Japsen als ein Ausbruch von Heiterkeit. Der Kellner war auf der Stelle erstarrt. Vorsichtig entfernte er sich von dem Scherbenhaufen zu seinen Füßen, als ein Hilfskellner kam und sich daranmachte, die Stelle zu säubern.

»Laß uns zu Hause Kaffee trinken«, sagte Charlie mit einer Stimme, die müde und matt geworden war.

Am nächsten Morgen rief Byron nach seiner Ankunft in der Arztpraxis sofort von dort aus an. »Charlie, ich denke, es ist gut, wenn Sie es gleich erfahren. Heute morgen kommen ein paar Leute vom gerichtsmedizinischen Institut, um Luft- und Erdproben in Old West zu nehmen. Der Sheriff wird sie gegen neun Uhr hinausbegleiten.«

Charlie empfand eine Mischung aus Erleichterung und Bedauern. Wenn Loesser heute hier auftauchen würde, würde ihn das vielleicht vertreiben; vielleicht würde er so lange in Las Vegas warten, bis die Beamten wieder verschwunden wären, oder er würde die Gegend überhaupt verlassen. Andererseits, wenn es etwas gäbe, das analysiert und ausgewertet werden konnte, dann konnte Loesser warten. Sie würden ihn finden. Er kaute auf der Unterlippe herum, während er stirnrunzelnd die Karte an der Wand betrachtete, auf der die Punkte Old West, Grayling und das neue Hotel ein Dreieck bildeten.

Er kniff die Augen zusammen und ging langsam näher an die Karte heran. Er fuhr mit dem Finger einem schmalen Fahrweg für landwirtschaftlichen Verkehr nach, der sich um Felsen herumschlängelte, steile Hänge hinauf und hinunter, im Zickzack nach Süden. An einer Stelle war er nur eine Meile von Old West entfernt, erreichbar über einen Feldweg, der von der Staatsstraße abzweigte. Vier oder fünf Meilen Feldweg. Es müßte möglich sein, dachte er.

»Laß uns die Aktion beobachten«, sagte er zu Constance.

Sie war überrascht. »Ich halte das für keine besonders gute Idee.«

»Nicht direkt an Ort und Stelle, sondern von hier aus.« Er deutete auf die Stelle, die ihm aufgefallen war, über dreihundert Meter höher gelegen als Old West und von der Anlage durch eine tiefe Schlucht getrennt. Er war zu dem Schluß gekommen, daß es keine Verbindung von dem Fahrweg in die Westernstadt gab, und das kam ihm sehr gelegen. Er hatte nicht das Verlangen, jetzt schon in die Nähe des alten Hotels zu gelangen. Noch nicht. Vielleicht nie.

Sie betrachtete die Karte eingehend und nickte zögernd. Reichte die Entfernung von einer Meile? Sie hoffte es. »Ich werde das Fernglas holen. Wir sollten den Rangerover nehmen, meinst du nicht?«

Er folgte ihr ins Schlafzimmer, öffnete seinen Koffer, entnahm ihm seinen alten Polizeirevolver und lud ihn. Danach waren sie startbereit.

Den ersten Teil der Fahrt, auf der Staatsstraße, brachten sie schnell hinter sich. Der nächste Streckenabschnitt war sechs Meilen lang, und sie brauchten fast eine Stunde dafür. »Das kann man wirklich nicht Straße nennen«, rief Constance aus, als der Landrover sich gefährlich zur Seite neigte, weil das rechte Rad über einen dicken Stein rollte. Die Landschaft war grau, die Salbeibüsche graugrün, das spärliche Gras grau. Steine, Erde, Pflanzen waren allesamt von der gleichen Tarnfarbe; um sich vor was zu verbergen? An den Klippenrändern war der Felsen manchmal schwarz, und an geschützten Stellen bot im Winter angeschwemmte Erde Nahrung für etwas mehr Bewuchs, struppige Bäume, die sich dicht aneinanderdrängten. Auch sie waren grau.

Der Weg wand sich in scharfen Kurven um vorstehende Felsen, fiel steil ab, führte Hänge mit großer Steigung hinauf, traf nach Umgehung einer tiefen Erdfurche wieder auf sich selbst. Es gab Kakteen hier, gedrungen und prall, mit heimtückisch aussehenden Stacheln. Schließlich hielt Charlie den Wagen an und schüttelte den Kopf, als der Weg wieder scharf abbog. Es war sinnlos so zu tun, als könnte er ihn bezwingen. Das war höchstens noch ein Eselspfad, dachte er. Er rief sich wieder die Karte ins Gedächtnis. Eigentlich hätte hier der Fahrweg anfangen sollen, der zum Rand der Schlucht führte, wo sie sich hinter einem Felsen verstekken könnten und eine gute Sicht auf Old West hätten.

»Was meinst du, ist es noch weit?« fragte Constance.

»Vielleicht eine Meile. Gehen wir zu Fuß?«

Sie nickte. »Bestimmt willst du hier nicht mehr weiterfahren.«

Sie gingen das letzte Stück zu Fuß, und als sie um eine Kurve bogen, sahen sie die Touristenattraktion vor sich liegen. Die Sicht war klar, und sie konnten die Gebäude deutlich erkennen, sogar das Geländer am Bürgersteig hob sich auch noch ohne Fernglas scharf ab. Sie sahen sich nach einer geeigneten Stelle um, wo sie warten konnten und einen guten Überblick hatten. Wenn sie in der Sonne standen, wären sie von dort drüben wahrscheinlich leicht zu entdecken, überlegte Charlie, doch im Schatten war es lausig kalt. Schließlich fanden sie eine Stelle hinter einem Felsen, die in der Sonne lag und wo sie ungesehen warten konnten, bis sich etwas tat.

»Wenigstens ist es für Schlangen zu kalt«, sagte Constance, nachdem sie sich niedergelassen hatte.

Charlie erschauderte. Das Land der Schlangen. Der Skorpione. Der Schwarzen Witwen. Was hatte er noch darüber gelesen? Monster? Er glaubte, sich an so etwas zu erinnern. Im Sommer konnte die Temperatur bereits um diese Zeit am Morgen auf über vierzig Grad Celsius steigen, und die Luft war so trocken, daß man innerhalb weniger Stunden am Wasserverlust starb. Und doch mußte er bewundernd zugeben, daß die Landschaft eine eigenartige Schönheit besaß. Die Luft war so klar, die Schatten hatten so scharfe Konturen, waren so tief und schwarz, der Himmel war so weit und blau, daß man den Eindruck hatte, in einem noch unberührten, unverdorbenen Land zu sein.

Jetzt, da er sich nicht mehr bewegte, erkannte er, daß das Grau nicht einheitlich war. Die Felsen hatten einen Hauch von Farbe, Streifen von Grün, Sprenkel eines glitzernden Minerals. Gold? Silber? Quarz? Er überlegte, welche Mineralien es sonst noch gab, die in der Sonne so sehr glitzerten, aber immer wieder fiel ihm Gold ein, und er entschied willkürlich, daß das, was er vor sich sah, Gold war. Ein Kondensstreifen bildete sich am Himmel, zwei parallele Linien so scharf wie eine geometrische Darstellung. Während seiner Highschool-Zeit hatte das Gesetz gegolten, daß sich zwei Parallelen niemals treffen, doch das mußte sich inzwischen geändert haben, sinnierte er. Er beobachtete das Flugzeug, das die beiden perfekten Linien zeichnete, und dann erstarrte er, während er spürte, wie Constance tief Luft holte und den Atem anhielt. Eine Sekunde später hörte er es auch, das Geräusch laufender Automotoren.

Sie schoben sich an den Rand des Felsens, wobei sie sich jetzt im Schatten hielten, und beobachteten die drei Wagen, die auf der Lehmstraße hinter dem alten Hotel nacheinander in Sicht kamen. Allem Anschein nach war diese Straße auch nicht viel besser als die, über die sie gekommen waren; die Vorsicht, die die Fahrer walten ließen, deutete darauf hin. Der vordere Wagen hielt bei dem Lastwagen mit dem Generator an, ein Mann stieg aus und kletterte in den Lastwagen, während der Wagen hinter dem Hotel außer Sicht verschwand. Die beiden anderen folgten. Mit einemmal stieß der Lastwagen dunklen Dieselqualm aus, und das Aufheulen des Motors war bis zu Constance und Charlie zu hören. Sie glaubte, die Auspuffgase geradezu riechen zu können.

»Sie brauchen Licht im Keller des Hotels«, murmelte Charlie. »Vielleicht auch im Innern einiger der Gebäude.« Die Wagen waren am Ende des Bahnhofs wieder aufgetaucht und hielten dort an; Männer stiegen aus. Insgesamt waren es sieben. Charlie erkannte den Sheriff, doch keinen von den anderen, die sich sofort eifrig ans Werk machten. Er und Constance blickten abwechselnd durch das Fernglas, obwohl es nicht viel zu sehen gab. Sie kratzten da und dort etwas Farbe ab, nahmen Proben von Staub, schälten Holzspäne ab. Sie verstauten die Proben in Fläschchen und Plastikbeutel, beschrifteten alles, dann bewegten sie sich auf der Straße ein Stück weiter, um die gleiche Prozedur in regelmäßigen Abständen zu wiederholen. Am anderen Ende kamen einige Männer mit einem orangefarbenen Verlängerungskabel und einem Kasten ins Blickfeld. Weitere Kabel wurden an dem Kasten angeschlossen, und die Männer gingen in verschiedenen Richtungen davon, wobei sie Lampen ins Hotel und in die nächsten Gebäude mitnahmen. Die ganze Arbeit ging methodisch und exakt und besonnen vonstatten. Von ihren Gesprächen war über diese Entfernung nichts zu hören, nur das Geräusch des laufenden Lastwagens, der den Generator antrieb, drang herüber; Qualm stieg jetzt nicht mehr auf.

Als er wieder mit dem Fernglas an der Reihe war, ließ Charlie den Blick über die ganze Stadt schweifen, und weiter bis zur Pferdekoppel, hinter der die Wüste anfing, dann den steilen Hang hinauf, der am Rand der Felsklippe endete. Er untersuchte weiterhin die Umgebung, richtete das Glas wieder auf die Stadt, den Bahnhof. Er folgte dem Schienenstrang, der hinter einem kahlen Hügel verschwand, fand ihn wieder, um ihn nach einer weiteren Biegung gleich erneut zu verlieren. Dann hielt er das Glas still. Ein Mann stand im tiefen Schatten, die Hände in den Taschen vergraben; ein Westernhut verdeckte sein Gesicht gegen diese Seite der Schlucht hin. »Loesser!« sagte Charlie mit angehaltenem Atem. »Ich freß einen Besen, wenn das nicht Loesser ist!«

## KAPITEL ELF

Charlie wandte den Blick nicht von dem Mann ab, von dem er sicher war, daß es sich um John Loesser handelte, und Constance beobachtete weiterhin die Geschehnisse in Old West. Die Männer hatten sich in Gruppen aufgeteilt; jeweils zu zweit untersuchten sie zu beiden Seiten der Straße systematisch die Gebäude und Läden, verschwanden im Schatten, traten wieder daraus hervor, und versahen den Eingang jedes Hauses, mit dem sie fertig waren, mit einem Vorhängeschloß. In der Mitte der Straße, auf halbem Wege zwischen Hotel und Bahnhof, standen drei Männer in einem dichten Knäuel beisammen und unterhielten sich; einer davon war der Sheriff, der hin und wieder mit den Armen herumfuchtelte, hierhin und dorthin zeigte, auf die Schienen deutete, den Saloon, immer mit weit ausholenden Gesten. Die anderen Männer nahmen Proben von allem, das sich irgendwie abkratzen, einschaufeln oder vom Holz schaben ließ. Manchmal trugen die Probensammler die Elektrokabel mit hinein in ein Gebäude. Sie bewegten sich langsam die Straße hinunter. Constance hörte, wie Charlie neben ihr etwas murmelte. Er senkte das Fernglas und blinzelte.

»Jetzt ist er hinter diesen Felsen dort gegangen«, sagte er. Zur gleichen Zeit näherten sich zwei Männer dem Hotel, blieben vor der breiten Eingangstür stehen, dann traten sie ein, wobei sie eine Lampe mitnahmen.

Constance merkte gar nicht, daß sie den Atem anhielt, bis ihr die Brust weh tat und ihr schwindelig wurde. Sie atmete leise aus und spürte Charlies festen Griff um ihren Arm. Seine konzentrierte Aufmerksamkeit galt immer noch dem kahlen Hang, wo der andere Mann verschwunden war.

Unter ihnen hatten die Probensammler und Wissenschaftler ihre Arbeit beendet und gingen zurück zu den Autos. Die Spurensicherer waren mit dem letzten Gebäude vor dem Hotel fertig und standen da, als ob sie zögerten einzutreten. Einer ging auf den Sheriff zu, der jetzt die anderen beiden Männer, mit denen er sich unterhalten hatte, verließ; sie wandten sich ebenfalls den Autos zu. Der Sheriff sprach mit den beiden, die mit ihrer Straßenseite fertig waren, und sie alle blickten zum Hotel hinüber. Einer hatte ihnen offenbar etwas zugerufen, doch seine Stimme trug nicht so weit, daß Constance an ihrem Beobachtungspunkt etwas verstanden hätte. Er schlenderte auf das Hotel zu, dann machte er kehrt und ging um die eine Seite herum zu dem Platz, wo der Lastwagen mit dem Generator abgestellt war. Die zwei, die in das alte Gebäude hineingegangen waren, erschienen im Eingang, wobei einer von ihnen das Stromkabel während des Gebens aufwickelte und eine Glühbirne hin und her schwenkte, die durch einen Käfig aus Drahtgeflecht geschützt war. Sie hatten sich jetzt in alle Richtungen zerstreut, die meisten waren wahrscheinlich zu den Wagen gegangen, die durch den Bahnhof verdeckt waren, als der Mann mit der Kabelrolle plötzlich alles fallenließ, auf die Knie sank und sich den Kopf hielt. Der Sheriff eilte zu ihm hin, während gleichzeitig ein anderer Mann hinter dem Hotel hervorgerannt kam; er warf sich auf den Sheriff, und sie rollten zusammen auf der Straße herum. Ein Wagen heulte so laut auf, daß Constance es hören konnte; er raste hinter dem Bahnhof hervor und donnerte in Richtung Wüste. Mit immer höherer Geschwindigkeit brauste er über Steine, Kakteen und Salbeigestrüpp, bis er in einer flachen Senke außer Kontrolle geriet, sich überschlug und einen flachen Abhang hinabrollte. Schließlich kam er zum Stillstand, umgeben von einer Wolke aus Sand und Staub, die sich allmählich auf ihn herabsenkte. Inzwischen hatte der Sheriff seine Waffe gezogen, und er fuchtelte damit herum und schlug sie seinem Angreifer auf den Kopf. Jetzt rannten alle Männer durcheinander, aufgewirbelter Staub machte es unmöglich, genau zu sagen, was sich abspielte. Männer zogen Verletzte davon, halb trugen sie einander, taumelnd, bis sie alle hinter dem Saloon außer Sicht verschwanden. Ein Wagen raste davon, hinter dem Hotel und hinter dem Wohnwagen der Bauarbeiter vorbei, die Lehmstraße hinauf, dicht gefolgt von einem zweiten Wagen.

Das Ganze war so blitzartig geschehen, so unerwartet, daß Constance kaum in der Lage gewesen war, es zu verfolgen. Sie fühlte sich ermattet, plötzlich am Ende ihrer Kräfte, und sie stieß einen langen, zitternden Atemzug aus. Charlie war neben ihr und hatte mit festem Griff ihren Arm gepackt. »Lieber Gott«, hauchte er. »Lieber Gott!«

Keiner von ihnen rührte sich während der nächsten Minuten. Die Staubwolken unter ihnen legten sich langsam; das Stromkabel auf der Straße glich einer Schlange, und in geringer Entfernung draußen in der Wüste lag der Wagen auf dem Rücken und bewegte sich nicht mehr. Niemand war daraus ausgestiegen.

»Laß uns so schnell wie möglich von hier verschwinden«, sagte Charlie. Angst ließ seine Stimme belegt und so fremd klingen, daß Constance sie fast nicht erkannte. Sie traten rückwärts von dem Felsenkamm zurück, wobei sie die alte Stadt nicht aus den Augen ließen, bis sie ein ganzes Stück weit von der Kante weg waren, dann drängte er sie im Laufschritt den Weg zurück, den sie gekommen waren, bis zu der Stelle, an der sie den Landrover hatten stehenlassen. Sein Gesicht war in so tiefen Furchen erstarrt und mit einem leichten Schweißfilm überzogen, daß es fast metallisch wirkte. Und das machte die Sache am allerschlimmsten, dachte Constance entsetzt. Für Charlie war es das schlimmste, Angst zu haben.

Charlie machte einen Abstecher ins Motel, bevor sie in ihr Haus zurückkehrten. Noch immer nichts. Kein John Loesser, kein schwarzer Malibu jüngeren Baujahrs. Doch der Schweinehund war in der Gegend, das wußte er. Zu Hause beäugte er mit grimmigem Blick das Telefon, dann suchte er die Nummer des Sheriffs heraus und wählte. Sein Gesicht war immer noch tief zerfurcht und starr, seine Augen blickten hart und leer.

»Hier ist Charles Meiklejohn«, sprach er ins Telefon. »Richten Sie Sheriff Maschi bitte aus, daß ich unbedingt mit ihm reden muß, bevor er jemanden nach Old West schickt, um die Leiche abholen zu lassen. Ich wohne in Dr. Westons Haus in Grayling.« Er legte auf.

Constance war angelegentlich damit beschäftigt, Kaffee zu kochen; alles war ihr recht, um sich in Bewegung zu halten, alles, das vielleicht verhinderte, daß sich die Szene von vorhin wie ein defektes Videoband immer wieder in ihrem Kopf abspulte. »Wieviel wirst du ihm verraten?«

Charlie wanderte mit eiligen, weit ausholenden Schritten auf und ab. Er hielt nicht inne, als er antwortete. »Ich weiß noch nicht. Ich hoffe, der Idiot hat nicht schon eine ganze Meute hinausgeschickt. O Gott, ich …« Das Telefon klingelte, und er nahm hastig den Hörer ab. »Meiklejohn«, sagte er mit barscher Stimme. »Ich habe angerufen, Sheriff, um Ihnen einen Rat zu geben. Haben Sie bereits jemanden nach Old West hinausgeschickt, um den Kerl aus dem Wagen zu holen, der den Unfall hatte?« Er schloß die Augen, dann sagte er: »Geben Sie sofort über Funk durch, Sheriff, daß sie unbedingt die ganze Zeit über, solange sie dort drin sind, den Motor laufen lassen sollen. Was immer dort sein Unwesen treibt, es wird nicht an sie herankommen, solange der Motor läuft. Können Sie das möglichst schnell durchgeben?« Er hörte kurz, was der andere antwortete, unterbrach ihn aber gleich wieder: »Wenn Sie es nicht noch mit weiteren mordlüsternen Irren zu tun bekommen wollen, dann stellen Sie eine Verbindung zu den Leuten her, und warnen Sie sie! Ich werde selbst gleich hinausfahren!« Er knallte den Hörer auf den Apparat.

Constance hatte aufgehört, Brot zu schneiden, und fuhr jetzt damit fort. »Belegte Brote«, erklärte sie, »und Kaffee, damit du nicht darben mußt, wenn sie dich abholen kommen und in den Knast bringen. Ich werde dich natürlich jeden Tag besuchen.«

Er ging zu ihr, legte den Arm um sie und bettete seine Wange mit geschlossenen Augen in ihre Haare. »Was du tun wirst, ist, nach Hause fahren und nachsehen, ob die Katzen nicht darben, okay?«

»Nicht okay. Denn wer wird dir dann Kuchen mit eingebackenen Feilen und solche Sachen bringen?«

Er trat einen Schritt zurück und hielt sie an den Schultern, wobei er ihr fest in die Augen blickte. »Ich werde ihnen Loesser nicht überlassen. Er gehört mir!«

»Ich weiß. Leberwurst und Zwiebelringe oder lieber Schinken und Käse?«

»Du weißt verdammt genau, daß es keine Wahl gibt.«

»Für mich schon«, sagte sie. Das Telefon klingelte, und er ließ sie los, um abzuheben; er rechnete damit, daß es wieder der Sheriff sei.

Er hörte zu, bedankte sich mit sehr sanfter Stimme und blickte ihr erneut in die Augen. »Das war mein dressierter Empfangschef. Loesser hat sich soeben eingemietet.« Seine Stimme war weich wie Samt.

In Grayling tummelten sich mehr Leute von auswärts denn je seit ihrer Ankunft, wie Charlie bemerkte. Noch mehr Zeitungsreporter? Wahrscheinlich. Es überraschte ihn, daß Loesser überhaupt ein Zimmer bekommen hatte. Er nannte sich diesmal Jerry Lawes, getreu seinem Muster. Charlie nickte, als er über den Parkplatz fuhr und einen neueren schwarzen Malibu entdeckte. Ein weiteres Teilstückchen des Musters. Der Mann am Empfang hatte ihm die Zimmernummer genannt — 147, erster Stock, rückwärtiger Teil. Die Vorhänge waren vor das Fenster gezogen. Charlie bog in einen freien Parkplatz ein und stieg aus. Constance ging um den Wagen herum und setzte sich ans Steuer, während er sich entfernte. Bei dem schwarzen Malibu blieb er kurz neben der Fahrertür stehen, schob einen abgeflachten Draht durch den Fensterschlitz, rüttelte daran und öffnete die Tür. Er schaltete die Scheinwerfer ein, dann schloß er die Tür wieder. Er ging zum Zimmer Nummer 147 und klopfte an der Tür. Als sie mit vorgespannter Kette geöffnet wurde, sagte er: »Sie haben das Licht an Ihrem Wagen brennen lassen, Mister.«

Die Tür fiel ins Schloß, die Scheibe vor dem Guckloch wurde verschoben, dann fiel sie wieder in ihre ursprüngliche Lage, und die Tür öffnete sich. Der Mann kam heraus und bewegte sich in Richtung des Malibu. Charlie ging neben ihm her und sagte freundlich: »Wir werden lieber meinen Wagen nehmen. Doch erst werden wir die Scheinwerfer ausschalten, damit niemand irgendwelche Fragen stellt.« Der Mann erstarrte, dann fuhr er herum und blickte Charlie ins Gesicht, und Charlie erlitt einen weiteren Schock. Das war nicht der Mann von dem Foto, das war nicht John Loesser.

»Wer sind Sie? Was wollen Sie? Lassen Sie mich in Ruhe!«

»Mr. Lawes, erregen Sie jetzt kein Aufsehen. Gehen Sie einfach weiter zu Ihrem Wagen, und schalten Sie das Licht aus. Dann werden wir zusammen irgendwohin fahren und uns unterhalten.« Vielleicht war das nicht John Loesser, aber es war der Mann, den er draußen in der Wüste gesehen und der das Gemetzel in Old West beobachtet hatte. Der Mann rührte sich noch eine weitere Weile nicht, und Charlie sagte noch leiser: »Ich habe einen Revolver in der Tasche, Mr. Lawes, und wenn ich Sie jetzt erschieße und erkläre, daß Sie heute dort draußen an dem Ort waren, wo die Leute durchdrehen und sich gegenseitig umbringen, was meinen

Sie, man wird mich als Helden feiern.« Lawes wurde blaß, und sie gingen weiter.

Sie kamen zu dem Malibu, wo Lawes die Scheinwerfer ausschaltete; Seite an Seite schritten sie weiter zu dem Wagen, in dem Constance wartete, und schweigend fuhren sie zurück zum Haus. Charlie hatte das Gefühl, das Arbeiten des Getriebes hören zu können, das Wechseln der Gänge, Kupplung rein, Kupplung raus, Schaltung einlegen, und das Ganze wieder von vorn. Constance ging als erste ins Haus und wartete bis sie ebenfalls eingetreten waren, dann schloß sie die Tür hinter ihnen und schloß sie ab. Jetzt erst betrachtete Charlie den Mann genau: etwa einen Meter achtzig groß, schlank, helle Haut, blondes Haar — all das paßte auf die Beschreibung von Loesser, doch dieser Mann glich nicht dem Bild, das Charlie sich eingeprägt hatte. Er war nicht Loesser.

»Wer sind Sie?« fragte Lawes.

»Tja«, murmelte Charlie, »dasselbe wollte ich Sie gerade fragen. Wir wollten vorhin ein paar belegte Brote essen. Das können wir jetzt gemeinsam machen.«

Constance brachte wieder die Zutaten für die Sandwiches herbei, und Charlie zog einen Stuhl unter dem Tisch vor. »Bitte leeren Sie Ihre Taschen aus, und nehmen Sie anschließend Platz.«

Lawes blickte von ihm zu Constance und wieder zu ihm. »Sie sind beide verrückt. Das ist eine Entführung. Ich gehe jetzt.«

Charlie zog die Hand aus der Tasche und brachte seinen .38er Revolver zum Vorschein; Lawes starrte ihn mit weit aufgerissenen Augen an. »An diesem speziellen Ort und zum gegenwärtigen Zeitpunkt«, sagte Charlie nüchtern, während er die Waffe hob und auf Lawes richtete, »ist es ein wenig schwierig zu entscheiden, wer verrückt ist und wer nicht. Ich glaube, die meisten Leute hier in der Gegend hätten zur Zeit sehr viel Verständnis dafür, wenn jemand auf Verdacht hin erschossen würde. Ihre Taschen!«

Lawes starrte weiterhin die Waffe an, während er mit zaghaften Bewegungen den Inhalt seiner Taschen zutage förderte. Es befand sich nicht viel darin: Autoschlüssel, Motelschlüssel, Kleingeld, Bargeld in Scheinen, ein Streichholzheftchen. Keine Brieftasche. Keine Papiere. Charlie beobachtete ihn ungerührt. Er schüttelte den Kopf, als Lawes fertig war. »Die meisten Leute haben irgendwelche Papiere dabei, Führerschein, Ausweis. Sie haben nur Bargeld. Merkwürdig.«

Charlie zwang ihn, sich umzudrehen und die Hände an die Wand zu legen, dann klopfte er ihm auf den Rükken, damit er sich nach vorn beugte. Er fand nichts weiter. Er hob das Bündel Geldscheine auf, fünf- oder sechshundert Dollar, und legte es wieder auf den Tisch.

»Packen Sie Ihr Zeug wieder ein«, sagte er und trat einen Schritt zurück. »Und jetzt wollen wir uns hinsetzen und etwas essen.«

Constance kam mit einer Platte voll belegter Brote um die Küchentheke herum, lächelte Lawes an und holte den Kaffee. Er stopfte sich seine Sachen wieder in die Taschen. Sie alle zuckten zusammen, als die Türglocke ging.

Charlie hatte seinen Revolver weggesteckt. Er machte Lawes mit einer Handbewegung deutlich, daß er vor ihm hergehen sollte. »Hast du etwas dagegen, Schatz?« fragte er Constance. »Ich werde unserem Gast die indianische Kunst in unserem Zimmer zeigen.«

Sie wartete, bis die beiden im Schlafzimmer am Ende des Flurs verschwunden waren, dann ging sie zur Tür, um zu sehen, wer gekommen war. Sheriff Maschi stand mit finsterer Miene davor; sein Gesicht war vor Zorn rot angelaufen. »Ich suche Meiklejohn«, schnaubte er.

»Oh, kommen Sie doch herein, Sheriff. Er muß irgendwo sein. Ich werde ihn suchen gehen. Möchten Sie einen Sandwich?«

Er folgte ihr in die Küche, und sie eilte voraus durch den Flur zu dem Schlafzimmer. Der Sheriff blieb stehen, um zu warten.

»Sheriff Maschi«, verkündete sie, nachdem sie den Raum betreten hatte. Lawes machte ein verzweifeltes Gesicht. Sein Blick wanderte abschätzend durch das Zimmer, als ob er einen Fluchtweg suchen würde.

Charlie sah von ihm zu Constance. »Würdest du wohl hier warten, während ich ihn abwimmele?«

Er verkniff sich ein Grinsen über den Ausdruck neuerwachter Hoffnung, der blitzschnell über Lawes' Gesicht huschte. Constance nickte, und Charlie ging hinaus, wobei er die Tür hinter sich schloß. In der Küche streckte er die Hand nach der Sandwich-Platte aus. »Sheriff Maschi, Sie kommen gerade recht für einen kleinen Imbiß. Wir wollen in die gute Stube gehen.« Ein Rumpeln klang aus dem Schlafzimmer. Charlie nahm die Platte auf.

»Was war das?« fragte der Sheriff und sah an ihm vorbei.

»Nur Constance bei ihren Gymnastikübungen. Kommen Sie!« Er ging in die Stube voraus.

Carson Danvers konnte sein Glück kaum fassen, als Charlie Meiklejohn ihn mit dieser Frau allein ließ. Er hatte ihr den Revolver nicht dagelassen, und ein prüfender Blick verriet ihm, daß ihre Taschen nicht so groß waren, daß eine Waffe darin versteckt sein könnte. Er wartete einige Sekunden lang, dann bewegte er sich auf das Schlafzimmerfester zu. Natürlich hatte es kein Gitter. Er löste den Riegel, und sie kam neben ihn.

»Charlie möchte wirklich mit Ihnen reden«, sagte sie höflich. »Wir wollen uns hinsetzen und auf ihn warten.«

»Ein andermal«, sagte Danvers und schob das Fenster ganz hoch. Er spürte ihre Hand auf seinem Arm und schüttelte sie ab, und plötzlich fand er sich am Boden sitzend wieder. Es war so schnell geschehen, daß er nicht einmal sicher war, ob sie überhaupt etwas gemacht hatte. Sie sah nicht so aus, als ob sie sich angestrengt hätte. Sie zog das Fenster bis zur Hälfte herunter und lächelte ihn an. Vorsichtig stand er auf.

»Wir wollen auf Charlie warten«, sagte sie mit ihrer angenehm tiefen Stimme. Ihr Lächeln war so freundlich wie zuvor. Kein einziges Haar war in Unordnung geraten. »Vor langer Zeit«, erklärte sie leichthin, »hat Charlie beschlossen, daß Frauen lernen müssen, sich selbst zu verteidigen, falls es einmal nötig sein sollte. Am Anfang fand ich nicht viel Gefallen daran, doch dann wurde ich ziemlich geschickt. Unsere Tochter übt auch schon. Manchmal machen wir Mutter-Tochter-Schaukämpfe, aber mir ist das immer ein wenig peinlich. Bitte nehmen Sie doch Platz! Am besten im Sessel, ich setze mich aufs Bett.«

Er hielt den Blick schweigend auf sie gerichtet, und sie hörte auf zu lächeln.

»Ich möchte nicht, daß wir Feinde sind«, sagte sie sanft. »Aber ich möchte auch nicht, daß Sie versuchen davonzulaufen. Im schlimmsten Fall müßte ich den Sheriff rufen, und ich bin überzeugt davon, daß er Sie erschießen wird, genau wie Charlie davon überzeugt ist. Die Leute sind hier im Moment so sehr von Angst besessen, daß sie unberechenbar sind.«

Er ließ sich auf den schlichten Stuhl plumpsen. »Sie haben keine Ahnung, in was Sie verwickelt werden.«

»Nicht soviel wie Sie, das glaube ich gern. Was spielt sich dort drüben ab? Was hat es mit dem Hotel auf sich?«

»Der Teufel wütet dort«, sagte er. »Er fährt in die Menschen und verwandelt sie in Ungeheuer. Und er lacht und sucht sich den nächsten Ort aus, wo er seinen Spuk treibt. Man wird ihm mit den Proben von Staub und Farbe nicht auf die Spur kommen. Er versteckt sich so lange, bis die Leute ungeschützt sind. Es ist das absolut Böse, das in dem Hotel steckt, das absolut Böse.«

Das Bild von Pater Patrick war vor ihrem geistigen Auge aufgeflackert, mit seinem ernsten, besorgten Gesicht; sie hörte wieder seine Warnung. Sie blinzelte, um die Erinnerung zu vertreiben, und schüttelte den Kopf. »Der Wahnsinn ist etwas anderes als das Böse. Das ist mittelalterlicher Aberglaube. Diese Leute brauchen Hilfe, keine Verdammung.«

»Sie können Ihnen nicht helfen!« schrie er. »Sie sind Werkzeuge des Teufels, jede Hilfe kommt zu spät. Das einzige, das man tun kann, ist, den Teufel durch Feuer aus den alten Bauwerken zu vertreiben und zu warten, daß er irgendwo anders auftaucht, damit man auch dort Feuer legt.« Er ließ die Arme schlaff zwischen den Beinen baumeln und senkte den Kopf, als ob er erschöpft sei. Die Narbe auf seiner Backe war flammend rot geworden. »Wenn der Teufel einmal Besitz von ihnen ergriffen hat, sind sie ihm willenlos ausgeliefert. Man kann ihnen nicht helfen.«

»Das ist die Beschreibung von Geisteskrankheit«, sagte Constance. »Geisteskrank zu sein bedeutet, Dinge zu tun, die der Vernunft widersprechen, die sich jeder Erklärung entziehen. Sie überfällt die Menschen ohne Vorwarnung. Manche von ihnen ziehen sich einfach in sich selbst zurück, werden leer, geraten in den Zustand der Katatonie. Sie sind nicht schlecht oder böse, sie sind sehr krank.«

»Sie wissen nichts darüber«, sagte er traurig. »Ich habe sie gesehen. In der einen Sekunde noch glücklich, liebevoll, offenherzig und vertrauend, im nächsten Moment dämonisch. Blitzartig wird ein Mensch zu einem Besessenen und holt ein Gewehr, um Vater und Mutter zu erschießen. Schießt ihnen mitten ins Gesicht. Er hat ihr ins Gesicht geschossen, ich habe ihn gesehen, besessen, dämonisch ...«

Er sprach wie zu sich selbst, ohne Constance anzusehen. Sie war ebenso ratlos gewesen, wer er wohl sein mochte, wie Charlie es war. Loesser war er auf jeden

Fall nicht. Sie hatte sich das Foto eingeprägt, das war nicht Loesser. Während er sprach, fielen ihr die Polizeiberichte über den Mordanschlag an Loesser wieder ein, der Tod der Familie Danvers, ihr Verschwinden. Das Mitleid für diesen Mann wuchs in ihr.

»Mr. Danvers ... Carson«, sagte sie fast zärtlich, »der Junge hat seine Eltern geliebt, beide. Jeder bestätigte das. Irgend etwas muß auf sein Gehirn eingewirkt haben. Er stand unter Zwang, er wußte nicht, was er tat. Er litt unter einer schweren Krankheit, nicht unter Besessenheit, nicht unter dem Einfluß des Teufels. Er hat Mitleid verdient, Carson.«

Er hob den Kopf; sein Gesicht war verhärmt und blaß und sehr müde. »Ihr wißt Bescheid?«

Sie nickte. »Wir wissen Bescheid.«

Er begann zu schluchzen, und irgendwie schaffte sie es, ihn zu sich auf die Bettkante zu ziehen, wo sie den Arm um ihn legte und ihn festhielt, während er weinte.

»Warum haben Sie sich als jemand anderer ausgegeben, als der, der Sie sind?« fragte der Sheriff, sobald ihn Charlie in die Stube geführt hatte.

»Moment, Sheriff, wenn Sie sich richtig erinnern, habe ich Ihnen Constance vorgestellt und gesagt, daß ich ihr Mann bin. Das ist bei Gott die Wahrheit. Mögen Sie Leberwurst mit Zwiebeln?« Er betrachtete den Sandwich mit Abscheu. »*Sie* ist der Ansicht, daß man Innereien essen kann. Gott möge ihr verzeihen.«

»Ich will keinen Sandwich. Hören Sie, Meiklejohn, ich will einige Antworten. Was treiben Sie hier? Wer ist Ihr Auftraggeber? Worin besteht Ihre Aufgabe? Wieso wußten Sie das mit den Motoren drüben in der alten Stadt?«

Er stand breitbeinig da und hielt die Hände etwas unterhalb der Hüften, wie ein Pistolenheld, dachte Charlie voller Interesse. Er fragte sich, ob wohl die Methode des Schnellziehens noch gefragt war. Er sah den Sheriff treuherzig an. »Ich bin nur mit hergefahren. Constance ist Psychologin und sieht sich die Unterlagen über die verschiedenen Problemfälle, die es hier gegeben hat, durch. Ich habe sie begleitet, weil ich nichts Besseres zu tun habe. Und auf die Sache mit den Motoren bin ich beim Lesen der Berichte gekommen. Jeder Fall von Wahnsinn trat immer nur dann auf, wenn alles ausgeschaltet war. Das reimte sich irgendwie zusammen. Auf jeden Fall war es einen Versuch wert.« Er nahm sich einen Sandwich mit Schinken und Käse.

Sheriff Maschi holte tief Luft und griff an ihm vorbei nach einem Leberwurstbrot. »Wir haben unseren Mann dort rausbekommen, ohne daß es zu weiteren Schwierigkeiten gekommen ist. Wieso wußten Sie von ihm?«

»Es gibt keine Geheimnisse in dieser Gegend«, sagte Charlie, während er weiterkaute. »Ich an Ihrer Stelle würde auf allen Straßen, die dorthin führen, Sperren einrichten.«

»Ja, ja. Wir sind dabei. Und an jeder steht ein Wachtposten.«

Charlie hörte auf zu kauen. »In welcher Entfernung von der Stadt?«

»In ausreichender Entfernung.« Er nahm sich ein zweites Sandwich. »Gottverdammt! Ich habe alles dort mehr als ein halbes Dutzend mal durchsucht! Es ist nichts da!«

Charlie nickte voll ehrlichem Mitgefühl.

»Sind Sie wirklich pensioniert? Sie sind ziemlich jung, um pensioniert zu sein.«

»Wenn man bei der New Yorker Polizei ist, ist man nie zu jung, um sich pensionieren zu lassen.«

»Ja, das glaube ich Ihnen gern. Ich bin seit neunundzwanzig Jahren Sheriff. Fehden, Kämpfe, Prügeleien, Schießereien, Vandalismus; Anhänger der Friedensbewegung und des Umweltschutzes stiften ebenfalls Unruhe. Was Sie sich nur denken können, haben wir hier schon gehabt. Aber so etwas! Letztes Jahr illegale mexikanische Einwanderer und mengenweise Drogen, die aus Flugzeugen abgeworfen wurden. Schlechte Zeiten. Doch das alles wäre mir tausendmal lieber als das, was wir jetzt hier haben. Von mir aus alles doppelt. Ich wünschte mir bei Gott, ich wäre schon im Ruhestand, dann würde ich mich auf meine Veranda zurückziehen und beobachten, wie die Farbe von meinem Haus abblättert.«

»Denken Sie daran, das FBI hinzuzuziehen?«

»Ja, mehr und mehr. Vielleicht werde ich das tun.« Er schob sich den letzten Bissen seines Sandwiches in den Mund und nickte zur Platte hin. »Gut! Vielen Dank. Hören Sie, Meiklejohn, wenn Sie noch irgendwelche Vorschläge haben, rufen Sie mich doch an, okay?«

Charlie begleitete den Sheriff hinaus in die Eingangshalle und sah ihm nach, bis er außer Sicht war, dann ging er mit grimmiger Entschlossenheit ins Haus zurück. Jetzt, dachte er, wollte er ein paar Antworten auf seine eigenen Fragen bekommen. Schluß mit den Spielchen, Lawes oder wer, zum Teufel, du immer sein magst! murmelte er vor sich hin, während er durch den Flur zum Schlafzimmer schritt. Er hoffte, daß Constance ihm nicht allzusehr zugesetzt hatte, jedenfalls nicht so sehr, daß er unfähig wäre zu reden. Er stieß die Tür auf und blieb wie angewurzelt stehen, hilflos und vollkommen aus der Fassung gebracht. Der Mann, der in ihrem Haus Benzin verspritzt hatte, der Mann, den er fertigmachen wollte, saß auf dem Bett in den Armen seiner Frau und weinte wie ein Baby.

Constance blickte zu ihm auf und hob eine Augenbraue.

»Wir kommen in einer oder zwei Minuten raus.«

## KAPITEL ZWÖLF

Charlie wanderte in die Küche, in die Stube, ins Wohnzimmer, zurück in die Küche. Endlich erschien Constance.

»Er ist im Bad, wird gleich rauskommen.«

»Das würde ich ihm auch raten.« Sie ging an ihm vorbei, goß sich Kaffee ein und nahm einen Schluck. Als der Mann die Küche betrat, stand Charlie mit geballten Fäusten da.

»Charlie«, sagte Constance aus der gegenüberliegenden Zimmerecke, »dies ist Carson, Carson Danvers. Mein Mann Charlie.«

Carson sah sie verwirrt an. »Ich dachte, du sagtest, ihr wüßtet Bescheid?«

Charlie merkte, daß es ihm die Sprache verschlagen hatte. Nach einer Weile murmelte er: »Verdammt!« Sein Zorn flammte erneut auf. »Du Scheißkerl, warum hast du mein Haus unter Benzin gesetzt? Deswegen werde ich dich windelweich schlagen!«

Carson Danvers breitete hilflos die Hände aus. »Ich kenne euch nicht. Ich weiß überhaupt nichts von euch. Sie sagte, ihr wüßtet, wer ich bin. Selbst das war eine Lüge. Was geht hier vor?«

Charlie wandte sich zu Constance um und sah sie mißtrauisch an. Sie neigte den Kopf und übermittelte ihm eine Nachricht: Er spricht die Wahrheit. Und er spürte, wie sich seine Hände entkrampften, seine Schultern ein wenig tiefer sanken. »Ich wünschte bei Gott, ich wüßte etwas mehr«, schnaubte er.

»Du wirst wohl oder übel John Loesser bleiben müssen«, beschloß Charlie zwei Stunden später; sie saßen in der Stube und hatten sich die ganze Zeit unterhalten. Carson Danvers oder John Loesser oder wie immer er sich zu nennen beliebte, war immer noch blaß, seine Augen waren rot unterlaufen, aber er war ruhig. Er hatte sich überwinden können, über jenen ersten Mordanschlag zu sprechen, hatte geschildert, was er gesehen, was er getan hatte. Er hatte sich allerdings nicht überwinden können, etwas zu essen. »Wir müssen uns auf irgendeinen Namen für dich einigen«, sagte Charlie schließlich erschüttert.

Der Mann nickte. »Ich habe Ausweispapiere im Handschuhfach meines Wagens. John Loesser.«

»Okay. Ich habe dich engagiert, damit du mich bei diesen Ermittlungen unterstützt. Das ist glaubhaft. Aber ich will verdammt sein, wenn ich wüßte, was du tun sollst oder was ich tun soll, was alles andere betrifft.« Irgend etwas an Loesser störte ihn, und plötzlich erkannte er, was es war: er hatte die glitzernden Augen eines fanatischen Menschen. Religiöse Fanatiker, politische Fanatiker, Sportfanatiker — sie alle schienen eins gemeinsam zu haben — dieses Glitzern in den Augen. John Loessers Augen hatten dieses Glitzern. Und Charlie wußte ganz genau, was John Loesser tun würde, sobald er die Gelegenheit dazu bekäme. Die glitzernden Augen, die Narbe auf seiner Wange, die hin und wieder aufflammte, selbst sein ausgemergeltes Aussehen trugen zum Bild eines Mannes bei, der von Mächten besessen war, denen er nicht widerstehen konnte. Er fragte sich, ob Loesser noch essen und schlafen konnte, wenn er wußte, daß dieses Etwas wieder in irgendeinem Hotel sein Unwesen trieb.

John Loesser trank Kaffee und setzte die Tasse ab. »Es wird wieder nach dem gleichen Schema wie immer ablaufen. Man sucht nach einem Strahlungsherd, nach Chemikalien, Gas, irgend etwas. Und man wird nichts finden. Schließlich werden sie es aufgeben. Und dann gehe ich hin und brenne das Gebäude nieder, und alles hört auf. Sehr bald wird nicht mehr viel davon im Gedächtnis der Leute haften geblieben sein.«

»Und dann fängt das Ganze irgendwo anders wieder von vorn an«, brummte Charlie.

»Nächste Woche. In einem Monat. In drei oder vier Monaten. Es fängt ganz sicher irgendwo anders wieder von vorn an.« Er schüttelte den Kopf. »Ich habe versucht zu helfen. In zwei verschiedenen Fällen habe ich Briefe geschickt, habe angerufen, habe den Leuten alles mögliche erzählt, was mir nur einfiel, und es war dennoch das gleiche. Sie begeben sich an Ort und Stelle, nehmen Proben, sehen sich um. Wenn sie die Lichter ausschalten oder die Motoren oder was auch immer, drehen sie durch — viele von ihnen drehen durch —, und sie greifen sich gegenseitig an. Sie kommen gemeinsam mit anderen zurück und versuchen wieder, etwas zu finden, noch mehr Männer, bewaffnete Männer, und das gleiche geschieht. Immer wieder und wieder. Ich sage ihnen, sie sollen die Motoren laufen lassen, und wenn sie diesen Rat befolgen, finden sie nichts. Wenn sie ihn nicht befolgen, drehen sie durch. Immer wieder das gleiche.« Er verzog das Gesicht zu einer bösartig grinsenden Grimasse. »Einer von *ihnen* hat einmal ein Hotel in Brand gesteckt. Er war mir zuvorgekommen. Und sie wußten es und nahmen die Sache als weiteren Fall einer ungelösten Brandstiftung zu den Akten.«

Constance hatte mitgeschrieben. Jetzt blickte sie vom Tisch auf. »Bestanden all diese Gebäude aus Holz — Zimmermannsarbeit?«

»Ja.«

Sie machte eine weitere Notiz und sah stirnrunzelnd auf das Papier vor ihr. »Warum ausgerechnet hier? Warum nicht in Asien, Afrika, Europa?«

»Wir wissen nicht, ob es sich nicht an anderen Orten genauso abspielt«, sagte John. »Niemand außer uns dreien weiß, daß ein Zusammenhang zwischen den Vorfällen an verschiedenen Orten in diesem Land besteht.«

»Nun, darüber werden wir die anderen wohl aufklären müssen«, sagte Constance beinah geistesabwesend, während sie den Blick immer noch auf ihre Notizen gesenkt hielt. Sie bemerkte nicht, wie sich John Loessers Kinn straffte, wie die Narbe flammend rot wurde, wie sich seine Hände verkrampften. Charlie bemerkte es jedoch und war noch mehr auf der Hut als zuvor. »Was ich zusammengestellt habe«, sagte Constance in ihrer besonnenen Art, »ist eine Liste von Ähnlichkeiten. Erstens: die Hotels liegen immer in einsamen Gegenden, mindestens eine Meile von anderen bewohnten Gebäuden entfernt. Zweitens: es sind alles Holzbauten. Drittens: sie haben keinen Strom, oder jedenfalls ist er nicht in Betrieb. Viertens: nicht jeder ist von dem, was immer auf die Menschen einwirken mag, betroffen. Fünftens: die Geisteskrankheit ist keinem bestimmten Muster unterworfen. Sechstens: die Menschen, die davon befallen sind, haben den Drang, wieder zum Hotel zurückzukehren. Siebtens: weder durch zeitliche oder durch räumliche Entfernung noch durch eine Heilbehandlung scheint sich der psychische Zustand der Opfer zu bessern. Das muß ich aber erst noch genauer überprüfen, um sicherzugehen«, murmelte sie und schrieb etwas nieder.

»Du hast eine Reihe von Dingen vergessen«, sagte John ernst. »Die Toten stehen auf und gehen aufrecht durch die Pforte zur Hölle. Ihre Knochen werden später gefunden.«

Constance drehte ihren Bleistift zwischen den Fingern herum und schüttelte den Kopf. »Das wissen wir nicht.«

»Ihr seid genau wie die anderen«, sagte John voller Bitterkeit. »Es gibt eine Grenze, die ihr einfach nicht überschreiten könnt, nicht wahr?«

Constance sah ihn nachdenklich an und nickte schließlich. »Ja, natürlich, das trifft für jeden zu. Auch für dich. Wie sehr hast du dich bemüht zu helfen? Bist du persönlich zur Polizei gegangen? Natürlich nicht. Du hast anonyme Briefe geschickt, anonyme Anrufe getätigt — du wußtest so gut wie ich, daß man dir keine Beachtung schenken würde. Du wolltest deinen eigenen privaten Rachefeldzug weiterführen, und wenn die Behörden sich tatsächlich eingehender mit den Gegebenheiten befaßten, ohne die Verbindung zwischen den einzelnen Hotels zu kennen, ohne deine persönliche Aussage, dann gerieten sie in eine Sackgasse. Du versuchst, mit deinen eigenen Schuldgefühlen fertigzuwerden, indem du das Offenkundige ignorierst, indem du dich hinter einem Aberglauben verschanzt, den Glauben an jenes Etwas, das du schon so viele Male verbrannt hast. Was hat dich dazu getrieben, Carson? Angst? Angst vor dem Überschreiten der Grenze, um zu untersuchen, was sich wirklich in diesen Hotels befinden mag? Das ist viel mehr als ein persönlicher Rachefeldzug, und du weißt es. Es wird irgendwann vollends zum Ausbruch kommen, vielleicht hier, in Old West, in Grayling, und wie wirst du dann mit deiner Angst und deinen Schuldgefühlen zurechtkommen?«

Er sah aus, als ob er jeden Moment vom Stuhl aufspringen und weglaufen wollte, immer weiter laufen, vielleicht ohne jemals anzuhalten. Bevor er etwas entgegnen konnte, murmelte Charlie: »Das ist irgendwie komisch, daß es immer ein Hotel ist. Warum? Warum nicht verlassene Bauernhäuser oder Scheunen oder Lagerhallen oder irgend etwas anderes, was einem so einfallen könnte. Hierzulande bestehen diese Gebäude zum größten Teil aus Holz, falls das der entscheidende Faktor ist.«

John lehnte sich auf seinem Stuhl zurück. »Ich konnte keinen Grund dafür finden.«

»Ich auch nicht. Bis jetzt jedenfalls nicht. Laß uns mal zusammen scharf nachdenken. Was haben Hotels gemeinsam, außer daß es darin viele Zimmer gibt?«

»Eingangshallen«, sagte Constance.

»Lange Flure«, fügte John nach einer Weile hinzu.

»Waren sie alle mehr als ein Stockwerk hoch?« fragte Charlie. John nickte. »Mehr als zwei?«

John Loesser runzelte die Stirn und versuchte sich zu erinnern. »Diejenigen, mit denen ich zu tun hatte, besaßen mindestens drei Stockwerke. Zwei davon hatten sogar vier.«

Constance notierte: *drei oder mehr Stockwerke.*

»Warum hast du die Brände immer vom zweiten Stock ausgehend gelegt, ungefähr in der Mitte der Gebäude?« fragte Charlie.

»Ich wollte so nah wie möglich an die Tür herankommen.«

»Die Tür. Du hast sie schon einmal erwähnt, doch warum ausgerechnet diese speziellen Türen, warum nicht irgendeine von den vielen?«

»*Seine* Tür«, antwortete John Loesser. Constance holte hörbar Luft, und er fuhr fast verzweifelt fort: »Die Tür, durch die der Teufel kommt.«

Charlie erinnerte sich an eins der Gerüchte, die er gehört hatte, daß nämlich einige Fußspuren zu einer Tür geführt hatten, die zwei Räume miteinander verband, und dort aufhörten. »Du sagtest, daß es dir vorkam, als ob ein Schatten die Türöffnung ausfüllte.«

»Nicht ganz so. Es war mehr wie ein dunkler Abgrund, das Nichts. Eine Leere. Ich richtete meine Taschenlampe darauf, und der Strahl ging nicht weiter als bis in die Türöffnung. Es war nicht so, wie wenn man mit einem Licht in die Dunkelheit eines Raums dahinter leuchtet.«

»Hast du jemals versucht hindurchzugehen?«

John machte ein Gesicht, als ob Charlie verrückt geworden wäre. »Ich habe einmal einen Stein hindurchgeworfen. Er verschwand einfach. Ich bin auf die andere Seite hinübergegangen, durch den Flur ins nächste Zimmer. Kein Stein. Nur die Schwärze, das Nichts. Bis ganz oben, von einer Seite zur anderen, bis zum Boden hinunter. Kein Durchgang, nur das Nichts, der Eingang zur Hölle.«

»Wie hoch sind die Türen in diesen alten Hotels? Eine Standardtür ist knapp über zwei Meter hoch.«

»Höher. Mindestens zwei Meter vierzig und über einen Meter breit. Sie reichen mir ein ganzes Stück über den Kopf. Wenn nicht gar zweifünfzig.«

»Noch eine Übereinstimmung«, murmelte Charlie und hätte gern gewußt, was er mit diesen Übereinstimmungen anfangen sollte.

Kurz darauf kamen Byron und Beatrice zurück. Ihnen beiden war die Anstrengung anzusehen, die es sie gekostet hatte, den ganzen Tag lang unter Schock stehende Überlebende zu befragen. Beatrice machte den Eindruck, den Tränen nahe zu sein, als sie sich mit einem großen Drink hinsetzte.

»Immer wieder das gleiche: Wieso hat es ausgerechnet Mary oder Ralph oder Tomy erwischt? Was ist in Susan gefahren? Warum hat mich der- oder diejenige auf diese oder jene Art angegriffen? Ich liebte ihn oder sie doch!« Sie hob ihr Glas, begleitet von einem verbitterten »Prost!«

»Was sagen Sie den Leuten daraufhin?« fragte John und sah sie forschend an.

Sie und Byron hatten ihn als Charlies Assistenten akzeptiert, ohne Fragen zu stellen. Beatrice zuckte die Achseln und antwortete müde: »Darauf gibt es nicht viel zu sagen, oder?«

Byron warf Tonbänder auf den Tisch. »Im Moment versuchen wir vor allem, sie zum Sprechen zu bringen«, sagte er. »Wir ermutigen die Leute, alles zu erzählen, was ihnen im Zusammenhang mit diesem ... diesem Phänomen in den Sinn kommt, damit es nicht in ihrem Unterbewußtsein versinkt und sie irgendwann in der Zukunft krank macht. Die Therapie ist ziemlich schwierig.« Er war so müde wie Beatrice, so entmutigt und ratlos wie Charlie. Er sah John Loesser an, dann Constance und Charlie. »Wir wissen überhaupt nicht, was wir tun, verdammt noch mal, das ist das Problem. Wir wissen nicht, warum diese Menschen wahnsinnig werden, warum Carlos Luisa angreift, warum Mike versucht, Polly umzubringen, warum ...« Er brach ab, und seine Stimme wurde fast schrill. »Es tut mir leid«, sagte er und ging zur Bar, wo er sich einen Bourbon eingoß.

Constance hatte ihm teilnahmslos zugehört; ihre Gedanken beschäftigten sich mit der Liste von Übereinstimmungen, die sie niedergekritzelt hatte. Das war ein Teil des Ganzen, dachte sie, doch bis jetzt hatten sie den anderen Teil vollkommen ignoriert, nämlich die Leute, die tatsächlich geisteskrank geworden waren. »Byron«, sagte sie, »wir müssen uns eingehend mit diesen Fällen befassen. Mit Maria Eglin, den Schwestern Dworkin, den anderen. Wie war es, Byron? Sag es uns! Mit so vielen wie möglich.«

»Nicht mein Gebiet«, entgegnete er.

»Meins auch nicht, aber es muß sein. Sehen Sie, wenn es irgendwelche krankhaften Veränderungen gibt, irgendwelche physischen Schäden durch die Einwirkung von Chemikalien, von was auch immer, dann ist das eine Sache, doch wenn die fehlgesteuerten Funktionen endogener Natur sind, ohne unmittelbaren Auslöser, dann müssen wir einen anderen Weg einschlagen. Haben bis jetzt schon Autopsien bei den betroffenen Leuten stattgefunden? Ich möchte wissen, ob irgendwelche krankhaften Veränderungen gefunden wurden. Nicht im Cortex, nicht im Neocortex, das ist eindeutig, aber vielleicht im Hypothalamus? Wie können wir das wissen?«

Byrons Gesicht drückte nun nicht mehr Ungeduld, sondern Interesse aus. »Ein Halluzinogen? Etwas in der Art? Könnte sein. Eine Chromosomenuntersuchung ...«

Charlie wandte sich an John Loesser. »Hast du nicht gesagt, du könntest kochen? Wir haben die Wahl zwischen deinen Kochkünsten und Jodie's Restaurant und meinen Rühreiern. Die anderen hat's gepackt.« Er sah zu, wie Constance, Byron und Beatrice sich an den Küchentisch setzten und anfingen, Skizzen und Diagramme zu zeichnen. Gott mochte wissen, was noch alles, dachte er. »Wir wollen einkaufen gehen.«

John Loesser betrachtete Constance voller Faszination. Sie verkörperte seiner Ansicht nach zu viele Personen, war zu kompliziert, als daß er sie hätte begreifen können. Er ertappte sich dabei, wie sein Blick weiterschweifte zu Beatrice, deren dunkler Typ sich so sehr vom hellen Constances unterschied, und zum erstenmal seit sechs Jahren, spürte er beim Anblick dieser jungen Frau, die einer Indianerin glich, ein starkes Verlangen nach einer anderen Frau als Elinor. Als Charlie seinen Arm berührte, zuckte er zusammen, und seine Gedanken kehrten aus weiter Ferne zurück. »Ich koche gern«, sagte er.

»Wir müssen wissen, ob Computer-Tomografien und EEGs durchgeführt wurden, mit welchen Medikamenten sie behandelt wurden, welche Wirkung ...«

Charlie und John gingen hinaus, ohne daß jemand am Tisch auf sie aufmerksam geworden wäre. Constances arbeitendes Ich war in Aktion, dachte Charlie glücklich. Er bewunderte sie mehr, als er hätte ausdrücken können.

Als sie draußen waren, sagte Charlie: »Wenn ich einen Kanister mit Benzin im Kofferraum hätte, hätte ich Todesangst, daß die Sonne es entzünden würde. Nachts wird es hier kalt wie am Pol, aber die gute, alte Sonne brennt ziemlich früh schon ziemlich heiß herunter.«

John Loesser blieb einen Moment lang unbeweglich stehen.

»Ich werde nicht abhauen«, sagte er. »Warum habt ihr mich nicht dem Sheriff übergeben, als er hier war?«

»Ich habe nicht damit gerechnet, daß du es tun würdest«, erklärte Charlie. »Wir wollen lieber zu Fuß gehen.

Es ist nur ein paar Straßenecken weit bis zu dem Laden, den sie Supermarkt nennen. Und das Motel liegt auch nur ein paar Blocks weiter.«

»Dann laß uns meinen Wagen von dort holen.« Er lachte kurz auf. »Ich werde meinen Reservekanister irgendwo im Schatten abstellen. Du hast mir nicht geantwortet. Warum habt ihr mich nicht dem Sheriff übergeben?«

»Du bist der einzige Mensch, den ich kenne, der sich an jenen Ort begeben kann und unbeschadet wieder rauskommt. Ich hätte es schade gefunden, so jemanden hinter Schloß und Riegel zu bringen.«

John Loesser blieb erneut stehen. Als er wieder sprach, klang seine Stimme angespannt. »Ich habe dir gesagt, was ich weiß. Dort drin ist der Teufel. Man wird nichts finden, auch Constance nicht.« Sie wollte eine vernünftige Erklärung für das Ganze, dachte er voller Bitterkeit. Wollte Untersuchungen mit allen möglichen Apparaten anstellen, wollte herausfinden, wie es funktionierte, wie es vor sich ging und warum. Doch für das Böse gab es keine vernünftige Erklärung. Es war seine eigene Begründung, und Constance verstand diese elementare Wahrheit nicht, konnte sie vielleicht nicht verstehen. »Ich werde es niederbrennen, Charlie. Ich muß es tun.«

»Vielleicht wirst du es tun, vielleicht nicht. Vielleicht werde ich dir helfen, wenn die Zeit reif ist. Ich kenne einige Tricks, auf die du noch nicht gekommen bist. Wir wollen deinen Wagen holen und einkaufen, bevor der Laden zumacht.«

Der Parkplatz vor Jodie's war brechend voll: zwei Wagen der kalifornischen Polizei und ein Fernsehübertragungswagen waren darunter. Charlie lenkte John auf die andere Straßenseite und näherte sich dem Motel aus der entgegengesetzten Richtung. Als sie auf die kleine Eingangshalle zugingen, sahen sie eine aufgetakelte Frau und einen Mann in Jeans, über dessen Schultern eine

Kameraausrüstung hing; sie sprachen mit dem Mann am Empfang.

»Möchtest du vielleicht bei uns einziehen?« fragte Charlie.

»Ja. Die verdammten Narren werden irgendwie ins Hotel gelangen. Die Sensation der Woche in dreißig Sekunden, nach der kleinen Nachricht von gestern.«

»Stimmt. Laß uns deine Sachen und den Wagen holen, bevor jemand auf uns aufmerksam wird und einen Augenzeugenbericht wünscht über die absonderlichen Vorfälle in einer verschlafenen Kleinstadt am Rande der weiten Wüste Kaliforniens. Komm!«

Carson Danvers war von Beruf Chefkoch gewesen; daran änderte auch die Tatsache, daß er einen anderen Namen angenommen hatte, nichts. Er hatte ein gewöhnliches Stück Schweinefleisch gekauft, wie Charlie beobachtet hatte, und so wenig ausgefallene Dinge wie Estragon und Sahne und Wein, Kartoffeln, Möhren und Salatzutaten. Doch er bereitete daraus ein Feinschmekker-Menü, und das in weniger als einer Stunde. Es war einfach nicht gerecht, dachte Charlie, daß seine Schlankheit bei dieser Begabung an Magerkeit grenzte.

Beim Kaffee sagte Beatrice: »Arbeiten Sie schon lang als Detektiv, Mr. Loesser?«

Er war rot geworden, als man ihn wegen des Essens gelobt hatte, und jetzt sagte er sehr ernst: »Ich bin nicht im eigentlichen Sinne Detektiv. Ich bin Spezialist für alte Gebäude.« Und das entsprach der Wahrheit, fügte er im stillen hinzu. Er wußte wahrscheinlich mehr über alte, verlassene Hotels in den Vereinigten Staaten als irgendeine andere lebende Person.

»Gibt es hier irgendwo einen Fernsehapparat?« fragte Charlie. »Ich glaube, Grayling wird in den Nachrichten ganz groß rauskommen.«

Beatrice erinnerte sich, wo sie ein Gerät gesehen hatte, und holte es aus einem der Schlafzimmer. Sie sahen sich gemeinsam die Zehn-Uhr-Nachrichten an. Wie Charlie gesagt hatte, kam die verschlafene Kleinstadt ganz groß heraus.

»Welche Erklärung haben Sie für die Ereignisse?« interviewte eine selbstbewußte junge Frau einen bärtigen Mann. Beatrice und Byron hatten bei der Ankündigung seines Namens gleichzeitig aufgestöhnt.

»Massenhysterie halte ich für wahrscheinlicher als alles andere. So etwas hat es zu allen Zeiten immer wieder gegeben, wissen Sie. Ein Mädchen in der Pubertät wird ohnmächtig, und daraufhin kommt es zu einer Serie von Ohnmachtsanfällen, etwa in dieser Art. Sobald sich das Pendel von diesen Menschen, die von einer derartigen Erscheinung betroffen sind, wegbewegt, hören die Vorfälle auf. Ein Jahr später möchte niemand mehr darüber sprechen. Man schämt sich deswegen, verstehen Sie; man kommt sich töricht vor und hat keine Erklärung für das eigene Verhalten.«

Byron schaltete zweimal auf einen anderen Kanal um. Grayling wurden in einer Nachrichtensendung dreißig Sekunden gewidmet, in einer anderen eine ganze Minute, und in einer dritten wurde es überhaupt nicht erwähnt.

Später in ihrem Zimmer fragte Constance Charlie: »Können wir uns darauf verlassen, daß John keine Dummheiten macht?«

Er grinste und hielt einen Bund Autoschlüssel hoch. »Ich habe seine Taschen durchsucht. Ein zweiter Schlüssel war mit einem Magneten unter dem Kotflügel festgemacht. Ich habe auch den gefunden.«

»Der arme Kerl«, sagte sie daraufhin voller Mitleid.

Er nickte. »Weißt du, was das Beste an diesem verdammt kalten Haus ist?«

»Was denn?«

»Das Bett. Ein warmes Bett, ein kühler Raum, und eine heiße Frau.«

Sie stöhnte und biß ihm in den Hals.

Spät am nächsten Vormittag legte Constance den Telefonhörer auf und machte sich auf die Suche nach Charlie. Er und John Loesser gingen gemeinsam jeden Fall Schritt für Schritt durch. John wußte über alle Bescheid, von denen Charlie wußte, und noch über einige mehr. Constance beobachtete sie eine Zeitlang von der Tür zur Stube aus, während sie sich einen Plan zurechtlegte. Wäre es besser, nach Las Vegas zu fahren und nach Los Angeles zu fliegen oder der Einfachheit halber die ganzen zweihundert Meilen zu fahren?

»Charlie«, sagte sie schließlich. »Kannst du dich an Jan Chulsky erinnern?«

Er setzte eine Unschuldsmiene auf. »Nö.«

»Natürlich kannst du. Sie war zu unserer Hochzeit eingeladen. Wir schreiben uns immer noch Karten und rufen uns sogar hin und wieder gegenseitig an, mindestens ein paarmal im Jahr. Wir sind zusammen zur Schule gegangen.«

Er wartete mit geduldiger Miene, bis sie fortfuhr.

»Sie hat einige der Leute in der Staatlichen Psychiatrischen Klinik behandelt, und ist zwischendurch immer wieder ein paar Tage in Los Angeles. Sie hat einen Pendeljob.«

Charlie nickte und sagte zu John: »Jetzt werden wir erleben, wie sich alte Schulfreundschaften bezahlt machen.«

»Die Frage ist«, sagte Constance, ohne auf diese Bemerkung einzugehen, »soll ich nach Las Vegas fahren und von dort aus fliegen oder die ganze Strecke fahren? Ich käme am Flughafen von L.A. an. Igitt! Ich fahre lieber mit dem Auto.«

»Und diese nennt man eine Entscheidung aus dem Bauch«, fügte Charlie in Johns Richtung hinzu. »Soll ich mitkommen?« fragte er Constance.

Diesmal setzte sie eine Unschuldsmiene auf. »Weshalb?«

Er folgte ihr ins Schlafzimmer, wo sie das Nötigste für

eine Übernachtung zusammenpackte. »Jan wird alle Daten für mich ausgedruckt haben, bis ich dort ankomme. Ich werde in ihrem Apartment übernachten und morgen zurückfahren. Ich rufe dich an und sage dir noch eine genauere Zeit. Oh, hier ist ihre Nummer.« Sie schrieb ihm etwas auf einen Zettel. »Und du wirst dich von jenem entsetzlichen Ort fernhalten, ja?«

Er nahm sie in die Arme und küßte sie. »Es gibt keinen Ort auf der Erde, an den es mich in diesem Moment weniger zieht als nach Old West. Paß auf dich auf da draußen in der Wüste.«

Charlie und John trugen weiterhin Fakten und Daten zusammen, bis es kurz nach vier war und Charlie sich reckte und gähnte. Merkwürdig, wie leer das Haus erschien, dachte er zum dritten oder vierten Mal. Gleich nach Constances Abfahrt war ihm das Haus wie ein lebloses Gebäude vorgekommen, ihre Anwesenheit hatte es erst mit Leben erfüllt. Zu Hause war sie ihm ständig gegenwärtig, auch wenn sie nicht da war; er sah sie vor sich, wie sie sich in der Küche zu schaffen machte, in ihrem Arbeitszimmer, im Schlafzimmer, im Garten, wo sie umgrub oder pflanzte — überall wehte ein Hauch von ihr. Doch dieses Haus hier war leblos und leer und kalt, das verdammt kälteste Haus, in dem er je eine längere Zeit verbracht hatte. Es zog durch jede Ritze, jedes Fenster, jede Türfuge. Im Sommer mußte es die Hölle sein, wenn die hereinströmende Luft drückend heiß war.

John stützte die Ellbogen auf den Tisch und legte den Kopf in die Hände. »Wir müssen die Polizei benachrichtigen«, sagte er dumpf, überrascht über seine eigene Erkenntnis.

»Ja. Ich befürchte es auch.« Bis jetzt hatten sie Material zusammengetragen, aus dem hervorging, daß zweiundvierzig Menschen gestorben waren, eine unbekannte Anzahl befand sich in verschiedenen Einrichtungen für Geisteskranke im ganzen Land, und eine weitere unbekannte Zahl von Opfern litt unter den Nachwirkungen der Anschläge. Zwölf Menschen waren verschwunden. Und, wie Constance bei einer früheren Gelegenheit zu bedenken gegeben hatte, sie erfuhren nur von den Fällen, die aktenkundig geworden waren. Wie viele befanden sich darüber hinaus in privater Behandlung? Eine offene Frage.

»Okay«, sagte John. Er war erschüttert über die hohen Zahlen. Er hatte es bisher vermieden, sich über die Opfer Gedanken zu machen. Er war vor langer Zeit zu dem Schluß gekommen, daß ihn das nichts anging; er konnte keinem von ihnen helfen. Seine Aufgabe bestand darin, den Teufel ausfindig zu machen und ihn niederzubrennen, wenn er ihn irgendwo entdeckt hatte. Doch er erreichte damit nichts. Er tauchte einfach irgendwo anders auf, und das Ganze ging von vorn los.

»Man wird mich festnehmen«, sagte er und stellte fest, daß ihm das überhaupt nichts ausmachte. Darüber hatte er nie nachgedacht. Freiheit hatte für ihn nur bedeutet, daß er weitersuchen und weiter Brände legen und sich bemühen konnte, Elinor und Gary zu rächen, die einzigen beiden Menschen, die er unsäglich geliebt hatte, die beiden Menschen, bei denen er versagt hatte.

»Weshalb?« fragte Charlie, und sie dachten beide an Constance, die genau dasselbe gefragt hätte, und zwar im gleichen harmlosen Tonfall wie ein paar Stunden zuvor, als er sie gefragt hatte, ob er mit ihr fahren sollte. Charlie grinste. »Man sagt, daß Paare, die schon lange zusammenleben, sich mit der Zeit immer ähnlicher sehen. So ist das bei uns nicht, mitnichten. Wir sprechen nur immer ähnlicher. Aber das ist eine müßige Frage. Du bist ein angesehener selbständiger Versicherungsgutachter, der in diese Sache eingeschaltet wurde, weil ich deinen fachmännischen Rat brauchte, nachdem du dich seit einigen Jahren mit Fällen von Brandstiftung beschäftigst. Das ist überzeugend.«

»Hier hat es bis jetzt noch keine Brandstiftung gegeben.«

»Stimmt. Ich habe einen Zusammenhang hergestellt zwischen den Bränden und den Leuten, die auf einmal nicht mehr alle Tassen im Schrank haben, was bis zum jetzigen Zeitpunkt noch nicht bewiesen werden kann, aber eine weitere Ermittlung wert ist. Ich habe dich zur Mitarbeit herangezogen.« Er zuckte die Achseln. »Und übrigens, kann es dir nicht scheißegal sein, ob man mir glaubt? Was können die schon tun? Die Daumenschrauben anlegen?« Er grinste wieder, diesmal, weil ihm der Gedanke Spaß machte. »Streberleiche wird einen Anfall bekommen, wenn er erfährt, daß ich sein kleines Geheimnis ausgeplappert habe.«

Charlie mußte wieder eine Nachricht für den Sheriff hinterlassen. Er rief nach fünfzehn Minuten zurück. »Die Sache liegt nicht mehr in meiner Hand, Charlie«, sagte Sheriff Maschi voller Erleichterung. »Der Gouverneur hat die ganze verdammte verfahrene Angelegenheit der staatlichen Polizei übergeben. Es werden gleich morgen früh ein paar Leute herübergeschickt.«

»Das wird nicht ganz reichen«, sagte Charlie. »Es handelt sich um etwas, das für die staatliche Polizei ein paar Nummern zu groß ist, befürchte ich.«

Es entstand eine längere Pause, dann sagte der Sheriff: »Sind Sie immer noch in dem Haus dort? Vielleicht komme ich mal auf einen Sandwich oder eine Tasse Kaffee oder so was vorbei.«

»Vielleicht auf einen Bourbon?«

»Hört sich gut an. In fünf Minuten.«

»Zum Teufel«, sagte er nach weniger als fünf Minuten, als Charlie ihm ein Glas mit Bourbon, der so gut wie unberührt von Eis und Wasser war, in die Hand drückte. »Es ist nach fünf, und ich habe in diesem Moment keinen Grund, an meine Dienstvorschriften zu denken.«

Charlie machte ihn mit John Loesser, dem Versicherungsgutachter bekannt, und der Sheriff stellte keine einzige Frage. Er lehnte sich auf der Couch in der Stube zurück, legte die Füße auf den von Papieren überquellenden kleinen Tisch und genoß seinen Drink.

Charlie saß rittlings auf einem der Stühle, genauso entspannt wie der Sheriff, und fing an zu sprechen. Nur John konnte nicht stillsitzen. Er ging im Zimmer auf und ab, berührte hier etwas, rückte da etwas zurecht, besah sich die Karte an der Wand und sprach schließlich dazwischen. »Ich mache jetzt etwas zu essen. Möchten Sie mit uns zu Abend essen, Sheriff?«

Der alte Mann nickte, ohne den Blick von Charlie zu wenden, und sein Gesicht blieb so unerforschlich wie ein Stück Wüste. Byron und Beatrice kamen nach Hause; Beatrice ging in die Küche, um John zu helfen, Byron gesellte sich zu Charlie und dem Sheriff. Jeden Tag machten er und Beatrice einen erschöpfteren, hilfloseren Eindruck.

Charlie gab John Loessers Identität nicht preis und verriet auch nicht, daß er die Brände gelegt hatte; alles andere erzählte er. Als er fertig war, reichte ihm der Sheriff sein leeres Glas. Charlie stand auf und schenkte es wieder voll, schenkte auch sein eigenes voll und wartete.

»Wissen Sie, das Ganze ist mir ein absolutes Rätsel«, sagte der Sheriff endlich. »Warum haben Sie mir das alles nicht schon gestern erzählt?«

»Was hätte ich Ihnen erzählen sollen? Wie Sie selbst sagen, es ist ein absolutes Rätsel.«

»Und hier hat es doch noch gar kein Feuer gegeben. Was treibt Sie hierher, wenn Sie in Sachen Feuer ermitteln?«

Charlie zuckte die Achseln. »Es läuft alles wie in Orick, mit Ausnahme des Feuers. Und wie in Camden und in Longview und in Mosco, Idaho, und all den anderen Orten, mit Ausnahme des Feuers. Wahrscheinlich habe ich damit gerechnet, daß das noch kommt.«

»Ich habe ihn angerufen und ihm über die Vorfälle in Old West berichtet«, sagte Byron müde. Er wirkte zehn Jahre älter als im Oktober in San Francisco. »Wir waren gleichzeitig in Orick, ich wußte, daß er sich mit einem Gebiet befaßte, das sich mit meiner Arbeit überschnitt. Deshalb habe ich ihn angerufen.«

Sheriff Maschi blickte jetzt mit düsterer Miene nirgendwo Bestimmtes hin. »Dick Delgado ist ab jetzt der Verantwortliche«, sagte er schließlich. »Jung, vielleicht vierzig, ehrgeizig. Lorrimer, der Besitzer von Old West und des neuen Hotels, ist ungehalten. Er will, daß das Ganze unverzüglich ins reine gebracht wird, will, daß seine Leute wieder an ihre Arbeit zurückkehren, will, daß jeder dunkle Schatten beseitigt wird, will seine große Eröffnungsfeier veranstalten. Also hat er dem Gouverneur einen Floh ins Ohr gesetzt, und der schickt seine Beamten, und die sagen mir, ich soll bei meinen Leisten bleiben und sie nicht bei der Aufklärung eines Nicht-Geheimnisses behelligen. Soll mir recht sein. In vier Monaten habe ich meine dreißig Jahre beisammen, und ich bin dann fünfundsechzig. Beides fällt zusammen. Vier Monate noch. Schrecklich zu denken, ich könnte jetzt noch etwas aufs Spiel setzen, und ich weiß verdammt gut, wenn ich Dick Delgado in die Quere komme, setze ich etwas aufs Spiel, dann kann ich noch einiges versauen. Sie brauchen diese Sensation zur Eröffnung des Weihnachtsgeschäfts, verstehen Sie? Herrje, Charlie, ich wünschte, Sie wären zu Hause geblieben!«

»Das wünschte ich auch, Logan«, sagte Charlie leise.

Der Sheriff blickte in sein Glas und setzte es ab. Er stand auf und ging zur Landkarte an der Wand. Er streckte den Arm aus und zeigte darüber auf die Wand. »Dort oben ist Death Valley. Und hier drüben ist Devil's Playground.« Er legte die Hand auf eine Stelle der Karte, die nur ein Dutzend Meilen oder so von Grayling entfernt war. »Devil's Playground«, wiederholte er. »Allerdings kommt es mir so vor, als ob der Teufel nicht zum Spielen aufgelegt sei. Mir scheint, er meint es verdammt ernst.«

»Sheriff«, fragte Byron daraufhin, »wenn Sie das alles so akzeptieren, warum meinen Sie, daß es dieser andere, dieser Delgado, nicht kann? Wir können ihm doch das gleiche sagen, was Charlie Ihnen gesagt hat.«

Sheriff Maschi machte eine Handbewegung, als ob er lästige Mücken verscheuchen müßte. »Es ist nicht so sehr das, was Charlie mir erzählt hat, sondern vielmehr das, was ich mit eigenen Augen gesehen habe. Ich habe gesehen, wie diese Männer verrückt geworden sind. So etwas hat Dick Delgado noch nicht gesehen. Das muß er erst noch persönlich erleben. Und ich schätze, das wird er morgen. Bestimmt wird er das.«

»Was meinen Sie damit?« fragte Charlie, doch er kannte die Antwort bereits.

»Er taucht morgen früh mit einem Team hier auf, und sie haben vor, dort hineinzugehen und zu beweisen, daß es dort drin nichts gibt und nie gegeben hat. Gleich morgen in aller Frühe.«

## KAPITEL DREIZEHN

»Sheriff«, sagte John Loesser, »man wird nicht auf Sie hören. Dieser Kommissar wird nicht glauben, daß er nicht einfach daherkommen, den Fall übernehmen und die Sache abschließen kann. Diesem Irrtum erliegen sie immer alle. Wäre es hilfreich, wenn einige Leute von auswärts erzählen würden, was sich an anderen Orten ereignet hat? Ich meine Polizisten, vielleicht sogar Offiziere der Armee.«

»Haben Sie die Namen von solchen Leuten?« Sheriff Maschi sah ihn jetzt mit mehr Interesse an als zuvor.

»Ich werde Ihnen ein paar Namen nennen«, sagte John, setzte sich auf die Couch und fing an zu schreiben. Seine Hand zitterte so, daß seine Schrift wie die eines alten Mannes aussah.

Charlie beobachtete ihn ebenfalls einen Moment lang. Johns Narbe stach lebhaft aus seinem blassen Gesicht heraus; Schweiß perlte auf seiner Oberlippe. »Unser ständiger Berater«, sagte er in beiläufigem Ton zum Sheriff. »Er beobachtet die Vorfälle seit einigen Jahren.« Der Sheriff gab einen nicht zu deutenden Laut von sich.

Auf der Liste, die ihm John nach ein paar Minuten überreichte, standen fünf Namen. Namen und Städte, keine Telefonnummern. »Es dürfte nicht allzu schwierig sein, sie ausfindig zu machen. Es handelt sich um kleine Städte, ähnlich wie Grayling.«

Der erste Name lautete Foster Lee Murphy. John konnte sich recht gut an ihn erinnern. Er hatte acht Männer in ein altes Gutshaus geführt, das in ein Hotel umgewandelt und schließlich verlassen worden war. Er erinnerte sich an die immergrünen Eichen, die von blassen Bartflechten überwuchert waren, an den warmen

Nebel, der Totengeistern gleich in Kopfhöhe wallte. Bis zu jener Nacht hatte er noch nie warmen Nebel erlebt. Er hatte sich hinter einer Eiche versteckt, um zu beobachten, einem Baum, der seine Äste über dreißig Meter weit ausbreitete, Äste so dicht und dick wie Baumstämme und ebenfalls warm. Erde, Bäume, Nebel, alles war warm in jener Nacht. Es war eine Nacht voller Geräusche, mit Insekten, einem schreienden Ziegenmelker, Laubfröschen, die in voller Lautstärke quakten. Und dann die Schießerei. Schreie. Foster Lee Murphy war mit acht Mann gekommen; sechs rannten taumelnd davon. Um drei Uhr morgens des darauffolgenden Tages war John hineingegangen.

Er hörte nichts von dem Telefongespräch zwischen dem Sheriff und Foster Lee Murphy, doch als Maschi auflegte, war sein Gesicht blaß. »Giftiges Sumpfgas«, sagte er. »Murphy meint, daß in den offiziellen Berichten giftige Dämpfe von ausströmendem Sumpfgas als Grund für die dort aufgetretene Krankheit angenommen werden.« Er legte den Finger auf den nächsten Namen. »Luke Hanrahan.«

In diesem Fall hatte das Hotel auf einem schroffen Felsen gestanden, von dem aus man einen weiten Blick über den Mississippi hatte. Ein Mann war über die Kante gestürzt, einer war verschwunden. John hatte von der anderen Flußseite aus die angestrengten Versuche beobachtet, das Übel einzukreisen und ihm schließlich durch ein Vorrücken in geschlossener Linie beizukommen. Die stampfende Maschine eines großen Schleppdampfers, der eine lange Reihe von Lastkähnen auf dem Fluß hinter sich herzog, hatte die Männer gerettet. John hatte genau gespürt, wie das Etwas aufhörte und wie es erst wieder anfing, nachdem alle weg waren, doch zuvor waren bereits ein Mann über die Felskante gestürzt und einer im Hotel verschwunden und nie wieder aufgetaucht.

Maschi sagte tonlos: »Ein Kerl hat sich unerlaubt aus

dem Dienst entfernt, einer ist unter dem Einfluß von Alkohol vom Weg abgekommen und von einer Klippe gestürzt. Fall abgeschlossen.« Er versuchte es noch mit einem weiteren Namen, und diesmal wurde ihm erzählt, daß einige Männer bei der Verfolgung von Drogenhändlern an gepanschten Stoff geraten seien und diesen selbst ausprobiert hätten.

Schweigend ging John zu ihm, nahm ihm das Stück Papier aus der Hand, riß es entzwei und ließ die Teile zu Boden flattern. »Vergessen Sie es«, sagte er und ging aus dem Zimmer.

Sheriff Maschi rief noch ein paar Leute an, einen FBI-Agenten aus der Gegend, den er kannte, einen Hauptkommissar bei der Kriminalpolizei, einige andere. Morgen, sagten sie alle, morgen würden sie ihm Näheres berichten können. Er wählte die Nummer von Delgado; der Sergeant am Apparat sagte, man würde zurückrufen. Er meldete ein Gespräch mit dem Vizegouverneur an, und auch hier versprach man, ihn zurückzurufen. Er versuchte, den für die Gegend zuständigen Kongreßabgeordneten anzurufen; er erreichte einen automatischen Anrufbeantworter. Schließlich entfernte er sich mit ausdruckslosem Gesicht vom Telefon.

»Wollen Sie sagen, niemand ist bereit, Sie anzuhören?« fragte Beatrice fassungslos. »Das ist ja Wahnsinn!«

»Nicht direkt«, sagte Sheriff Maschi. »Das ist der Dienstweg. Wahrscheinlich laufen die Leitungen bei Delgado heiß, so oft wird er angerufen. Und wahrscheinlich erzählt er allen, daß es keinen Grund zur Beunruhigung gibt, daß der Sheriff ein seniler Narr sei, dem ein Fall aus der Hand genommen worden ist und der darüber nur seinen Unmut zum Ausdruck bringen will.«

Trotz der Ablenkung hatte John wieder mal ein hervorragendes Essen zubereitet. Er war einfach nicht imstande, etwas anderes als köstliche Speisen zu kochen.

Er selbst aß sehr wenig davon, und während des Essens herrschte Schweigen, abgesehen von einigen lobenden Bemerkungen über die Gerichte. Kurz darauf nahm Sheriff Maschi Charlie am Arm, und sie gingen wieder in die Stube.

»Ich habe heute morgen die Augen offen gehalten«, sagte der Sheriff. »Wollen Sie mit mir eine Fahrt unternehmen?«

»Wohin?«

Der Sheriff ging zur Landkarte und legte die Finger auf eine bestimmte Stelle. »Ich schätze, ungefähr hierher, etwa eine Meile weit weg, in sicherer Entfernung, würde ich sagen.«

»Keine Straße«, murmelte Charlie, während er die Stelle betrachtete.

Der Sheriff schnaubte durch die Nase. »Die Leute haben viele Jahre lang die Wüste durchquert, ohne sich allzuviele Gedanken über Straßen zu machen. Gegen sieben?«

Charlie nickte, und kurz darauf verließ sie der Sheriff. Charlie ging zur Karte zurück und betrachtete die Gegend eingehend. Als Johns Stimme neben ihm ertönte, zuckte er zusammen.

»Zweiundvierzig Tote. Wie viele mehr werden es morgen früh sein? Ich gehe hinein, Charlie. Heute nacht.«

Beatrice und Byron saßen am Küchentisch und unterhielten sich mit gedämpften Stimmen. Charlie sah auf die Uhr. Zwanzig Minuten vor neun. Der Supermarkt schloß um neun.

»Laß uns einen Spaziergang machen«, sagte er.

Er überlegte, daß John es nicht allein schaffen würde, während sie durch die klare, kalte Luft schritten. Das war das Problem, das einzige Problem. Überall standen Wachtposten auf der Straße, die nach Old West führte, und das bedeutete, daß er querfeldein gehen mußte, und das wiederum bedeutete, daß er nicht allein gehen konnte. Der Sheriff würde es vielleicht schaffen, aber nicht John Loesser, nicht Charlie, zumindest nicht bei Nacht. Er dachte an die tiefen Spalten, die er vorsichtig umfahren hatte, die dicken Steine, an denen der Landrover fast umgekippt war, und das am hellichten Tag. Und der Landrover hatte große Bodenfreiheit; er konnte über Steine fahren, an denen Johns Wagen scheitern würde. Der Hilfssheriff war gekommen und hatte Mikes sämtliche Habseligkeiten abgeholt, einschließlich seines Autos. Sie wären also auf Johns Malibu angewiesen. Charlie grinste freudlos, als ihm ein bestimmter Gedanke durch den Kopf ging: Er war ausgezogen, um einen Mistkerl und seinen schwarzen Malibu zu finden. Und er hatte John gefunden, das hatte er.

Im Lebensmittelladen kaufte er einen Orangensaft in einer wachsbeschichteten Packung, eine Schachtel Cornflakes, ein Paket Wachspapier, eine Zwei-Liter-Packung Milch und ein Paket Kerzen. In dem Karton waren sechs dünne, fünfzehn Zentimeter lange Wachskerzen. John sah ihn verwirrt an. Er hatte erwartet, daß sie Kerosin oder Feuerzeugbenzin oder irgend etwas leicht Entflammbares kaufen würden.

»Es ist ein verzwicktes Problem«, sagte Charlie auf dem Rückweg zum Haus. »Wir können nicht näher als eine halbe Meile herankommen, zumindest nicht mit dem Auto. Und die Männer, die dort überall aufgestellt sind, werden von Zeit zu Zeit hinübersehen. Sobald sie einen Flammenschein erspähen, werden sie dort sein, und zwar mit Lastautos oder Personenwagen. Das wird höchstens zwei, drei Minuten dauern, und wir haben keine Zeit rauszukommen, bevor sie reinkommen. Bisher hattest du immer freie Bahn, diesmal jedoch nicht. Wir werden also unsere kleinen Zeitbomben vorbereiten und uns aus dem Staub machen, bevor eine einzige Flamme zu sehen ist. Wenn wir es richtig anstellen, lodert das Gebäude wie eine Fackel auf, das dürfte kein Problem darstellen, und wir werden dann schon über alle Berge sein.«

»Charlie, du kannst nicht hineingehen! Auch keine halbe Meile weit heran, nicht mal eine ganze Meile. Mein Gott, das solltest du doch inzwischen wirklich wissen.«

»Das habe ich auch gar nicht vor«, pflichtete Charlie ihm bei. »Ich bleibe im Auto, bei laufendem Motor, im Fluchtauto, wie wir das in der Branche nennen.«

Vor dem Haus blieb Charlie stehen und betrachtete den Mond, der über den felsigen Hügeln aufstieg. Er war groß, fast voll. Gleichzeitig eine gute und eine schlechte Feststellung, dachte er. Sie wären bei Mondschein besser zu sehen, doch er bezweifelte, daß sie ohne ihn überhaupt einen Weg hinein finden würden. Er hatte sich auf den Mond verlassen, andererseits wußte er, daß er Schatten hervorrufen und Büsche und Steine in bedrohliche Monster verwandeln konnte. Nun, dachte er, man tut, was man kann. Nicht mehr, nicht weniger. Er drehte sich um und ging ins Haus.

»Ich weiß, warum ich das alles tue«, sagte John leise. »Aber warum tust du es? Du könntest dich doch auch wie der Sheriff zurücklehnen und es einfach geschehen lassen?«

Charlie zuckte die Achseln. »Wenn ich das nur selbst wüßte«, sagte er leichthin. »Ich werde den Eindruck nicht los, daß wir viel mehr Zeit brauchten, um alle Einzelheiten zu planen und alles gut zu durchdenken. Es hat wenig Sinn, wenn wir zuschlagen und das Beste hoffen. Wir gewinnen ein wenig Zeit, das ist alles.« Aber er wußte, das das nicht alles war. Er dachte an die aufgetakelte junge Frau, die er flüchtig in der Eingangshalle des Motels gesehen hatte, und ihren Kameramann; er dachte an die strahlenden jungen Männer bei der Sondereinheit der Polizei, an die vielen anderen Reporter, die sich in der Gegend herumtrieben, die unschuldigen, unwissenden Schaulustigen. Die Hölle würde losbrechen, wenn sie es heute nacht nicht täten. Delgado und seine Leute, bewaffnete Männer, würden vom Wahnsinn befallen, andere, die ihnen auf der Jagd nach einer guten Story nachrennen würden, die die Sensation suchten — sie alle würden wahnsinnig werden. Er dachte an Maria Eglin, die wie eine versteinerte Puppe dastand, wahnsinnig. Und Polly, die unmittelbar Zeugin des Wahnsinns geworden war und seither für lange Zeit zu nichts mehr zu gebrauchen war. Er zuckte erneut die Achseln. »Spielst du Karten? Hast du welche dabei?« John schüttelte den Kopf, und das war ihm auch recht so.

Tatsächlich hatte Charlie seine eigenen Karten dabei, ohne die er nie auf Reisen ging. Er bot niemandem ein Spiel an, sondern legte sich selbst eine Patience. Er verlor, sammelte die Karten wieder ein, mischte neu und fing von vorn an. Beatrice und John unterhielten sich in der Stube. Byron las die Berichte durch, bis es fast elf war, dann ging er zu Bett. Auch Beatrice ging bald darauf schlafen. Ohne von seinen Karten aufzusehen, sagte Charlie: »Warum legst du dich nicht auch ein wenig hin? Ich werde dich wecken.«

John zögerte, dann ging er in sein Zimmer, legte sich aufs Bett und starrte an die Decke. Er wußte, daß er nicht schlafen konnte. Er schlief niemals, bevor er dem Teufel wieder ins Antlitz blickte.

Charlie mischte während der nächsten Stunden seine Karten immer wieder neu, dann legte er sie weg und holte seine Tüte aus dem Lebensmittelladen, die er im Korridor hatte stehenlassen. Er nahm Johns Benzinkanister, der neben dem Haus stand, und trug ihn ebenfalls hinein. Er schüttete die Milch in den Abfluß, spülte die Packung aus und goß sie mit Benzin voll. Er fing an, den Saft auszukippen, doch dann füllte er erst noch zwei Gläser damit und goß das übrige weg. Während er weiterarbeitete, nippte er immer wieder am Orangensaft. Er ließ die Cornflakes in den Abfalleimer rieseln, schüttelte ihn, bis sie unter den anderen Müll gesunken und nicht mehr zu sehen waren, und bedeckte das Ganze mit zerknülltem Zeitungspapier. Dann packte er die

Kerzen aus, nahm mit einer davon Maß an der Cornflakes-Schachtel, kürzte sie entsprechend und legte sie beiseite; dann wiederholte er das gleiche mit dem Saftkarton und kürzte eine Kerze so, daß sie mit einem Abstand von drei Zentimetern zum oberen Rand hineinpaßte. Er schabte das Wachs so weit ab, daß gut anderthalb Zentimeter Docht freilagen, und ließ alle Krümel und abgeschnittenen Stücke in die Cornflakes-Schachtel fallen. Er schob das Wachspapier an den Innenwänden der Schachtel nach unten und riß weitere Stücke Wachspapier von dem Vorrat ab, den er gekauft hatte. Er knüllte jedes Stück zusammen und steckte es in die Schachtel, bis die Schicht mehrere Zentimeter hoch war, dann schob er eine der Kerzen so hinein, daß sie senkrecht stehenblieb, gehalten von dem Papiernest, das er gebastelt hatte. Er fügte noch mehr Papier hinzu, bis die Schachtel zu zwei Drittel gefüllt war. Er schnitt den Saftkarton so auf, daß ein Deckel mit Scharnier entstand, wischte das Innere aus und baute ein zweites Nest für eine zweite Kerze. Er begutachtete seine beiden Werke und nickte. Er schloß den Saft- und den Cornflakes-Karton und stellte sie beide auf den Tisch; sie sahen einwandfrei aus, fand er. Anschließend ging er ins Schlafzimmer und besah sich die indianische Decke, die auf dem Bett lag, doch er fand, daß sie zu schade war, um zerstört zu werden. Sie war so schön. Er zog sie weg und nahm statt dessen die zweite Decke darunter, eine alte braune, die aussah wie aus Armeebeständen. Er machte sich auf den Weg zurück in die Stube, blieb beim Bad stehen und fügte seinem Bündel noch zwei Handtücher hinzu, dann ging er weiter. John trat aus seinem Zimmer und folgte ihm wortlos. Charlie legte einen Finger an die Lippen und trug seine Ausrüstung in die Stube, dann ging er in die Küche und kam mit einer Flasche Salatöl zurück. Diesmal schloß er die Tür hinter sich. Mit sanften Bewegungen breitete er die Decke auf dem Boden aus, legte die beiden Handtücher darauf und besprenkelte sie mit dem Öl. Es bildete Pfützen und Tümpel, wie er es vorausgesehen hatte. Er ließ es in den Stoff einsinken und ihn durchtränken und ging hinaus, um Benzin in die Zwei-Liter-Milchpackung zu gießen. Schließlich schnitt er einen Streifen von der Decke ab, legte ihn beiseite und machte sich ans Verschließen des Packens. Zunächst schlug er die Decken an den beiden Seiten ein, um die Handtücher zu bedecken, dann faltete er das ganze Paket einmal längs und legte die Pakkung mit Benzin, den Saft- und den Cornflakes-Karton in einer Reihe hintereinander darauf. Er wickelte das Ganze sorgfältig auf und verwendete den Streifen, den er abgeschnitten hatte, zum Zubinden, wobei er genügend übrigbehielt, um zwei Schlaufen zu bilden. Er stand auf, hob das Bündel an und fuhr mit den Armen durch die Schlaufen. Das Ganze glich einem ungeschickt aufgerollten Schlafsack. Es war zehn nach eins.

Zur gleichen Zeit nahm Constance zusammenzuckend den Fuß vom Gaspedal. Automatisch blickte sie in den Rückspiegel. Ihr wurde bewußt, daß sie wieder mit einer Geschwindigkeit von fünfundachtzig Meilen in der Stunde gefahren war, und sie umklammerte das Steuer mit einer Art Würgegriff. Sie stellte noch einmal ihre Berechnung an: Sie befand sich noch etwa neunzig Meilen von Grayling entfernt, achtzig Meilen davon führten sie über die Interstate 15 und die restlichen zehn über die Landstraße. Weniger als zwei Stunden. Und Charlie schlief wahrscheinlich, ausgebreitet auf dem Bett, die Arme auf ihre Seite hinübergestreckt, als ob er sie im Schlaf suchte.

Um elf Uhr hatte sie gemerkt, daß sie in dieser Nacht nicht im Apartment ihrer Freundin Jan schlafen könnte. Einige Minuten lang hatte sie der Eingebung, gleich loszufahren, widerstanden, hatte sich Milch zum Trinken geholt, an einem Cracker mit Käse herumgeknabbert und sich noch einmal hingesetzt, um die verschiedenen Berichte durchzulesen, die Jan für sie zusammengetragen hatte. Schließlich hatte sie ihre paar Sachen in die Reisetasche geworfen, hatte die Unterlagen genommen und die Wohnung verlassen. Kein anderes Gefühl hatte ihr Handeln bestimmt als der intensive Drang, zurückzufahren, sich zu überzeugen, daß mit Charlie alles in Ordnung war. Zurück! Zurück! Darauf hatte es sich beschränkt: Zurück!

Für die ersten hundert Meilen hatte sie mehr als zwei Stunden gebraucht. Sie mußte zuerst eine Tankstelle finden, volltanken, den Verkehr von Los Angeles hinter sich bringen und sich in Richtung Norden durch ein Gewirr von Umgehungen und Auffahrten und Verteilerkreuzen schlängeln. Für die nächsten neunzig Meilen würde sie höchstens noch anderthalb Stunden brauchen, wahrscheinlich nur eine Stunde. Zu beiden Seiten der Interstate war die Landschaft zur Wüste verödet, eingehüllt in das unwirkliche Licht eines überdimensionalen Mondes. Die Gegend hatte etwas Gespenstisches durch die gezackten Schatten, die nichts mit den Gegenständen, die sie warfen, zu tun haben schienen. Das Land lag silbern und grau unter dem leuchtenden Himmel, und auf der Fahrbahn hinter ihr erschienen Augen, kamen so dicht heran, daß sie geblendet wurde, verwandelten sich in glühende Teufelsaugen, die schließlich zusammenschrumpften und verschwanden. Lastwagenungeheuer mit roten Augen rasten auf sie zu, schwenkten ab, verschwanden, und ihr Dröhnen hallte ihr in den Ohren nach, lange nachdem es vergangen war. Der ganze Wagen bebte.

Um zwei verließen Charlie und John leise das Haus. Charlie fuhr den Malibu. Er hatte die Karte im Kopf, wußte genau, wo er von der Landstraße abbiegen und geradewegs in die Wüste fahren mußte. Er summte nicht vor sich hin, obwohl er es getan hätte, wenn John nicht dabeigewesen wäre.

Sie fuhren in Richtung Nordwesten, an einem felsigen Hügel nördlich der Straße vorbei. Charlie verringerte die Geschwindigkeit beim Meilenstein Vierkommasechs und bog kurz danach vom Highway ab. Sie mußten weiterhin am Fuße des Hügels entlangfahren, bis zu seinen nördlichen Ausläufern, dann abbiegen und im Zickzack einen Hang hinauffahren, bis sie auf den Hügelkamm kamen, von dem aus sie nach Old West hinuntersehen konnten. Auf einer Straßenkarte würde sich die Strecke wie ein Katzensprung ausmachen, aber auf der topografischen Karte war sie als heimtückisch und trügerisch dargestellt. Ehemalige Flüsse hatten das Land hier untergraben; es gab eine ausgetrocknete Seemulde mit Abschnitten von Treibsand an den Stellen, wo sich vergiftetes Alkaliwasser unter der Oberfläche gesammelt hatte, eingefangen von verkrusteten Bodenschichten oder undurchdringlichem Felsgestein. Die kahlen Hügel waren schon häufiger von Erdbeben erschüttert worden, als es in der Geschichte festgehalten werden konnte. Felsen waren abgerutscht und hatten sich gespalten, hatten sich zu neuen Gebilden aufgetürmt, um sich Tage oder auch nur Minuten später, nachdem die Kartografen das Terrain verlassen hatten, um ihre Topografie — manchmal bis zur Unkenntlichkeit — zu verändern, erneut zu verschieben.

Aber Sheriff Maschi hatte gesagt, daß er die Absicht habe, hierherzufahren und alles von diesem Hügelkamm aus zu beobachten. Das bedeutete, daß man irgendwie hinkommen konnte, beruhigte sich Charlie. Zumindest zeitweise. Sobald er vom Highway abgebogen war, schaltete er die Scheinwerfer aus, und er und John saßen schweigend da und warteten, daß sich ihre Augen an die Dunkelheit gewöhnten.

Schließlich fuhr Charlie wieder los. Keine zweihundert Meter weiter schleuderte der Wagen und blieb, zur Seite geneigt, holpernd stehen. Eine Weile lang sprach keiner der beiden Männer. »Das war kein Schatten«, sagte Charlie schließlich. Er öffnete vorsichtig die Tür und blickte auf einen heruntergefallenen Brocken, neben dem Wagen; er war aus einer Höhe von einssechzig oder einsachtzig herabgestürzt, doch das hätte gereicht, um sie zu zermalmen. Noch vorsichtiger setzte er ein paar Meter zurück und hielt wieder an. »Okay«, sagte er. »Einer von uns muß zu Fuß vorausgehen und den anderen leiten. Wir können uns abwechseln. Möchtest du den Anfang machen?«

John hatte die ganze Zeit keinen Laut von sich gegeben. Jetzt schluckte er hörbar und nickte. »Klar.«

Sie kamen qualvoll langsam voran. John ging nach einem bestimmten System hin und her, um sich zu vergewissern, daß Platz genug für den Wagen war. Einmal mußten er und Charlie einen Felsbrocken aus dem Weg räumen, um einen Umweg von Hunderten von Metern zu vermeiden. Der ausgetrocknete See schillerte glatt und tückisch zu ihrer Rechten. Rings um sie herum schien die Wüste erstarrt zu sein; kein Tier bewegte sich, kein Nachtvogel flog auf oder raschelte irgendwo, alles hielt den Atem an und wartete, bis sie vorbei waren. Dann war Charlie mit dem Anführen an der Reihe. Er ging hin und her und gab während des Abschreitens ständig Zeichen. Am Rand des Hügels bogen sie ab und machten sich an den letzten Teil der Strecke. Es war drei Uhr morgens. Die Schatten waren geschrumpft, hüllten den wilden Salbei und die Steine ein und schufen kleine schwarze Höhlen am Boden. Charlie war die Vorhut, als Old West in Sicht kam. Er hielt inne und sah, wie es im Mondschein dalag. Es war keine Meile weit entfernt, sechzig Meter unter ihnen. Die Gebäude ragten als Silhouetten aus der Landschaft auf; die beiden Bauwerke mit dem silbern schimmernden Holz fingen das Mondlicht auf und warfen es gespenstisch zurück. Das Hotel sah größer aus, als Charlie es in Erinnerung hatte; er wußte, daß ihm das Licht einen Streich spielte, das war alles. Er ging weiter und machte John ein Zeichen, ihm zu folgen. Dies war keine gute Stelle zum Anhalten. Sie brauchten einen Platz, wo sie mit dem Wagen wenden konnten, damit er in die andere Richtung stand, wenn sie ihre Arbeit erledigt hatten. Sie würden um den Hügel herum zurückfahren, anhalten und warten, bis das Feuer das Etwas in dem Hotel in die Flucht geschlagen hatte, und dann zurückfahren, um zu beobachten, wie es niederbrannte. Bis dahin wäre es schon fast Morgen und das Licht so hell, daß sie auf dem Rückweg schneller fahren könnten als auf dem Herweg. Und dann hätten auch die Männer der Polizei alle Hände voll dort unten zu tun und würden sich nicht um zwei einzelne Männer in der Wüste kümmern, so hofften sie jedenfalls. Die einzige Gefahr bei der ganzen Sache, so redete Charlie sich ein, lag darin, daß sie sich in der Dunkelheit durch ein Licht bemerkbar machen würden. Dann wären sie meilenweit zu sehen. Er fand eine Stelle, wo John den Wagen mit Mühe und Not und vielem Vor- und Zurückfahren wenden konnte. Dann standen sie beide da und beobachteten die Szene unter ihnen. Sie waren keine Meile davon entfernt, schoß es Charlie in den Sinn, und das beunruhigte ihn, doch das Geräusch des laufenden Motors hinter ihm signalisierte Sicherheit.

Charlie ging zum Auto zurück und holte das Bündel heraus, das er zusammengestellt hatte; er steckte die Arme durch die Schlaufen.

»Ich gehe hinunter«, sagte John Loesser dicht neben ihm.

»Nein. Dort drunten ist vielleicht ein Wachtposten aufgestellt. Und es könnte sein, daß der angriffslustig wie eine Wanze ist. Vielleicht schläft er auch oder hört Radio, entscheidend ist, daß wir es nicht wissen. Aber John, laß auf jeden Fall den Motor laufen, ja?«

Seine Stimme klang gelassen und ruhig und verriet nichts von der Angst, die er empfand. John Loesser zögerte für einen Moment, dann nickte er. Sie gaben sich die Hand, und dann setzte sich Charlie vorsichtig hangabwärts in Bewegung. Fünfzehn Minuten, um hinunterzukommen, dachte er, als er auf seine Taschenuhr sah. Jetzt war keine gute Zeit, um ins Wanken zu geraten; nur nicht nervös werden, keine Eile! Fünfzehn Minuten, um hinzukommen, fünf, um alles in die Wege zu leiten, zehn, um zurückzukommen. Nicht schlecht, nicht schlecht. Er haute seinen Absatz fest in den Boden und griff nach einem Felsen, als lockere Erde unter seinem Fuß wegrutschte. Einen Augenblick später fing er noch einmal an zu rechnen. Eine halbe Stunde.

Constance war sich der Tatsache bewußt, daß Scheinwerfer hinter ihr aufgetaucht waren, doch sie ignorierte sie, während sie mit überhöhter Geschwindigkeit durch Grayling raste, um zum Haus zu kommen. Sie rannte hinein und gleich in das Schlafzimmer, wo das Bett auseinandergerupft worden war. Sie blieb eine Sekunde lang wie angewurzelt stehen. Dann sah sie in Johns Zimmer, rannte zurück in ihrs und durchsuchte die Schreibtischschublade nach Charlies Revolver. Er war da, und er war geladen. Sie ließ ihn in ihre Tasche gleiten, drehte sich um und rannte hinaus. Sheriff Maschi hielt sie an der Haustür auf, und sie verkrampfte den Griff um die Waffe in ihrer Tasche. Für solche Fälle war sie gut, dachte sie, damit niemand sie aufhalten konnte.

»Ist der verdammte Querkopf abgehauen?« fragte Sheriff Maschi.

»Lassen Sie mich gehen«, sagte sie. »Ich muß weg.«

»Sie dürfen sich nicht in die Nähe dieses Ortes wagen«, sagte er und hielt sie an den Schultern fest. »Dieser verdammte Narr!« Er schüttelte sie voller Zorn. »Man wird Sie bis morgen früh festhalten und Sie dann ins Haus zurückgeleiten. Kommen Sie! Kommen Sie! Ich weiß, wohin dieser verdammte Narr gegangen ist.« Er drängte sie fast mit Gewalt zu dem Polizeiwagen.

Er verringerte die Geschwindigkeit genau an derselben Stelle, an der Charlie vom Highway abgebogen war, ließ den Strahl seiner Scheinwerfer über die ganze Gegend schweifen, dann fuhr er weiter, um die Straße eine Meile weiter abwärts zu verlassen. Er fuhr mit eingeschalteten Scheinwerfern, der Wagen hüpfte und wurde durchgerüttelt; hin und wieder geriet er ins Schleudern. Der Sheriff fluchte unaufhörlich, doch er kam gut voran.

Constance sagte nichts, sie starrte geradeaus und lokkerte von Zeit zu Zeit den Griff um die Waffe, doch sie ließ sie nicht los.

Der Mondschein war trügerisch, dachte Charlie, der sich hinter dem Zaun der Pferdekoppel zusammengekauert hatte, um das Hotel und die Straße von Old West zu überblicken. Das Mondlicht ließ alles flach erscheinen, ebnete jede Tiefe ein. Er hörte kein Radio und auch kein Motorgeräusch mehr, doch er hoffte, daß das nur daran lag, weil er sich außer Hörweite befand. Nichts bewegte sich. Er schlich sich um den Zaun herum und auf den Vorplatz des alten, silbern schimmernden Hotels. Die Bretter knirschten beunruhigend, doch daran konnte er nichts ändern. Er ging näher an das Gebäude heran und hoffte, daß die Bretter dort fester waren. Zweimal hatte er auf dem Hügelkamm gegenüber jenem, auf dem John Loesser sich postiert hatte, Licht gesehen. Polizei, ohne Zweifel, auf Patrouille, zu weit weg, um ihn zu entdecken. Doch die Tatsache, daß er ihr Licht hatte sehen können, bedeutete, daß er sehr vorsichtig mit seinem sein mußte, das war ihm klar geworden, und er verzichtete bis jetzt noch auf die Taschenlampe mit dem gebündelten Lichtstrahl. Eine Plane war vor die zweiflügelige Tür am vorderen Eingang gespannt worden, die die Bauarbeiter zurückgelassen hatten, als sie den Entschluß gefaßt hatten, nicht mehr wieder herzukommen. Das schwere, plastikbeschichtete Material war nur locker angenagelt. Er zog es so weit vom Türrahmen weg, daß er eintreten konnte. Im Innern war die

Dunkelheit unergründlich und jedes Geräusch verursachte einen hohlen Klang. Er wartete, bis sich seine Augen und Ohren an die veränderten Verhältnisse gewöhnt hatten, bevor er weiterging.

Niemand war vorhin dort draußen gewesen, niemand in der Vorhalle oder sonst irgendwo zu sehen, und er war sicher, daß sich niemand außer ihm in dem Gebäude befand. Noch nicht. Er knipste seine Taschenlampe für einen kurzen Moment an und sah sich schnell um. Er wußte, daß mit der Renovierung des Hotels angefangen worden war, doch nicht, wie weit sie schon gediehen war. Allerlei Baumaterial war aufgestapelt, Gerüstteile standen da und dort; der Boden und die Außenwände waren in gutem Zustand, soweit er das beurteilen konnte. Sobald er sich in einiger Entfernung von dem mit der Plane bespannten Eingang befand, schaltete er die Taschenlampe wieder an, und diesmal ließ er sie brennen und beschleunigte seine Schritte.

Im oberen Flur nahm er sein Bündel ab und machte sich daran, die Sachen richtig anzuordnen. Zuerst die Decke, dann zu beiden Seiten die Haltevorrichtungen für die Kerzen, die er gebastelt hatte. Er goß das Benzin auf die Decke und ließ es gründlich einziehen, während er die beiden Handtücher entrollte, die er zu Hause schon mit Speiseöl getränkt hatte. Er legte sie auf die Decke. Er wollte nicht, daß sich Dämpfe vorzeitig entzündeten; und wenn sie sich entzündeten, dann sollte es gleich zu einer Explosion kommen. Er schlug die Ränder der Dekke über die Kanten der Handtücher und begutachtete sein Werk mit Hilfe der Taschenlampe. Schließlich ging er zu den Kerzen und zündete sie an. Er schloß den Dekkel des Saftkartons, dann den der Cornflakes-Schachtel, zählte bis fünf, überprüfte noch einmal die Kerzen und grunzte zufrieden. Schnell verließ er das Hotel. Er fühlte sich versucht, ein paar Dosen der herumstehenden Farbe zu öffnen, doch die Hitze würde das für ihn erledigen. Sei nicht maßlos, ermahnte er sich, während er den Blick schnell über die Straße und die anderen Gebäude schweifen ließ. Dann befand er sich wieder in der Pferdekoppel, verließ sie auf der gegenüberliegenden Seite und machte sich eilends auf den Weg den Hang hinauf, wo oben John Loesser auf ihn wartete. Die ganze Aktion hatte keine fünf Minuten gedauert.

Bei Charlies Auftauchen war John Loesser einerseits erleichtert, andererseits empfand er ein Gefühl der Schwäche. Kein Lichtstrahl hatte sein Eindringen verraten, kein Geräusch. Erfahrung ist eben alles, dachte er anerkennend. Charlie fuhr los.

Mike Dorrance und Larry Womack hatten das Los gezogen, eine besonders stumpfsinnige Aufgabe zu erfüllen, darin waren sich beide einig. Auf einem öden Hügelkamm zu sitzen und eine Geisterstadt zu bewachen! Zuerst hatten sie eine Weile herumgenörgelt und sich dann gegenseitig mit Geschichten von Pumas und Wüstengeistern und fliegenden Untertassen angst gemacht; sie hatten gemeinsam einige Joints geraucht, und seit zwei Stunden dösten sie abwechselnd und schreckten aus dem Schlummer immer wieder auf. »Was sollen wir bewachen und gegen was, herrje?« hatte Womack ausgerufen, als sie um Mitternacht mit dem Jeep angekommen waren. Die alte Stadt dort unten sah wie eine Filmkulisse aus. Delgado hatte ihnen nicht gesagt, vor was sie sie beschützen sollten. Er hatte auf der Karte eine Linie gezogen und gesagt, sie sollten nicht näher als bis hierher gehen und nichts und niemanden hineinlassen. Das war alles.

Es gab nur drei mögliche Wege, um hineinzugelangen: über die Straße auf der anderen Seite des Tals, die verbarrikadiert war, über die Schmalspurschienen oder durch die offene Wüste und über den verdammten Hügelkamm, auf dem sie patrouillieren sollten. Hin und wieder verließ einer von ihnen den Jeep und machte ein paar Schritte in die eine oder die andere Richtung, um sich umzusehen, doch es gab nichts zu sehen. Womack goß sich den letzten Rest Kaffee aus der Thermoskanne ein, streckte sich und gähnte; diesmal stieg er aus, um sich umzusehen. Es wurde kälter; eine eisige Brise wehte über den Hügel. Er schritt die dreißig Meter ab, auf die sie sich als Patrouillengang geeinigt hatten, dann blieb er stehen und schüttelte den Kopf. Lichter, verflucht! Welcher Scheißer hatte jetzt hier etwas zu suchen? Delgado? Ein Wagen mit der Wachablösung? Das hoffte er.

Er rief Mike Dorrance zu sich, und sie beobachteten, wie die Scheinwerferstrahlen über den holperigen Boden hüpften. Dann hörte Mike einen Motor aus einer anderen Richtung. Er wandte den Kopf um und lauschte angestrengt. »Hast du das gehört?«

Womack brauchte etwas länger, um das Geräusch zu erfassen. Er nickte; jetzt hatte er mehr Angst als bei den Geschichten über die Pumas. Er griff in den Jeep und holte ein halbautomatisches Gewehr heraus. Die näherkommenden Scheinwerfer erloschen. Nervös wartete er. Der Wagen mußte hinter einem Felsen verschwunden sein, einen Hügel umfahren oder so etwas. Ganz langsam dämmerte es ihnen, daß er den Rest der Strecke mit abgeschalteten Lichtern zurücklegen könnte oder daß er angehalten hatte und seine Insassen, wer immer das sein mochte, zu Fuß weitergingen. Mike Dorrance zog seine .45er.

»Du befaßt dich mit dem Kerl, der herkommt«, sagte Dorrance. »Ich suche den anderen.«

Sie trennten sich, bewegten sich vorsichtig, waren sehr nervös.

»Zwei Wagen«, murmelte Sheriff Maschi an der Stelle, wo die Spuren, die er verfolgt hatte, sich plötzlich als Spuren von zwei getrennten Fahrzeugen entpuppten; die einen führten nach rechts weiter, die anderen nach links. Die Luft war von dem durchdringenden Geruch nach vor kurzem zerdrückten Salbei erfüllt, und das diente als ebenso deutlicher Hinweis wie die Autospuren. Er entschied sich und folgte der rechten Spur. Er hatte die Scheinwerfer ausgeschaltet für den Fall, daß sich jemand auf dem Hügelkamm auf der anderen Seite von Old West befände. Er war nicht auf den Gedanken gekommen, daß Delgado auf dieser Seite eine Patrouille eingesetzt haben könnte. Doch jetzt hatte er den Eindruck, daß es ganz danach aussah.

Er fuhr sehr langsam weiter, dann hielt er an. »Verdammt und zugenäht«, murmelte er. »Wenn das Delgados Patrouille ist, dann werden sie uns in der Wüste hochgehen lassen, sobald wir uns an sie heranschleichen. Ich gehe zu Fuß voraus. Es kann nicht mehr weit sein, viel weiter kann man hier sowieso nicht mehr fahren.«

»Achten Sie lieber darauf, daß der Motor nicht ausgeht«, sagte Constance und öffnete ihre Tür. »Ich werde nachsehen.«

»Halten Sie sich dicht an den Felsen dort«, sagte er. »Es muß direkt auf der anderen Seite dieses Vorsprungs sein.«

Sie schlüpfte hinaus, ließ die Tür nicht ganz zufallen und verschwand im Schatten des Vorsprungs. Keine zwei Sekunden später hörte Maschi fast neben seinem Wagen jemanden schnauzen: »Alter, mach den Motor aus und wirf den Schlüssel raus. Schnell! Sonst jage ich dir eine Kugel in den Kopf!«

Er drehte sich mit einem Ruck um und sah einen Mann, der ein Gewehr auf sein Gesicht gerichtet hielt. »Ich bin Sheriff Maschi«, sagte er. »Wer sind Sie?«

»Ist mir egal, und wenn du der König von Siam bist«, entgegnete der Mann. Maschi hörte das Zittern, das Angst verriet, in seiner Stimme, den leisen Beiklang nervöser Erregung, und er wußte, daß dieser Mann ihn erschießen würde.

»Ich bin dienstlich hier«, sagte er und stieß seine Tür auf. »Delgado weiß, daß ich hier oben bin, verdammt noch mal!« Er schwang die Beine aus dem Wagen und erwartete jede Sekunde, das Knattern des Gewehrs zu hören, den Einschlag zu spüren. Der Mann bewegte sich auf ihn zu; plötzlich machte er einen Satz nach vorn, packte Maschi, wirbelte ihn herum und schleuderte ihn mit dem Gesicht voraus gegen die hintere Tür. Er griff ins Wageninnere, riß die Schlüssel heraus und steckte sie sich in die Tasche, während Maschi keuchte und nach Luft rang.

Constance schlich um den Vorsprung herum; dort stand der schwarze Malibu. Sie stieß den angehaltenen Atem aus. Dann blieb sie wieder stehen. Ein Mann war aufgetaucht; er griff in den Wagen und zog den Schlüssel heraus, und im gleichen Moment stand John Loesser da. Sie hatte ihn bis dahin nicht gesehen gehabt. Sie erkannte, daß er sich auf dem Gipfel des Hügels verborgen gehabt und herabgeblickt hatte. Der Mann, der den Zündschlüssel abgezogen hatte, brüllte. »Keine Bewegung! Polizei!« John bewegte sich nicht.

Plötzlich kam ihr zu Bewußtsein, das der andere Motor ebenfalls abgeschaltet war. Sie schob sich von dem Felsen weg, schrie auf und fühlte sich verwirrt, schwindelig, als ob ihr Körper ihr nicht mehr gehorchte. Sie hielt sich am Felsen fest, um nicht umzufallen, ein stechender Schmerz im Kopf veranlaßte sie, die Augen fest zuzudrücken. Als sie sie wieder öffnen konnte und gleichzeitig das Schwindelgefühl nachließ, sah sie den Uniformierten mit der Waffe, der sich fast wie in Zeitlupe mit erhobenem Revolver auf sie zubewegte. Sein Gesicht war ausdruckslos, das Mondlicht verstärkte die Maske des Wahnsinns, die darauf lag. Hinter ihr brüllte jemand. Der Wahnsinnige wandte sich von ihr ab und ging in diese Richtung, wobei er sich wie ein Zombie bewegte. In diesem Moment kam Charlie um den Hügel herum; als er sie sah, stand Fassungslosigkeit in seinem Gesicht geschrieben. Dann änderte sich seine Miene. Er kam nicht weiter auf sie zu. Unbewegt stand er da. Ein sonderbarer, verletzter Ausdruck huschte über sein Gesicht; seine Augen flackerten, doch er schloß sie nicht.

Constance merkte, daß sie die Pistole in der Hand hielt; sie wußte nicht, wann sie sie aus der Tasche gezogen hatte. Sie erhob sie, zielte auf Charlie und schoß.

## KAPITEL VIERZEHN

Constance hörte John Loesser brüllen, weitere Schüsse und achtete nicht darauf. Charlie lag ausgestreckt auf dem steinigen Boden und rührte sich nicht. Sie rannte zu ihm hin, riß seine Jacke auf und fand die Wunde am rechten Oberarm.

»Lassen Sie den Motor an!« schrie sie John Loesser zu und durchsuchte Charlies Taschen nach einem Messer. Sie fand es und schnitt seinen Jackenärmel auf, schlitzte das Hemd ein Stück auf und rollte den Ärmel hoch, um den Blutfluß mit einem Druckverband abzubinden. Eine Taschenlampe näherte sich, schien auf Charlie; der Sheriff stand fluchend über ihr.

»Wie schlimm hat es ihn erwischt?«

»Nicht so schlimm. Wir brauchen einen Arzt, müssen ihn in ein Krankenhaus schaffen ...« Schließlich blickte sie zu ihm auf, und er erschrak über ihr Gesicht, aus dem jede Farbe gewichen war. »Er ...«

»Ja, ich weiß. Ich hole den anderen Knaben, damit er hilft, ihn in mein Auto zu tragen. Halten Sie den Verband noch eine Weile an seiner Stelle.«

John Loesser saß in dem Malibu und ließ den Motor auf Hochtouren laufen; er starrte Constance an. Sheriff Maschi mußte ihn am Arm schütteln, um sich Gehör zu verschaffen. »Ich brauche Hilfe«, sagte er noch einmal. »Hören Sie mir gut zu«, befahl er, als Loesser ausstieg. »Delgados Mann hat seinen Kameraden getötet, hat wie der Teufel versucht, mich umzubringen, und er hat auf Charlie geschossen. Verstanden?« Loessers Blick blieb starr und verständnislos. Maschi wiederholte es noch einmal mit knappen Worten, und schließlich nickte Loesser. Gemeinsam gingen sie wieder zu Charlie in der Nähe des Hügelkamms. Plötzlich loderte das ganze Hotel wie eine brennende Fackel auf. Flammen schlugen gleichzeitig aus einem halben Dutzend Fenster des oberen Stockwerks. Der Wind trug einen Funkenregen davon, und ein Nebengebäude ging ebenfalls in hellen Flammen auf.

Sheriff Maschi und John Loesser schafften Charlie zum Wagen des Sheriffs und legten ihn auf den Rücksitz, während Constance den Druckverband festhielt. Ihr Gesicht war weiß wie Elfenbein, sogar ihre Lippen. Delgados Leute würden kommen, um die Leiche des Polizisten abzuholen, sagte der Sheriff zu John Loesser.

Er sah dem Mann forschend ins Gesicht. »Geht es einigermaßen? Falls nicht, versuchen Sie, still sitzen zu bleiben. Delgado wird gleich hier sein.« Er warf einen Blick auf Charlie und legte den Gang ein. »Wir fahren zum Krankenhaus in Grayling.« Der Widerschein des Feuers war wie ein falscher Sonnenaufgang, dachte er benommen. Bevor er losfuhr, fügte er noch vielsagend hinzu: »Sie wissen ja, wenn irgend jemand diesen Hang hinuntergegangen oder gefahren ist, hat er Spuren hinterlassen. Die Leute hier draußen sind ganz scharf auf so Dinge wie Spuren. Es gibt jedoch viele lockere Felsen in der Gegend, die durch eine leichte Erschütterung heruntergefallen sein könnten. Man weiß nie.« Dann fuhr er mit hoher Geschwindigkeit davon.

John Loesser ging zurück bis an den Rand des Hügelkamms und beobachtete das Feuer, das vom Saloon auf den Kramladen übergriff. Dann machte er sich daran, Felsbrocken über den Rand des Kamms zu rollen. Er hörte erst auf, als Personenwagen und Lastautos auf der anderen Seite des Tals auf der Straße nach Old West erschienen.

»Mrs. Meiklejohn«, sagte Sheriff Maschi und blickte sich über die Schulter zu ihr um. Sie sah nicht so aus, als ob sie in Ohnmacht fallen würde, wenigstens jetzt noch nicht. »Hören Sie mir einen Moment zu! Delgados Mann ist wahnsinnig geworden, genau wie wir erwartet haben, daß es mit jemandem geschehen würde. Er hat Charlie angeschossen und dann seinen Kameraden getötet. Fall erledigt. Haben Sie das begriffen, Ma'am?«

»Ja.«

Gott sei Dank, sie fing keine Diskussion an. Er fuhr fort: »So, und nun noch etwas, Constance. Macht es Ihnen etwas aus, wenn ich Sie so nenne?« Er wartete keine Antwort ab. »Wir müssen dem Arzt sagen, welchen Verdacht Sie in bezug auf Charlie haben. Wir können ihn nicht einfach ohne eine Erklärung Ihren Mann zusammenflicken lassen und ihn der Gefahr bei dessen Aufwachen ohne Vorwarnung aussetzen. Nur für den Fall.«

»Ja«, flüsterte sie. »Ich weiß.«

Wann hatte sie ihm eigentlich irgend etwas darüber gesagt? fragte sie sich. »John Loesser hat es beobachtet. Er weiß Bescheid.«

»Wie ich die Dinge sehe, weiß er mehr, als er dürfte, wenn man bedenkt, unter welchen Voraussetzungen er hier aufgetaucht ist, aber jedenfalls haben wir vereinbart, daß Delgados Mann es getan hat. Ich habe Sie hier heraufbegleitet, zu Ihrem Mann und seinem Kompagnon. Wir alle wollten zusehen, wenn das Spektakel losgeht, und dann fing Delgados Mann mit der Schießerei an. Das wird Delgado nicht gefallen, aber was, zum Teufel, können wir daran ändern?«

Er redete, um den schwarzen Schleier des Zweifels aus dem Wagen zu vertreiben. Er hatte die Schüsse gezählt, wußte, daß einer vom Rand des Hügels gekommen war, und als er dort angekommen war, hatte John Loesser im Wagen gesessen und den Motor auf Touren gehalten, während sie am Boden kauerte und sich um Charlie kümmerte. Das war eindeutig. Und er wußte, daß es nur einen Grund für ihren Schuß geben konnte: Sie hatte erkannt, daß das Etwas, was immer es sein mochte, versucht hatte, von ihm Besitz zu ergreifen.

Das Ganze war Delgados Schuld, der seine zwei Kerle losgeschickt hatte, ohne sie aufzuklären. Zwei weitere Männer waren verloren: der eine tot, der andere in der Wüste Amok laufend. Vielleicht war auch Charlie angesteckt, was immer das bedeuten mochte, verdammt. Und wenn er durchgedreht war, was war dann mit Constance? Er fluchte vor sich hin. Gottverdammter Delgado, die gerechte Strafe sollte ihn ereilen für alles, auch für das, was er an Charlie verbrochen hatte.

John Loesser/Carson Danvers beobachtete voller Andacht, wie die ganze Stadt in Flammen aufging. Plötzlich wandte er sich ab und ging weg. »Die ganze verdammte Stadt«, murmelte er. Hatte Charlie das geplant gehabt? Er wußte es besser, doch die Polizei würde es vermutlich annehmen. Und diesmal würde sie wahrscheinlich gründlicher nach dem Brandstifter suchen. Er fragte sich, um welche Versicherungssumme es in diesem Fall gehen mochte, und er hatte eigentlich kein Verlangen, noch so lange hier herumzulungern, bis er es herausfände. Mit Bedauern erkannte er, daß es Zeit war, John Loesser sterben zu lassen.

Er fuhr ins Krankenhaus, um nach Charlie zu sehen. Er schlief. Sein Arm war bis hinauf zur Schulter verbunden, und seine Beine und das Handgelenk des unversehrten Arms waren ans Bett gegurtet. John blieb zögernd in der Tür zu dem kleinen, spärlich ausgestatteten Krankenzimmer stehen.

»Ich reise ab«, sagte er leise zu Constance, die auf der Bettkante saß. Sie war immer noch gespenstisch blaß.

Sie zuckte zusammen, dann entspannte sie sich wieder und stand auf. »Man wird dich verhören wollen«, sagte sie. »Vielleicht Fingerabdrücke nehmen, herausfinden ...«

»Ich reise ab«, wiederholte er, und diesmal nickte sie. »Ich weiß noch nicht, wo und wann ich zu erreichen sein werde.« Er blickte an ihr vorbei zu Charlie. »Ich wüßte gern ...«

Fast flüsternd sagte sie zu ihm: »Es gibt eine Einrichtung in New York. Pater Patrick Morley. Es ist ein Heim für Jungen in der Houston Street. Sag ihm ...« Sie schüttelte den Kopf. »Ich weiß nicht, was du ihm sagen könntest. Ich werde ihn anrufen, sobald wir etwas wissen.« Warum war Charlie immer noch bewußtlos, hätte sie fragen wollen, hätte sie gern von ihm erfahren, von irgend jemandem, der über das Etwas Bescheid wußte und über den Einfluß, den es auf die Menschen hatte. Sie streckte die Hand aus und legte sie ihm auf den Arm, doch gleich darauf zog sie sie zurück und schüttelte erneut den Kopf. Sie wagte nicht, diese Frage zu stellen, denn damit hätte sie ihre Angst in bezug auf Charlie verraten, und sie versuchte, selbst die Möglichkeit zu leugnen, daß er befallen sein könnte.

Der Arzt kam herein, um wieder nach Charlie zu sehen; John Loesser war gegangen, als er mit seiner Untersuchung fertig war. Constance saß wieder einmal auf dem Stuhl neben dem Bett und wartete.

Um halb drei am Nachmittag bewegte sich Charlie, stöhnte bei dem Versuch, sich auf die andere Seite zu rollen, und öffnete schließlich die Augen. Constance drückte auf den Notrufknopf, wie sie es versprochen hatte, und ließ Charlie nicht aus den Augen. Der Arzt kam mit einer Spritze herein. Falls Charlie beim Aufwachen unzurechnungsfähig oder gewalttätig wäre, könnte er womöglich die Riemen durchreißen, hatte er Constance gewarnt.

Charlie blinzelte zur Decke und versuchte, den Arm zu heben, dann den ganzen Rumpf. Er drehte den Kopf zur Seite und sah Constance. Sie beobachtete seine Verwirrung, seinen Schmerz und schließlich seinen Unmut, weil er sich nicht bewegen konnte, und als er sie ansah, ertappte sie sich dabei, daß sie den Atem anhielt.

»Charlie«, flüsterte sie und ließ schließlich die angehaltene Luft in einem langen Atemzug aus. Das Entsetzen, das sie verdrängt hatte, die Tränen, die Schuldgefühle, die Unsicherheit, all das kam mit einemmal zum Ausbruch, und sie senkte das Gesicht auf seine Brust und weinte.

Man kam übereinstimmend zu dem Schluß, daß Charlie ebensogut in dem gemieteten Haus liegen könnte wie im Krankenhaus, und Constance holte ihn kurz vor Einbruch der Dunkelheit ab. Sheriff Maschi war vorbeigekommen, um seine Hilfe anzubieten.

»Keine Tabletten mehr«, sagte Charlie entschlossen, als er in der Stube saß, die Füße auf den Couchtisch gelegt und den Arm auf die Sofalehne gestützt. »Einen doppelten Bourbon, bitte, von einem Eiswürfel geküßt, Wasser überflüssig.« Während Constance die Drinks zubereitete, sah er den Sheriff an. »Was ist passiert?«

Logan Maschi hob die Schultern. »Unheimlich viel. Ihr Kumpel ist verschwunden, dieser Versicherungsheini, John Loesser. Er hat ein Flugzeug von Las Vegas nach L. A. genommen und seinen Wagen in der Parkgarage stehenlassen. Die ganze Stadt ist bis auf die Grundmauern niedergebrannt, alles liegt in Schutt und Asche. Delgados Mann irrt immer noch durch die Wüste, soweit man weiß. Sein Kamerad ist tot. — Danke«, sagte er zu Constance, als sie ihm ein Glas reichte.

Charlie nahm seines ebenfalls entgegen und schaffte nur einen kleineren Schluck, als er eigentlich vorgehabt hatte. Er hatte immer noch zu viele Medikamente im Blut, das wußte er. Nichts von dem, was der Sheriff bis jetzt gesagt hatte, schien von besonderer Bedeutung zu sein. Das einzige Bedeutende war, daß Constance auf ihn geschossen und ihm damit wahrscheinlich das Leben gerettet hatte. Er beobachtete sie, wie sie sich durchs

Zimmer bewegte, merkte, daß Maschi sie ebenfalls beobachtete, und wußte, daß Maschi keinen Zweifel daran hatte, daß sie auf ihn geschossen hatte. Er betrachtete sie mit so etwas wie Hochachtung.

Sheriff Maschi leerte sein Glas vollends mit einem Zug und stand auf. »Ich gehe jetzt nach Hause. Charlie, Constance, machen Sie sich heute abend keine allzu großen Sorgen mehr. Morgen werden Sie sich mit Delgado auseinandersetzen müssen, und er kennt kein Erbarmen, aber er kann nicht allzuviel ausrichten, wie ich das sehe.«

»Eine Frage«, murmelte Charlie. »Warum schieben wir es Delgados Kerl in die Schuhe? Nicht, daß ich etwas dagegen einzuwenden hätte, aber warum?«

Maschi zuckte die Achseln. »Delgado wird versuchen, Sie dranzukriegen, und mich, uns alle. Seien Sie auf der Hut vor ihm. Wie gesagt, er kennt kein Erbarmen. Es bringt nichts, wenn wir zulassen, daß er Constance das Leben schwermacht. Das bringt gar nichts. Bis dann!«

Charlie grinste Constance an, nachdem sie allein waren. »Danke übrigens.«

»Keine Ursache«, sagte sie genauso leichthin. »Wird man uns die Geschichte abnehmen?«

»Ich denke schon. Wer sollte daran zweifeln?« Er gähnte. »Herrje, laß uns schlafen gehen. Du hast die ganze Zeit kein Auge zugetan. Komm!«

Delgado war tatsächlich so ungehalten, wie es Sheriff Maschi vorausgesagt hatte. Sein Gesicht war rot angelaufen, seine Augen sahen finster und gefährlich aus, und er war hilflos. Er hatte Fragen gestellt und war dann wieder gegangen. Jetzt beugte sich Byron vor und betrachtete Charlie mit festem Blick.

»Sehen Sie, Sie sind der einzige, den wir kennen, der diesem Etwas ausgesetzt war und der sich davon erholt hat. Und Sie, Constance, Sie haben gesehen, was sich abspielte, Sie erkannten, was da vor sich ging, und Sie befanden sich ebenfalls in seinem Einflußbereich. Vielleicht ermöglicht uns das den entscheidenden Durchbruch, um den wir nun schon so lange ringen. Charlie, können Sie sich erinnern, was Sie empfanden, was Sie dachten — wissen Sie noch irgend etwas davon?«

Charlie öffnete die unverletzte Hand und spreizte die Finger, dann schloß er sie langsam wieder, als ob er einen Gegenstand umfaßte. »Ungefähr so war es«, sagte er, während er seine Hand beobachtete. »Als wenn man zerquetscht würde, wie ein weicher Schneeball, der jeden Moment zerfällt. Doch ohne die Einwirkung von etwas Körperhaftem. Ein Druck, nicht direkt elektrisch, aber auch nicht gegenständlich. Besser kann ich es nicht beschreiben.«

»Tat es weh? War es heiß? Kalt? Anhaltend? In Schüben?«

»Es tat weh«, sagte Charlie und nippte zwischen den Worten an seinem Bourbon. »Es war anhaltend.«

Byron wandte sich an Constance. »Was haben Sie empfunden und gesehen?«

Sie beschrieb es genauso, wie er es erlebt hatte, die Verwirrung, den Schmerz, der einem für kurze Zeit die Besinnung raubte, einen blind machte, das Schwindelgefühl. Sie sah erschreckt aus, dann fügte sie hinzu: »Aber ich habe hinterher auch noch etwas empfunden. Als befände ich mich in einem Energiefeld, wie unter einem Hochspannungsmast.« Sie widerrief ihre Worte gleich darauf mit einem heftigen Kopfschütteln. »Nein, so war es eigentlich auch nicht. Ich kann nicht sagen, wie es wirklich war. Es umgab mich vollkommen.«

Byron machte sich während des Gesprächs Notizen; dann legte er sein Notizbuch zur Seite und hob mit finsterem Gesicht sein Glas hoch. »Sie sind beide ganz sicher, daß es nicht direktional wirkte? Wie gebündelte Energie, wie Strahlen oder etwas in dieser Art?«

»Das habe ich mir auch überlegt«, sagte Charlie. »Aber so war es einfach nicht.«

Constance war der gleichen Überzeugung. Was immer sie empfunden hatte, es wirkte ringsum auf sie ein, nicht aus einer bestimmten Richtung. Sie beschrieb den Polizisten und den Ausdruck des Wahnsinns in seinem Gesicht, dann sagte sie: »Ich wußte, daß das, was mich erwischt hatte, auch Charlie befallen hatte, doch die Auswirkung war bei ihm anders. Ich taumelte mit einem stechenden Schmerz im Kopf herum, er jedoch sah verletzt aus, irgendwie vernichtet, ausgelöscht.«

»Können Sie es in der richtigen zeitlichen Abfolge darstellen?« fragte Byron. »Offenbar erfolgte die Einwirkung auf den Polizisten zur gleichen Zeit und Sie konnten nicht beobachten, was mit ihm passierte. Wie lange dauerte es bei Charlie, bis der Schuß fiel?« Er dachte, der zweite Polizist hätte Charlie angeschossen, so wie es alle anderen auch dachten.

Sie versuchte, sich die Szene in Erinnerung zu rufen: ihre Entfernung von Charlie, die sie mit ein paar Schritten überwunden hatte, dann das Anheben der Pistole, der Schuß. Schließlich sagte sie: »Zehn Sekunden, höchstens fünfzehn.« Sie sah Charlie an und sagte leise: »Ich habe genau gesehen, wie das Etwas über dich herfiel. Einen Moment lang hast du mich angestarrt, und ich konnte in deiner Miene etwas lesen, im nächsten Augenblick war dein Gesicht leer, dein Ausdruck kündete von Verletztheit. Ich habe gesehen, wie es geschah.«

Und durch den Schuß war ein Adrenalinstoß ausgelöst worden, eine elektrochemische Schockreaktion im Gehirn, die explosionsartig auf das Etwas wirkte, was immer es sein mochte. Inzwischen hatte John Loesser den Motor des Malibu wieder angelassen, und die Gefahr war gebannt. Wenn sie nicht auf ihn geschossen, wenn sie gezögert hätte, um nachzudenken oder genauer zu zielen, dann wäre er jetzt tot, davon war er überzeugt. Getötet durch die Hände des Sheriffs oder Delgados oder des anderen Wahnsinnigen, durch seine eigenen Hände oder durch ihre. Und wenn nicht wirklich tot, so geistig tot, lebendig tot, vielleicht für die nächsten zwanzig oder dreißig Jahre. Er erschauderte.

»Wenn ich wieder in L. A. bin, werde ich versuchen, einige Leute aus dem Bereich der Physik dazu zu bewegen, sich mit der Sache zu beschäftigen«, sagte Byron, doch Zweifel klangen in seinen Worten mit.

»Das Problem«, sagte Charlie, »ist, daß es nichts gibt, mit dem man sich beschäftigen könnte, bevor es irgendwo anders wieder zuschlägt. Wenn Sie etwas hören, lassen Sie es mich bitte wissen, ja?«

»Um das gleiche möchte ich Sie ebenfalls bitten.«

Delgado kam noch einmal wieder, um sich nach John Loesser zu erkundigen. »Wir sind dem Mann hier zum erstenmal begegnet«, sagte Constance ruhig. »Er ist unabhängiger Versicherungssachverständiger.«

Charlie zuckte die Achseln, dann schreckte er auf.

»Wir werden ihn finden«, sagte Delgado. »Und wenn wir ihn haben, werden wir ihn der Brandstiftung überführen, und das, Meiklejohn, bedeutet, daß wir Sie wegen Beihilfe drankriegen.«

»Dann können Sie mich gleich schon mal festnehmen«, sagte Charlie. »Denn wenn Sie es nicht tun, fahre ich morgen nach Hause. Sie wissen verdammt gut, daß Ihre Männer lange vor Ausbruch des Feuers wegen einiger Schüsse in Aufruhr geraten waren. Ich persönlich war damit beschäftigt, angeschossen zu werden, und John Loesser war damit beschäftigt, den Motor des Wagens nicht ausgehen zu lassen. Kommen Sie jetzt endlich zu Potte, Mann!«

Wutentbrannt rannte Delgado hinaus.

»Er hat recht«, sagte Constance. »Kein Gericht wird uns glauben, daß wir alle ganz zufällig hingegangen sind, um uns das Spektakel anzusehen, schon gar nicht um drei Uhr morgens. Charlie, können sie dir etwas anhaben, wegen Beihilfe?«

»Was heißt hier Beihilfe, verdammt noch mal!« raunzte er.

Sie zuckte zusammen, dann flüsterte sie: »Lieber Gott!«

## KAPITEL FÜNFZEHN

Zwei Wochen später befanden sich Charlie und Constance zusammen mit Phil Stern, Thoreson, Sid Levy vom ATF, dem Büro zur Bekämpfung von Alkohol-, Tabak- und Feuerwaffendelikten, Unterabteilung Brandstiftung, und Frederick Foley vom FBI in Phils Büro.

»Charlie«, sagte Sid Levy, »das ist doch ein Märchen, habe ich recht? Hör mal, wir kennen uns — wie lange, zwanzig Jahre? Jedenfalls lang genug. In punkto Feuer haben wir niemals Spielchen gespielt. Warum jetzt, Charlie? Warum?« Sids Wangen waren rosig, sein Haar weiß, im Laufe der Jahre war er um die Mitte herum etwas füllig geworden. Man hätte ihn nicht sehr herausputzen müssen, damit er einen guten Weihnachtsmann abgegeben hätte. Charlie hatte ihn oft als den zweitbesten Brandstiftungsschnüffler im ganzen Land bezeichnet.

Charlie nickte leicht gelangweilt. »Ich habe dir einen Meisterbrandstifter geliefert, Sid. Er ist ein echter Profi. Das ist doch wohl kein Spiel, alter Freund.«

»Ach ja? Du hast uns einen Namen genannt. Wo ist der Mann? Vom Erdboden verschluckt. Und du tischst uns eine Gespenstergeschichte auf. Was sollen wir mit einer Gespenstergeschichte anfangen, Charlie?«

»Stellt ein Team zusammen, zieht Wissenschaftler zu Rate, Leute, die die entsprechende Ausrüstung haben und damit umgehen können, und wenn dieses Etwas das nächstemal auftaucht, seid darauf vorbereitet, es ein für allemal zu erledigen.«

Sid schüttelte traurig den Kopf. »Das ist nicht mein Gebiet.«

Charlie wandte sich an Frederick Foley. Er gehört in

einen Frack und auf einen Hochzeitskuchen, hatte Charlie einmal über ihn gesagt. Dort würde er aussehn, wie dafür gemacht. Er war ein geschniegelter Typ, der fast zerbrechlich wirkte, was jedoch täuschte, denn er nahm regelmäßig an Marathonläufen teil und ging stets als einer der Ersten durchs Ziel, wenn auch nie als Gewinner; in dieser Beziehung machte er nie von sich reden. Alles an ihm war peinlich ordentlich — sein wohlfrisiertes dunkles Haar, seine gepflegten Fingernägel, seine maßgeschneiderten Anzüge. Wenn er den Mund aufmachte, verriet er seine Herkunft — die Bronx. »Nun?« fragte Charlie liebenswürdig und beobachtete ihn.

»Soweit ich weiß, hat es diesen Kerl, diesen Loesser, damals erwischt, als er von dem Jungen angegriffen wurde. Dabei hat er eine Macke im Gehirn davongetragen und sieht jetzt immer wieder das gleiche Geschehen, wohin er auch blickt. So was kommt vor, habe ich gehört. Also macht er ein Feuer und wandert weiter. Ich habe die Berichte gelesen, Charlie, alle, und es gibt einfach keinen Anhaltspunkt, absolut nichts.«

»Okay«, sagte Charlie und stand auf. »Ich habe es versucht. Ich habe alles verraten, was ich weiß. Macht jetzt damit, was ihr wollt!«

»Hör mal, Charlie«, sagte Foley. »Du hast selbst zugegeben, daß niemand weiß, wo es das nächstemal losgehen wird, oder wann, ja, nicht einmal, ob überhaupt. Was erwartest du? Sollen wir an jedem verlassenen Hotel im ganzen Land Wachtposten aufstellen? Sollen wir warten, bis es sich irgendwo bemerkbar macht? Und diese Geräte und Instrumente, die wir herbeizaubern sollen, was denkst du dir dabei? Du weißt nicht einmal, wonach wir suchen sollen. Charlie, glaubst du wirklich, jemand würde sich auf so eine Sache einlassen, falls sie überhaupt jemand glaubt. Mach dir nichts vor, alter Junge. Jemand beschäftigt sich vielleicht zu Hause zum Zeitvertreib damit, aber auch das halte ich für unwahrscheinlich, weil es nichts gibt, von dem man ausgehen, wo man ansetzen könnte. Bring uns etwas Handfestes, Charlie. Okay? Etwas, in das wir uns verbeißen können.«

»Über vierzig Tote, ist das nicht handfest genug? Einige Dutzend Verrückte in Heimen? Nicht handfest? Was verlangst du *noch*, Fred?«

»Das weiß ich nicht, doch ich würde es erkennen, wenn ich es vor mir hätte.«

Constance hatte der Zusammenkunft die ganze Zeit über schweigend beigewohnt. Phil Stern war zufrieden; die Gesellschaft, für die er arbeitete, brauchte nicht mit so massiven Schadenersatzansprüchen zu rechnen wie die anderen, sobald es an der rechtlichen Lage nichts mehr zu deuteln gäbe. Thoresons Lippen waren noch fester zusammengekniffen denn je, er war wütend auf Charlie, der es zugelassen hatte, daß der Brandstifter vor seinen Augen ein Feuer legte. Bei seiner Gesellschaft war Old West versichert. Er hatte mit unverhohlener Verbitterung, ja sogar mit Haß gesagt, daß er es bedauere, überhaupt zu Charlie hinausgefahren zu sein und ihn für die Aufgabe gewonnen zu haben. Bisher war wenigstens noch keine ganze Stadt abgebrannt. Sid war von allem anderen mehr überzeugt als von einer Brandstiftung. Doch Fred Foley, dachte Constance, würde einige Schritte unternehmen, würde Untersuchungen anstellen. Sie war ebenfalls aufgestanden, als Charlie sich erhob, und gemeinsam bewegten sie sich in Richtung Tür. Sie blickte Phil an, dann die anderen, und sagte: »Wenn irgend jemand von Ihnen etwas über Wahnsinn im Zusammenhang mit verlassenen Gebäuden hört, denken Sie bitte bei den Ermittlungen daran, den Motor laufen zu lassen oder sonst irgendwie ein Energiefeld zu errichten. Besuch uns doch mal wieder, Phil. Guten Abend«, schloß sie, an die anderen allgemein gerichtet.

Charlie nahm seine Jacke von der Stuhllehne. Darunter stand eine Papiertüte. »Fast hätte ich es vergessen«, sagte er, während er sich die Jacke anzog. Er nahm die

Tüte, die offenbar einen großen Gegenstand enthielt, ging quer durchs Büro und reichte sie Thoreson. »Das haben Sie bei uns zurückgelassen«, sagte er.

Thoresons schmale Lippen schienen ganz zu verschwinden, er warf einen Blick in die Tüte und lief blau an.

»Ich dachte, Sie könnten es vielleicht noch mal gebrauchen«, sagte Charlie. Er ging zu Constance und nahm sie am Arm; sie verließen den Raum. In dem Korridor vor dem Büro blieben sie stehen, und er sagte: »Du mußt zahlen.«

Sie konnte sich zwar nicht erinnern, gewettet zu haben, doch sie zog eine Fünfdollarnote aus der Tasche. Der Benzinkanister gehörte tatsächlich Streberleiche, was sie nicht für möglich gehalten hätte. »Weißt du jetzt, warum ich niemals wette?« murmelte sie, während sie zum Aufzug gingen. Irgendwann hatte Charlie gesagt, daß der Anschlag auf sie eine Finte war. Streberleiche hatte vor allem gewollt, daß etwas ins Rollen kam, und zwar verdammt schnell.

»Nun, du hast es wenigstens versucht«, sagte sie im Aufzug.

»Und wir beide wußten, worauf es hinauslaufen würde. Okay. Abendessen bei Pater Morley, zubereitet von seinem neuen Wunderkoch?«

Doch seine Laune war verdorben durch das, was Foley gesagt hatte, und er verfluchte sich selbst, weil er ein so naiver Idiot gewesen war. Offenkundig würde das FBI weitere Zeit mit den üblichen Nachforschungen vertrödeln, sofern es sich überhaupt mit der Sache befaßte.

Constance hatte nicht unbedingt eine solche Vereinbarung im Sinn gehabt, als sie John Loesser Pater Patrick Morleys Namen genannt hatte. Sie hatte gemeint, er würde sich mit Patrick in Verbindung setzen, um neue Erkenntnisse über Charlies Zustand zu erhalten. Wenigstens, so redete sie sich immer wieder ein, hatte sie sich damals vorgemacht, diese Absicht zu verfolgen. Und jetzt kochte John Loesser im Heim für schwererziehbare Jungen. Er hatte an diesem Abend ein Essen für sie, Charlie, Patrick und sich selbst zubereitet. Es gab Schweinelende mit Rosmarin, gedünstete Äpfel, Chantilly-Kartoffeln, zarte frische Böhnchen in Vinaigrette ... Als sie beim Kaffee angelangt waren, seufzte sie vor Zufriedenheit. John Loesser verstand es auch, Kaffee zu machen. Sie erinnerte sich an die abscheuliche Brühe, die ihr Patrick im Oktober vorgesetzt hatte, als sie die Äpfel ablieferte. Es kam ihr vor, als sei das in einem anderen Leben gewesen.

Während zwei der halbwüchsigen Jungen den Tisch abräumten, erzählte John die Geschichte über den Sohn eines Freundes. »Er machte eine Ausbildung zum Meisterkoch und war sehr erfolgreich, alles gelang ihm ausnehmend gut, einschließlich Kuchen und Gebäck. Irgendwann beschäftigten sie sich eine Woche lang mit der Herstellung von Schichttorten, verfeinerten sie mit hübschen Verzierungen und stellten sie beim Elternabend stolz zur Schau. Als die Zeit gekommen war, gingen die Lehrer und Juroren an den Tischen entlang, nahmen Proben von Zuckerguß, zerrieben ihn zwischen den Fingern, um seine körnige Konsistenz zu prüfen. Sie machten die Geschmacksprobe und gingen zum nächsten Test über. Dazu zerstückelten sie die Torten. Als sie zu Billys Prachtstück kamen, brach er in Tränen aus. In der folgenden Woche verließ er die Meisterschule für Köche und schrieb sich als Student für Architektur ein.«

Einer der Jungen kicherte, und einander schubsend rannten die beiden aus dem Zimmer. John sah ihnen mit einem leichten Grinsen nach. »Ich werde hier Kochunterricht erteilen. Sie haben sich beide dafür angemeldet.«

Patrick brachte eine Flasche Cognac zum Vorschein, und sie lehnten sich zurück, um ihn zusammen mit dem hervorragenden Kaffee zu genießen. »Wißt ihr, wie die Polizei Leuten auf die Spur kommt, die sich verstecken wollen?« fragte Charlie, während er beobachtete, wie der Alkohol die Innenseite seines Cognacschwenkers benetzte. »Aufgrund angestammter Gewohnheiten. Ein Briefmarkensammler kann einfach keiner Philatelistenveranstaltung widerstehen. Leseratten suchen immer wieder Bibliotheken und Buchhandlungen auf. Fußballfans, Modellflugzeugfreunde, was immer das frühere Hobby gewesen sein mochte, sie sind immer noch davon besessen, und ein Flüchtiger wird immer wieder denken, dieses eine Mal gehe ich noch hin. Es werden so viele Leute da sein, daß niemand auf mich aufmerksam werden wird. Das ist die eine Sache. Die andere ist das mit den falschen Namen. Es ist wirklich komisch, wie sehr wir an unseren Namen hängen. Ein Kerl haut ab und versteckt sich und ändert seinen Namen von Timothy Wells in Tommy Will. Oder von Ralph Warren in Robert Williams. Sie wählen immer wieder die gleichen Anfangsbuchstaben oder den gleichen Klang, irgend etwas aus ihrer Vergangenheit, an das sie sich klammern. Manchmal vermischen sie sogar ihre eigenen Namen mit dem Geburtsnamen ihrer Mutter oder dem ihrer Frau, aber es läuft immer wieder auf dasselbe hinaus, sobald man die vorhandenen Variationen einmal kennt.« Er schwenkte seinen Cognac erneut und kostete ihn schließlich, dann seufzte er. »Nicht schlecht.«

Patrick und John hatten beide aufmerksam zugehört. Jetzt nickte John. Er nannte sich zur Zeit Carl Lambert. Er blickte zur Tür und sagte leise: »Ich habe Patrick alles erzählt, Charlie. Mir wäre es sonst nicht anständig vorgekommen.«

»Ich habe John Loesser den Wölfen vorgeworfen«, sagte Charlie stumpf. »Ich dachte, das würde genügen, um sie scharf zu machen. Das genügte jedoch nicht. Sie glauben, John Loesser sei vor Jahren übergeschnappt und sähe jetzt überall andere Übergeschnappte.«

John zuckte die Achseln. »Hast du wirklich etwas anderes erwartet?«

»Wenn ich das nur wüßte«, gab Charlie zu. »Ich hatte mir etwas anderes gewünscht, aber ich kann nicht sagen, daß ich es erwartet habe. Foley, der FBI-Mann, wird wahrscheinlich in der Angelegenheit ermitteln, aber ohne rechte Begeisterung und ohne großen finanziellen Aufwand. Er wird es nur machen, weil er einfach immer gründlich arbeitet. Hast du deinen Computer hier aufgestellt?«

John Loesser nickte. »Charlie, ich bin jetzt nur noch einfacher Koch. Ich gebe Unterricht. Ich bin aus dem Spiel ausgestiegen.«

»Stimmt. Und wenn du Wind bekommst von einer neuen Serie von Vorfällen, laß es mich bitte ganz schnell wissen, okay? Wenn ich erreichen kann, daß sich Foley allein mit der Sache befaßt, sobald es etwas Handfestes gibt, dann könnte er ein ganz guter Verbündeter sein. Er muß jedoch zunächst davon überzeugt werden, daß es wirklich etwas gibt.«

John schüttelte bedauernd den Kopf.

»Hör mir mal gut zu, bester Freund«, sagte Charlie und beugte sich über den Tisch ganz nah zu ihm. »Wenn du allein hingehst und womöglich ums Leben kommst, dann sind wir unseren größten Trumpf los. Du hast mehr Erfahrungen als wir alle zusammen, und ich möchte, daß du am Leben und gesund bleibst. Ich werde diesen Teufel schnappen, John, Carson, Carl, wie immer du dich nennst. Mit deiner Hilfe oder allein. Ich werde diesen Teufel schnappen.«

»Wage nicht noch einmal, ihm zu nahe zu kommen«, sagte John. »Nach deiner ersten Begegnung mit ihm bist du vielleicht anfälliger denn je.«

Charlie nickte mit grimmiger Entschlossenheit. »Mit deiner Hilfe oder ohne sie.«

Sie verließen das private Eßzimmer und kehrten in Patricks Büro zurück, wo sie übereinkamen, auf jeden Fall in Verbindung zu bleiben und einen Plan auszuarbeiten, der vielleicht Aussicht auf Erfolg haben könnte.

Constance hörte zu und beteiligte sich nur am Gespräch, wenn eine direkte Frage an sie gerichtet wurde. Sie merkte, daß ihr Blick immer wieder auf Charlie fiel, und sie bemühte sich gewaltsam, nicht mehr zu ihm hinzusehen, ihn nicht zu beobachten, in seinem Gesicht nach einer Veränderung zu suchen, nach einem Anzeichen dafür, daß mit ihm etwas geschehen war und immer noch geschah.

Sie hatte Charlie von der Gehirnschädigung erzählt, die die erkrankten Menschen erlitten hatten. Ihre Gehirne sahen aus, als ob sie von winzigen Kugeln durchlöchert oder von Säure zerfressen wären oder als ob Elektrodrähte sich ihren Weg durch sie hindurchgebrannt hätten. Nach einer so weitgehenden Zerstörung der Gehirnmasse gab es keine Rettung mehr. Sie war von Gehirn zu Gehirn bei den autopsierten Fällen unterschiedlich, doch übereinstimmend war sie nicht wiedergutzumachen. Was immer das Etwas den anderen Menschen angetan hatte, es hatte auch Charlie angegriffen, hatte sich immerhin seinen Weg so weit in sein Gehirn gebahnt, daß er sich nicht mehr bewegt hatte, erstarrt war, verletzt und geistig weggetreten aussah. Sie beobachtete ihn ständig voller Angst, die sich ab und zu in Entsetzen verwandelte.

Gegen neun war Patrick zu müde, um länger den Gastgeber zu spielen, und sie standen auf, um zu gehen. Niemand wußte, was man gegen jenes Etwas unternehmen konnte, dachte Constance erschöpft. Sie hatte mit Charlie darüber nachgedacht, mit Byron, für sich allein, und es schien keine Antwort auf die Fragen, die es aufwarf, zu geben.

Auf der Heimfahrt erläuterte Charlie, welche Gedanken er sich gemacht hatte. »Es wirkt nicht direktional, nicht in eine bestimmte Richtung, nicht wie Mikrowellen zum Beispiel. Es ist nicht intelligent. Es tritt in jeder Art von elektrischem Feld außer Kraft, oder bei laufenden Motoren. Er braucht Raum für seine Türöffnung, sofern es sich bei dem, was John gesehen hat, wirklich um eine Tür handelte. Aber, verdammt, die Leute, die verschwanden, mußten doch irgendwo bleiben. Und sie mußten doch von irgendwoher kommen, wenn ihre Leichen schließlich auftauchten. Nennen wir es einmal eine Pforte, ein schwarzes Loch, das eine Türöffnung füllt, das Zeit braucht, um zu entstehen und zu vergehen, das mehr Raum braucht, als normale Türen heutzutage bieten. Ich gehe davon aus, daß die Größe wichtig ist, und die Abgeschiedenheit und das Fehlen jeglicher Motoren und Elektrizität — ein Hort von Ruhe und Frieden.«

»Charlie«, sagte sie, als er innehielt. »Wenn es mit der Ausstrahlung eines Fernsehsenders vergleichbar ist, dann ist es unbedeutend, wo es herauskommt, entscheidend ist, wo sein Ursprung liegt. Du kannst den Rest deines Lebens damit verbringen, Fernsehgeräte in die Luft zu jagen, ohne die Ausstrahlung zu unterbinden.«

»Selbst wenn es Foley gelingen würde, jemanden dafür zu interessieren«, sagte Charlie, als ob sie überhaupt nicht gesprochen hätte, »welchen Sinn hätte das? Sie würden versuchen, es zu erfassen, so wie Ameisen versuchen, den Fuß zu erfassen, der in ihr Nest tritt. Wie lange kennen wir schon solche Dinge wie Mikrowelle, Radar, Laser?«

»Ich weiß nicht.«

»Ich auch nicht, aber jedenfalls noch nicht lange. Vor hundert Jahren wären wir noch nicht auf den Ursprung einer Mikrowelle gekommen, so sehr wir uns auch bemüht hätten. Wir wissen seit etwa fünfzig Jahren über radioaktives Radon in Häusern Bescheid, und messen können wir es noch nicht einmal so lange.«

Constance atmete tief durch; mit einemmal fühlte sie sich merkwürdig erleichtert. Er war viele Tage lang so ruhig gewesen, ihr so weit entfernt vorgekommen, wie sie mit wachsender Angst festgestellt hatte. Dies war jetzt wieder der alte Charlie, zornig, laut aussprechend, was er dachte, die Dinge ebensosehr zu seinem eigenen

Nutzen wie zu ihrem aus allen Richtungen beleuchtend. »Warum nicht intelligent?« fragte sie während der nächsten Pause.

Sie hatten die Stadt jetzt hinter sich gelassen, fuhren auf dem Highway Nummer 17 in Richtung Norden. Schnee war für die kommende Nacht angesagt worden, und es war sehr kalt. Die Straße war nicht stark befahren. Sie wollten noch etwa eine halbe Stunde lang weiterfahren, dann würden sie in einem Rasthaus haltmachen, wo sie einen Kaffee und er einen doppelten Bourbon trinken würden; danach würde Constance weiterfahren, höchstens noch weitere anderthalb Stunden, wenn sie sich Zeit ließ.

Obwohl sie ungern im Stadtverkehr fuhr und normalerweise öffentliche Verkehrsmittel benutzte, hatte sie sich angeboten, den ganzen Teil der Strecke in beiden Richtungen zu fahren, um Charlies Arm zu schonen, aber er hatte darauf bestanden, sich selbst ans Steuer zu setzen. Ihm hatte der Verkehr noch nie etwas ausgemacht, er war damit aufgewachsen, und manchmal beklagte er sich, weil es ihm auf dem Land zu gespenstisch ruhig war.

Sie ließ seinem Gedankenstrom freien Lauf, versuchte nicht, etwas zu unterbrechen, sondern wartete geduldig, daß Charlie ihr antwortete.

»Worauf sind sie aus?« fragte er schließlich. »Diese Autopsien haben nichts anderes gezeigt als eine Schädigung des Gehirns, ja? Die Leber, das Herz, alles in Ordnung, nur das Gehirn perforiert. Sie sind auf den Inhalt des Gehirns aus! Sie tasten Gehirne am lebenden Objekt ab und töten es anschließend!« Seine Stimme war während des Sprechens immer unmutiger und aufgebrachter geworden, und plötzlich geriet der Wagen ins Schleudern. Er fing ihn wieder und brachte ihn in die Spur zurück, wobei er das Steuer mit beiden Händen fest umfaßt hielt.

»Charlie? Was ist denn los?«

»Ich weiß nicht.« Er trat auf die Bremse, zuerst sanft, dann heftig, und kam am Straßenrand zum Stehen. »Weiß nicht«, wiederholte er mit merkwürdig entfernt klingender Stimme. Er legte die Stirn aufs Lenkrad.

»Charlie!« Sie hörte die Panik in ihrer Stimme, die sie nicht mehr unterdrücken konnte.

»Alles in Ordnung«, sagte er, nun wieder mit seiner normalen Stimme. »Alles in Ordnung. Aber es ist besser, wenn du fährst.«

Sie stiegen aus, wechselten die Plätze und gurteten sich an. Sie legte ihm die Hand auf die Stirn; sie fühlte sich kühl an. Er fing ihre Hand ab und küßte sie auf die Innenfläche, doch er sah ängstlich aus, so ängstlich, wie sie selbst war.

Ohne daß sie ihn dazu gedrängt hätte, fing er an, über das, was ihm widerfahren war, zu sprechen. »Ich hatte so ein Gefühl, als ob ich in einen kleinen, dunklen Raum gezwängt würde. Er war beklemmend, keine Türen, keine Fenster, drangvoll eng.« Er hatte es gesehen, es gefühlt, war dort gewesen, und gleichzeitig fuhr er Auto, achtete auf die Straße, sprach mit ihr. Zwei Ebenen der Empfindungen, des Bewußtseins, der Erinnerung, die sich zur selben Zeit im selben Raum abspielten. Er schüttelte den Kopf.

»Ist das schon mal vorgekommen?« fragte Constance, die jetzt sehr ruhig wirkte. Vielleicht zu ruhig, dachte Charlie.

»Ein paarmal, nicht so stark wie diesmal, nicht so wirklichkeitsnah und langanhaltend.«

»Wie fängt es an? Weißt du, wodurch es ausgelöst wird?«

Er streckte den Arm zu ihr hinüber und legte ihr die Hand auf den Schenkel, so wie sie es zu tun pflegte, wenn er am Steuer saß. Sie bedeckte einen Moment lang seine Hand mit ihrer, dann legte sie sie wieder aufs Lenkrad. Sie fuhr selten mit einer Hand, er dagegen meistens. Seine Hand auf ihrem Bein deutete ihr jetzt an, daß er es nicht mochte, wenn sie in ihrem professionellen Ton sprach, nicht mit ihm. Sie schluckte krampfhaft und sah ihn an.

»Charlie, kannst du darüber reden? Wie es anfängt, wie es aufhört, alles?«

Er tätschelte ihr Bein, ließ seine Hand weiter dort liegen. »Du weißt es längst«, sagte er langsam. »Ich habe dich ertappt, wie du mich beobachtet hast.«

»Ich wußte, daß etwas nicht stimmte«, gab sie zu. Sie fuhr mit unerlaubt hoher Geschwindigkeit und nahm den Fuß etwas vom Gaspedal. Das Rasthaus lag jetzt vor ihnen, aber sie hatte keine Lust, noch irgendwo haltzumachen. Nach Hause, hämmerte es in ihrem Kopf. Nach Hause.

»Ja, du wußtest es. Okay. Also, ich tue irgend etwas, gleichgültig was, zum Beispiel Auto fahren wie gerade eben oder zu Fuß gehen. Dann kommt dieses andere Gefühl, an einem anderen Ort zu sein, eingezwängt in einen dunklen Raum. Beide Gefühle sind gleichzeitig da. Sie schließen einander nicht aus. Es läuft alles zur gleichen Zeit ab. Das Gefühl ist von keinen anderen Empfindungen begleitet, nicht von dem Bedürfnis, etwas dagegen zu tun, wegzulaufen. Es ist fast wie die Erinnerung an das Dortsein, wo immer dieses Dort sein mag. Dann ist es vorbei. Wiederum ohne Vorwarnung, kein langsames Nachlassen, es ist einfach nicht mehr da.«

Er sah geradeaus nach vorn, die Angst war aus seinem Gesicht gewichen, und das war in Ordnung so, dachte Constance, denn nun hatte sie alle Angst von ihm übernommen. Angst hatte sich wie eine Schlange um ihr Herz gelegt, bereit, es zu zerdrücken.

Sie fuhr viel zu schnell auf ihrem Weg nach Hause; hin und wieder ermahnte sie sich, die Geschwindigkeitsbegrenzung nicht zu überschreiten, und gleich darauf ertappte sie sich wieder, wie sie erneut beschleunigte. Während der letzten halben Stunde hatte es angefangen, sanft zu schneien, ein feiner, trockener Schnee, der bis zum Morgen eine mehrere Zentimeter dicke Dekke gebildet haben würde. Sie stellte den Wagen in die Garage, und gemeinsam gingen sie ins Haus, wo Charlie in der Küche einen Grog bereitete. Die Katzen stolzierten beleidigt um ihn herum, als ob sie forderten, daß dieser Unsinn endlich aufhörte, dieses Kommen und Gehen zu jeder Tages- und Nachtzeit, und es dann auch noch schneien zu lassen! Charlie murmelte vor sich hin, während er vorsichtig um sie herumtänzelte, um die Drinks zu machen.

»Wenn ich wieder auf die Welt komme, möchte ich Katze sein«, sagte er, während er Brutus mit dem Fuß behutsam aus dem Weg schob. Candy versetzte Mülleimer einen Seitenhieb, während sie unendliche Kreise um seine Beine drehte. Er schob auch sie zur Seite, und sie stakste steifbeinig und unter Maunzen aus der Küche. »Morgen«, fuhr er fort, »werden sie auf der Fensterbank sitzen und mir beim Schneeschaufeln und beim Einsatz des Schneeräumers zusehen, während ich mir den Arsch abfriere, und sie werden sich beschweren, weil nicht genug Hefe in ihrem Essen ist oder nicht genug Hühnerleber. Was für ein Leben!«

»Na ja, auch ich werde hier drin sitzen und dich mit dem Schnee spielen lassen«, sagte Constance. »Du weißt ja, daß ich einen der Mitchum-Jungen für diese Arbeit anheuern wollte.«

»Ach was! Das ist meine Aufgabe. Du beschwerst dich wenigstens nicht über zuwenig Hefe oder Hühnerleber in deinem Essen, und das, mein Schatz, ist der entscheidende Unterschied.«

»Charlie«, setzte sie an, aber er nahm sie fest in die Arme, vergrub Mund und Nase in ihrem Haar und sog tief die Luft ein.

»Wir werden es ausdiskutieren«, sprach er in ihr Haar. »Morgen. Heute abend trinken wir unseren schönen heißen Drink und gehen dann ins Bett. Okay?«

Sie entwand sich ihm und schüttelte heftig den Kopf.

»Nicht morgen. Wir werden jetzt darüber reden, Charlie. Du bist nicht im Begriff, wahnsinnig zu werden. Du brauchst nichts zu befürchten, was eine Gehirnschädigung betrifft. Du würdest nicht so normal reagieren, wenn du in gleicher Weise gestört wärst, wie es sich bei den anderen gezeigt hat.«

»Gut«, sagte er. »Laß uns die Drinks genießen und dann ins Bett gehen.«

»Charlie, sieh mich an! Hör auf damit!«

Sein Gesicht war stark zerfurcht. Sie fuhr ihm mit einem Finger über die Wange, am Kinn entlang. »Charlie, bitte! Ich weiß nicht, was mit dir passiert ist, aber es ist nicht so wie bei den anderen. Du weißt, daß es nicht so ist.«

Seine Gesichtsmuskeln entspannten sich ein wenig, und er nickte. »Ich weiß.«

Während der nächsten beiden Wochen brüteten sie beide über die Erscheinungsformen der Krankheit, den schrecklichen Auswirkungen, die dieses Etwas auf die anderen hatte. Constance buk ihre speziellen Weihnachtsplätzchen, und sie beide kauften ein, erstanden und schmückten einen Baum und freuten sich, daß ihre Tochter während der Ferien für eine Woche nach Hause kam. Und sie warteten ab. Charlie erlitt erneut einen Anfall, jedoch nicht schlimmer als beim letzten Mal.

Wieder war da dieser verdammte bedrohliche Raum, die Dunkelheit, das Gefühl, eingezwängt zu sein, und während der ganzen Zeit war er sich seiner wirklichen Umgebung sehr wohl bewußt.

Er rief John Loesser an, lud ihn ein, zu ihnen herauszukommen.

»Kannst du zum Abendessen kommen? Zu jeder beliebigen Zeit. Oder wir treffen uns in der Stadt.«

John hatte beschlossen, mit dem Zug hinauszufahren. Patrick war krank, wahrscheinlich würde man ihn wieder für eine längere Behandlung ins Krankenhaus einliefern. Neue Leute wurden im Heim erwartet, um Patrick von seinen Pflichten zu entlasten. Die Zeit war gekommen, weiterzuziehen, doch zuerst würde er ihnen seinen Besuch abstatten.

An dem Tag, an dem John kommen sollte, schneite es wieder. Ihr Garten glich einer Postkartenansicht; der Schnee lag auf den ausladenden Ästen der Blaufichten wie dicke Kissen und türmte sich vor dem Haus bis zu den Fensterbänken auf. Constance versorgte ihre Vogelhäuschen und betrachtete die hübsche Welt mit besorgten Blicken. Kardinalsvögel und Meisen warteten, daß sie verschwinden würde, damit sie sich zum Essen niederlassen konnten. Die Katzen beäugten sie träge; sie waren zu faul, und es war ihnen im warmen Haus zu behaglich, als daß sie eine echte Gefahr für die Vögel dargestellt hätten, doch sie gierten sehnsüchtig nach ihnen. Constance zitterte und zog den Parka fester um sich. Alles war ihre Schuld, dachte sie plötzlich und erinnerte sich an jenen Tag, als sie Äpfel geerntet hatten, sie erinnerte sich, wie Charlie sich einverstanden erklärt hatte, sich der Sache mit den Brandstiftungen anzunehmen, nur weil sie so beschäftigt gewesen war, hierhin und dorthin eilte, Vorträge hielt und Artikel veröffentlichte. Sie schüttelte den Kopf und ging schnell zurück ins Haus, wobei sie den Gedanken mit aller Macht zu verdrängen versuchte.

Sie und Charlie fuhren gemeinsam, um John abzuholen. Charlie hatte das Fahren inzwischen ganz aufgegeben.

Das Essen erreichte zwar nicht ganz Johns Niveau, doch er war zu höflich, um etwas Derartiges zu äußern, im Gegenteil, er lobte es sogar. Anschließend saßen sie im Wohnzimmer vor dem Kamin und tranken Kaffee und Cognac, jeder von ihnen mit einer Katze versehen. Mülleimer hatte sich an den Gast herangemacht, hatte zunächst einige Sekunden gezögert, seine Schuhe und dann seine Hosenbeine beschnuppert, zuletzt seine Hand, bevor er sich endlich gnädig in Johns Schoß niederließ, wo er sich zusammenrollte und anfing zu schnurren.

»Erzähl mir etwas über diese Türen«, sagte Charlie ohne Einleitung. Bis jetzt waren die seltsamen Vorgänge und Brände mit keinem Wort erwähnt worden.

John nickte. »Okay. Eine Schwärze, die eine Türöffnung füllt. In einem der Gebäude ging ich darum herum, besah sie mir von der anderen Seite, zwei miteinander verbundene Räume mit diesem ... diesem Nichts dazwischen; von beiden Seiten genau das gleiche, ein Nichts, die Abwesenheit von Licht.«

»Hast du etwas hindurchgeworfen, außer dem Stein, von dem du uns erzählt hast? Besonders in Orick?«

Jetzt sah John erschreckt aus. »Ja, zweimal. Das einemal in Orick. Zuerst jedoch in Moscow, Idaho. Ich habe einen Molotow-Cocktail gebastelt — ich dachte, das wäre dem Namen angemessen — und ihn in die Schwärze geworfen. Flammen loderten überall auf, und ich rannte hinaus. Das war alles. Ich konnte nicht feststellen, ob sich das Feuer weiter fortsetzte, ob es irgendwo aufgehalten oder in den Raum zurückgeworfen wurde. Also machte ich in Orick einen zweiten Versuch. Diesmal baute ich eine Zeitbombe, zumindest etwas Ähnliches. Nicht so perfekt, wie du es gemacht hättest, nehme ich an, aber ich bemühte mich. Ich nahm eine Pappschachtel, stopfte sie mit Zeitungspapier voll und stellte eine Weinflasche hinein. Ich fand einen Korken, der der Länge nach durchbohrt war, von der Art, wie sie die Winzer benutzen, und führte eine Baumwollschnur hindurch ins Innere der Flasche, die ich mit Benzin füllte. Die Schnur diente mir als Docht. Wenn das Feuer das Papier, mit dem die Schachtel ausgefüllt war, erreichte, sollte es sich entzünden, so hatte ich mir das gedacht, und die Flasche sollte durch den Druck ins Nichts geschleudert werden, in die Schwärze, und den brennenden Docht mitnehmen, und bald darauf hätte das Ganze in Flammen aufgehen sollen. Ich habe jedoch nicht so lange abgewartet, um zu sehen, ob es funktionierte.«

»In gewisser Weise muß es funktioniert haben«, murmelte Charlie. »Einer der Feuerwehrmänner dort draußen berichtete, es habe eine Implosion gegeben. Er war seiner Sache ziemlich sicher, als er dieses Wort gebrauchte.«

John zuckte die Achseln. »Es funktionierte nicht gut genug, um etwas zu verhindern.«

»Vielleicht drang es nicht tief genug ein«, sagte Charlie zerstreut. »Oder die Wucht reichte nicht aus, oder sonst was.«

Charlie verstand immer sehr genau, wenn Constance ihm ein Zeichen gab. Es war nicht so, daß er es hätte nachvollziehen oder beweisen können; normalerweise verlor keiner von beiden auch nur ein Wort darüber, es war einfach nur etwas da. Wenn er die Sache leichtnahm, behauptete er, sie kratze ihn mit unsichtbaren Fingern zwischen den Schulterblättern; wenn es ihm lästig war, sagte er, sie hätte den bösen Blick auf ihn geworfen. Wie auch immer, es entging ihm nie. Und jetzt gab sie ihm ein Zeichen. Er sah sie an.

»Du kannst nicht noch einmal in seine Nähe gehen«, sagte sie. »Charlie, du weißt, daß du nicht noch einmal in seine Nähe gehen darfst.«

Das wußte er sehr wohl, doch er wußte auch, daß ihn etwas berührt hatte, daß etwas in ihm war, das vor einem Monat noch nicht dort gewesen war. Er blickte sie gelassen an und stimmte ihr nicht zu, widersprach ihr jedoch auch nicht; genaugenommen nahm er sie einfach nicht zur Kenntnis. Einen Moment lang war sie für ihn eine Fremde, Unbekannte, Unidentifizierbare. Er schüttelte den Kopf und wandte sich wieder John Loesser zu.

»Einige Leute sind durch diese Tür gegangen, nicht wahr? Und sie sind zurückgekehrt. Einige der Leute, die verschwunden waren. Die Hotels wurden jeweils sehr gründlich durchsucht, und doch tauchten ihre Überbleibsel irgendwann später in der Asche auf. Wahrscheinlich war das auch so mit den beiden in Orick.«

»Sie kehrten als Tote zurück«, sagte John finster. »Niemand geht hindurch und kehrt so zurück, daß er darüber reden könnte.«

»Wir wollen hoffen, daß dieses Schema nicht unverständlich ist«, sagte Charlie nach einer Weile, und dann lächelte er, sein übliches warmherziges, etwas skeptisches Grinsen, das ihn viele Jahre jünger erscheinen ließ und ihm ein Aussehen der Verletzlichkeit verlieh.

## KAPITEL SECHZEHN

Das Feuer im Kamin brannte immer weiter herunter, während sie redeten; draußen hatte der Wind aufgefrischt, und hin und wieder wurden Funken in den Abzug hinaufgewirbelt, die Flammen flackerten merkwürdig durcheinander, und Qualm wurde ins Zimmer geblasen. Noch mehr Schnee, dachte Charlie schicksalsergeben. Diesmal stand ihnen ein richtiges Unwetter bevor; John würde also mindestens für ein paar Tage als Übernachtungsgast bleiben.

John erläuterte Constance seine Probleme; bis er sich eine neue Identität aufgebaut hätte, wäre es äußerst schwierig, ein Auto zu kaufen, sich einen neuen Führerschein und überhaupt irgendwelche Ausweise zu beschaffen.

Charlie verzog das Gesicht und kritzelte etwas auf einen Zettel, den er anschließend John reichte. »Wenn man Bargeld hat, kann man hier ein Auto samt Führerschein kaufen, alles, was man braucht. Es werden keine Fragen gestellt. Hast du schon eine Vorstellung, wohin du gehen willst?«

John schüttelte den Kopf. »Vielen Dank für den Hinweis. Ich wäre nicht auf die Idee gekommen, daß du dich mit so etwas auskennst.« Er beugte sich vor, sehr zum Ärger von Mülleimer, der sich beschwerte und davonstolzierte. »Charlie, ich glaube, das FBI interessiert sich nun doch für die Sache. Ich habe mit Beatrice einige Male darüber gesprochen; sie sagte; daß sie allerlei Fragen stellen. Einige Wissenschaftler vom JPL sind ebenfalls interessiert.«

Charlie zuckte die Achseln, doch der Gedanke, daß sich die Wissenschaftler vom Jet Propulsion Lab mit der Angelegenheit befaßten, bereitete ihm Unbehagen. »Ich dachte, sie hören sich einfach mal um. Byron hält mich auf dem laufenden über ihre neuesten Erkenntnisse. Bis jetzt können sie noch nicht viel mehr berichten, als daß die Ereignisse nicht in gleichmäßigen zeitlichen Abständen stattfinden, vorausgesetzt, sie besitzen ausreichend Informationen, um daraus überhaupt irgendwelche Schlüsse zu ziehen.« Er blickte in die Flammen, die jetzt ruhiger aufstiegen, und dachte darüber nach, daß Feuer ein elementares Beispiel dafür war, wie Gut und Böse am selben Ort zur selben Zeit nebeneinander existieren konnten. Er sagte: »Die Leute, mit denen Byron Verbindung aufgenommen hat, behaupten, daß eigentlich nichts an der Sache dran sein kann; sollte es jedoch tatsächlich der Fall sein, dann wäre es *die* Sensation des Jahrhunderts. Sie haben aufwendige Computer eingesetzt, um hinter den Ursprung zu kommen und eine eventuelle Gesetzmäßigkeit und die Wahrscheinlichkeit, wo und wann wieder etwas passieren könnte, zu erkennen.« Er lachte freudlos. »Sie haben ein neues Rätsel zu lösen, ein neues Spiel, mit dem sie sich außer ihrem Krieg der Sterne beschäftigen können.«

»Lieber Gott«, murmelte John. »Es wird mit denen nicht anders sein als mit all den anderen. Niemand glaubt etwas, bis er die Auswirkung mit eigenen Augen sieht, und dann ist es zu spät.« Er schüttelte den Kopf. »Vielleicht ist es am besten so. Sie können innerhalb von wenigen Stunden an Ort und Stelle sein, ohne Zweifel, sobald Berichte über Fälle von Wahnsinn in der Nähe eines alten Hotels eingehen. Sollen sie doch machen, was sie wollen. Ich bin, bei Gott, nicht mehr scharf darauf, dies als meinen persönlichen Krieg zu führen.«

»Welche Schritte wird man unternehmen?« fragte Charlie, an Constance gewandt. Er wußte, daß sie und Byron darüber gesprochen hatten.

»Wir glauben, als erstes werden sie die betroffene Gegend absperren«, sagte sie. »Wahrscheinlich werden sie Instrumente aufstellen, um Strahlungen, Funksignale und alles mögliche zu messen, das ihnen an Meßbarem einfällt.«

John schnaubte. »Mit ihren Instrumenten werden sie genau das vertreiben, was sie zu finden hoffen.«

»Vielleicht, aber das wissen sie nicht und glauben es auch nicht, wenn es ihnen jemand sagt. Ihnen geht es nur um wissenschaftliche Daten. Wahrscheinlich werden sie am Anfang mit Tieren experimentieren. Mit Vögeln in Käfigen, Katzen in Käfigen, Hunden, vielleicht sogar Affen. Und anschließend werden sie sie opfern, um ihre Gehirne zu untersuchen.« Beide Männer sahen sie mit unverhohlen angewiderten Mienen an. Sie verdrehte die Augen. »Ich bin nicht für die Methode verantwortlich, Freunde, ich erkläre euch nur das Vorgehen bei einer wissenschaftlichen Studie. Irgendwann, wenn dem Etwas so nicht beizukommen ist, werden sie natürlich Menschen einsetzen müssen. Das Dilemma ist, daß man einfach nichts findet, solange man die Menschen verschont; und schließlich werden sie übereinkommen, daß es gerechtfertigt ist, mit Freiwilligen zu arbeiten.«

Charlie ließ einen langen Atemzug aus und wandte seinen nachdenklichen Blick wieder dem Feuer zu. »Vor Jahren habe ich einmal eine Geschichte gelesen«, sagte er. »Sie handelte von einem Missionar in Afrika um die Jahrhundertwende. Er war schon seit Monaten in der Wildnis, als ihn die erste Post erreichte, und dann erhielt er eine Zeitung, die erste, die er seit seiner Ankunft zu sehen bekam. Er las sie, las sie noch einmal, und noch einmal von vorn bis hinten, bis er sie auswendig kannte. Schließlich legte er sie beiseite, und die Eingeborenen schnappten sie sich und trugen sie weg. Welch mächtige Magie! dachten sie. Es mußte sich um mächtige Magie handeln, warum würde sonst jemand so lange seine Augen daran weiden?«

Constance nickte. »Man denke nur, wie viele Voraussetzungen für das Entstehen einer Zeitung nötig sind«, sagte sie zu John, der verwirrt aussah. »Sprache, Bildung, die Herstellung von Papier und Druckerschwärze, die Erfindung der Druckpresse, ein ausgeklügeltes Auslieferungssystem, ein umfangreiches Nachrichtennetz ... man kann darin schon Magie erblicken.«

»Ich habe mich immer gefragt, was die Eingeborenen letztendlich mit der Zeitung gemacht haben«, sagte Charlie. »Haben sie sie angestarrt? Haben sie ihre Körper damit abgerieben? Dabei wäre natürlich die Drukkerschwärze abgegangen — magische Schwärze? Haben sie sich die Augen damit ausgewischt? Man kann sich auf diese Art die Augen kaputtmachen, denke ich. Was werden unsere Leute mit dem Ding in einem Hotel anfangen?«

In der Nacht fielen dreißig Zentimeter Schnee, und während der folgenden Tage weitere fünfundzwanzig Zentimeter. Am nächsten Nachmittag sah Constance zu, wie Charlie und John auf dem Küchentisch Hotelgrundrisse zeichneten.

»Okay, das ist der Flur, bei dem droben in Camden. Und du glaubst, die Tür mit dem Schatten müßte sich ungefähr hier befunden haben? Stimmt das?«

»Ich weiß nicht. Ich habe damals nicht darauf geachtet«, antwortete John. »Ich habe instinktiv gehandelt, mich mehr oder weniger nach dem ersten Plan gerichtet. Später habe ich bewußt danach gesucht, aber damals noch nicht. Doch wenn es wie bei den anderen war, dann war sie etwa hier. In jener Nacht habe ich einfach nur in Räume gesehen und bemerkt, daß einige Türen offen waren.«

Charlie wühlte in den vielen Blättern Zeichenpapier, dann zog er eins heraus. »Das ist das Hotel in Moscow, Idaho. Hier hast du versucht, einen Molotow-Cocktail hindurchzuwerfen?«

John befeuchtete sich die Lippen. Das war der erste Fall, bei dem er wirklich versucht hatte, der Sache auf den Grund zu kommen. Er hatte sich durch das widerhallende Gebäude getastet, war auf der Hut vor verfaulten Balken und durchgebrochenen Dielen gewesen, hatte das Heulen des Windes durch die Risse im Mauerwerk gehört und die Bretter vor den Fenstern gesehen, die sich gelöst hatten und als ausgefranste Latten herumhingen. Als jetzt die Rede darauf kam, wurde die Erinnerung an jene Nacht mit ihren Schrecknissen wieder so lebendig, daß ihn fröstelte. Der Korridor hatte sich vor ihm erstreckt, mit geschlossenen Türen zu beiden Seiten, wie der Eingangsschacht zu einem Bergwerk. Der Strahl seiner Taschenlampe hatte sich im Dunkeln verloren. Er erinnerte sich an die Netze, wirkliche Spinnennetze, auf denen sich dick der Staub abgesetzt hatte, und die anderen Netze, die nicht wirklich waren, sondern wie eine elektrische Spannung, die man nicht wegwischen konnte, so oft er es auch versuchte.

Ihm kam zu Bewußtsein, mit welch stiller Geduld Charlie ihm zuhörte. Er befeuchtete sich wieder die Lippen. »Ich ging die Treppe hinauf und versuchte, die Türen zu öffnen, zuerst auf der einen Seite, dann auf der anderen. Etwa auf halber Strecke fand ich sie. Verbindungstüren, eine fehlende Tür, statt dessen das abgrundtiefe Nichts.«

Er öffnete die Tür vorsichtig, und der Wind stöhnte, während er sich gewaltsam einen Weg durch die Risse in den Brettern vor den Fenstern bahnte; er streifte ihn auf seinem Weg durch den Korridor. Er ließ den Strahl seiner Lampe von links nach rechts wandern, leuchtete eine Wand ab, die Fenster, eine weitere Wand, dann hielt er inne. Der Strahl der Lampe fiel auf einen Wandabschnitt mit verblaßter Tapete, die in gewellten Streifen herunterhing; auf rohe Bretter, die Fensterrahmen mit abblätternder Farbe, und dann das Nichts. Das Licht blieb stehen, als es die Leere traf. Es wurde nicht reflektiert.

»Also gingst du wieder hinaus in den Korridor und

ins nächste Zimmer?« hakte Charlie nach wenigen Sekunden nach.

»Ja. Das gleiche Spiel. Es füllte die Türöffnung von unten bis oben aus und schluckte einfach das Licht. Ich warf das Ding vom zweiten Raum aus und ging zurück in den ersten, doch es war nicht dort.«

Constance rieb sich heftig die Arme; die Gänsehaut darauf verschwand nur langsam.

Charlie suchte den Umgebungsplan des Hotels in Moscow, Idaho, heraus; darauf waren die Landstraße, die sich hügelaufwärts zu dem Gebäude schlängelte, und ein Fischgrund in weniger als einer Meile Entfernung davon zu sehen. Er hatte bereits einen Kreis gezogen, der das Gelände mit einem Abstand von etwa einer Meile vom Hotel eingrenzte. Sechs Menschen waren in die Gefahrenzone geraten und wahnsinnig geworden; zehn Menschen waren ums Leben gekommen, bevor das Hotel in Brand geriet. Warum dort? Warum, um Himmels willen, ausgerechnet dort?

Plötzlich sagte er: »Das ist die verdammt falsche Frage!« Constance und John sahen ihn verdutzt an. »Warum nicht dort? Das ist die Frage. Also, es gibt eine Reihe von Dingen, die wir wissen oder die wir folgern können. Das Etwas hat eine Vorliebe für Holzgebäude. Es mag keinen Strom und keine Maschinen. Es mag hingegen große Türöffnungen, um darin zu lauern. Es ist ihm vollkommen egal, wo es sich befindet, solang seine Umgebung diese Voraussetzungen erfüllt.«

»Das ist verrückt«, sagte John.

Charlie schüttelte den Kopf. »Erinnert ihr euch an die Mondlandefähre, die wir hinaufgeschickt haben? Ich weiß noch, daß man keineswegs so ganz glücklich war über die Stelle, wo sie landete, denn es war nicht der beste Ort, um die Mondoberfläche zu erforschen, und den Wissenschaftlern wäre ein anderer lieber gewesen, aber es war die Stelle, wo die Chancen für eine sichere Landung am größten waren. Und die Marssonde? Auch in diesem Fall entschied man sich nicht für den Platz, an dem man sich am liebsten umgesehen hätte, sondern für einen, der andere Kriterien erfüllte. Das ist ungefähr so wie in dem uralten Witz mit dem Kerl, der auf Händen und Knien unter einer Straßenlaterne herumkriecht. Als ein Polizist vorbeikommt und fragt, was er da mache, antwortet er, daß er seine Uhr verloren habe. Der Polizist fragt, wo. Dort drüben, sagt der andere und zeigt die Straße hinunter. Und warum, zum Teufel, suchen Sie dann hier? Weil hier das Licht besser ist.«

»Du meinst doch wohl nicht, daß wir es mit etwas so Einfältigem zu tun haben?« fragte Constance mit belegter Stimme; die Gänsehaut war wieder da.

»Nein. Denke mal an die Marssonde, Schatz. Wir landen irgendein Gerät, das darauf programmiert ist, bestimmte Dinge zu tun. Es tut nichts anderes als immer nur das, worauf es vor langer Zeit getrimmt wurde. Laß uns das einmal durchspielen. Hier ist die Sonde.« Er schob seine Kaffeetasse in die Mitte des Tisches und räumte einen Umkreis darum herum frei. »Als erstes wird das Gebiet ausgeleuchtet.« Er zog einen großen Kreis um die Tasse. »Als nächstes wird alles innerhalb der Reichweite eingesammelt und analysiert. So, und hier sind jetzt ein paar arme, blinde Marsianer; sie können das Licht nicht sehen, aber sie spüren, daß irgend etwas Komisches in der Luft liegt, vielleicht bekommen sie davon Kopfschmerzen. Wenn sie zu dicht herankommen, werden sie analysiert.« Er schob ein paar Krümel in den Kreis, tupfte sie mit dem Finger auf und ließ sie in die Tasse fallen. »Paff, weg! Sie werden nie erfahren, wer oder was sie erwischt hat.«

»Irgendwann«, sagte John verbittert, »werden sie dahinterkommen, aber wie viele Krümel müssen zuvor daran glauben?« Er hielt ein Brötchen über die Tasse und zerkrümelte es.

»Wovor ich Angst habe«, fuhr Charlie fort, »ist die Möglichkeit, daß jemand hinter die Sache mit der verdammten Tür kommt und versucht, sie an einen sicheren Ort zu verfrachten, wo man sie in aller Ruhe untersuchen kann. Ich möchte wissen, in welcher Weise sie programmiert ist, um einer solchen Eventualität vorzubeugen. Würde das bedeuten, daß wir die wilden Kopfjäger direkt zu uns nach Hause führen? Andererseits, warum sollten wir annehmen, daß sie sich führen lassen?«

»Vielleicht ist das Ding gar nicht programmiert«, gab John zu bedenken. »Vielleicht steckt auch eine Intelligenz dahinter, die jede seiner Bewegungen direkt lenkt.«

»Das glaube ich nicht«, murmelte Charlie. »Sonst wäre ihr bestimmt inzwischen aufgefallen, daß du ihm mit deinem Benzinkanister unerbittlich auf den Fersen bist, und sie hätte ihren *Modus operandi* geändert.«

Während des Gesprächs blickte Constance von einem zum anderen. Die Gänsehaut war verschwunden, doch Eiseskälte hielt sie im Innern fest umklammert. »Hört endlich auf!« schrie sie plötzlich mit schriller Stimme, ihrer Habe-ich-es-denn-mit-Hornochsen-zu-tun-Stimme. »Ihr benehmt euch beide wie die Kinder«, fuhr sie fort, und jedes Wort tropfte wie Eiswasser herab. »Ihr verliert euch in Vermutungen, und dann tut ihr so, als sei das alles unbestrittene Wahrheit.«

»Du hast vollkommen recht«, sagte Charlie im gleichen Tonfall, in der gleichen Stimmlage, in der sie zu sprechen pflegte, wenn sie nicht mehr vernünftig argumentierte. Sie ballte die Hand zur Faust und holte tief Luft. Charlie warf John einen Blick zu und sagte: »Sie hat eine Schwäche für Listen. Wir sollten also eine Liste der Möglichkeiten zusammenstellen. Möchtest du anfangen?« fragte er sie und sah sie dabei so kaltschnäuzig an, daß sie ihm am liebsten eine Ohrfeige verpaßt hätte.

»Unsere eigene Regierung führt vielleicht irgendwelche Tests durch. Einem Wissenschaftler ist vielleicht ein Experiment aus den Fugen geraten. Vielleicht steckt eine fremde Regierung dahinter. Die Reaktion auf eine simple Ursache wurde vielleicht durch Massenhysterie gesteigert. Es könnte Gase in den betreffenden Gebäuden geben. Vor zwanzig Jahren wußten wir noch nichts von Radon. Wer kann voraussagen, was nächstes Jahr entdeckt wird? Massenhypnose. Wie der indische Seiltrick.«

Charlie schrieb nicht mit. Er sah sie voller Wärme und Mitleid an, wie sie feststellte, und sie hörte auf zu sprechen. Eine Sekunde lang herrschte Schweigen. Dann sagte sie: »Charlie, was stimmt mit dir nicht, weißt du es?«

Ihre Stimme war kaum zu hören, doch er vernahm die Frage, verstand, was sie meinte, kannte den Grund für die Blässe, die plötzlich ihr Gesicht überzogen hatte, wußte um die Eiseskälte, die in sie gedrungen war. Sie war auch in ihm.

»Ich habe nur Vermutungen angestellt«, sagte er sanft. Sie öffnete den Mund; als kein Laut herauskam, nickte sie. »Irgend etwas schickt eine Tür, eine Öffnung in ein Bauwerk, wo die Aussichten gut sind, daß es nicht gestört wird. Vielleicht würde es im Freien ebensogut operieren können, doch das wissen wir nicht. Vielleicht braucht es einfach Zeit, um irgend etwas vorzubereiten; auch das wissen wir nicht. Wenn es in Betrieb ist, dann entsteht ein Bereich, in dem es Einfluß ausüben kann, ein Feld, ein Muster, ein Strahlungsnetz, irgend etwas. Wir wissen nicht, um was es sich handelt, wir wissen nur, daß es sich ungefähr in einem Umkreis von einer Meile in alle Richtungen ausdehnt. Nach oben? Wir wissen es nicht. Nach unten, in die Erde? Wir wissen es nicht. Auf manche Menschen scheint es keine Wirkung zu haben, wie zum Beispiel auf John. Durchschnittlich einer von vier Menschen, die in den Wirkungsbereich dieses Feldes geraten, wird wahnsinnig. Die Leute werden zu Mördern oder Selbstmördern oder ziehen sich ganz und gar in sich selbst zurück — verfallen der Katatonie — oder zeigen andere Symptome, die wir ganz allgemein als Geisteskrankheit beschreiben. Sie sind unheilbar krank, ihre Gehirne sind durch die Strahlungen zerstört oder durch die wie immer geartete Kraft. Nehmen wir einmal an, es dringt etwas in sie ein, das ihr Gehirn wie ein Sieb durchlöchert und dann verschwindet. Doch was immer es sein mag, es kann die Systeme aktivieren, die das Handeln der Menschen bestimmt. Es kann Tote auferstehen und wandeln lassen. Es zwingt sie durch das Tor, durch die Öffnung dorthin, wo sich wahrscheinlich der Mechanismus befindet, von dem alles ausgeht. Vielleicht gibt es dort raffinierte Apparate zum Erforschen und Analysieren. Das wissen wir ebensowenig. Bis das Gebäude, das die Tür oder den Durchgang beherbergt, zerstört wird, übt es weiterhin seinen Einfluß auf jene aus, von denen seine Macht Besitz ergriffen hat. Sie kehren zu ihm zurück, wenn sie können. Tote stehen auf und gehen dorthin zurück. Später, nach dem Feuer, findet man ihre Knochen in der Asche. Nicht immer. Nicht von allen.«

Constance wollte etwas sagen, und bedachte sie mit einem kalten, fremden Blick. »Wir wissen, daß es wahr ist«, sagte er. »Das verdammte Gebäude in Old West ist von unten bis oben durchsucht worden, und nach dem Feuer wurden Skelettreste von zwei Männern in der Asche gefunden. Der eine war Westons Assistent, Mike, und er war tot, bevor er hineinging. Wahrscheinlich war es bei dem anderen genauso, doch auch das wissen wir nicht. Sie gingen durch die Öffnung und kamen wieder zurück. Sie gingen irgendwohin, blieben dort einige Tage und tauchten wieder auf. Der Stein, den John hindurchgeworfen hatte, der Molotow-Cocktail, auch diese Dinge gingen irgendwohin.«

»Warum hat das brennende Benzin dieses ›Irgendwo‹ nicht vernichtet?« fragte sie. »Du tappst im dunkeln und stellst blinde Vermutungen an.«

Er hob die Schultern. »Wir können nichts anderes tun

als Vermutungen anstellen. Vielleicht war dort nicht genügend Sauerstoff vorhanden, so daß das Feuer ausging. Vielleicht gibt es irgendwelche Schutzvorrichtungen. Vielleicht gibt es einen Zwischenraum, eine Art Schleuse, bevor man zum Ursprung des eigentlichen Etwas gelangt. Vielleicht werden nur Menschen eingelassen, keine Gegenstände. Doch Menschen werden mit allem, was sie am Leibe tragen oder bei sich haben, eingelassen. Sheriff Maschi hat berichtet, daß eine der Leichen in Old West einen Schraubenschlüssel in der Hand hielt. Dieser Mann hat ihn mit hineingenommen und wieder herausgebracht.«

Er fuhr schnell fort, bevor sie das Wort ergreifen konnte. »Wenn die Öffnung oder die Pforte einen Motor spürt oder eine elektrische Energie, die über ein bestimmtes Maß hinausgeht, dann schaltet sie den Betrieb aus, und sobald wieder Ruhe eintritt, schaltete sie sich wieder ein. Das Etwas ist während dieser Zeit nicht verschwunden, es ist einfach nicht in Betrieb. Die Energie zwingt es nicht weg, das will ich damit sagen. Bis jetzt ist es noch durch nichts von irgendwo weggezwungen worden, außer durch Feuer. Und das scheint keinerlei Auswirkung auf die Quelle, den Ursprung, von dem alles ausgeht, den Sender, was immer es sein mag, zu haben. Vielleicht erfährt das Etwas überhaupt nicht, daß ein Empfänger, eine Pforte und ihr Feld, zerstört wurde. Vielleicht ist das in seinem Programm nicht vorgesehen. Vielleicht ist eine zeitliche Begrenzung eingebaut. Nach soundso langer Zeit hält es an, der Aussendemechanismus sucht sich einen neuen Wirkungskreis und errichtet dort ein neues Feld. Wir wissen es nicht. Vielleicht kann es sich nur an ein Material auf Kohlenstoffbasis, wie Holz, heften, und wenn das Holz verbrennt, bricht es zusammen.«

Während er sprach, hatte sich Constance nicht gerührt. Er hatte die Worte so schnell hervorgestoßen, daß man ihm kaum folgen konnte. Plötzlich stand er auf, ging zur Küchentheke und kam mit der Kaffeekanne zurück, um ihnen allen einzuschenken. Er sah in seine Tasse, brachte sie zum Spülbecken und stellte sie dort ab; dann nahm er sich eine frische aus dem Schrank. Draußen fiel leise der Schnee und türmte sich immer höher auf; Vögel huschten zu dem geschützten Futterkasten und flitzten dann wie rote und schwarze Blitze wieder davon. Sie erinnerte sich an eine Fernsehsendung, in der sich eine Expertenrunde über organische Methoden zur Schädlingsbekämpfung unterhalten hatte. »Wenn man diese Körnchen ausstreut«, hatte ein bärtiger Mann gesagt und dabei winzige Kügelchen auf dem Tisch ausgebreitet und mit einer Bleistiftspitze verteilt, »werden die Ameisen sie unwiderstehlich finden, wie wir gleich sehen werden. Wir haben es in einem Film festgehalten.« Sie hatte beobachtet, wie sich die Ameisen mit den Kügelchen abmühten, die im Verhältnis zu ihnen gigantisch waren. »Sie tragen sie in ihre Kolonie, und in der dort herrschenden Feuchtigkeit und Wärme sprießen aus den Kügelchen Sporenpilze«, hatte der Bärtige weiter erläutert. »Natürlich solche, die für die Ameisen tödlich sind.« Zeitbomben, hatte sie gedacht und auf einen anderen Kanal umgeschaltet. Zeitbomben. Waren die Türöffnungen so etwas wie Zeitbomben? In Gedanken sah sie Menschen vor sich, die sich abmühten, eine Tür aus dem Mauerwerk darumherum herauszubrechen, ohne den Rahmen zu verbiegen, ohne die Öffnung zu berühren. Ihr wurde klar, daß so etwas passieren könnte. Vielleicht käme jemand auf die Idee, sie abzutransportieren und irgendwo in einem Labor aufzustellen, und wenn dann alle Geräte und elektrischen Einrichtungen des Labors ausgeschaltet würden, würde sie ihr Werk beginnen und in einem Umkreis von einer Meile Wahnsinn verbreiten. Oder würden sie Sensoren veranlassen, ihre Kraft zu verstärken? Oder überhaupt nicht in Betrieb zu gehen? Oder etwas ganz und gar anderes zu tun? Die Wirkung auf

Charlie war von vollkommen anderer Art gewesen, bei niemandem sonst waren Symptome wie bei ihm aufgetreten. Vielleicht würden Sporenpilze sprießen, natürlich tödliche. Sie merkte, daß sie im Begriff war, in hysterisches Lachen auszubrechen, und zwang sich, ihre Tasse zu nehmen, den dampfenden Kaffee zu schlürfen, um nicht weiterhin Ameisen und bärtige Männer, die allzu gelassen über den Tod sprachen, vor sich sehen zu müssen.

Sie hob den Blick nicht von der Tasse, als sie sagte: »Du hast meine Frage nicht beantwortet? Was stimmt nicht mit dir? Weißt du es?«

Er zuckte die Achseln und sagte fast träge: »Nicht viel. Ich glaube schon fast, wir haben einen Tiger am Schwanz gepackt, den verdammt größten Tiger der Welt, und jetzt zerrt er uns hierhin und dorthin, ganz wie er will.«

Sie wußte, daß er ihr wieder einmal auswich, und er wußte, daß ihr sehr wohl klar war, daß er ihr immer noch nicht geantwortet hatte, und inzwischen mußte sie eigentlich begriffen haben, daß er es nie tun würde. Nie könnte, berichtigte er sich. Sie hatten während ihrer fünfundzwanzigjährigen Ehe nur sehr wenige Geheimnisse voreinander gehabt, doch hin und wieder hatte es Geheimnisse gegeben. Doch jetzt gab es zum erstenmal ein echtes Geheimnis, berichtigte er sich erneut. Die anderen waren nicht von langer Dauer gewesen.

Der Schneefall ließ ein wenig nach, der Himmel wurde etwas heller. Wenn es ganz aufgehört hätte zu schneien, würde er hinausgehen und den Schneeräumer hervorholen und sich an der Auffahrt und den Wagen ums Haus zu schaffen machen. Er nörgelte zwar immer wegen des Schneeräumens, doch tatsächlich genoß er die gelegentliche körperliche Arbeit, genoß die kalte Luft und die unberührte Schönheit der Welt unter einer weißen Dekke. Er würde es auch an diesem Nachmittag genießen.

Die unbeantwortete Frage hing schwer über ihnen und veranlaßte John zu schweigen; obwohl er die vielfältigen Variationen ihrer Kommunikation nicht kannte, verstand er doch anscheinend, daß es unpassend wäre, in diesem Moment ein weiteres Thema zur Sprache zu bringen. Constance beobachtete weiterhin die Vögel am Futterkasten, doch ihr Blick löste sich nicht aus seiner Starre, um ihren Flug zu verfolgen oder sich Neuankömmlingen zuzuwenden. Charlie blickte auf den Schnee hinaus, doch vor seinem inneren Auge sah er den undurchschaubaren schwarzen Raum, roch fremdartige Luft, fühlte einen Druck gegen seinen Kopf, der immer stärker wurde, bis er den Drang verspürte, sich an den Haaren zu reißen, ihn abzuschütteln. Und er sah die Türöffnung, die John beschrieben hatte, voller Entsetzen und Abscheu vor sich. Doch für Charlie war es nichts, vor dem er Angst zu haben brauchte. Es war eine samtweiche Schwärze, die ihn wohltuend aufnehmen würde, die sich nach ihm sehnte, wie er sich nach ihr sehnte. Während der vergangenen Woche hatte er mehrmals von dieser Tür geträumt. In seinen Träumen ging er zunächst langsam auf die Öffnung zu, dann rannte er, und schließlich — wundersamerweise, wie es in Träumen sein kann — flog er, unbehindert durch seinen plumpen Körper, zu ihr hin, erreichte sie freudig, um im nächsten Moment schweißgebadet aufzuwachen.

Er wußte, daß er sich nicht in die Nähe ihres Wirkungsbereiches begeben durfte. Er wußte, daß er der Versuchung sich ihr zu nähern, das Etwas mit eigenen Augen zu sehen, widerstehen mußte. Er wußte, daß es wahnsinnig wäre, eine andere als diese Einstellung zu haben. Und doch, dachte er betrübt, kam er sich vor wie eine Biene, die so vollbeladen mit Blütenstaub war, daß sie kaum noch fliegen konnte, und die es nicht schaffte, abzuheben und zum Bienenstock zurückzukehren. Sie war darauf programmiert, Blütenstaub zu Hause abzuliefern, und konnte nichts anderes tun. Etwas war in seinen Kopf eingedrungen, dachte er nüchtern, und das wollte, seinem Programm folgend, nach Hause zurückkehren. Diese Erkenntnis überwog alles andere, was er über die Türöffnung wußte, und machte die Notwendigkeit, daß er sich von ihr fernhielt, undurchführbar.

## KAPITEL SIEBZEHN

Wir fürchten Fremde, dachte Constance an diesem Nachmittag, während sie am vorderen Fenster saß und Charlie beim Räumen der Auffahrt zusah, weil wir deren Werte nicht begreifen. Und noch mehr, weil wir sie verdächtigen, die unseren nicht richtig einzuschätzen. John Loesser tauchte mit einer Schaufel auf, um den Eingang und die Stufen freizuräumen. Manchmal erschien seine Narbe von der plastischen Operation als grellrote Linie wie eine Warnung; zu anderen Zeiten war sie überhaupt nicht wahrzunehmen. Sie fragte sich, ob er sich beim Rasieren jedesmal ihrer bewußt wurde, ob er sie hin und wieder berührte und ihn die Erinnerung überkam. Und sie fragte sich, ob ihm klar war, daß auch sie immun war, ob er sich überlegt hatte, was es bedeutete, wenn man diesen stechenden Kopfschmerz, diese Welle von Qual und Pein durchgemacht hatte und dann aufblickte, um zu erkennen, daß man nicht befallen war. Polly war auf diese Weise davongekommen. Und sie ebenfalls.

Es war unmenschlich; es gab keine Abwehr, und sie hatte Todesangst davor, was immer es sein mochte. John war immun, sie war es, doch Charlie hatte es erwischt. Sie sah nicht mehr seine rote Jacke, die Schneewolke, den dunklen Streifen der freigeräumten Einfahrt. Charlie hatte es erwischt, sagte sie sich erneut, und die Worte hallten in ihren Ohren nach. Wie? Sie wußte es nicht, und wenn er selbst es wüßte, würde er es nicht verraten. Doch sie fand sich damit ab, daß es keinen anderen Weg gab, ihn zu retten, als das, was hinter den Türöffnungen steckte und sich ihrer und des sie umgebenden Felds des Wahnsinns bediente, zu finden und zu zerstören. Wie viele Male waren zahllose menschliche Wesen bereits zu dieser Erkenntnis gekommen? Es ist immer der Fremde, der Andersartige, der Feind, der getötet werden muß.

Sie dachte an den Vortrag, den sie für den Psychologen- und Psychiater-Kongreß in San Francisco vorbereitet hatte, wie sie sich hineingesteigert hatte in die Behauptung, daß Xenophobie nicht angeboren sei, wie unerbittlich sie beweisen wollte, daß sie eine anerzogene Reaktion sei. In der Theorie hielt sie vielleicht immer noch an dieser Meinung fest, doch in der Praxis, jetzt, da jede Faser ihres Körpers die Bedrohung spürte, da sie miterlebte, wie sich Charlie nach der Begegnung mit dem Andersartigen verwandelt hatte, jetzt wußte sie, daß etwas Ungewöhnlicheres als ihre Vernunft ihr Denken und Handeln bestimmte. Und dieser ursprüngliche Teil von ihr wußte, daß das fremde Andere zerstört werden mußte.

Mit einem Ruck wandte sie sich vom Fenster ab, um in die Küche zu gehen, wo sie Apfelpie zum Nachtisch bereiten wollte. Heiße Apfelpie und Käse. John war ein besserer Koch als sie, und er würde das Essen machen, doch für die Pie war sie zuständig. Fast wünschte sie sich, sie besäße ein altmodisches Baumwollkleid und eine gestärkte Schürze mit Applikationen von Äpfeln und Erdbeeren; sie hätte sich eine Backe mit Mehl verschmiert, das Haus duftete nach Gewürzen — Zimt und Nelken —, und für die Männer, die von ihrer Arbeit auf dem gefrorenen, kargen Ackerboden heimkehrten, würde der amerikanische Traum wahr. Sie unterdrückte ein Kichern, das in ein Schluchzen umzuschlagen drohte, und machte sich an die Arbeit des Piebackens.

»Im Winter benutze ich den Elektroherd kaum«, sagte sie später zu John, der beeindruckt den Holzofen betrachtete. »Nicht einmal für eine Pie«, fügte sie hinzu. »Im Sommer ist es natürlich etwas anderes.«

»Ich habe dabei keine Chance«, sagte Charlie, der müde war, sich aber gut fühlte, nachdem er sich im Schnee ausgetobt hatte. Sein Gesicht war gerötet, seine Augen strahlten. Er und Constance saßen am Tisch und hatten den Kochbereich John überlassen, der noch nie mit einem Holzofen umgegangen war. »Ich hacke das Holz, damit ich Bewegung habe, und sie zaubert Sachen wie Pies.«

»Nimm ruhig den Elektroherd«, sagte Constance. »An dieses Ding muß man sich erst gewöhnen ...« Das Telefon läutete, und sie griff rasch hinter sich, um den Hörer abzunehmen. »Ja?« Sie hörte einen Moment lang zu, dann sagte sie zu Charlie: »Byron ist dran, für dich.«

Mit einemmal war alles ganz anders. Bis dahin waren sie entspannt gewesen, jetzt knisterte die Luft vor Spannung. Charlies Stimme war wie elektrisch geladen, was wahrscheinlich nur Constance merkte, doch sie wußte, was das zu bedeuten hatte. Er hörte sich gelassener an denn je, fast schläfrig, doch seine Augen hatten allen Glanz verloren und blickten jetzt leer, fast blind. Er hörte zu, dann sagte er: »Woher wissen Sie das?« Er hörte wieder zu. »Geht nicht«, sagte er schließlich. »Falls Sie es noch nicht gehört haben, wir sind eingeschneit. Dauert bestimmt noch einige Tage, bis sich hier in der Gegend wieder etwas bewegt.« Diesmal hörte er noch länger zu und sprach schließlich gedehnt: »Wie stehen die Dinge, Fred?«

Foley, dachte Constance, Fred Foley, der FBI-Beamte. Was für ein Bild sie abgeben mußten: John unbeweglich am Herd, Charlie, der mit dem Hörer am Ohr aussah, als ob er schliefe, sie erstarrt am Tisch. Der Kater Brutus kam hereinspaziert betrachtete die Szene, wandte sich um und ging wieder hinaus.

Endlich sagte Charlie: »Klar, Fred. Selbstverständlich. Wenn ich ihn sehe, werde ich es ihm sagen.« Sehr sanft legte er den Hörer auf. »Man sucht dich«, sagte er und sah John an. »Ich habe versprochen, Bescheid zu sagen, falls ich dich sehe.«

»Wissen sie, daß ich hier bin?«

»Anscheinend wissen sie, daß du irgendwo in New York bist, in der Stadt. Byron sagte, Beatrice hätte es ihnen erzählt.«

John schüttelte den Kopf. »Ich habe ihr nicht gesagt, wo ich mich aufhielt. Sie kann es ihnen nicht gesagt haben.«

»Sie sind wirklich hinter dir her«, sagte Charlie freundlich. »Wenn Sie meinen, sie könnten dich mit ihrer Hilfe finden, nun ... Wie dem auch sei, Byron und Foley wollen morgen nach New York City fliegen, falls sie noch eine Maschine bekommen, sonst übermorgen. Sie sagten, daß sie dir vorschlagen wollen, dein Sündenregister zu löschen; was immer du in der Vergangenheit verbrochen haben magst, es ist alles vergeben, für alles haben sie Verständnis.«

»Du lieber Gott«, flüsterte Constance. »Das Etwas hat sich wieder bemerkbar gemacht, nicht wahr?«

»Na ja, so ausdrücklich haben sie es nicht gesagt«, antwortete Charlie. »Doch wenn sie John suchen, damit er den Karren für sie aus dem Dreck zieht, dann liegt die Vermutung nahe, daß es sich wieder bemerkbar gemacht hat.« Er durchquerte die Küche und stellte sich neben John an den Herd. »So, und jetzt sag mir, welche Art Hitze zu brauchst, und ich sage dir, welches Holz dafür richtig ist. Schnell und heiß: kleine Äste vom Apfelbaum. Mittel und dauerhaft: Eiche.«

»Sie müssen sich auf die neu eingegangenen Informationen im Hauptrechner gestürzt haben«, sagte John und sah dabei an Charlie vorbei. »Gestern war noch nichts drin.«

»Ich befürchte, so ist es«, sagte Charlie. »Und sie haben noch andere Quellen, weißt du.«

»Ich sollte von hier verschwinden.«

»Wir sind eingeschneit, hast du das etwa vergessen? Die Schneepflüge räumen unsere Zufahrtsstraße erst, wenn alle Interstates frei sind, und alle Highways und alle Staatsstraßen. Wir sind doch die letzten auf der Liste. Laß uns jetzt das Holz für ein Feuer aufschichten.«

Er bereitete das Feuer vor, während John Zwiebeln hackte und Karotten schnitt. Er bewunderte die Geschicklichkeit, mit der ein Meisterkoch das Messer handhabte und mit den Lebensmitteln umging, wobei er dem Anschein nach überhaupt nicht darauf achtete, was er tat, sondern nebenbei laut dachte.

»Beatrice muß Byron Weston gegenüber erwähnt haben, daß sie mit mir gesprochen hat«, sagte John von der Arbeitsfläche her. »Sie hören ihr Telefon ab, diese Schweine. Sie fliegen nach New York. Von dort aus muß der betroffene Ort also mit dem Auto zu erreichen sein. Vielleicht haben sie das Gebiet bereits abgesperrt, bevor sie selbst dort sind. Vielleicht ist es eingeschneit. Keine undichte Stelle diesmal. Keine Möglichkeit herauszufinden, wo es ist.« Das Messer verharrte in der Luft, setzte dann seinen Weg fort. Die Karotten waren inzwischen so klein wie Reiskörner, von den Zwiebeln war fast nur noch Brei übrig. Er schob alles zu einer Seite und machte sich über den Knoblauch her. Die Messerklinge blitzte in wohlgesetzten Schnitten. »Sie brauchen mich nicht, wenn sie es nur niederbrennen wollen. Sie wollen es erforschen, brauchen jemanden, der für sie hineingehen und wieder herauskommen kann.«

Er hielt im Schneiden inne und wandte sich zu Constance um. »Was willst du?« fragte sie.

»Ich will, daß das Etwas vollständig vernichtet wird. Zum Teufel mit ihrer Forschung.«

Er nahm das Schneiden wieder auf.

Charlie hielt sich aus allem heraus, er stand mit verschränkten Armen da und sah zu. Bis jetzt hatte er gegen nichts von dem, das John gesagt hatte, etwas einzuwenden. Merkwürdig, dachte er schließlich, er hatte versucht, Foley für die Sache zu interessieren, Sid Levy, alle möglichen Leute, hatte ihnen alles anvertraut — jedenfalls fast alles. Und jetzt, da sie sich mit der Angelegenheit befaßten, wäre es ihm am liebsten gewesen, sie alle hätten die Finger davon gelassen. Er hatte sich gewünscht, daß sie ihren mächtigen Zerstörungsmechanismus in Betrieb setzten, und jetzt ... Wenn du die Götter anrufst, damit sie Blitz und Donner herabschikken, dann ist es gut, wenn du dich selbst verdammt schnell in Sicherheit bringst. Byron Weston war erregt gewesen, unfähig, seine Erregung am Telefon zu verbergen. Die Chance seines Lebens, dachte Charlie nüchtern, die Entdeckung des Jahrzehnts, des Jahrtausends. Eine Meute von Kindern, die mit Dynamitkapseln spielten.

»Ich könnte mich mit ihnen in Verbindung setzen«, sagte John, der gerade dabei war, Petersilie zu hacken. »Ich könnte mir verraten lassen, wo das verdammte Etwas diesmal sein Unwesen treibt, und dann auf eigene Faust weitermachen.«

Charlie schnaubte und drehte sich zum Tisch um, wo Constance saß, sehr aufmerksam beobachtend, sehr still. »Martinis«, sagte er. »Wir bitten unseren Gast, für uns zu kochen, und reichen ihm nicht einmal einen Martini dazu.«

Sie deckte den Tisch, während er die Drinks mixte, und dann schaltete sie das Radio an, um Nachrichten zu hören. Es ging in aller Ausführlichkeit um das Unwetter und um Verkehrsprobleme und geschlossene Schulen. Als deutlich wurde, daß niemand zuhörte, schaltete Charlie den Apparat wieder aus.

»Sid Levy«, sagte er unvermittelt. John Loesser füllte gerade Hühnerbrüstchen mit dem Gemüse, das er sautiert hatte. Er blickte Charlie verständnislos an, setzte sein Werk fort und runzelte geistesabwesend die Stirn. Charlie sah zu Constance hinüber. »Sid weiß vielleicht, wo das Etwas vermutet wird.«

Er ging aus der Küche und kam gleich darauf mit seinem Telefonregister zurück; er hatte es bereits geöffnet und den Finger auf einen Namen gelegt. Er tätigte den Anruf von der Küche aus.

Weder Constance noch John sprachen oder bewegten sich, während Charlie seine Darbietung am Telefon lieferte. Er hielt eine Karteikarte in der Hand, mit der er vor der Sprechmuschel herumfuchtelte; er kratzte mit dem Fingernagel über den Hörer; er ließ lange, pfeifende Atemzüge darüberstreichen und beklagte sich die ganze Zeit, daß er nichts hören könne: bitte lauter sprechen, langsamer, deutlicher, schließlich tobt hier ein Wirbelsturm, herrje! »Ich habe dir doch gesagt«, behauptete er, obwohl er Sid zuvor noch nichts Derartiges gesagt hatte, »ich kann dich nicht besser verstehen, als ich Fred Foley verstanden habe. Wo? Sag das noch mal! Wo?« Er zerknüllte die Karte, pustete über die Sprechmuschel und lauschte aufmerksam. »Ich rufe dich morgen noch mal an, oder übermorgen. Bist du noch da, Sid? Kannst du mich hören? Ich rufe wieder an, wenn die Leitungen nicht mehr gestört sind.«

Er legte auf. »Lake Pike, New Jersey«, sagte er leise. »Wir werden uns in einem Hotel in Lake Pike treffen und von dort aus weiterfahren.« Constance war bereits gegangen, um den Atlas zu holen. Sie beugten sich gemeinsam darüber und machten schließlich den kleinen Ort am Rand des Kittatinny Mountain aus. »Trügerisch«, murmelte er schließlich, während er die Landschaft ringsum betrachtete. »Sommerhäuser, Jugendlager, Fischgründe am See und am Fluß, das Ganze etwa fünf Meilen von der nächsten Ortschaft entfernt. Skigelände in der Nähe. Sehr trügerisch. Es sieht menschenleer aus, dabei wimmelt es wahrscheinlich von Leuten.«

Es war eine schroffe, bergige Landschaft, die wahrscheinlich nicht den ganzen Winter über durchgehend geräumt war, während sich im Sommer brummend der Verkehr hindurchwälzte. Ihr Atlas zeigte nicht die topografischen Gegebenheiten der Gegend, doch Charlie erinnerte sich von früheren Reisen im groben daran —

steile Hänge, Hügel aus Schiefergestein, reißende Gebirgsbäche, die da und dort gestaut waren, so daß leuchtend blaue Seen entstanden als Anziehungspunkt für Wohnwagen und Wochenendhütten, Zuflucht für religiöse Gruppen, Boyscouts- und Girlscouts-Lager, Erholungsort für Hobby-Jäger und -Angler. Zwei Stunden von New York entfernt, wenn die Straßen befahrbar waren. Zwei Stunden von zu Hause, wenn die Straßen befahrbar waren. Und jetzt, da in der Gegend der Schneesturm wütete, hätte es genausogut auf dem Mond sein können, was die Erreichbarkeit betraf. Natürlich, dachte er weiter, besaß auch die Armee Schneepflüge. Die Nationalgarde im Schneeräumeinsatz? Foley würde einen Weg finden, hineinzugelangen; es würden Leute zur Verfügung stehen, es wäre ein Fall erster Dringlichkeitsordnung.

Sie saßen beim Abendessen, als sie den Schneepflug auf der Straße vor dem Haus hörten. Charlie hatte die Einfahrt noch nicht vollständig geräumt. Die Erfahrung hatte ihn gelehrt, sie erst dann bis zum Ende freizuschaufeln, wenn der Pflug vorbeigefahren war. Sonst hätte er es zweimal machen müssen. Noch eine Stunde Arbeit, dachte er zerstreut. Morgen, nachdem er noch eine Stunde gearbeitet hätte, könnte er sich wieder bewegen. In Richtung New Jersey.

»Das schmeckt köstlich«, sagte Constance zu John. »Es ist ähnlich wie Kiew-Huhn, aber meiner Meinung nach viel besser. Ich würde dich gern hierbehalten.« Sie sprach mit John Loesser, doch ihr Blick war auf Charlie gerichtet, wanderte immer wieder zu ihm zurück; sie spürte fast, wie sie seinen Gedankengängen um den Schnee und die Einfahrt folgen konnte. »Bleib sitzen, John«, sagte sie liebenswürdig, »ich räume ab und bringe Kaffee und Pie. Charlie, möchtest du Eis und Käse?«

Er nickte, besann sich und sagte: Käse. Der Käse war

ein heller, kräftiger New York Cheddar; die Pie war duftend und warm, der Kaffee eine herrliche, dunkle kolumbianische Sorte. Charlie brachte Cognac herein. Wie zivilisiert wir doch sind, dachte Constance. So unheimlich zivilisiert.

»Wußtet ihr«, sagte Charlie, »daß jährlich nur drei Prozent aller Brandstiftungsfälle gelöst werden?« John schüttelte erstaunt den Kopf. »Tatsache. Meistens wissen wir, wer der Täter ist, aber es ist schwer, es zu beweisen. Sehr schwer. Die Indizien gehen in Rauch und Flammen auf, verstehst du. Da hat also irgendein Kerl eine hohe Versicherung für seine Lagerhalle abgeschlossen, und sie brennt nieder, während er mit einem Dutzend anderer Leute beim Abendessen sitzt. Wir wissen, daß es Brandstiftung ist, und wir wissen, wer dafür verantwortlich ist, aber was hilft das? Er kassiert die Summe, und damit hat sich's.« Er schlürfte seinen Kaffee, ließ den Cognac seine Lippen berühren und seufzte zufrieden. »Wenn wir hineingehen, steht manchmal noch eine Wand, vielleicht stehen sogar noch einige Wände, aber wir wissen, daß sie nicht mehr lange stehen bleiben werden, also machen wir eine Sprengung und bringen sie zum Einsturz. Mit allen nötigen Vorsichtsmaßnahmen, versteht sich. Es gibt viele verschiedene Arten, solche Wände zum Einsturz zu bringen, je nachdem, was sich sonst noch in dem Gebäude befindet. Chemikalien sind zum Beispiel so eine Sache, natürliche Gase eine andere. Besteht das Skelett aus Holz oder aus Beton? Wie stark ist die Stahlarmierung? Das alles macht einen Unterschied, verlangt eine entsprechende Methode.«

»Was sollen wir jetzt tun, Charlie?« unterbrach ihn Constance mit leiser, fester Stimme.

Er schüttelte abweisend den Kopf.

»Doch, wir alle zusammen oder keiner«, sagte sie. »Nicht du allein. Nicht du und John. Wir alle.«

»Ich hätte die Sache schon vor Jahren vollends erledigen sollen«, sagte John. »Ich wußte nicht, wie. Mein kleiner Molotow-Cocktail! Sag mir, wie ich es machen muß, Charlie! Was muß ich tun? Mehr will ich gar nicht wissen. Nur wie.«

»Kannst du Ski fahren?«

»Leider nicht.«

Constance sagte: »Werft mal einen Blick auf die Karte.« Sie stand auf und brachte sie zum Eßzimmertisch. »Hier liegt Lake Pike. Wir wollen annehmen, daß das, was wir suchen, sich innerhalb eines Umkreises von zehn Meilen befindet.« Sie sah nach, in welchem Maßstab die Karte angelegt war, und maß dann bis zu einem Punkt etwa zweieinhalb Zentimeter vom Ort entfernt und zog einen groben Kreis durch diesen Punkt. »Was wir suchen, liegt irgendwo hier drin. Hügel, Berge, Bäche, der See. Und alles tief verschneit, wie ich annehme. Man wird die Straße freiräumen, vielleicht sogar die Zufahrt zum Hotel, zu dem wir wollen, aber es werden auch Wachtposten dort aufgestellt sein, die Unbefugte fernhalten. Wir sind Unbefugte. Wenn wir also hineingelangen wollen, dann muß das abseits der Straße geschehen, abseits der offiziellen Zufahrt, durch den Wald, den Schnee, der vielleicht hüfthoch oder noch höher liegt. Mit Skiern oder Schneeschuhen. Kannst du mit Schneeschuhen umgehen?«

»Ich stamme aus Virginia, Constance. Dort hat man nicht viele Möglichkeiten, sich im Umgang mit Skiern oder Schneeschuhen zu üben. Doch wenn du es schaffst, hineinzukommen, dann schaffe ich es auch, und wenn ich mich durch kinnhohen Schnee arbeiten muß.«

Sie tat diese Bemerkung mit einer Handbewegung ab. »Morgen früh, wenn Charlie die Einfahrt vollends räumt, gebe ich dir Unterricht. Du kannst üben, während wir in die Stadt fahren und die Sprengladung besorgen. Bei MacPeters gibt's das Zeug, das du brauchst, oder?« fragte sie Charlie im selben Augenblick. MacPeters gehörte zur freiwilligen Feuerwehr.

Zwischendurch: [redacted] Eigentlich eine gemütliche Situation: Ein köstliches Abendessen in einem eingeschneiten Haus ... Doch auf die Gesellschaft warten manche Herausforderungen. Wie wird sie ihre Aufgabe lösen? [redacted] Stellen wir uns einmal vor, wir müßten nach einer einstündigen Einweisung Ski fahren ... Wenn uns dabei der kalte Schauder überkommt – dann ist etwas Heißes für zwischendurch jetzt richtig: die ... [redacted]

Er nickte und betrachtete sie belustigt, während sie sich wieder an John Loesser wandte, dessen Miene keineswegs belustigt war.

»Skiwandern ist etwas ganz anderes als Abfahrtslauf«, sagte sie. »Wenn du irgendwie das Gleichgewicht halten kannst, dann schaffst du es. Man läuft dabei nicht schnell oder irgend etwas. Es ist eher so, als ob man mit komischen Schuhen spazierengeht. Du wirst es morgen merken.« Sie fügte noch hinzu — großzügigerweise, wie Charlie fand: »Mach dir keine Sorgen deswegen. Vielleicht liegt dort gar nicht so viel Schnee, daß wir uns darüber Gedanken machen müssen. Noch etwas Kaffee?«

»Ich mache das«, sagte Charlie und bedeutete ihr mit einer Handbewegung, sitzen zu bleiben. Er ging mit der Kanne hinaus, um noch welchen aufzubrühen.

»Wir werden also eine Sprengladung haben«, sagte John, als Charlie hinausging. »Und du bringst mir morgen früh eine Stunde lang das Skifahren bei, und die Straßen werden so frei sein, daß wir nach New Jersey fahren können, und es gelingt uns, Byron und Foley und ihren Leuten nicht über den Weg zu laufen ...«

Mit einem Ruck stand Constance auf und verließ das Zimmer. In der Küche stand Charlie unbeweglich am Spültisch und klammerte sich mit beiden Händen an der Arbeitsfläche fest. Sie eilte zu ihm und nahm seinen Arm. Er war steif. Nach einer Weile durchfuhr ihn ein Schaudern, danach sah er sie an. Wieder einmal, dachte sie. Sie war sicher, daß sie es jedes Mal gemerkt hatte, wenn er auf diese Art weggetreten war. So stellte sie es sich vor: Er war einen Moment lang einfach weg, eine Minute oder länger. Dann kam er zurück. Und wenn er zurückkam, erkannte er sie im ersten Augenblick nicht, weder sie noch irgend etwas anderes. Sein Blick war leer, sein Gesicht ausdruckslos. Das änderte sich, seine Miene drückte danach Angst aus, und er war wieder Charlie. Keiner von beiden sprach. Sie drückte leicht seinen Arm, gab ihm einen Kuß und nahm die Kaffeekanne.

»Laß mich das machen. Brauchen wir heute abend noch mehr Holz von draußen?«

Candy kam herein und beschwerte sich maunzend, daß ein Fremder in der Küche kochte, gefolgt von Mülleimer, der mißtrauische Blicke in alle Richtungen warf. Charlie tänzelte um die beiden Katzen herum, verfluchte sie und ging zum Feuer, um nachzusehen, wie gut es noch brannte und wie groß der Vorrat an Holzscheiten noch war. Constance hielt in ihrem emsigen Kaffeezubereiten inne und schloß für einen Moment fest die Augen. »Du bekommst ihn nicht!« sagte sie tonlos mit angehaltenem Atem. »Laß ihn in Ruhe!« Ihre Worte waren an das Etwas hinter der schwarzen Tür gerichtet, das Etwas, das in der Leere, im Nichts hauste, das Etwas, das das Böse über Charlie gebracht hatte. »Wir werden es in die Hölle pusten, dann ist der Spuk vorbei«, fügte sie noch hinzu, nach wie vor unbeweglich, und beantwortete damit Johns unvollendete Frage. Wenn sie erst die Sprengladung besäßen und das Nötige unternähmen, um sie an der richtigen Stelle anzubringen, im Innern der schwarzen Öffnung, dann würden sie das Böse in die Hölle jagen, dorthin, woher es gekommen war.

Sie machte Kaffee, und sie setzten sich alle im Wohnzimmer vors Fenster, das hin und wieder ein wenig knisterte und krachte, im großen und ganzen aber ruhig und gleichmäßig brannte. Charlie verstand sich aufs Feuermachen.

»Ich ... wir brauchen einen Schutzanzug«, sagte Constance nach längerem Schweigen. Charlie sah sie mit kalter, harter Miene an. Johns Gesicht zeigte keine Regung. »Es ist ein Schutzanzug mit Stiefeln und Helm und allem«, erklärte sie. »Manchmal entstehen giftige Dämpfe, Dinge, mit denen die Feuerwehrmänner nicht gern ihre Haut in Berührung bringen und die sie schon gar nicht einatmen möchten. Der könnte uns gute Dienste tun.« An Charlie gewandt, sagte sie geduldig. »Hast du nicht genau dasselbe gedacht?«

Manchmal haßte er es, wenn sie in seinen Kopf sehen konnte und seine Gedanken ans Tageslicht zerrte; manchmal belustigte es ihn, manchmal ließ es ihn frösteln wie die Gegenwart eines fremdartigen Wesens, das er nicht erfassen konnte, während sie ihn mit einem Blick voller Verständnis und wachem Bewußtsein bedachte. Das waren die Momente, in denen er es haßte, dachte er, wenn sie ihn so vollständig durchschaute und ihrerseits für ihn so undurchschaubar war. Er zuckte die Achseln.

»Also gut«, fuhr sie fort, gerade so, als ob er geantwortet hätte. »Der Molotow-Cocktail hätte eigentlich einen Schaden anrichten sollen, doch offenbar hat er es nicht getan. Ich werde das Gefühl nicht los, daß das daran liegt, weil er nicht den Ursprung des Felds getroffen hat. Glaubt ihr, daß es eine Übergangszone zwischen der Türöffnung und dem aussendenden Mechanismus gibt? Wenn es so ist, dann müssen wir vielleicht feststellen, daß nichts von dem, was nicht direkt auf den Kernpunkt zielt, eine Wirkung zeigt.«

Sie sah Charlie wieder mit dem gleichen unergründlichen Ausdruck an. Sie wußte, daß das seine Gedanken, seine Vermutungen waren.

Sie fuhr fort. »Es muß einen Ort hinter dem Durchgang geben, der groß genug für Menschen ist. Wir wissen, daß Menschen durch diese Türöffnung verschwunden und einige von ihnen durch sie zurückgekehrt sind. Der Ort muß also so groß sein, daß mehrere Personen dort gleichzeitig Platz haben. Das ist uns bekannt. Es könnte sein, daß es so etwas wie eine Luftschleuse gibt, die die Öffnung von dem Kontrollraum oder was auch immer trennt. Und um im Kontrollraum einen Schaden anzurichten, muß die Bombe bis dorthin gelangen.«

»Der Schutzanzug«, sagte John Loesser, der jetzt begriff. »Hat er eine unabhängige Sauerstoffversorgung, ist er luftdicht abgeschlossen?«

Constance nickte.

»Ich könnte es tun«, flüsterte er.

»Ich auch«, sagte Constance.

»Nein! Du hast wohl total deinen süßen Kopf verloren!« Charlie sprang mit einem Satz von seinem Sessel auf und wirbelte dadurch das Feuer durcheinander, so daß Funken in den Kamin hinaufstoben. Er sah es und sagte wütend: »Das ist meine Aufgabe. Habt ihr das verstanden? Ihr alle beide? Das ist meine Aufgabe! Ihr würdet euch nur selbst mit in die Luft jagen, jeder von euch!«

»Dann mußt du eben dafür sorgen, daß die Bombe idiotensicher ist«, sagte Constance. »Und uns die nötigen Anweisungen geben. Es darf keine Elektrizität dabei im Spiel sein, und kein Motor. Was gibt es sonst noch?«

Charlie drehte sich zu ihr um; er hielt den Schürhaken umklammert, und seine Fingerknöchel traten weiß hervor.

»Du darfst nicht in seine Reichweite kommen«, sagte sie ruhig. »Das weißt du genausogut wie wir. Und wir alle drei werden bei dem Unternehmen gebraucht. Jemand muß sicherstellen, daß kein Motor angeschaltet wird, während einer von uns sich in dem Etwas befindet. Was würde sonst passieren? Würde man je wieder herauskommen, wenn sich die Öffnung schlösse, weil der Strom eingeschaltet worden ist? Das dürfen wir nicht riskieren. Und jemand muß John dabei helfen, an den Ort zu gelangen. Es darf unterwegs keinen Unfall geben. Und vergiß nicht, er steht zum erstenmal auf Skiern, er braucht beide Hände für die Stöcke. Jemand muß das ganze Zeug tragen, ihm beim Aufstehen helfen, wenn er hinfällt. Ihm beim Anziehen des Schutzanzuges helfen, wenn die Zeit dafür gekommen ist. Du weißt, daß du auch immer Hilfe dabei gebraucht hast, jemanden, der prüft, ob alles in Ordnung ist. Wir alle werden dafür gebraucht, Charlie.«

»Ich werde nicht zulassen, daß du auch nur in seine Nähe gehst!«

»Ich bin immun«, sagte sie. »Genau wie John. Es hat mich angefallen, hat mir brennende Kopfschmerzen bereitet, qualvolle Pein, durch die ich einen Moment lang betäubt und blind war, und dann ließ es von mir ab. Ich habe mit Polly damals in Kalifornien gesprochen, und sie hat es genauso beschrieben. Wir alle wissen, daß einige Menschen, die in seine Reichweite gerieten, befallen wurden, andere nicht. Soweit ist die Sache klar.«

»Nichts ist klar!« brüllte er sie an. »Du hast nicht die geringste Ahnung, was hinter dieser Schwärze ist! Und er ebensowenig! Du bildest dir ein, es läßt einfach jemanden eindringen und sich dann von ihm in die Luft jagen, einfach so? Du meinst, es wehrt sich nicht? Vielleicht wird es die Wirkung des Feldes verdoppeln, verdreifachen, wer weiß, sobald sich jemand in die Nähe der Öffnung wagt.«

»Es hat bisher nichts dergleichen getan«, sagte John. »Vergiß nicht, ich war so nahe daran, daß ich Gegenstände hindurchwerfen konnte. Nichts hat sich dadurch verändert. Und man kann eine Taschenlampe benutzen. Meine war ziemlich klein, doch sie brannte unbeeinträchtigt weiter. Ich kann hindurchgehen, Charlie.«

»Verdammt noch mal, John ...«

»Carson«, sagte ihr Gast. »John Loesser ist vor langer Zeit gestorben. Ich habe es aufgegeben, mich hinter ihm zu verstecken. Carson Danvers. Es ist Zeit, daß ich etwas beende, das ich vor sechs Jahren begonnen habe.«

»Wir wollen nachsehen, ob der Schutzanzug in Ordnung ist«, sagte Constance in einem Ton, als ob sie eine Runde Mensch-ärger-dich-nicht vorschlüge. »Irgend jemand muß ihn über kurz oder lang anziehen.«

Charlie ging in den Abstellraum im Keller und kam mit einem Koffer zurück. Er öffnete ihn und zog den Anzug heraus. Er hatte ihn seit dreizehn Jahren oder länger nicht mehr getragen, doch er war in einwandfreiem Zustand. Wie sie alle immer diese Anzüge gehaßt hatten! dachte er gedankenverloren, während er ihn Carson Danvers erklärte. Hähnchengrill, hatten sie dazu gesagt. Sofern das Hähnchen nicht genügend Verstand hatte, sich rechtzeitig zurückzuziehen und in Sicherheit zu bringen. »Es ist ein sperriges, hinderliches Ding, doch es schützt gegen brennende Chemikalien, giftige Dämpfe, selbst gegen Strahlenverseuchung, wenn auch nur bis zu einem gewissen Grad und für eine begrenzte Zeit. Aber wenn man es anhat, kann man sich kaum noch bewegen. Man kann sich auch nicht gut nach vorn beugen, deshalb braucht man immer jemanden, der einem beim Anziehen der Stiefel und beim Zumachen der Verschlüsse hilft. Und die Sauerstoffflasche ohne Hilfe auf den Rücken zu bekommen, ist Hexenwerk. Mit diesen Riemen kann man alles, was man braucht, vorn in dem Beutel festzurren. Dort wird die Sprengladung untergebracht. Du kannst das Ding natürlich erst anziehen, wenn du in dem Gebäude bist. Damit bekleidet, würdest du nie hineinkommen. Und wenn du den Helm aufhast, kannst du auch nicht mehr besonders gut sehen, er hat eine ähnliche Wirkung wie Scheuklappen bei einem Pferd. Aber ohne den Helm geht es nicht, sonst funktioniert die Sauerstoffzufuhr nicht.«

Er erklärte die einzelnen Teile, wie man die Sauerstoffzufuhr regulieren, wie man mit den großen, plumpen Handschuhen etwas greifen konnte, wie man den Kopf drehen mußte, um einen möglichst weiten Blickwinkel auf das, was vor einem lag, zu erhalten, und während der ganzen Zeit wußte er, daß Carson Danvers nicht derjenige war, der hineingehen würde. Dieses Etwas würde nicht einfach irgend jemanden eintreten lassen, sondern nur ein Wesen, das bereits sein Zeichen trug, das die erste Weihe schon hinter sich hatte. Die Biene mit Blütenstaub. Wenn eine Wespe versuchte in den Bienenstock einzudringen, würde die Biene über sie herfallen und sie töten; nur eine Biene mit der richtigen Losung würde eingelassen werden. Und er kannte die Losung, um durch die Öffnung zu kommen; das Etwas würde einen der Seinen erkennen. Das Ding in seinem Kopf sehnte sich nach Hause, wollte ihn nach Hause bringen, und auch er wollte dorthin. Er würde eingelassen werden, nicht Carson Danvers, nicht Constance, sondern er, Charlie, würde eingelassen werden. Es wäre wie eine Heimkehr.

## KAPITEL ACHTZEHN

Jud Hendricks, Herman Kohl und Bobby Toluri hingen in der Imbißstube von Lake Pike herum und machten ihre Scherzchen mit La Belle, die zwar zu alt für sie war, aber immerhin eine Augenweide. An anderen Tischen saßen noch ein paar Jungen, und einige Männer in Parkas hockten an der Theke; Eiswasser tropfte von ihren Stiefeln. Einer davon war Jake Pimkins, genannt Pimmel, der an der Highschool Mathematik unterrichtete und mit Hingabe den Basketball-Nachwuchs förderte. Ein anderer war Ralph Wasilewski, der soeben hereingekommen war, nachdem er mit dem Schneepflug die Old Ferry Road geräumt hatte.

Herman Kohl — der als hervorragender Basketballspieler ein Stipendium fürs Penn State College genoß, falls er nicht irgendwann im Gefängnis landete, wie geunkt wurde — schrie La Belle etwas zu. Bobby Toluri stieß ihn gegen den Arm.

»Halt mal den Mund! Hörst du, was Wasilewski da sagt?«

Im Moment sagte dieser gar nichts, da er schon damit fertig war, sondern blickte mit starrem Blick in die dunstige fettige, übelriechende Pestluft der Imbißbude.

»Nicht so wahnsinnig viel«, sagte Herman Kohl.

»Pah! Was er gesagt hat, ist, daß sich Typen mit einem Geländewagen in Mel's Camp verschanzt haben. Was soll der Scheiß?«

»Wahrscheinlich Wilderer«, sagte Jud Hendricks. Er war der jüngste von den dreien; er besuchte noch die Mittelstufe, während die anderen beiden kurz vor dem Abschluß standen. Es kam nicht allzuoft vor, daß sie ihm gestatteten, mit ihnen auszugehen.

Bobby warf ihm einen vernichtenden Blick zu, eine

Warnung, daß er zum Teufel gejagt würde, wenn er sich aufmüpfig benähme. »Die sind von der Armee, hab ich läuten hören. Mein Alter kennt sich mit solchen Sachen aus. Wenn der sagt, die sind von der Armee, dann sind die von der Armee.«

»Okay, sie sind von der Armee. Können Armeetypen nicht wildern?« Herman Kohl gab La Belle ein Zeichen und hielt seine Cola-Dose hoch. »Egal wie, in Mel's ist zur Zeit nichts los, außer daß es viel Schnee gibt. Sollen sie sich doch die Eier abfrieren, na und?«

Bobby dachte nach, mit zerfurchter Stirn und zusammengekniffenen Augen. »Hör mal, zuerst schnappt der alte Tierney über und ballert überall herum. Stimmt doch, oder? Dann knallt sich Doc Gruening um ein Haar selbst ab. Stimmt's? Dann rückt die Armee bei Mel's an. Stimmt auch, oder? Ich wette, die testen da 'ne neue Waffe oder sowas?«

Jud stöhnte und schloß die Augen. »Du bist bescheuert, weißt du das? Echt bescheuert. Schon wieder mal 'ne Verschwörung?«

»Kann doch sein. Was ist mit Feldman? Im Wald verschollen? So 'n Quatsch! Er kennt den Wald wie seine Westentasche.«

»Ich hab was über 'ne neue Waffe gelesen«, sagte Jud. »Sie benutzen dafür Supraleiter, du weißt schon, so 'n Zeug, das weit unter Null Grad haben muß, damit Elektrizität durchströmen kann. Könnte doch sein, daß sie so was hier testen.«

»Klar«, sagte Herman. »Warum sollen sie sich die Mühe machen und zum Nordpol reisen, wenn sie es in New Jersey bequemer haben können?«

»Sie tun so, als ob sie Jäger wären. Warum nicht? Hast du den Lastwagen gesehen, der heute morgen hier durchgekommen ist? Genau wie in E. T. Ich wette, der war vollgepackt mit elektronischer Ausrüstung.«

Sie glaubten wirklich etwas von dem Ganzen. Sie glaubten nicht wirklich an einen Zusammenhang zwischen den einzelnen Fällen von Wahnsinn, die aufgetreten waren, und den Todesfällen, zu denen sie geführt hatten. Schließlich war es Winter, und der Winter in Lake Pike ließ die Leute überschnappen. Ihr Basketballspiel, das am selben Abend hätte stattfinden sollen, war abgesagt worden; sie alle drei gehörten zur Mannschaft. Ihre Gegner, die Marshfield Highschool, waren immer noch eingeschneit. Die Marshmallows hätten keine Chance; sie wußten, daß ihnen der Arsch aufgerissen würde, darin waren sich die Jungen von Lake Pike einig, aber es wäre kein ruhmreicher Sieg. Sie waren gelangweilt. Inzwischen waren sie das Rodeln und Schneegleiten und Schlittschuhlaufen leid. Sie rückten dichter zusammen und versuchten, sich etwas auszudenken, wie sie der Armee einen Streich spielen könnten. Nach einer Weile rief Bobby: »He, Mr. Wasilewski, ist Childers Park Road schon wieder offen?«

»Warum?« rief Wasilewski zurück.

»Dort gibt's gute Rodelpisten.«

»Ist offen.« Er widmete sich wieder seinem Gespräch mit Pimmel und schenkte den aufgeregten Highschool-Jüngelchen keine Beachtung mehr.

»Und dann? Zu Fuß den Berg wieder rauf?«

»Ach was! Auf der Rückseite des Bergs runter, quer durchs Tal, und dann ziehen wir den Schlitten zu Mel's. Wir tun so, als wüßten wir nicht, daß jemand dort ist, bis wir fast über sie stolpern. Unser angeblicher Plan war es, von Mel's aus auf der Straße mit dem Schlitten hinunterzufahren, doch jetzt ist die Straße geräumt, und wir hängen fest. Also bringen sie uns mit dem Wagen in die Stadt. Das klingt doch glaubhaft, oder?«

Nach weiteren fünf Minuten standen sie auf und verließen die Imbißbude. Sie alle waren über einen Meter achtzig groß, Herman Kohl sogar einsneunzig. Sie grinsten breit. Jake Pimkin, genannt Pimmel, sah ihnen von der Theke aus mit einem unbehaglichen Gefühl nach. Gelangweilte Jugendliche bedeuteten Zoff, doch was, zum Teufel, konnten sie sich schon aushecken, wenn das ganze Land eingeschneit war? Schließlich schenkte auch er ihnen keine Beachtung mehr.

Die Fahrt war nicht so schlimm gewesen, wie Constance befürchtet hatte. Auf einer Strecke von vielleicht fünfundzwanzig Meilen waren Schneeketten erforderlich gewesen; die ganze Zeit über floß der Verkehr mäßig und langsam. Sie hatte sich aufs Fahren konzentriert, war ständig auf der Hut vor anderen Wagen, über die die Fahrer die Beherrschung verloren hatten, und vor vereisten Stellen. Charlie war in grüblerisches Schweigen versunken. Carson hatte gesagt, daß er wahrscheinlich, wenn alles vorüber wäre, nach Kalifornien gehen, dort ein Restaurant aufmachen und sich mit Beatrice treffen würde. Er hatte das in einem schmachtenden Tonfall gesagt, und Constance hatte etwas Passendes, wenn auch nichts besonders Originelles, erwidert. Danach herrschte wieder Schweigen. Plötzlich wurde es von Charlie gebrochen.

»Bei der nächsten Abfahrt rechts«, sagte er.

Constance sah ihn an; ihre Hände verkrampften sich um das Steuer. Sein Gesicht war wie aus Stein, ohne jede Regung, und er starrte geradeaus. Er ist wieder weggetreten, dachte sie und hätte am liebsten laut aufgeschrien, doch diesmal war es irgendwie anders. Sie fuhr langsam und hielt nach einer Abzweigung nach rechts Ausschau.

Alles war vorbereitet, redete sie sich ein. Sie hatten den Schutzanzug dabei, sie hatten Skier, und Carson hatte bewiesen, daß er damit zurechtkam. Sie hatten die Bombe. Ein schlicht aussehendes Ding. Zu schlicht? Sie schüttelte leicht den Kopf. Charlie hatte gesagt, daß es ausreichte, und er kannte sich aus. Ein Zwei-Phasen-Gerät hatte er es genannt. Man zieht einen Bolzen, und dadurch vermengen sich zwei Chemikalien. Nach ungefähr zehn Minuten lösen sie eine Hitzereaktion aus, die Temperatur erreicht ungefähr achthundert Grad, und das setzt eine Plastiksprengladung frei, die sich wie TNT verhält, ohne TNT zu sein. Ausreichend, um das Sicherheitsgewölbe einer Bank in die Luft zu sprengen. Sie bog bei der nächsten Abzweigung von der Staatsstraße ab. Die Nebenstraße war zwar geräumt, doch kaum so breit, daß zwei Autos aneinander vorbeifahren konnten, und ganz gewiß nicht breit genug für einen Personenwagen und einen Lastwagen, falls ihnen einer begegnen sollte.

Selbst wenn sie immer näher herankämen, könnte er das Etwas nicht spüren, solang der Motor lief, wollte Charlie erklären. Es ging nicht. Es blieb wirkungslos, solang der Motor lief. Sie stellte sich vor, wie das Sicherheitsgewölbe einer Bank in die Luft flog, die Fetzen und Brocken überall herumgeschleudert wurden und ein Regen grüner Geldscheine niederging. Ihr Geist schweifte ab, weil sie zuviel Angst hatte, machte sie sich selbst klar, und im selben Moment schweifte ihr Geist schon wieder in eine andere Richtung ab; diesmal gaukelte er ihr das Bild eines Unterseeboots vor, das im Wasser explodierte, und ein Regen aus grünen und goldenen Fischen ging nieder. Auch das war ein falsches Bild. Die schwarze Tür führte an keinen Ort auf der Erde oder im irdischen Meer. Damit hatten sie sich abgefunden, ohne darüber zu diskutieren. Der Sender, der Ur-Apparat, befand sich irgendwo im All. Die Türöffnung war das Portal von einer Dimension in die andere und führte ins All.

»Die nächste links«, sagte Charlie.

Nicht bei laufendem Motor! Sie drosselte die Geschwindigkeit weiter. Sie hatte versucht, sich die Landkarte genau einzuprägen, doch jetzt war sie verwirrt. Die letzte Abzweigung war nicht diejenige gewesen, die sie im Sinn gehabt hatte; die kommende Abfahrt gab es auf der Karte in ihrem Gedächtnis nicht. Zu beiden Seiten der Straße hatte das Ackerland dichtem Wald Platz gemacht: schwarze Umrisse von Bäumen vor einem trüben, grauen Himmel. Schnee türmte sich zu Seitenwällen von einem Meter fünfzig Höhe auf und verwandelte die Straße in einen schmalen Kanal, von allen Seiten eingeengt, ohne Fluchtweg. Keine Möglichkeit zum Wenden, in die andere Richtung zu fahren. Nur vorwärts, der Straße folgend, die sich um Hügel herumschlängelte, und zwar in viel zu engen Kurven, wenn man sich vorstellte, daß ein Lastwagen entgegenkommen könnte. Die Hügel waren steiler geworden, höher, hatten sich zu Bergen gemausert.

Zu beiden Seiten der Straße gab es immer wieder Einschnitte in den Baumreihen — Privatwege oder Zufahrten, die in den Tälern verschwanden. Nur wenige davon waren mit dem Schneepflug geräumt worden. Charlie starrte an ihr vorbei zum linken Straßenrand, sein ganzer Körper war steif vor Anspannung. Sie kamen an einer schmalen, gewundenen kleinen Straße vorbei, die seitlich einen Hügel hinaufkletterte, und Charlie sackte in sich zusammen.

»Wir sind zu weit gefahren. Versuche, eine Stelle zum Wenden zu finden.«

»Charlie, wir sind auf der ganzen Strecke bis jetzt an keiner Abzweigung vorbeigefahren.«

»Wir müssen sie ausgraben. Wird nicht allzu lange dauern.«

Bei der nächsten freigeräumten Abzweigung wendete sie vorsichtig und fuhr den gleichen Weg zurück, vorbei an der geräumten kleinen Straße, auf der Suche nach etwas, von dessen Vorhandensein Charlie wußte.

Plötzlich packte er ihren Arm mit festem Griff. »Dort ist es!« Er nickte in Richtung einer Öffnung zwischen den Bäumen. »Unser Weg befindet sich nördlich des Tals. Der letzte Weg war südlich desselben Tals. Laß uns hier mit den Schaufeln aussteigen, und fahr mit dem Wagen wieder bis zu der freigeräumten Kreuzung. Gib uns eine halbe Stunde oder so. Du kannst nicht auf der Straße stehenbleiben, während wir graben.«

Sie brachte den Volvo zum Halten und schaltete den

Motor aus; dann wandte sie den Kopf um zu Carson Danvers, der auf dem Rücksitz saß. Er war jetzt fast ebenso angespannt wie Charlie. Seine Narbe war eine leuchtendrote Linie entlang seines Wangenknochens. Er hielt eine oder zwei Sekunden lang die Luft an, dann nickte er.

»Die Stelle ist richtig«, sagte er schließlich.

Es war ein Viertel vor drei. In zwei Stunden würde es dunkel werden. Sie sagte: »Ich komme um Viertel nach drei zurück. Charlie, versprich mir, daß du diese Straße hier nicht verläßt.«

»Klar. Vielleicht haben wir es bis dahin noch gar nicht geschafft. Los jetzt!«

Sie wußte, daß er sie eigentlich überhaupt nicht wahrnahm, daß er einfach ungeduldig war, endlich mit dem Schaufeln anfangen zu können. Seine Augen hatten jenen nichts verratenden, harten Blick, den sie im Laufe der Zeit so gut kennengelernt hatte; er sah nach innen auf eine Landschaft, die kein anderer Mensch je zu sehen bekommen würde.

Die Männer holten die Schaufeln aus dem Kofferraum und machten sich bereits an dem Schneehügel zu schaffen, den der Pflug aufgehäuft hatte, als sie losfuhr. Sie wendete bei der nächsten freien Stelle erneut, und als sie eine oder zwei Minuten später an ihnen vorbeikam, blickte keiner von beiden auf. Nachdem sie vier Meilen auf der Straße weitergefahren war, kam sie zu der Ortschaft Lake Pike. Dort stand eine Imbißbude auf Rädern mit beschlagenen Fenstern, es gab ein kleines Lebensmittelgeschäft der Grand Union in einem grauen Steingebäude, zwei Kirchen, eine Tankstelle, einen Gemischtwarenladen. Ein typisches Dorf an einem See, mit einem Hotel am anderen Ende, von der Hauptstraße zurückgesetzt, wahrscheinlich mit Blick aufs Wasser. Sie fuhr nicht an dem Hotel vorbei, aus Angst, Byron Weston und Fred Foley könnten sich bereits im Ort aufhalten. Sie hielt vor der Imbißstube an, um sich die Thermoskanne mit Kaffee füllen zu lassen; sie hatten bei ihrem Halt zum Abnehmen der Schneeketten vorhin alles ausgetrunken. Die Imbißbude war überheizt und lärmend von heiseren Jugendlichen und Country-Rockmusik. Ein Landpolizist betrachtete sie mißtrauisch, während sie auf die Thermoskanne wartete. Sein Gesicht war kirschrot, sein Haar karottenfarben. Sie nickte ihm höflich zu, bezahlte den Kaffee und eilte zurück zum Wagen. Jetzt hatte sie Aufmerksamkeit auf sich gezogen, dachte sie ärgerlich. Na und? Sie hatte das Recht, allein in der Gegend herumzufahren, hatte das Recht, heißen Kaffee zu wollen, hatte das Recht, drei Paar Skier auf dem Autodach zu transportieren, obwohl sie keine Mitfahrer hatte. Sie fuhr aus dem Ort hinaus, ohne noch einen Blick zu der Imbißbude zurückzuwerfen. Viereinhalb Meilen war es bis zu der schmalen Straße, die sie freiräumten. Zuvor hatte auf der Straße so gut wie kein Verkehr geherrscht, jetzt gab es einige Fahrzeuge.

Wenigstens war der Straßenabschnitt, wo sie anhielt, verhältnismäßig breit. Falls ein Wagen kommen sollte, konnte er an ihr vorbeifahren. Sie stieg aus und ging zu Fuß zu der Stelle, wo Charlie und Carson ihr Werk an der Straßeneinfahrt gerade beendet hatten. Sie war breit genug, aber ganz knapp. Beide Männer hatten gerötete Gesichter und atmeten schwer.

»Wie hoch liegt der Schnee?« fragte sie mit einem Nicken in Richtung der schmalen Straße, die nur daran zu erkennen war, daß dort keine Bäume standen.

»Vielleicht zwanzig bis fünfundzwanzig Zentimeter«, sagte Carson. »Ich bin die Fahrbahn etwa zweihundert Meter weit abgeschritten; er scheint nirgends tiefer zu werden, und es gibt auch keine Verwehungen. Soweit ich gegangen bin, war alles in Ordnung.«

»Hier ist Kaffee«, sagte Constance und zog sich die Strickmütze über die Ohren. »Ich werde mir die Fahrbahn mal ansehen, bevor ich mich daraufbegebe.«

»Wirst du fahren?« fragte Carson voller Zweifel.

»Sie ist auf einer Schneeverwehung zur Welt gekommen«, sagte Charlie mit einem Anflug seiner üblichen Belustigung über seine sportliche, naturbegeisterte, frischluftfanatische Frau.

»Meinem Dad war kein Sohn vergönnt«, sagte sie zu Carson, »also beschloß er, sich mit seinen Töchtern zu begnügen. Ich glaube, ich konnte schon Ski fahren, als ich kaum drei Jahre alt war. Abfahrten an Steilhängen schaffte ich mit sechs. Ich habe mich mein ganzes Leben lang im Schnee bewegt.«

Gott sei gedankt für die südliche Lage, dachte sie ein paar Minuten später, als sie Carsons Fußabdrücken folgte. Und dafür, daß es hier wärmer war als zu Hause. Im Staat New York war kein Schnee geschmolzen, seit der erste gefallen war, doch hier sah es so aus, als ob er schon mehr als einmal geschmolzen sei. Es war nasser, schwerer Schnee, womöglich mit Eis unter der oberen Schicht von einigen Zentimetern. Sie blieb stehen und sah sich um, als sie die Stelle erreicht hatte, wo die Spur endete. Sie kam zu der Überzeugung, daß bis hierher alles ganz gut war. Bis zu diesem Punkt würde sie es schaffen. Auf einer Seite senkte sich das Tal etwas — nicht schlecht. Auf der anderen Seite stieg die Landschaft zu sanften Hügeln an — ebenfalls nicht schlecht. Die Kurve war langgezogen, und von hier aus war die Hauptstraße außer Sichtweite. Selbst wenn sie den Wagen hier abstellte, würde ihn niemand sehen. Sie stieß einen kleinen höhnischen Laut aus. Sie hatten bereits einen deutlichen Wegweiser hinterlassen, indem sie die Zufahrt zu dieser schmalen Straße freigeschaufelt hatten; ihre Spuren waren unübersehbar.

Als sie zum Auto zurückkam, hatten die Männer bereits die Schneeketten montiert und die Schaufeln im Kofferraum verstaut; sie waren fertig zum Einsteigen. Sie nahm ihren Platz am Steuer ein und ließ den Motor wieder an. Zunächst fuhr sie ein Stück zurück, um in einem weiten Bogen mehr oder weniger geradeaus in die schmale Straße einzubiegen. »Der Trick ist«, sagte sie zu Carson und grinste ihn verhalten im Rückspiegel an, »gleichmäßig zu fahren, nicht zu beschleunigen, nicht zu bremsen und Kurven möglichst sanft zu nehmen. Langsam hineinfahren und gleichmäßig durchziehen. Bereit?« Er machte ein furchtsames Gesicht. Er sah zu Charlie hinüber, der wieder mal ausdruckslos geradeaus blickte. »Jetzt geht's los!« sagte sie und fuhr langsam weiter; sie bog ab, geriet in eine tiefe Furche und spürte, wie die Vorderräder auf einen Widerstand stießen.

Keiner sagte etwas. Eis — kam ihr dumpf in den Sinn; sie hatte richtig vermutet. Unter der oberen Schneeschicht war Eis. Der Wagen schleuderte ein wenig, doch nicht viel, dann packten die Ketten. Sie bremste nicht ab. Es war gar nicht so schlimm, dachte sie, als sie spürte, wie die Räder griffen. Sie wußte, daß die Ketten packen würden, wenn die Vorderräder durchdrehten. Nicht schlecht. Ihr Vater hatte sie gut ausgebildet.

Dann hielt sie an. Sie war zum Ende der Fußspuren gekommen, die sie und Carson hinterlassen hatten.

»Warum hast du angehalten?« fragte Charlie schroff.

»Ich brauche einen Wegbereiter.« Sie holte tief Luft. »Hör zu, Charlie, ich fahre nur weiter, wenn Carson vorausgeht und Zeichen gibt, daß ich ihm unbedenklich folgen kann. Ich spreche nicht vom Zustand der Straße. Wir bleiben im Auto sitzen und warten sein Zeichen ab. Mit abgeschaltetem Motor.«

Charlie wußte, daß sie recht hatte, gegen ihren Vorschlag war nichts einzuwenden. Doch er wußte auch, wo das Etwas war. Er hätte jetzt darauf deuten, direkt darauf zugehen können. Das jagte ihm große Angst ein, denn er wußte auch, daß er es eigentlich nicht spüren dürfte, hier im Auto bei laufendem Motor. Bevor er Einwände erheben konnte, die auch ihm selbst in den Ohren verlogen geklungen hätten, öffnete Carson die hintere Tür.

»Ich werde vorausgehen.« Er ging davon und zog sich

dabei eine von Charlies wollenen Skimützen über die Ohren.

Constance sah ihm nach und überlegte, daß er ein guter Mensch war, ein sehr guter Mensch, der es verdiente, nach Kalifornien zu gehen, sein Feinschmecker-Restaurant zu eröffnen und sich mit Beatrice zusammenzutun, bis sie beschlössen, eine dauerhafte Beziehung daraus zu machen. Sie hoffte, daß es dazu kommen würde. Carson ging um eine Verwehung herum, prüfte den Schnee daneben, um sich zu vergewissern, daß sie Platz genug hätte, um sie zu umfahren, dann marschierte er weiter. Sie drehte sich zu Charlie um und wollte etwas zu ihm sagen, aber er war wieder mal weggetreten.

Der schwarze Raum, eingegrenzt, eng, luftlos und still. Diesmal spürte er, wie er sich hindurchbewegte, nicht sehr weit, nicht sehr schnell, sich einfach nur bewegte, ohne viel zu sehen, doch sich der Nähe der Wände bewußt, sich eines weiteren bodenlosen Nichts vor sich bewußt.

Ein Schauder durchfuhr ihn, und er spürte Constances Hand auf seinem Arm. Er blinzelte. »Es ist gleich dort drüben«, sagte er mit belegter Stimme. »Am Ende des Tals.«

»Ich kann nichts sehen.«

»Ich weiß. Laß uns die Skier vom Dach holen, während wir warten. Wir können sie durch das hintere Fenster hinausragen lassen. Kälter, als es jetzt hier drin schon ist, kann es, weiß Gott, nicht mehr werden.«

Sie mußten sich weiter nähern, dachte er, während er die Skier aus der Haltung des Dachträgers löste. Er hatte keine Ahnung, wie weit entfernt das Etwas noch war, er wußte nur, daß es dort drüben irgendwo sein mußte. Er war zwar ein ganz guter Skilangläufer, doch kein so guter, daß er den Koffer hätte tragen und gleichzeitig mit den beiden Stöcken hantieren können; und er wußte, daß er überhaupt nicht mehr Ski fahren könnte, wenn er den Schutzanzug erst einmal anhätte. Sie mußten sich so weit nähern, daß er es allein schaffen würde, ohne steile Hänge überwinden zu müssen, und dann ... Und dann wüßte er genau, was zu tun wäre.

Constance hatte gerade den Kofferraum geöffnet, um den Koffer herauszuholen, als sie den Motor eines anderen Wagens hörte. »Charlie!«

Er hatte in seiner Bewegung innegehalten. »Ich höre es.«

Carson war nicht in Sicht. Charlie lehnte ein Paar Skier an den Wagen, und Constance schloß den Kofferraumdeckel. »Ich werde den Wagen im Schnee festfahren«, sagte sie. »Behalte einen klaren Kopf.« Sie rannte an Charlie vorbei, setzte sich ans Steuer und schaltete die Zündung ein. Charlie machte einen Satz zurück, als sie den Motor aufheulen ließ und sich mit durchdrehenden Reifen in den Schnee wühlte, sich hineingrub, auf Eis stieß, und sich dann nur noch um die eigene Achse drehte. Ein schwarzes Auto kam von hinten angefahren. Es sah unförmig aus und mit seinen überdimensionalen Rädern und wuchtigen Winterreifen, ein zum Geländefahrzeug umgebauter Buick, mit dem man wahrscheinlich überall durchkam.

Ein plumper Mann in einem dunklen Mantel stieg aus und kam auf Charlie zu. »Was, zum Teufel, machen Sie denn hier? Und was hat die da vor?«

Constance quälte den Motor nicht weiter und stieg aus. »Wir sitzen fest«, sagte sie mit einem strahlenden Lächeln.

»Sie befinden sich auf einer gesperrten Straße. Was treiben Sie hier?«

»Wir wollten Ski fahren«, antwortete Constance. Sie warf Charlie einen vorwurfsvollen Blick zu. »Er hat gesagt, hier gäbe es gute Pisten. Er käme schon jahrelang hierher, hat er gesagt. Und jetzt sehen Sie sich das an — wir sitzen fest.«

»Sie haben sich durch diese ganzen Schneemassen geschaufelt, um Ski zu fahren? Das wollen Sie mir doch nicht weismachen! Verschwinden Sie jetzt schleunigst!«

»Sind Sie der Besitzer dieses Geländes?« fragte Charlie.

»Der Aufseher. Raus jetzt!«

Mit viel Geduld, etwa in der Art, wie eine Kindergärtnerin mit einem zurückgebliebenen Kind sprechen würde, erklärte Constance: »Wir stecken im Schnee fest. Mein Wagen läßt sich nicht mehr bewegen. Wir können nicht wegfahren. Würden Sie bitte in den Ort fahren und einen Abschleppdienst für uns anrufen? Wir werden hier ganz brav sitzen bleiben und warten. Nicht Ski fahren und gar nichts.«

Der Mann ging zur Vorderseite des Wagens, besah sich anschließend die Hinterräder. Der Volvo steckte eindeutig fest. Er stieß mit dem Fuß gegen einen der Hinterreifen, dann ging er zu seinem Wagen zurück und sagte so leise, daß sie es nicht hören konnten, etwas zu einem zweiten Mann, der nicht ausgestiegen war. Jetzt stieg auch er aus. Er inspizierte die Räder, und die beiden Männer zogen sich zur Beratung zurück.

Gemeinsam kamen sie zu Constance und Charlie zurück. »Wir werden Sie mit ins Camp nehmen«, sagte der Plumpe. Der andere hatte ein mageres Gesicht und war fast so blaß wie ein Albino. »Wir werden einen Lastwagen hinausschicken, der ihr Auto herausziehen und es Ihnen ins Camp bringen wird. Kommen Sie!«

»Das glaube ich nicht«, entgegnete Charlie. »Wir warten hier auf den Lastwagen.«

Der Magere griff in seine Jackentasche und brachte eine Hülle mit einem Ausweis darin zum Vorschein. »Buster. Sie werden jetzt tun, was wir Ihnen sagen. Polizei. Los jetzt!«

»Moment mal«, sagte der andere. »Wer ist noch bei Ihnen?« Er blickte auf Carsons Fußspuren hinab.

»Ich habe eine geeignete Stelle gesucht, um das Auto abzustellen«, murmelte Charlie. »Um nicht im Weg zu stehen, wissen Sie. Einen komischen Ausweis haben Sie da«, fuhr er fort und sah den Mageren forschend an. »Darf ich mal genauer sehen?«

Jetzt zog der Plumpe die Hand aus der Tasche. Er hielt eine Pistole darin. »Durchsuchen!« befahl er.

Der Magere tat seine Arbeit geschickt und gründlich. Als er fertig war, sagte der andere. »Mr. und Mrs. Meiklejohn, steigen Sie ein, sofort!«

Charlie ging zu dem Wagen und unterhielt sich im Plauderton mit Constance. »Jetzt bringen sie uns zu Fred Foley. Ich war sicher, daß diese Straße zu ihm führen würde. Irrtum. Man kann sich ja mal täuschen.«

»Sie suchen Foley?« fragte der Plumpe, der jetzt sichtlich verstört war.

»Ja, und Sid Levy. War allerdings wohl die falsche Abzweigung.«

»Da täuschen Sie sich nicht. Los jetzt, einsteigen!«

»Hören Sie mal, wie heißen Sie? FBI-Agent?«

»Lovins. Mel Lovins. Und das ist Jack Windekin.«

»Und ich bin Charlie Meiklejohn, Beamter der New Yorker Polizei im Ruhestand. Ich arbeite von Anfang an zusammen mit Fred und Sid an diesem Fall. Nehmen Sie meine Frau mit in Ihr Camp, und ich warte hier auf den Abschleppwagen und komme dann nach. Ist Fred schon dort?«

Charlie erkannte im selben Moment, daß er zu weit gegangen war. Lovins wurde wieder frech und fuhr ihn an, daß niemand an diesem Ort bleibe. Befehl! Eine Sekunde lang betrachtete Charlie ihn und seinen Kollegen abschätzend und erwog den Versuch, durch den knöchelhohen Schnee davonzurennen, stellte sich vor, wie er geschnappt und zurückgezerrt würde, zuckte die Achseln und stieg in den Wagen. Jack Windekin setzte sich neben ihn. Constance saß mit Mel Lovins vorn.

## KAPITEL NEUNZEHN

Carson beobachtete, wie der Wagen zurücksetzte. Er hatte nichts gehört, doch was sich da abspielte, sprach für sich. Das FBI, die Armee, die Polizei, wozu diese Männer auch immer gehören mochten, sie versuchten bereits, die Gegend abzuriegeln, wenn bis jetzt auch nicht sehr erfolgreich; doch er wußte, daß das Netz straffer gespannt würde, da er sich noch gut an die Zufahrtswege nach Old West erinnerte, an die Straßensperren, die Patrouillen auf den Hügeln. Einen Moment lang spürte er ein heftiges Verlangen, auf und ab zu hüpfen und mit den Armen zu fuchteln, auf sich aufmerksam zu machen und sich von ihnen an einen sicheren Ort bringen zu lassen und die ganze Angelegenheit den Bullen zu überlassen. Dieser Anflug ging schnell vorbei; der Wagen war aus seiner Sicht entschwunden. Erst jetzt kam er hinter dem schneebeladenen Gestrüpp hervor, hinter dem er sich in geduckter Haltung verborgen hatte. Er war inzwischen etwa zweihundert Meter weit gegangen, ohne die spannungsgeladenen Spinnweben zu fühlen; doch selbst wenn er Charlies Behauptung, daß dies der richtige Ort sei, angezweifelt hätte, so bestätigte ihn das Geschehen, das er soeben beobachtet hatte, in seiner Überzeugung, daß er es war. Er schwitzte in den warmen Sachen, die er auf Constances beharrliches Drängen hin angezogen hatte.

In allen bisherigen Fällen hatte er mit dem Wagen bis zum Vordereingang fahren können, war mit seinem Benzinkanister ins Haus gegangen, hatte seine Sache erledigt und war wieder davongefahren. Diesmal wußte er jedoch nicht einmal, wo sich das verdammte Etwas befand. Er bedachte Constance mit einem kurzen Fluch, weil sie den Wagen absichtlich festgefahren hatte, doch dann wurde ihm klar, daß ihn anderenfalls jemand hinausgefahren hätte, und damit wären die Skier und der Koffer und die Bombe unerreichbar gewesen.

Charlie hatte darauf bestanden, daß es keine Bombe sei, sondern vielmehr ein Zwei-Phasen-Gerät, aber für Carson war es eine Bombe. Er und Constance hatten schweigend zugehört, als Charlie ihnen erklärte, wie sie gezündet wurde. Man muß einfach diesen Ring hier ganz herausziehen, hatte er gesagt und dabei den Ring sachte angehoben. Es war unmöglich, daß sie durch ein Versehen ausgelöst wurde. Es war nichts Elektrisches nötig, kein Motor. Manche basteln komplizierte Apparate mit Drähten und allem möglichen Zeug, hatte er noch erzählt, und die glühen dann vorzeitig durch.

Er kam zu dem Volvo, und genau wie es die beiden Fremden vor ihm getan hatten, sah er sich die Räder an und gab den Gedanken auf, ohne Hilfe wegzufahren. Festgefahren. Er blickte ins Innere und stieß einen Stoßseufzer der Erleichterung aus, als er den Schlüssel im Zündschloß entdeckte. Er zog ihn heraus, öffnete den Kofferraum und stand einen Moment lang davor und sah auf den Koffer hinab. Er war nicht sehr schwer, keine große Last, doch er wußte, daß er ihn nicht würde tragen und gleichzeitig Ski fahren können. Constance hatte in dieser Hinsicht recht gehabt.

Er nahm den Koffer, warf den Schlüssel auf den Vordersitz und setzte sich wieder in Bewegung. Die Straße führte mit Sicherheit zum Hotel, sagte er sich, und es konnte auch nicht mehr allzuweit sein, anderthalb Meilen, höchstens zwei. Sobald es in sein Blickfeld käme, würde er sich überlegen, ob er das Tal in direkter Linie durchqueren sollte, aber bis dahin war er bestimmt besser auf der Straße aufgehoben. In Wirklichkeit traute er dem Tal nicht, das immer breiter wurde, je weiter er hineinwanderte. Er hatte den Eindruck, daß der Schnee auf der freien Fläche höher lag als hier am Rand der Hügel, und er befürchtete, daß irgendwo unter dem Schnee ein Bachlauf verborgen sein könnte. Er sah sich schon in eisige Fluten stürzen, durchnäßt bis auf die Haut, sich zu einer Rast niederlassen und in den behaglichen Schlaf der Unterkühlung hinübergleiten. Und im Frühling würden Kinder den Koffer finden, ihn öffnen und an dem Ring ziehen ...

In den flacheren Teil des Childer's Park pflegten Familien an heißen Sommertagen zum Picknick zu kommen; Kinder spielten an dem flachen Bach, der durch eine Wiese floß. Es gab einen Teich, der jeden Winter eine feste Eisdecke bekam; ideal zum Schlittschuhlaufen. Ein wenig höher gelegen waren die Hänge, wohin die Acht- bis Zehnjährigen mit ihren Schlitten gingen, Jungen wie Mädchen. Noch höher kam die Rodelbahn für die jüngeren Jahrgänge der Highschool, ausnahmslos Jungen. Kein Mädchen würde es wagen, in die Schneeballschlachten und Faustkämpfe, die regelmäßig zwischen ihnen ausbrachen, zu geraten. Der höchstgelegene Teil war den älteren Jungen der Highschool vorbehalten. Hier waren die Bahnen lang und nicht ungefährlich, sie führten in scharfen Kurven um Steinwälle herum, die unter dem Schnee versteckt waren, und schlängelten sich zwischen Bäumen hindurch. Hier begannen die wirklichen Bobbahnen, und die waren die gefährlichsten von allen. Wenn die Jungen alt genug waren für den Versuch, sich an diesem Spaß in der Nähe des Gipfels zu beteiligen, dann waren sie auch alt genug für Bier oder Haschisch oder was immer gerade in Mode war. Die Polizei fuhr ständig die Straßen dort oben ab, und meistens wurde den Jungen das Spielen im Schnee schon vor Ende der Wintersaison langweilig, also dachten sie sich immer neue Streiche aus, damit die Stadtbullen aus ihren großen Straßenkreuzern aussteigen und durch den Schnee stapfen mußten, woraufhin sich die Jungen auf ihre Schlitten oder Schneegleiter warfen und den Hang hinunterflitzten. Dieses Spiel betrieben sie jedes Jahr aufs neue, und die Polizisten der Gegend spielten mit, indem sie ihnen nachbrüllten und manchmal nachjagten, doch meistens stiegen sie wieder in ihre Autos und versuchten, die Jungen unten abzufangen, um sie dort anzuschnauzen und ihnen Strafen anzudrohen, von denen jeder wußte, daß sie nie verhängt wurden.

An diesem Nachmittag war eine ernste Schneeballschlacht im Gange, in der die Sport-Asse eine Meute in Schach hielt, die aus dem ganzen Rest der Highschool-Schüler zu bestehen schien, sich in Wirklichkeit jedoch nur aus einem Dutzend anderer Jungen zusammensetzte. Herman Kohl hatte keine Lust mehr zu Schneeballschlachten, aber Jud und Bobby konnten nie genug davon bekommen, und er mußte mithalten, sonst wäre er fertiggemacht worden. In Gedanken plante er ihre Abfahrt den rückwärtigen Steilhang von Childer's Park hinunter. Bisher war noch niemals jemand dort hinuntergefahren, weil jeder wußte, daß man dann vier Meilen vom Ort entfernt rauskäme, während man auf der Vorderseite fast vor der Grundschule landete. Er hatte früher während der Jagdsaison jeden Quadratzentimeter dieser Gegend erkundet, schon seit er zwölf Jahre alt war, und er wußte genau, wo der Steinwall war, an dem sie abbiegen mußten, wußte genau, wie sie am alten Miller-Hotel vorbeikommen würden, auf der einen Seite des Tals, und mit Schwung den Hügel hinauf, etwa die halbe Strecke bis Mel's Camp. Von dort aus wäre es noch ein Fußmarsch von fünf Minuten bis zum Camp selbst. Ein Schneeball traf ihn am Kopf, und er drehte sich um und wollte Vergeltung üben, doch innerlich ärgerte er sich über sich selbst, weil er sich in diese Scheißschneeballschlacht verwickeln ließ. Besonders heute, da sich sein Geist mit ganz anderen Dingen beschäftigte, kam ihm das fürchterlich albern vor; das war Kinderkram. Er wollte die ganze Scheißarmee herausfordern.

Mel's Camp war eine Einrichtung für Jäger und erhob keinen Anspruch, etwas anderes zu sein als ein primitiver Unterschlupf, eine Hütte, wo man sich Mahlzeiten kochen und sie essen und nach einem langen Tag draußen im Wald Karten spielen konnte. Es gab einen großen Gemeinschaftsraum mit einem rohen Holztisch, an dem gleichzeitig sechzehn Leute sitzen konnten, und außerdem vier Spieltische mit Klappstühlen daran. Weitere Klappstühle standen überall im Raum verstreut herum, manche an dem Holztisch, andere offensichtlich dort, wo sie zufällig stehengeblieben waren. Die Fenster waren spärlich bemessen und kahl. Glühlampen hingen an Leitungen von der Decke, die mit groben Brettern verkleidet war. Die Wände bestanden aus dem gleichen unbehandelten Holz. Der Boden war nackt und widerhallend. Es gab eine Hintertür, die offenbar in die Küche führte, und Flure gingen vom Mittelraum ab. Als Charlie und Constance die Hütte betraten, waren dort drei Männer anwesend. Einer saß an einer Reiseschreibmaschine und tippte, zwei saßen an dem Holztisch. Eine Kaffeemaschine stand am Ende des Tischs.

Mel Lovins ging an den Tisch und sprach mit einem der Männer, der daraufhin aufstand und auf Charlie und Constance zukam. Er hatte ein rundes, nichtssagendes Gesicht, und sah so harmlos wie ein Sozialkundelehrer an der Mittelschule aus. »Brooks Sussman«, sagte er und streckte die Hand aus. »FBI.«

Constance zog sich wütend die Skimütze und die Handschuhe aus und knallte sie auf einen der Kartentische. »Mr. Sussman«, sagte sie, »Ihre Gehilfen haben uns mit vorgehaltener Pistole zum Mitgehen gezwungen. Sie haben von uns verlangt, unseren Wagen unbeaufsichtigt zurückzulassen. Ich protestiere gegen diese Art der Behandlung und bestehe darauf, daß sie zu Protokoll genommen wird. Ich weiß nicht, was in aller Welt hier vor sich geht, ich hatte lediglich die Absicht, Ski fahren zu gehen, und wurde gekidnappt.«

Charlie blinzelte, dann sah er mit einer hochgezogenen Augenbraue Brooks Sussman an, der einen geschlagenen Eindruck machte. Ich kann nichts dafür, schien Charlie sagen zu wollen.

»Mrs. Meiklejohn, bitte versuchen Sie doch, Geduld aufzubringen, bis wir mit Kommissar Foley Verbindung aufgenommen haben. Es wird gerade versucht, ihn in seinem Wagen zu erreichen.« Er warf Charlie einen fragenden Blick zu. »Ich dachte, sie hätten behauptet, mit der Sache zu tun zu haben, von Anfang an dabeigewesen zu sein?«

»Ich bin kein Polizeibeamter«, fauchte Constance. »Ich war noch nie einer, und mit was immer er zu tun haben mag, das ist seine Sache! Wo befindet sich die Toilette?«

Charlie spreizte hilflos die Hände; nach kurzem Zögern nickte Sussman in Richtung des Flurs. »Dort entlang.« Constance stapfte davon.

»Sie kann Waffen nicht ausstehen«, erklärte Charlie. Das war schwach, doch er hatte nicht die blasseste Ahnung, worauf sie hinaus wollte, wofür sie diese Schau abzog. Er bemerkte den Ausdruck des Mitleids, der über Sussmans Gesicht huschte.

»Nun, es war Pech, daß Sie die richtige Straße verpaßt haben und statt dessen in die andere geraten sind. Wenn Sie irgend etwas über das Ganze wissen, dann wissen Sie in diesem Moment mehr als ich. Unser Befehl lautet, jedem den Zugang zu dem Tal zu verwehren.«

O ja, ich weiß etwas darüber, dachte Charlie. Während der kurzen Fahrt zum Camp hatte er das Gefühl gehabt, das Etwas vollständig eingekreist zu haben, so daß er nur noch die Koordinatenlinie zu ziehen brauchte, um es genau zu lokalisieren. Was ihm fehlte, war ein verläßlicher Anhaltspunkt, um die Entfernung zu bemessen.

»Wie weit sind wir vom Hotel entfernt?« fragte er.

Wieder zögerte Sussman. Dann zuckte er die Achseln

und forderte Charlie mit einer Handbewegung auf, mit ihm zu einem der Tische zu kommen. »Etwas weniger als zwei Meilen. Wir sind gerade dabei, alle Zufahrtswege zu sperren. Allerdings haben wir nicht damit gerechnet, daß sich jemand durch diese Schneewand gräbt.«

Eine Landkarte lag ausgebreitet auf dem Tisch, eine topografische Karte mit einem roten Kreis, der wie eine Zielscheibe hervorstach. Sussman legte einen Finger in den Kreis.

»Dort«, sagte er. »Und wir sind hier.« Er deutete auf eine andere Stelle außerhalb des Kreises. »Sie sind ungefähr dort hineingefahren.« Der Punkt, auf den er zeigte, lag ebenfalls außerhalb des Kreises, etwa ebensoweit davon entfernt wie das Camp.

Eine Tür wurde zugeschlagen, und das Poltern von Stiefeln auf dem nackten Boden ertönte. Constance erschien wieder und warf einen verächtlichen Blick zum Tisch. Sie durchquerte den Raum mit entschieden mehr Lärm, als nötig gewesen wäre, schob einen Stuhl unter einen der Tische, rückte einen anderen zurecht, ging weiter an dem Tisch vorbei, wo sich Charlie und Sussman und die anderen beiden Männer befanden und sie beobachteten, und verschwand in der Küche.

»Vielleicht findet sie dort drin etwas, um sich auszutoben«, sagte einer der Männer fast leutselig.

Sie kam zurück, und Charlie bemerkte mit einiger Bewunderung, wie sie den Raum erforschte, nach weiteren Ausgängen suchte, ihr Kräfteverhältnis abschätzte, ganz offen vor ihnen, übertrieben deutlich. Im gleichen Moment wurde er von anderen Bildern überflutet, die das, was sich tatsächlich vor seinen Augen abspielte, überdeckten. Schwärze, der zu enge Raum, die Türöffnung, die ihn rief und rief ...

»Mr. Meiklejohn? He, was ist mit Ihnen? Mr. Meiklejohn! Was fehlt Ihnen denn?«

Er spürte eine Hand auf seinem Arm und kehrte zurück, bemühte sich, wieder klar zu sehen, wandte den

Blick ab von dem Tisch und dem Hotel zu, das noch immer nach ihm rief. Constance trat in sein Sichtfeld.

»Er ist sehr krank«, sagte sie kühl. »Wir meinen, es könnte sich um die Pocken handeln.« Sie ging weiter, diesmal auf den zweiten Gang zu.

»Scheiße!« zischte Sussman durch die Zähne. Der Blick, mit dem er Charlie bedachte, drückte Mitgefühl aus. »Sie sollten sich lieber hinsetzen. Möchten Sie Kaffee?«

»Kaffee«, sagte Charlie. »Das hört sich gut an. Eigentlich ist es eine Art von Epilepsie. Eine leichte Form. Ich falle selten um.«

Er mußte mit ihr sprechen, herausfinden, was sie in Erfahrung gebracht hatte, ohne daß es jemand merkte. Wie viele Sicherheitsbeamte waren bereits hier in der Gegend, wo befanden sie sich? Zwei Männer kamen gemeinsam herein, sie atmeten schwer und sahen durchgefroren aus. Sussman bedeutete Charlie mit einer Handbewegung, sich an der Kaffeemaschine zu bedienen, und ging den beiden an der Tür entgegen, wo sie so leise miteinander sprachen, daß Charlie nichts verstehen konnte. Sussman fluchte und nickte einem der Männer am Tisch zu.

»Mach dich fertig, und hilf ihnen! Nimm Lovins mit! Ich gehe mal eben hinaus zum Lastwagen und höre, ob wir schon Verbindung mit Foley bekommen haben. Nehmen Sie doch Platz, Meiklejohn! Ruhen Sie sich ein wenig aus!«

Bei was helfen? dachte Charlie benommen, nachdem Sussman hinausgegangen war. Das Hotel im Tal zu durchsuchen? Flutlichtscheinwerfer aufzubauen? Jemanden zu finden, der sich im Wald verlaufen hatte? Er hoffte, daß nichts davon zutraf. Der Kaffee war bitter mit einem Nachgeschmack von Aluminium. Er umfaßte die Styroportasse mit beiden Händen und versuchte zusammenzurechnen, wie viele Beamte er bis jetzt schon gesehen hatte. Mindestens sieben, und wahrscheinlich saß noch einer draußen im Lastwagen und einige patrouillierten, ohne die geringste Ahnung, wonach sie suchten oder wovor sie was schützten. Zehn oder mehr. Vermutlich alle bewaffnet. Alle emsig damit beschäftigt, einem Himmelfahrtskommando zu folgen. Er blickte finster in seinen Kaffee; diese Rechnung gefiel ihm gar nicht, und das Bedürfnis, mit ihr zu sprechen, wurde in ihm immer stärker, da er fürchtete, daß sie sich bereits einen Plan zurechtgelegt hatte und die letzten Einzelheiten ausarbeitete, wozu all dieses Herumgepoltere und die Xanthippen-Darbietung, die fast allzu gekonnt war, dienen mochten.

Sussman kehrte zurück und sah Charlie neugierig an. »Foley möchte, daß Sie noch so lange hier aushalten, bis er eintrifft, in einer halben Stunde oder so. Er ist unterwegs. Er sagt, Sie könnten mich darüber aufklären, was, zum Teufel, eigentlich los ist, aber wahrscheinlich würden Sie es nicht tun.«

Charlie zuckte die Achseln. »Das Hotel ist verhext. Ich würde mich davon fernhalten, und auch meine Männer, wenn ich Sie wäre.«

»Scheiße«, entfuhr es Sussman noch mal.

»Eigentlich hat es mehr mit so etwas wie Dracula zu tun«, sagte Charlie nachdenklich. Und dieser Vergleich schien ihm passend. Durch Draculas verhängnisvollen Kuß am Hals war ihm sein Opfer für alle Zeiten verfallen. Er brauchte es nur zu sich zu rufen, wenn er Lust auf einen weiteren Kuß hatte. Das traf die Sache. Er trank den bitteren Kaffee.

Sussman sagte mit monotoner Stimme: »Foley sagt außerdem, daß ich Sie in unsere Pläne einweihen kann, daß Sie uns vielleicht sogar einen Rat geben können.« Es war offenkundig, daß ihm das schwerfiel, und ebenso, daß er genau in diesem Moment einen Rat nötig hatte. »Sehen Sie, Meiklejohn, wir wissen nicht, mit was wir uns da auseinanderzusetzen haben, das steht fest. Einer meiner Männer ist in diesem Gebiet verschwunden, den ganzen Nachmittag haben wir kein Lebenszeichen von ihm erhalten. Okay, wir kennzeichnen Bäumen, folgen diesem Kreis hier auf der Karte, und wir werden das Gebiet abriegeln. Niemand wird hineingelangen. Wissen Sie, wie groß der Umfang dieses Kreises ist? Trotzdem, wir werden es tun. Aber inzwischen habe ich einen Mann dort drin verloren. Wissen Sie, was mit dem Hotel los ist?«

»Nein«, antwortete Charlie schwach. »Und auch sonst niemand weiß es.«

Windekin, der blasse Mann, der sie von der anderen Seite des Tals hergeleitet hatte, kam herein, trat von einem Fuß stampfend auf den anderen und blies sich in die Hände. »Ich habe den Volvo hergefahren, nachdem wir ihn freibekommen hatten. Jamieson sitzt im Lastwagen an der Einfahrt zu dem Weg, den sie freigeschaufelt haben.«

Sussman nickte, dann bemerkte er Constance, die vom Flur hereingerannt kam. »Ich will meinen Wagen sehen«, sagte sie mit schriller Stimme. »Wenn Sie ihn beschädigt haben, werden Sie zahlen, verstehen Sie? Man kann doch nicht einfach hergehen und ein Auto mit einem Lastwagen herausziehen. Wenn Sie das Getriebe beschädigt haben ... Geben Sie mir meine Schlüssel!«

Sussman seufzte. »Sie soll ihn sich ansehen«, sagte er und schickte Jack mit einem Wink wieder hinaus. »Die Schlüssel behältst du«, fügte er hinzu. »Sie bleiben beide hier, bis Foley andere Anweisungen erteilt.«

Constance rauschte mit majestätisch erhobenem Kopf an den Männern vorbei und nahm im Vorübergehen ihre Mütze und die Handschuhe vom Tisch. »Er wird Ihnen ein Märchen über das Hotel auftischen«, sagte sie und knallte die Tür hinter sich zu. Charlie ließ sich an dem Tisch mit der Landkarte nieder. Da war es wieder! Es passierte jetzt immer häufiger, und jedesmal war es stärker. Er würde sich *nicht* in diese Richtung wenden, gelobte er sich, auch dann noch, als er sich bereits umdrehte, um zu sehen, den Kopf neigte, um zu lauschen.

Sussman fluchte und setzte sich. Er hoffte, dieses zikkige Weib käme auf die Idee, das Auto zu putzen oder irgend etwas.

Constance zwang sich, normal zu atmen, zwang sich, auf dem Weg zum Volvo nicht zu rennen. Statt dessen ging sie mit Windekin langsam darauf zu und begutachtete die Vorderseite mit großer Genauigkeit. Der kiesbedeckte Parkplatz war vom Schneepflug geräumt worden; es standen noch vier weitere Wagen darauf und ein schwarzer Lieferwagen, der weder beschriftet war noch Fenster hatte. Niemand war hier draußen zu sehen. Sie betrachtete stirnrunzelnd die Seite ihres Autos und sagte vorwurfsvoll: »Sie haben ihn mit aufmontierten Schneeketten hergefahren.«

»Ja, Ma'am.« Sein Gesicht war steinern.

Sie blickte ins Wageninnere. Drei Paar Skier. Carson hatte also beschlossen, sich nicht allein auf die Bretter zu wagen. Das überraschte sie nicht. Er hatte so wenig Erfahrung mit Schnee, daß er sich bessere Chancen versprochen hatte, wenn er zu Fuß ginge. Zwei Meilen, hatte Sussman gesagt. Konnte Carson zwei Meilen weit durch Schnee gehen, der ihm stellenweise bis zu den Knien reicht und manchmal sogar bis zu den Hüften? Er hatte sich selbst als typisches Kind Virginias bezeichnet. Was wußte er von Schnee? Sie setzte ihre Umrundung des Wagens bis zum Kofferraum fort und verlangte erneut den Schlüssel.

»Tut mir leid, Ma'am«, sagte Windekin. »Ich werde ihn für Sie öffnen.« Er hob den Kofferraumdeckel, und diesmal konnte sie einen Seufzer der Erleichterung nicht unterdrücken. Der Koffer war weg.

»Lassen Sie ihn offen«, befahl sie. »Ich werde einiges von dem Zeug von vorn hineinpacken.« Sie schob die Schneeschaufeln tiefer in den Kofferraum, um Platz zu schaffen. Im Volvo gab es viel Platz. Sie ging weiter um den Wagen herum; jetzt befand er sich zwischen ihr und dem Gebäude, zwischen ihr und dem Lieferwagen. Sie öffnete die hintere Tür und zog ihre Skier heraus. Ihr Vater hatte sie ihr zum achtzehnten Geburtstag geschenkt, als sie plötzlich in die Höhe geschossen und über einssiebzig groß geworden war. Sie steckte die Stöcke neben den Skiern in den Boden und legte die Handschuhe unten vor den Rücksitz. Fertig. Windekin beobachtete sie mit einem etwas verdutzten Gesichtsausdruck, sagte jedoch nichts. Es war zu kalt, um Einwände zu machen. Sie nahm zwei weitere Stöcke mit zum Kofferraum, und er folgte ihr.

Er hätte niemals erklären können, was als nächstes geschah. Er dachte, sie kippte um, und streckte die Arme aus, um sie aufzufangen, und dann umklammerte sie sein Handgelenk und zog; als er sich losreißen wollte, traf ihr Unterarm ihn in den Bauch. Er taumelte nach vorn, irgendwie verloren seine Füße den Halt, und plötzlich landete er im Kofferraum des Wagens, zusammengerollt, unfähig, zu schreien oder sich zu bewegen, und der Deckel sank herab.

Sie schob beim Schließen die Schlaufe eines Skistocks dazwischen damit er ausreichend Luft bekäme, als er anfing, mit gequälten Atemstößen um Luft zu ringen. Jetzt bewegte sie sich sehr schnell wieder zum Rücksitz, um die Skier anzuschnallen; sie schob die Hände durch die Schlaufen der Stöcke. Sie warf einen Blick auf das Gebäude und auf den Lieferwagen. Nichts bewegte sich, niemand war zu sehen, und dann verließ sie den Parkplatz, glitt über den Schnee, in Richtung Hotel.

Sie hatten viel zu lange in den oberen Regionen von Childer's Park herumgealbert, bis Jud anfing zu jammern, daß seine Mutter nach Einbruch der Dunkelheit nicht mehr bereit sei, loszufahren und sie abzuholen. Und Bobby hatte es plötzlich mit der Angst zu tun bekommen. Wenn nun gar niemand in Mel's Camp wäre und sie die vier Meilen zu Fuß gehen und den verdammten Schlitten hinter sich herziehen müßten?

»Wenn du hinauflaufen willst, dann nur zu! Wenn du mit mir hinunterfahren willst, dann komm!« hatte ihn Herman Kohl angefaucht. Er hielt die Schlüssel des Lastwagens hoch und ließ sie mit theatralischem Getue in seiner Tasche verschwinden. Er machte sich daran, den Schlitten zur rückwärtigen Seite des Berges zu ziehen. »Es ist auf dieser Strecke auch nicht anders«, sagte er, ohne sich zu den beiden umzusehen. »Wahrscheinlich eher besser, schneller.« Als er die Stelle erreicht hatte, von der aus sie am besten losfahren konnten, hatten die anderen ihn eingeholt; sie alle machten mißmutige Gesichter, als sie den unberührten Schnee vor sich sahen. Schneller würde es bestimmt nicht gehen, das war Herman klar; die anderen Bahnen waren inzwischen längst zu Eispisten geworden, und dies hier war frischer Tiefschnee; allerdings war der Hang auf dieser Seite steiler, das wäre ein gewisser Vorteil.

Herman war ein Mensch mit Wald-Gefühl. Er kannte jeden Flecken Wald, durch den er je gekommen war, und er war schon überall auf diesen Hügeln gewesen. Er dachte nie bewußt darüber nach, was vor ihm liegen mochte, doch sobald sich irgendeine neue Ansicht darbot, erkannte er sie, wie zum Beispiel eine Gruppe von Birken zur Linken. Und die abgestorbene Eiche, deren braune Blätter raschelten, als sie darunter hindurchglitten. Er wußte, wann er einem Gebilde ausweichen mußte, das dem Anschein nach schneebedeckte Büsche hätten sein können, in Wirklichkeit aber ein auf Abwege geratener Felsbrocken war, den der letzte Gletscher von irgendwoher mitgeschleppt hatte und der eigentlich nicht nach New Jersey gehörte. Und es war ein großartiges Gefühl, sich einen Weg durch die Schneemassen zu bahnen, die ersten zu sein, die die Rückseite des Berges hinunterfuhren. Morgen würden es ihnen ein Dutzend andere Kerle nachmachen wollen, aber er war der erste gewesen. Er sah vier Pinien vor sich und nahm eine kleine Richtungsänderung vor. Jud saß hinter ihm und lachte, während Bobby hin und wieder ein »Huch!« ausstieß; die drei Jungen legten sich auf eine Seite, dann wieder auf die andere, gewannen immer mehr an Geschwindigkeit und wurden zwischendurch auch wieder langsamer. Sie bildeten ein gutes Team, kamen bestens miteinander auf dem Schlitten zurecht. Sie wichen einem Steinwall aus. Herman hätte nicht sagen können, durch welche Markierung er darauf aufmerksam wurde, wieso er sie erkannte, doch es war so. Die unverputzten Mauern erhoben sich an verschiedenen Stellen über sämtliche Hügel verstreut und waren im Sommer wie im Winter gleichermaßen gefährlich. Im Sommer konnte man auf eine Schlange treten, im Winter konnte man ums Leben kommen, wenn eine Kufe auf eine Mauer traf. Auf der einen Seite türmten sich meist hohe Schneeverwehungen auf, während auf der anderen Seite die Steine kaum vom Schnee bedeckt waren, gerade so, daß man sie nicht sehen konnte, ein Aufprall aber nicht weich abgefangen wurde. Das führte zu einer gewaltsamen Vollbremsung, die einen Rodelschlitten oder Bob zum sofortigen Halt brachte und den Fahrer nach vorn katapultierte, wobei er dann oft gegen die Mauer prallte. Sie begannen gerade mit dem Kurvengleitmanöver, um der Wand auszuweichen, die noch nicht zu sehen war, als sich alles änderte.

Herman wurde von einem stechenden Schmerz im Kopf geblendet, so daß er sich mit geschlossenen Augen duckte. Er hörte Bobby etwas brüllen, und im nächsten Moment krachte der Schlitten auch schon gegen die Mauer. Herman wurde durch die Luft geschleudert, und als er am Boden aufkam, konnte er sich mehrere Minuten lang nicht bewegen. Er holte japsend Luft und versuchte, sich aufzusetzen. Er lag in einer Schneeverwehung, die ihn beinah begraben hätte. Er kämpfte sich frei; der Kopfschmerz ließ etwas nach, und er war nicht mehr geblendet, trotzdem konnte er nicht erkennen, wo er war. Dann hörte er, wie Bobby und Jud in der Nähe der Mauer miteinander kämpften, und jetzt sah er, daß er auf die andere Seite geschleudert worden und sechs Meter oder weiter gerollt war, bis ihn die Schneeverwehung aufgehalten hatte. Jud kreischte schrill, wie ein Mädchen. Herman schaffte es, auf die Knie zu kommen, und brüllte den beiden zu, mit dem Quatsch aufzuhören, aber es war etwas anderes als ihre übliche alberne Balgerei. Er sah Bobbys Rücken und Juds dreschende Arme; die Schreie gellten noch lauter. Er brüllte sie mit heiserer Stimme an; im gleichen Moment hob Bobby Jud hoch, er drehte sich mit ihm um die eigene Achse und schleuderte ihn mit dem Rücken gegen die Mauer. Juds Arme wurden schlaff, und das Schreien hörte mit einemmal auf. Herman brüllte wieder, und diesmal hob Bobby den Kopf und wandte ihn langsam um, bis er Herman sah. Er entfernte sich nicht von Jud, sondern nahm den Schädel des Jungen zwischen die Hände und schlug ihn mit dem Hinterkopf gegen die Wand, immer wieder und wieder.

Herman übergab sich in den Schnee. »O Gott«, winselte er. »O Gott! O Gott! O Gott!« Er rutschte hügelabwärts, ohne Bobby aus den Augen zu lassen; dieser hatte ihm immer noch das Gesicht zugewandt, sah ihn jedoch mit einem Blick an, der nicht menschlich war. »O Gott! O Gott!«

Bobby ließ Jud fallen und stand auf, wobei er Herman weiter anstarrte. Er machte einen Schritt auf ihn zu, bewegte sich wie ein Blinder, mit lose an den Seiten baumelnden Armen. Er stolperte über die Mauer und fiel mit dem Gesicht nach unten in den Schnee. Herman bemühte sich, auf die Beine zu kommen, versuchte wegzulaufen. Er fiel hin, stand wieder auf, schleppte sich durch den tiefen Schnee, fiel wieder hin, raffte sich wieder auf. Jedesmal, wenn er sich umsah, erblickte er Bobby, der ihm durch den Schnee hinterhertaumelte, manchmal stürzend, sich aufraffend, wieder stürzend, aber ständig hinter ihm.

»O Gott! O Gott!« schluchzte Herman unaufhörlich. »O Gott!« Er rannte auf das alte Hotel im Tal zu; instinktiv suchte er den nächstliegenden Schutz, einen Platz, um sich zu verstecken, um eine Waffe zu finden — vielleicht nur ein Brett, irgend etwas.

Carson Danvers mußte sich jede Bewegung bewußt klar machen. Das linke Bein anheben, aus dem Schnee ziehen, den Fuß nach vorn schieben, absetzen. Das Problem war, daß es ihm kaum gelang, den Fuß aus dem Schnee zu heben, er schleppte ihn vielmehr hinter sich her wie ein Bleigewicht. Er befand sich in der Reichweite des Etwas, schon seit einiger Zeit; ringsum umgab es ihn, drückte gegen seinen Kopf, streifte durch sein Gesicht. Er taumelte, fand Halt an einem Baum, lehnte sich daran und atmete mehrmals tief durch. Das half nicht. Ein brennender Schmerz fuhr ihm durch den unteren Teil des Rückens, als er nach einer Minute oder so versuchte, sich von dem Baum abzustoßen. Seine beiden Schenkel schienen in Flammen zu stehen. Er hörte sich selbst lachen bei der Vorstellung, wie er als lebende Fakkel in das Hotel marschieren würde; er atmete noch einmal tief durch. Das rechte Bein anheben ... Dann hielt er wieder bestürzt inne. Spuren. Er sah sie sich eingehend an: sie stammten von etwas Großem, das wie ein Pflug durch den Schnee gezogen war. Dann lachte er wieder.

Eine Wusel-Spur! Er folgte der Spur des Waldgeistes! Sein Lachen glich mehr einem Schluchzen denn allem anderen. Er mußte eine Minute oder zwei Pause machen. Garys Bild tauchte verschwommen vor seinen Augen auf, Gary mit strahlenden Augen vor Begeisterung über Puh und Piggy, die den Wusel verfolgen. Er mußte sich ausruhen. Er schleppte den Koffer zu einem Baumstamm, wo er sich für ein paar Minuten hinsetzen konnte. Mit dem Rücken an den Baum gelehnt ließ er sich in den Schnee nieder und zog die Knie an, um den Schmerz zu lindern. Nach einer kurzen Weile legte er den Kopf auf die Knie. Höchstens für eine Minute oder zwei, ermahnte er sich. Wie lang war er im Kreis herumgelaufen und der Spur des Waldgeistes gefolgt? Elinor und er hatten Gary immer abwechselnd vorgelesen, und wahrscheinlich hatten sie beide es mehr genossen als der Junge. *Winnie Puh* war ihre Lieblingsgeschichte. Wenn er sich sehr anstrengte, dachte er, könnte er sich vielleicht an die Worte, an die Sätze erinnern.

»An einem schönen Wintertag, als Piggy Schnee fegte …«

## KAPITEL ZWANZIG

Constance wußte, daß Carson nichts von den Tücken des Schnees ahnte, wie er dem menschlichen Auge Streiche spielen, die Sinne verwirren konnte; wie er alle Energie und Wärme aus einem sickern ließ, so daß man sich seiner Erschöpfung überhaupt nicht bewußt wurde, bis der Zusammenbruch unvermeidbar war. Dann, wenn man den Kampf aufgegeben hatte, gönnte man sich etwas Ruhe, nur ein paar Minuten Ruhe, und diese paar Minuten führten unweigerlich zu Steifheit und Muskelkater, und dann wurde weiteres Ausruhen nötig. Sie versuchte nicht, schnell Ski zu fahren, nicht auf diesem frischen, unberechenbaren Schnee, durch Wälder, die sie nicht kannte. Ein Stein, ein Baumstumpf, eine Wurzel, irgend etwas konnte plötzlich auftauchen oder — noch schlimmer — nicht auftauchen, ohne ihr Zeit zum Ausweichen zu lassen. Sie war vorsichtig.

Sie wußte nicht, wieviel Vorsprung sie hatte. Fünfzehn Minuten? Wenn sie Glück hatte. Zehn? Das war wahrscheinlicher. Falls sich unter ihren Verfolgern nicht zufällig ein großes Skifahrertalent befände, würde ihr niemand auf dieser Strecke hinterherkommen. Auf der Straße? Auch das war wahrscheinlicher. Sie würden nicht zulassen, daß Charlie ihr folgte, hoffte sie, betete sie. Nicht Charlie. Er würde sie nicht einholen, doch er würde es versuchen, wenn sie ihn ließen. Er wußte, daß er nicht in die Reichweite des Etwas geraten durfte, aber sie vertraute nicht mehr so ganz darauf, daß er sich selbst darüber im klarem war, in welcher Gefahr er sich befand und wie sehr er dieser starken Anziehung ausgesetzt war, die das fremde Etwas auf ihn ausübte. Als der Baumbewuchs spärlicher wurde und sie eine weite Strecke vor sich sehen konnte, legte sie an Geschwindigkeit zu. Sie mußte Carson finden, mußte den Anzug finden und das Gerät, von dem Charlie beharrlich behauptete, es sei keine Bombe im eigentlichen Sinn. Als erstes mußte sie Carson finden; den Hügel hinunter, durchs Tal. Irgendwo an dessen anderem Ende kämpfte er wahrscheinlich immer noch gegen den Schnee an und versuchte, zum Hotel zu gelangen. Falls er nicht bereits zusammengebrochen war. Sie legte noch mehr Geschwindigkeit zu.

»Ich werde Ihnen ein Märchen erzählen«, sagte Charlie zu Sussman, als die anderen Bilder verschwunden waren. Er zitterte.

Er fing an, über die Vorgänge in Old West zu berichten, ohne Sussmans Gesichtsausdruck zu beachten, der zunächst Skepsis und bald bekümmerte Ungläubigkeit zeigte, die zu verhehlen er sich nicht die Mühe machte.

»Warum hat mich Foley dann angewiesen, mich ganz und gar von dem Ort fernzuhalten? Warum hat man nicht einfach einen Generator hingebracht und ihn eingeschaltet, wenn das dem Spuk ein Ende machen würde?«

»Weil die Knaben in den weißen Laborkitteln die Sache erforschen wollen«, erklärte Charlie erschöpft. Das war genau das, gegen das Carson die ganze Zeit über hatte kämpfen müssen. Niemand glaubte die Geschichte, der nicht selbst die Auswirkungen miterlebt hatte. Ein Märchen. Ein FBI-Beamter, den er bis dahin noch nicht gesehen hatte, streckte den Kopf zur Tür herein und rief aufgeregt: »Man hat Hersham gefunden. Er wird gerade gebracht.«

Sussman ging zur Tür, Charlie an seiner Seite. Sie warteten am Eingang auf die beiden Männer, die einen dritten, mit Schnee bedeckt, in ihrer Mitte halb trugen, halb schleppten. Er bewegte sich wie ein Zombie. Wie die arme Mrs. Eglin, die schrie und schrie und sich dann in einen Zombie verwandelte. Dieser hier schrie nicht.

Charlie spürte, wie ein Schwindelgefühl und Haß gleichzeitig in ihm aufstiegen. Noch einige Männer erschienen und sprachen leise miteinander. Sie alle sahen durchgefroren aus, waren nicht angezogen für Streifzüge durch verschneite Wälder; und sie machten einen verängstigten Eindruck. Als sie beim Haus ankamen, hatten sich die beiden kleinen Gruppen vermischt, und alle traten zusammen ein. Einige gingen mit lautem Stiefelgepolter durch den Raum, um sich Kaffee zu holen. Niemand sprach lauter als im Flüsterton.

»Was ist mit ihm passiert?« fragte Sussman, als die beiden, die Hersham stützten, ihn auf einem Stuhl niederließen. Er blieb so, wie sie ihn hingesetzt hatten, unbeweglich sitzen. Sein Gesicht war ausdruckslos, sein Blick leer. Als er saß, baumelten ihm die Arme schlaff an den Seiten.

»Wir haben ihn gefunden, als er durch den Schnee kroch«, sagte einer der FBI-Leute. Seine Stimme zitterte. Er drehte sich um und ging zu dem Tisch, auf dem der Kaffee stand.

»Herr im Himmel!« Sussman starrte das Opfer an, dann wandte er sich mit einem Ruck ab. »Dort drin gibt es Feldbetten. Um Gottes willen, legt ihn hin. Wir werden einen Arzt rufen.«

»Was war das für ein Klopfen?« fragte einer der FBI-Beamten und wandte den Blick ab von den beiden Männern, die den Zombie in den Flur hinausführten.

Sussman sah ihn an. »Was für ein Klopfen?«

Er neigte den Kopf zur Seite, zuckte die Achseln und ging zurück zum Tisch, um seinem Kaffee noch Zucker zuzufügen.

Plötzlich sah Charlie wieder die Sekunden vor sich, bevor Constance auf ihrem Weg nach draußen die Tür zugeknallt hatte, durch den Raum gerauscht war und dabei Handschuhe und Mütze mitgenommen hatte. Wie lange war das her?

»Du lieber Gott!« Er flitzte durch den Raum, durch die

Tür, und hörte Sussman hinter sich fluchen und gleich darauf feste Schritte, die hinter ihm hertrampelten. Er rannte zum Volvo, gefolgt von mehreren Männern; einer davon hatte seine Pistole gezogen. Jetzt hörten sie alle das Klopfen. Es kam aus dem Kofferraum des Wagens. Charlie war als erster dort. Er entdeckte die Schlüssel neben dem Hinterreifen im Schnee und trat darauf, damit sie darin versanken, und dann schob er noch mehr Schnee darüber, während er mit der Faust auf den Kofferraumdeckel trommelte. Ein Klopfen antwortete.

»Wendekin«, sagte er leise und trat zurück, um den Weg freizugeben. Der FBI-Mann, der bereits die Pistole gezogen hatte, war im selben Moment neben ihm. Er sah eigentlich zu jung aus, als daß ihm das Tragen einer Waffe gestattet sein dürfte, und zu verängstigt. Charlie warf einen Blick ins Innere des Wagens: zwei Paar Skier. Dann betrachtete er den Schnee und sah die Spuren, die im Wald verschwanden.

Jemand brachte eine Brechstange zum Vorschein, und sie öffneten den Deckel gewaltsam, halfen Wendekin beim Herausklettern. Er hatte grelle rote Flecken im blassen Gesicht. Als er Charlie sah, machte er einen Schritt auf ihn zu und wäre beinah hingefallen. Seine Beinmuskeln waren zu verkrampft, daß er nicht allein gehen konnte.

»Wo ist die Frau?« fragte Sussman.

Wendekin schüttelte den Kopf. »Sie ist über mich hergefallen und hat mich dort reingeschoben. Mehr weiß ich nicht.«

»Sie ist auf Skiern den Hang hinabgefahren«, rief jemand aus, und alle begaben sich zur einen Seite des Wagens und sahen sich die Spuren an.

»Dort hinunter ist sie gegangen? Warum das?« Sussman blickte Charlie eindringlich an. In diesem Moment erschien ein weiterer Wagen auf dem Weg. Fred Foley, Byron Weston und noch ein anderer Mann waren angekommen. Mit einem Ausdruck unendlicher Erleichterung eilte Sussman zu ihnen, um mit Foley zu sprechen.

Charlie ließ sich auf die Knie nieder, um den Reifen, der der Straße am nächsten war, zu untersuchen. Die Kette war gebrochen. Er schnalzte leise und ging zu dem Reifen, der am dichtesten am Schnee stand, sah ihn sich an und schüttelte traurig den Kopf. Er fand die Schlüssel, die er zuvor eingegraben hatte, und ließ sie unbemerkt in seine Tasche gleiten, dann stand er auf und klopfte sich den Schnee ab. Er schlenderte hinüber zu Foley und Byron Weston.

»... mit einer Narbe im Gesicht. Ist vielleicht gefährlich. Ich möchte, daß er mir gebracht wird, und zwar unverletzt. Verstanden? Kein Kratzer!«

»Und die Frau?«

Foley zuckte die Achseln. »Bringt mir den Mann!«

Charlie winkte Byron zu, der ihm entgegenbrüllte. »Ist Loesser dort? Charlie, er darf dieses Hotel nicht niederbrennen! Diesmal nicht! Ist er in der Gegend?«

Foley war aus dem Wagen ausgestiegen und sprach mit Sussman; Byron Weston saß immer noch darin. Der Fahrer fuhr langsam los in Richtung des Gebäudes. Sussman gab seinen Männern ein Zeichen, und sie alle trotteten zu der Jagdhütte zurück.

Charlie winkte Byron noch einmal zu, diesmal zum Abschied, da er ihn auf dem Parkplatz zurückließ. Der junge FBI-Beamte war immer noch bei ihm, als letzter der Gruppe; die anderen strömten zurück in den Schutz und die Wärme der Hütte. Charlie schnipste ärgerlich mit den Fingern, machte auf dem Absatz kehrt und hastete zurück zum Volvo. Der junge FBI-Beamte lief neben ihm her. Beim Volvo angekommen, beugte sich Charlie über den Kofferraum und prüfte das Schloß. Als der Mann dicht neben ihm war, richtete sich Charlie mit Schwung auf und versetzte ihm einen Kinnhaken. Sein Angriff erfolgte so unerwartet, daß er keine Verteidigung zuließ; der junge Mann ging zu Boden. Charlie nahm ihm die Waffe aus der Hand, stieg in den Wagen und ließ den Motor an. Mit kreischenden Reifen wendete er auf dem Parkplatz und schleuderte Kieselsteine dabei hoch. Er jagte den geräumten Weg entlang, bog an seinem Ende in die Straße ein und fuhr mit hoher Geschwindigkeit zu der Abzweigung, wo er und Carson den Weg freigeschaufelt hatten. Er befürchtete, daß sie den Fahrer des dort postierten Lastwagens per Funk anweisen würden, ihn ganz bis zum Ende durchzufahren und dort mit laufendem Motor zu warten, bis er weitere Instruktionen erhielte. Und wenn Constance nun bereits Carson gefunden hatte, wenn sie schon am Hotel angekommen waren, das schwarze Tor zur Hölle gefunden und es durchschritten hatten? Dann säßen sie drin in der Falle, wenn der laufende Motor den Mechanismus zuschnappen lassen würde.

Der Lastwagen war rückwärts auf den freien Platz gefahren, den Charlie und Carson geschaffen hatten. Die Seitenstreifen waren ebenfalls geräumt, doch die Breite reichte nicht aus, daß noch ein anderer Wagen in den Weg hätte einbiegen können. Charlie blieb davor stehen und stieg aus, wobei er die Wagenschlüssel mitnahm. Der Fahrer kurbelte das Fenster herunter, während Charlie über den Seitenstreifen stolperte und sich der Seitentür näherte.

»Fahren Sie sofort Ihre Kiste aus dem Weg!« brüllte der Fahrer.

»Man versucht, Sie über Funk zu erreichen«, rief Charlie zurück, als er auf dem Weg zur hinteren Seite des Wagens an der Fahrertür vorbeikam.

Der Fahrer steckte den Kopf aus dem Fenster. »Was? Wer?«

»Sussman. Rufen Sie ihn gleich an.« Charlie wartete, bis sich der Kopf zurückgezogen hatte, dann zog er die Pistole, die er dem FBI-Beamten abgenommen hatte, aus der Tasche und schoß aus nächster Nähe in den Hinterreifen. Ein Wutschrei ertönte aus der Fahrerkabine, dem er keine Beachtung schenkte; er zielte auf den rechten Reifen und schoß, und gleich noch einmal, um ganz sicherzugehen. Langsam stapfte er durch den Schnee davon, den Spuren des Volvo folgend. Der Lastwagenfahrer schrie ihm allerlei derbe Verwünschungen hinterher.

Als er an der Stelle ankam, wo Constance den Volvo festgefahren hatte, wurde er noch langsamer; von hier ab gab es nur noch die Fußspuren, die Carson hinterlassen hatte — eine Vielzahl von Spuren. Ein Erkundigungsgang, um die Beschaffenheit des Weges zu prüfen, dann die Rückkehr, ein zweiter Versuch. Charlie sah, wo er den Koffer durch den Schnee gezogen hatte. Jetzt bewegte er sich sehr vorsichtig voran, und seine Angst wuchs. Wo fing das Etwas an. Wann würde er die Grenzlinie überschreiten? Er wußte, daß es dort war, daß es wirkte; er spürte seinen Ruf stärker denn je. Er wußte, daß es ihn vereinnahmen würde, sobald er in seine Reichweite gekommen war.

Als Constance die Grenzlinie auf Skiern überquerte, verlor sie fast die Beherrschung über ihren Körper, so plötzlich überfiel sie der stechende Kopfschmerz. Sie taumelte einen Moment lang, dann fing sie sich wieder. Diesmal machte sie der Kopfschmerz buchstäblich blind; doch sie brach nicht zusammen vor Qual. Sie blinzelte. Genauso hatte Carson die Empfindung beschrieben: spannungsgeladene Spinnweben umgaben sie ringsum, strichen ihr durchs Gesicht, drückten ihr gegen die Stirn. Sie folgte weiterhin Carsons Spur, die kreuz und quer durch den Wald führte. Er war immer wieder gestolpert, hingefallen, hatte sich ausgeruht, sich gegen einen Baum gelehnt, in den Schnee gesetzt. Sie fand den Koffer. Er hatte den Schutzanzug herausgenommen, hatte den Koffer zurückgelassen, da er ihm zum Weiterschleppen wohl zu schwer geworden war. Langsam setzte die Dämmerung ein; wenn sie ihn nicht bald fände, wäre es zu spät. Man würde einen Suchtrupp mit Laternen brauchen, und das bedeutete, daß man mit Autos hereinfahren würde, und als Folge davon würde das Etwas die Tür verschließen.

Danach gelangte es vielleicht in die Hände Byrons und seiner Kollegen. Sie dachte wieder an die winzigen Marsianer, die versuchten, sich vernünftig mit der Sonde auseinanderzusetzen, die sie schluckte und analysierte, sobald sie sich ihr näherten; sie dachte an die Ameisen, die sich vernünftig mit dem zutretenden Stiefel auseinandersetzen wollten; sie dachte an den Mann, der seinen Fernsehapparat kaputtschlägt, weil ihm das Programm nicht gefällt; sie dachte an Charlie, der steif wurde, lauschte und etwas hörte, das sie sich nicht einmal vorstellen konnte. Sie erstarrte: Schüsse! Drei Schüsse! Dann herrschte wieder Stille, und sie setzte ihren Weg fort; in der nächsten Sekunde sah sie Carson.

»Mir geht es gut«, sagte er mit schwerer Zunge, als sie ihn berührte. Er versuchte aufzustehen, mit sehr langsamen Bewegungen, wie ein Betrunkener, oder als ob er gerade aus dem Tiefschlaf gerissen worden wäre. Er hatte sich den Anzug um den Arm gewickelt. Das Gerät war vorn angebunden, so daß es zugänglich war, wenn er den Anzug anhatte.

»Carson, steh auf! Wir sind nicht mehr weit von der Wiese entfernt. Sie ist ganz nah. Du mußt nur aufstehen und weitergehen, Carson.« Während sie sprach, nahm sie ihm den Anzug ab. Sie dachte an die Taschenlampe und tastete in der Tasche danach. »Carson, hörst du mich? Ich lasse dich allein. Du mußt auf den Beinen bleiben und zur Wiese laufen, immer in Bewegung bleiben. Ich komme so schnell wie möglich zurück, doch im Wald werde ich dich im Dunkeln nicht mehr finden. Carson!«

Er nickte und ließ den Kopf auf der Brust liegen. Sie zog ihn hoch, bis er es schaffte, auf die Beine zu kommen. »Folge meiner Spur, Carson. Nur bis zur Wiese.

Am Rand der Wiese kannst du dich ausruhen. Hörst du mich?«

»Folgen«, sagte er und taumelte hinter ihr her, als sie sich auf Skiern in Bewegung setzte.

Die Wiese fing in nächster Nähe an; er war lange Zeit dicht daran immer um sie herumgelaufen. Sie ging auf geradem Weg durch den Wald auf sie zu. Als sie sich umsah, war Carson immer noch in Bewegung — unsicher, taumelnd und schwankend, doch in ihre Richtung. Bald hatte sie den Wald hinter sich gebracht und befand sich keine hundert Meter mehr von dem Gebäude entfernt. Der Schnee darum herum war zertrampelt.

Achtsam schlich sie näher; sie war jetzt sehr vorsichtig und nahm sich Zeit. Sie hatte fast den Eingang erreicht und konnte sich noch immer keinen Reim auf die vielen Fußspuren machen. Leute waren im Schnee herumgetrampelt, offensichtlich in Richtung Wald, und dann wieder zurückgekommen. Bestimmt waren es mehr als einer gewesen, doch sie konnte nicht erkennen, wie viele, der Schnee war zu sehr plattgedrückt. Die Eingangsveranda erstreckte sich über die ganze Vorderseite des Gebäudes; sie war breit und schneefrei. Hier endeten alle Spuren, nur hier und da lag ein Häufchen Schnee herum, was darauf hindeutete, daß Leute mehr als einmal über die Veranda hin und her gelaufen waren. Plötzlich kam eine Gestalt aus dem Haus gerannt, vor Entsetzen kreischend.

Das Wesen raste auf sie zu, umklammerte ihren Arm, obwohl es höher stand als sie. Ein Junge, erkannte sie, fast noch ein Kind.

»Bobby ist verrückt geworden!« schluchzte er und zog sie mit. »Hilfe! Hilfe! O Gott!«

Sie entwand sich seinem Griff und löste ihre Skier, während sie an ihm vorbeisah. »Raus hier!« fuhr sie ihn an. »Dort drüben im Wald ist ein Mann. Er braucht dringend Hilfe. Folge meinen Skispuren und bring ihn zur Straße. *Raus!*«

Er hatte wieder ihren Arm gepackt, klammerte sich an ihrer Schulter fest und schluchzte voller Angst. Sie versetzte ihm einen sanften Klaps, nahm seine Hand und drehte ihn in die Richtung um, in die er sich entfernen sollte, wobei sie die ganze Zeit über den Schutzanzug nicht aus den Augen ließ und darauf achtete, daß der Zugring nicht in die Nähe seiner grapschenden Hände kam. Ein weiterer Schrei ertönte, der nicht von ihm stammte, und er schluchzte noch lauter. »O Gott! O Gott!« Sie gab ihm einen kräftigen Stoß.

»Raus jetzt! Hilf dem Mann!«

Er taumelte nach vorn, dann wankte er durch den Schnee davon. Sie sah ihm nicht nach, sondern richtete ihre Aufmerksamkeit statt dessen auf eine geduckte Gestalt, die sich aus der Tiefe der Veranda auf sie zubewegte. »Herr im Himmel!« hauchte sie. Das mußte Bobby sein. Der zertrampelte Schnee sprach jetzt für sich. Einer hatte versucht wegzurennen, Bobby hatte ihn verfolgt, und der Flüchtende hatte Schutz im Hotel gesucht, hatte gehofft, sich dort irgendwo verstecken zu können. Die Verfolgungsjagd war weitergegangen. Sie bewegte sich vorsichtig, schlich sich von der Seite her an. Bobby wandte den Kopf um. Jetzt war sie sein Angriffsziel geworden.

Sie wußte, wie Psychopathen aussahen. Während ihrer Zeit als Doktorandin hatte sie in verschiedenen Anstalten gearbeitet, einige davon für kriminelle Geisteskranke. Man kann sie nicht erreichen, hatte ihr Professor traurig erklärt, nicht, solange sie ihre schlimmen Phasen durchmachen. Sie waren für keine Vernunft zugänglich. Ihre Gehirne übermittelten keine Signale von Schmerz oder Angst, Hunger oder Kälte — nichts von den Hemmungen, die das Handeln bei anderen Menschen beeinflußt. Und Bobby war ein krimineller Geisteskranker, ein Wahnmörder.

Sie bewegte sich mit größter Vorsicht weiter und versuchte dem Eingang näherzukommen, ohne in Laufschritt zu verfallen. Das hätte katastrophale Folgen haben können. Er bewegte sich, ohne im geringsten darauf zu achten, wohin er den Fuß setzte. Wenn er stolperte und hinfiel, stand er einfach wieder auf und ging weiter. Wenn sie den Eingang erreichen und hineingelangen würde, würde sie ihm entgehen, davon war sie überzeugt. Der verängstigte Junge hatte ihm entkommen können, und sie wußte, daß sie es auch könnte, wenn sie nur erst hineingelänge, außer Reichweite seiner großen Hände. Sie fürchtete ihn, wie sie noch nie einen Menschen gefürchtet hatte. Ihre Kenntnisse in der Aiki-do-Selbstverteidigung hatten ihr immer gute Dienste erwiesen, doch nur, wenn sie es mit Gegnern zu tun hatte, deren Handeln von Vernunft bestimmt war, die in der Lage waren zu erkennen, daß es sinnlos war, sie noch einmal anzugreifen, nur um erneut niedergeworfen zu werden und vielleicht beim nächstenmal Knochenbrüche davonzutragen. Er war dazu nicht in der Lage.

Er stieß einen tiefen, kehligen Laut aus. Es war nicht der Versuch zu sprechen, es glich keinem Laut, den sie je gehört hatte; es war ein Ur-Laut, bei dem ihre Haarwurzeln kribbelten. Sie besah sich das Hotel; die Veranda lief um die Ecke herum, es war eine tiefe Veranda, gedacht für Korbstühle, in denen sich die Gäste an heißen Tagen müßig ausruhen und Limonade schlürfen konnten. An der Seite gab es noch eine zweite Treppe. Sie schlich sich seitlich mit langsamen Schritten in diese Richtung. Er folgte ihr, kam näher, und die tierischen Laute, die er ausstieß, wurden grimmiger. Er würde sich auf sie stürzen, das sah sie voraus, und dann würde sie rennen. Aber erst dann. Sie wollte auf jeden Fall zuvor noch weiter in den schützenden Bereich des Hotels gelangen, doch er kam immer näher. Wenn er auf der Veranda auf sie losgehen würde, könnte sie ihn abwehren und fliehen, doch hier im Schnee, der mit jedem Schritt tiefer wurde, mochte sie ihn vielleicht umwerfen, doch sie wäre trotzdem ziemlich hilflos gegenüber seiner körperlichen Überlegenheit.

Sie war bis auf zehn Schritte an die Seitentreppe herangekommen, als er aufbrüllte und auf sie zustürmte. Sie rannte mit großen Sätzen durch den Schnee, dann verfing sich ihr Fuß in etwas, das unter einer Verwehung verborgen gewesen war, und sie fiel zu Boden; er bekam ihren Knöchel zu fassen. Sie trat mit aller Kraft aus, und ihr Stiefel traf ihn an der Schulter, woraufhin er nach hinten taumelte. Sie hastete die Stufen hinauf und rannte auf die Tür zu, die aufgebrochen worden war; sie hörte, wie er hinter ihr die Treppe heraufkeuchte. An der Tür drehte sie sich um und stöhnte auf. Er zerrte den Schutzanzug hinter sich her.

Charlie ging voller Angst weiter. In der Ferne hörte er den Motor des Lastwagens aufheulen, dann herrschte wieder Stille. Offenbar war er auf die Hauptstraße hinausgefahren worden, um einem anderen Fahrzeug den Versuch einer Durchfahrt zu ermöglichen. Er blieb stehen und lauschte, hörte jedoch nichts. Er ging weiter. Nach einer Weile kam er wieder zu einer tiefen Schneeverwehung, die eher einer Lawine glich, die vom Berg ins Tal gerutscht war. Er versuchte, an den Schneemassen vorbeizusehen, was ihm jedoch nicht glückte. Er gelangte zu der Ansicht, daß ein Auto hier keinesfalls weiterfahren konnte, und spürte, wie die Spannung in ihm etwas nachließ. Carsons Spuren führten um die Lawine herum, hügelabwärts in den Wald. Sein Blick folgte ihnen, und er blieb wieder stehen. Ein dicker Ast lag quer über Carsons Spur. Ringsherum war der Schnee zertrampelt; Carson hatte den Ast gefunden, hatte ihn hierhergezogen und ihn ganz bewußt über den Pfad gezogen, den er gewählt hatte. Charlies Mund wurde trocken, als er darüber nachdachte, was das zu bedeuten haben könnte.

Er hörte, daß jemand seinen Namen rief; er sah sich

nach einer Deckung um und fand einen Schneehaufen, hinter den er sich duckte. Er bot zwar keinen besonderen Schutz, war aber immer noch besser als die freie Ebene. Er setzte sich und untersuchte die Waffe, die er dem FBI-Mann abgenommen hatte. Eine .45er, sehr brauchbar; drei Kugeln waren verschossen.

»Charlie? Hörst du mich?«

»Ich höre dich, Fred.«

»Wir lassen einen Jeep aus der Stadt kommen und fahren damit rein. Und wir wollen keine Scherereien, hörst du?«

»Laut und deutlich. Ich werde ihn nicht vorbeifahren lassen, Fred.« Er konnte ungefähr hundertfünfzig Meter weit den Weg einsehen, wo einige Männer auftauchten, die durch den Schnee herangestapft kamen. »Um diese Schneemassen hier kommt ihr sowieso nicht herum«, rief er. An der Art, wie sie sich umblickten, erkannte er, daß sie ihn noch nicht entdeckt, sein Versteck noch nicht ausfindig gemacht hatten.

»Charlie, um Himmels willen, was haben Sie vor?« rief Byron. »Ist Constance dort drin? Sie wissen, wie gefährlich das ist! Charlie, wir können nicht dulden, daß Loesser es wieder niederbrennt! Gott mag wissen, wann und wo es das nächstemal wieder erscheint.«

Charlie wußte das alles. Diesmal antwortete er nicht. Sie waren jetzt nahe genug herangekommen, um ihn aufgrund seiner Stimme aufspüren zu können, nahe genug, um den gewaltigen Schneeberg zu sehen, an dem selbst ein Jeep scheitern mußte. Natürlich, dachte er, haben sie keine Ahnung, wie nah die Grenzlinie verlief. Könnte ein Jeep abseits der Straße durch den Schnee fahren und sie überqueren? Er befürchtete, daß das möglich war.

»Charlie, gib auf!« brüllte Fred Foley. »Ich habe dir Männer über den Hügel nachgeschickt. Um Himmels willen, komm raus und gib auf!«

Charlie merkte, wie sich sein Magen zusammenkrampfte. »Ruf sie zurück, Fred! Nicht dort drüben! Dort drüben dürfen sie auf keinen Fall sein!«

Die Gruppe von Männern bewegte sich auf ihn zu: Fred Foley, Byron Weston, ein dritter, der ihm unbekannt war. Charlie blickte hinter sich den Hügel hinauf, in der Hoffnung, daß Fred nur geblufft hatte. Er hatte nicht geblufft. Mindestens drei Männer rutschten und zappelten durch den Schnee am Hang über der Lawine.

»Ruf sie zurück!« brüllte er. »Byron, klären Sie ihn auf! Sie befinden sich im Einflußbereich, wenn sie hier runterkommen!«

Byron zögerte, setzte an, die Hand nach Foleys Arm auszustrecken, dann zog er sie wieder zurück. Einer der Männer am Hang stieß einen heiseren Schrei aus und ließ einen Baum los, den er als Halt benutzt hatte. Schreiend rutschte er abwärts. Ein zweiter Mann stürzte zu Boden und hielt sich den Kopf. Der dritte blieb in seinen Fußspuren stehen und schritt langsam, sehr vorsichtig rückwärts.

Der Mann, der den Hügel heruntergerutscht war, kam wieder in Sicht; er wandelte wie ein Blinder auf das Hotel zu. Blut bedeckte leuchtend rot sein Gesicht.

»Selene!« brüllte Foley. »Selene!« Er machte ein Dutzend lange Schritte und war jetzt so nah bei Charlie, daß er in normaler Lautstärke mit ihm reden konnte. »Was ist los mit ihm?«

»Manchmal werden sie davon angezogen«, sagte Charlie. »Wenigstens ist er nicht mordlüstern. Manchmal werden sie auch das.«

Foley sah sich mit fast wilden Blicken um. Jetzt konnte er Charlie sehen, der mit dem Rücken dem Hügel zugewandt dasaß. Charlie schwenkte seine Waffe, dann legte er sie sich auf die Knie. »Wer ist der Neue in der Runde?« fragte er und deutete mit einer Handbewegung auf Byron und den anderen Mann.

»Michael Newhouse«, antwortete der Mann und stellte sich neben Foley. »Physiker. Meiklejohn, wir haben hier die einzigartige Gelegenheit, dieses Phänomen zu untersuchen. Sie sind kein ungebildeter Mann. Sie müßten die Bedeutung dieser Angelegenheit doch eigentlich verstehen.« Zu kühl, zu selbstbewußt, fast wie ein Filmstar gutaussehend mit Ausnahme der dunklen Augen, die glitzerten und zu klein waren.

»Charlie«, sagte Byron beschwörend. »Machen Sie keine Scherereien. Wenn Loesser hier Feuer legt, werden wir uns eben zum nächsten Ort begeben, an dem es auftaucht. Sie wissen das. Wir können uns diese Gelegenheit nicht entgehen lassen. Das wissen Sie auch. Wir werden den Jeep hineinfahren lassen, und jetzt, da wir ungefähr wissen, wie groß der Wirkungskreis ist, dürfte es keine Schwierigkeit sein, den Motor nahe genug laufen zu lassen, um alles so lange zum Erliegen zu bringen, bis wir das Gelände geräumt haben. Wenn Loesser da drin ist, verlangen wir seine Herausgabe, Charlie! Er ist der einzige, der hineingehen und die Untersuchungen anstellen kann, von denen Newhouse erwartet, daß sie einige Fragen beantworten könnten. Denken Sie doch nur Charlie, wenn es sich um außerirdische Machenschaften handelt, was das für die Menschheit bedeuten würde!«

»Was ist das, Byron?« fragte Charlie freundlich, während er angestrengt auf den Klang eines weiteren Motors lauschte.

»Charlie! Wir bekommen das Werkzeug in die Hand, um den Ursprung des Phänomens aufzuspüren, uns mit den Fremden zu verständigen, mit ihnen Verbindung aufzunehmen. Das ist der Durchbruch, von dem jeder Wissenschaftler auf Erden träumt.«

»Und was ist, wenn das Etwas gar nicht untersucht und erforscht werden will?« fragte Charlie. »Wenn ein Verteidigungsmechanismus eingebaut ist, den Ihre Tests auslösen? Sie wissen, welchen Schaden es jetzt schon unter den Menschen anrichtet. Und wenn das alles nur Nebeneffekte *seiner* Tests sind?«

»Meiklejohn, glauben Sie mir, wir wissen sehr wohl,

welche Vorsichtsmaßnahmen wir zu treffen haben«, sagte Newhouse mit einem Klang von Verunsicherung in der Stimme. »Deshalb wollen wir auch die ganze Gegend räumen, um Unschuldige zu schützen. Wir arbeiten ständig mit gefährlicher Materie, und bis jetzt brauchen wir uns unserer Unfallzahlen bestimmt nicht zu schämen.«

Charlie lachte. »Und was ist, wenn der gute, alte John Loesser keine Lust hat, Ihr Laufbursche zu sein? Werden Sie Freiwillige suchen? Würden Sie sich als Freiwilliger melden, um dort hineinzugehen, Newhouse?«

»Loesser wird einverstanden sein«, sagte Foley. »Weißt du, welche Gefängnisstrafe wegen Brandstiftung auf ihn wartet?«

»Habt ihr Beweise?«

»Wir haben deine Aussage«, sagte Foley boshaft. »Erinnerst du dich?«

Charlie schüttelte den Kopf. »Ich glaube kaum, daß ich jemals einen schriftlichen Bericht abgeliefert habe. Das schien mir nicht viel Sinn zu haben. Ich erinnere mich an einige Mutmaßungen, an eher müßige Unterhaltungen, an sonst nichts.«

Foley wandte sich mit einem angewiderten Gesichtsausdruck ab. »Er wird mit uns arbeiten«, sagte er.

Sie alle hörten den Jeep und keiner rührte sich, während das Geräusch näher kam. Dann hob Charlie die Waffe. »Fred, wenn er so weit gekommen ist, gib ihm den Befehl anzuhalten, oder ich schieße auf den Fahrer und den Benzintank. Du weißt, daß ich dazu in der Lage bin, Fred.«

Fred Foley musterte ihn kalt. »Was hast du vor, Charlie? Was, zum Teufel, bildest du dir eigentlich ein?«

»Später. Jetzt gib ihm erst einmal ein Zeichen zum Anhalten, wenn er bis hierher gekommen ist.«

Foley schüttelte den Kopf. »Du Scheißkerl! Du weißt genau, daß ich das niemals tun werde.«

Charlie wußte es. Er kannte Fred Foley schon sehr

lange. Sussman wäre vielleicht darauf eingegangen, nicht jedoch Fred. Er seufzte müde und stand auf. Man hörte, wie die Waffe entsichert wurde. Was, um alles in der Welt, trieb Constance dort drin? Und Carson? Warum geschah nichts? Es war genügend Zeit vergangen, es sei denn, keiner von beiden hatte das verdammte Hotel überhaupt erreicht. Vielleicht war sie im Wald hingefallen und lag jetzt irgendwo bewußtlos? Vielleicht hatte sie sich ein Bein gebrochen? Vielleicht hatte sie sich geirrt, als sie sich für immun gehalten hatte? Zu spät. Zu spät, um es sich noch anders zu überlegen. Inzwischen war sie bestimmt dort drin, immun oder wahnsinnig.

Er hätte sie davon abgehalten, wenn er gekonnt hätte. Jetzt konnte er nichts anderes mehr tun als dafür zu sorgen, daß niemand einen Motor laufen ließ, nicht, bevor sie wieder aus dem gottverdammten Kreis heraus war. Wenn sie das Zuschnappen der Falle verursachten, während sie sich in diesem Eingang zur Hölle befand, dann würde er sie allesamt umbringen. Seine Hände waren feucht; er verlagerte die Waffe und wischte sich erst die eine ab, dann die andere. Wenn sie durch die schwarze Tür gegangen war, ins Nichts, an dem Ring gezogen hatte und dann der Jeep angefahren käme und die Tür zufiele, befände sie sich dort drin, wenn das Ganze hochging. Man konnte es nicht mehr aufhalten, wenn es einmal in Gang gesetzt war. Die drei Männer beobachteten ihn, wie er jetzt die Waffe mit ruhiger Hand hielt. Sie warteten auf den Jeep, lauschten auf seinen schwer stampfenden Motor, während er sich durch den Schnee arbeitete.

Dann spürte er das Etwas. Nicht jetzt, hätte er am liebsten aufgeschrien; er war sich der Anwesenheit Foleys und der anderen bewußt, doch noch stärker war er sich des Rufs aus dem Nichts bewußt. Er verstand beinah wörtlich, was es von ihm verlangte, hörte fast wirkliche Sprache, konnte beinah die Empfindung beschreiben, die ihn durchflutete. Er fühlte, wie sein Kopf sich drehte, trotz seines angestrengten Widerstandes, aus weiter Ferne hörte er Foley sprechen.

»Herr im Himmel! Was fehlt ihm?«

Er setzte sich in Bewegung, hob einen Fuß, dann den anderen; die Waffe war vergessen. Er taumelte vorwärts, die Anziehung, die er spürte, war stärker als je zuvor, er war ein Metallspan, der von einem Magnet angezogen wurde. Er stolperte in eine Schneeverwehung, fiel hin, und jemand stürzte sich auf ihn, versuchte, ihm einen Arm um die Kehle zu legen. Die plötzliche Kälte des Schnees in seinem Gesicht und der Angriff schwächten sein drängendes Verlangen ab; die Realität gewann wieder die Übermacht. Er vollführte eine seitliche Rolle in den Schnee, wodurch er Foley abwerfen konnte. Charlie ließ sich gegen die Schneewand sinken und hob die Waffe.

»Zurück!« fauchte er. »Zurück, verdammt!«

Foley wich zurück, fluchend und sich den Schnee abklopfend. Charlie schaute zu Byron und Newhouse hinüber. Keiner der beiden hatte sich bewegt. Byron sah ihn entsetzt an. »Er ist infiziert«, flüsterte er. Dann wandte er sich eifrig zu Newhouse um. »Er ist infiziert. Wir befinden uns hier nicht im Wirkungsbereich. Wenn seine Frau dort drin ist, und Loesser auch, dann haben sie bestimmt die Absicht, diesmal den Ursprung der Strahlung zu zerstören, nicht nur ein Feuer zu legen. Wir müssen sie davon abhalten.«

»Wie geht's Polly?« fragte Charlie und merkte jetzt erst, daß er die Waffe genau auf Byron gerichtet hielt; er hatte das Gefühl, daß er das richtige Ziel anpeilte.

»Ich weiß nicht. Sie ist für den Rest des Jahres arbeitsunfähig. Hören Sie zu, Charlie, sagen Sie nur, was die da drin vorhaben. Wenn Sie selbst einen Angriff überlebt haben und Loesser nach Lust und Laune ein und aus gehen kann, und vielleicht Constance auch, dann müssen Sie doch erkennen, daß es gar nicht so gefährlich ist, wie wir alle anfangs dachten. Wir werden es in den Griff bekommen.«

»Erzählen Sie das Polly«, entgegnete Charlie. »Und Mike und der bedauernswerten Mrs. Eglin in Orick, und den Leuten des Sheriffs von Old West. Erzählen Sie es diesem Ungeheuer, das durch den Wald irrt, und demjenigen, den man durch den Schnee kriechend gefunden hat ...« Er hielt inne. Der Jeep kam.

## KAPITEL EINUNDZWANZIG

Constance rannte quer durch den Raum, den sie betreten hatte, und huschte geduckt durch eine türlose Öffnung, hinter der sie innehielt und lauschte. Sie sah den unregelmäßig herausgebrochenen Eingang mit dem blassen Licht auf der anderen Seite, das gleich darauf durch die Gestalt des Jungen verdunkelt wurde. Seine Schritte klangen schwer und laut auf dem nackten Boden. Sie rührte sich nicht, während er seinen Körper von einer Seite zur anderen schwenkte, einen Satz hierhin und einen dorthin machte. Suchte er sie? Horchte er? Seine Bewegungen waren nicht menschlich; es war unmöglich, seine Absicht zu erraten, sofern er überhaupt eine Absicht verfolgte. Und wieder erzeugte er diesen markerschütternden Laut tief unten in der Kehle und torkelte weiter. Immer noch zog er den Schutzanzug hinter sich her.

In einiger Entfernung vom Eingangsbereich war das Innere des Hotels sehr dunkel. In dem Raum hinter ihr konnte sie nichts erkennen und in der Eingangshalle nur wenig; als der Junge sie durchquerte, hallte der Laut des Wahnsinns von den Wänden wider und der Widerhall erzeugte ein erneutes Echo, bis sein Ursprung nicht mehr festzustellen war. Er entschwand aus ihrem Blickfeld. Jetzt, dachte sie, war der richtige Moment, um ihm zu entkommen, hinauszurennen, ihre Skier zu nehmen … Der andere Junge hatte offenbar mehrfach den Versuch gemacht, zu entkommen, und jedesmal hatte dieser hier es gesehen, gehört, gewußt, hatte die Verfolgung aufgenommen. Sie biß sich auf die Unterlippe und lauschte auf seine sich entfernenden Schritte. Was würde passieren, wenn sich der Zugring an einem Nagel verhakte? Während sie horchte, wurde ihr klar, wie angreifbar sie wäre, wenn sie sich bewegte. Lautlos zog sie sich die Stiefel aus. Fast hätte sie sie fallen gelassen, als sie ein neues Geräusch hörte. Sie spähte um den Türpfosten und sah nichts. Es hörte sich an, als ob er gegen die Wand träte, sie mit Fußtritten zum Einstürzen bringen wollte, und seine kehligen Laute schwollen zu einem Kreischen an, verebbten, schwollen wieder an. Seine Stimme hatte nichts Menschliches, sie war voller Schmerz und Wut.

Sie schloß die Augen und holte tief Luft, und gleich noch einmal. Sie war sicher, daß sie zur Tür gelangen könnte, ohne daß er sie hörte. Der andere Junge mußte bei seinem Fluchtversuch wie ein Elefant durch die Eingangshalle getrampelt sein. Doch wie würde es weitergehen? Sie wußte, daß das keine Lösung wäre. Sie mußte die Öffnung zu dem fremden Mechanismus finden. Sie mußte dem Jungen den Schutzanzug mit der Bombe wegnehmen. Sie mußte am Leben bleiben; sie hatte durchaus eine Chance, nach dem Auslösen der Bombe davonzukommen.

Als sie die Augen nach einer oder zwei Sekunden wieder öffnete, hatten sie sich inzwischen einigermaßen an das Dämmerlicht gewöhnt, und sie erkannte, daß sie sich in einem großen, vollkommen leeren Raum befand, dessen Fenster mit Brettern vernagelt waren. Plünderer waren hier am Werk gewesen. Der Parkettfußboden war herausgerissen worden und der rohe Unterbau lag bloß. Offenbar war die Holztäfelung von den Wänden abgehoben worden, und nur das Lattengerippe mit klaffenden Lücken war geblieben. Bleistiftdünne Lichtlinien ließen die Außenwand und die Fenster erkennen. Sie blickte wieder zur Eingangshalle, wo der Junge sein Geheul ausstieß, und diesmal sah sie seine Gestalt, die versuchte, das Skelett der Treppe zu erklimmen. Die Plünderer hatten offenbar auch die Stufen abgeräumt. Vielleicht hatten sie aus edlem Hartholz bestanden, womöglich mit Schnitzereien, jedenfalls waren sie von

Wert gewesen. Und jetzt konnte diese besessene Kreatur nicht in den oberen Stock gelangen. Sie erschauderte. Es drängte ihn, nach Hause zu dem Etwas zu kommen, und es war ihm verwehrt; in seiner Verzweiflung und Wut stieß er dieses Geheul aus. Plötzlich wurde ihr klar, daß auch sie die Öffnung zum Nichts nicht erreichen konnte.

In dieser Sekunde kam ihr die Erkenntnis, daß es keinen Sinn hatte, noch länger hier zu bleiben, daß es vielmehr das einzig Vernünftige wäre, zum Eingang zu rennen, ihre Stiefel anzuziehen, ihre Skier zu nehmen und zu flüchten. Der Junge versuchte, an einem langen, schmalen Brett hochzuklettern, das beim Entfernen der Treppe senkrecht stehend zurückgeblieben war. Es gelang ihm, sich ein Stück weit hochzuziehen, doch dann rutschte er mit einem wilden Schrei wieder nach unten. Ihr war fast so, als ob sie Charlie in der stämmigen Gestalt erkannt hätte, und sie wußte, daß Charlie genau in dieselbe Situation kommen würde, wenn sie dem Etwas hier und jetzt kein Ende bereitete.

Eine Hintertreppe? Eine Lieferantentreppe? Bestimmt gab es eine Lieferantentreppe, und die war von einfacherer Bauart, nicht verlockend für Plünderer. Vorsichtig verließ sie ihr Versteck und schlich an der Wand entlang zu einer Stelle in der Nähe des Eingangs, wo sie ihre Stiefel zurückließ, damit sie sie auf dem Rückweg wieder mitnehmen könnte, wie sie sich einredete. Nun machte sie sich auf die Suche nach einer Hintertreppe. Die Taschenlampe hatte sie sich unter den Gürtel geschoben und holte sie jetzt heraus, wagte jedoch noch nicht, sie einzuschalten, sondern erst, als sie einen weiteren Raum durchquert hatte. Die Schreie des Jungen drangen jetzt aus einiger Entfernung an ihr Ohr. Noch ein Speisesaal? Noch eine Tür, noch ein Raum, kleiner, dunkler. Die Lichtsplitter, die durch die Bretter vor den Fenstern fielen, wurden blasser. Und überall waren Spinnweben, streiften sie, bedrängten sie, versuchten, in sie einzudringen. Sie stellte sich vor, wie sie in ihre Augen sickerten, in ihre Ohren drangen, ihre Nasenlöcher, ihren Mund. Von einem Schauder geschüttelt blieb sie stehen, zwang sich, tief Luft zu holen, dann ging sie weiter. Noch ein Raum. Plötzlich war die Stimme des Jungen ganz nah, und sie zuckte zusammen; sie befürchtete, er hätte ihre Bewegungen gehört. Dann wurde ihr klar, daß sie die untere Etage halb umrundet hatte, sofern sie in der Dunkelheit nicht einen Teil davon ausgelassen hatte. War einer der Räume die Küche gewesen? Sie war ziemlich sicher, daß sie bis jetzt noch keine Küche betreten hatte; sie hätte es an irgendwelchen Anzeichen erkannt, selbst wenn alles herausgerissen worden wäre. Einbauschränke, eine Vorratskammer, irgend etwas müßte davon noch vorhanden sein, und die Hintertreppe würde sich ganz in ihrer Nähe befinden.

Viele Türen waren entfernt worden, einige, die noch an ihrem alten Platz waren, ließen sich nicht öffnen. Die Dunkelheit wurde dichter, die Fenster kleiner, weniger Licht durchdrang die Düsternis. Büroräume? Sie riß einen Fuß hoch, als sich ein Holzsplitter in ihn hineinbohrte, und plötzlich fiel ihr auf, daß sie die Stimme des Jungen schon seit einigen Minuten nicht mehr gehört hatte. War er hingefallen, hatte er sich den Kopf angeschlagen? Hatte er endlich den Aufstieg geschafft? Ruhte er sich aus? Sie lauschte, dann schüttelte sie den Kopf und ging weiter in den nächsten Raum. Sie traute ihm nicht zu, sich lautlos zu bewegen; er war nicht fähig, die Folgen vorauszusehen, falls er Geräusche verursachte, sie auf sich aufmerksam machte. Doch vielleicht hatte er den Schein ihrer Lampe wahrgenommen, dachte sie, obwohl sie sie so sparsam wie nur möglich einsetzte und mit der gewölbten Hand abdeckte. Sie wischte sich die unsichtbaren Spinnweben aus dem Gesicht, lauschte, schlich durch einen Raum nach dem anderen, durch schmale Gänge, und endlich stellte sie fest, daß sie in die Küche gelangt war. Da waren Wandschränke — keine Spüle, keine Armaturen, kein Tisch, doch es gab Wandschränke mit offenstehenden Türen. Sie hastete durch den leeren Raum, durch die Türöffnung auf der gegenüberliegenden Seite und fand die Hintertreppe, in begehbarem Zustand. Der Junge war immer noch still, oder die Tücken der Architektur schluckten seine Stimme. Plötzlich wurde ihr ganz übel bei dem Gedanken, daß er mit dem Schutzanzug herumspielen, ihn auseinanderreißen und vielleicht noch so viel Verstand haben könnte, um sich nach dem Sinn des Rings zu fragen.

Ihre Hände zitterten so heftig, daß der Lichtstrahl ihrer Lampe auf den Stufen tanzte. »Schluß mit dem Quatsch!« keuchte sie atemlos und umfaßte die Lampe mit beiden Händen, bis sie ruhig blieb. Sie stieg die Treppe hinauf. Hier befanden sich die Schlafzimmer, ein zwei Meter fünfzig breiter Flur mit dicht nebeneinanderliegenden Türen zu beiden Seiten. Die Schwärze war vollkommen, das einzige Licht stammte von ihrer Taschenlampe. Irgendwo in der Nähe der Mitte, hatte Carson gesagt, dort war es immer. Sie fing mit der Tür zu ihrer Linken an, öffnete sie, leuchtete mit der Lampe die Wände ab, schloß sie wieder. Nichts als Spinnweben, sowohl wirkliche als auch unsichtbare, aufgeladene Spinnweben. Die nächste Tür. Und die nächste. Sie überquerte den Flur, um in den gegenüberliegenden Raum zu blicken, bevor sie weiterging.

Das Licht enthüllte bröckelnde Wände mit freiliegendem Mauerwerk und Lattengerüst und Fetzen von Tapeten. Sehr blasse Lichtsplitter fielen in jeden Raum, auf geschlossene Schranktüren und manchmal türlose Wandschränke. Sie öffnete eine weitere Tür und tastete die Wände mit ihrem Lichtstrahl ab; plötzlich hielt sie inne. Der Schein wurde von einer Schwärze geschluckt, die tiefer war als alles, was sie je gesehen hatte. Bis jetzt war das Licht auf Flächen gefallen, war von etwas reflektiert worden. Doch in diesem Fall hörte es einfach auf, wie abgeschnitten. Sie hielt die Luft an. Der Lichtstrahl schweifte zur Seite ab; sie richtete ihn wieder geradeaus und fuhr damit den Umrissen des schwarzen Nichts nach. Die Öffnung war zu groß für eine Schrank- oder Zimmertür. Es mußte die Verbindungstür zwischen zwei Räumen sein. Sie ging zurück in den Korridor. Sie hatte jede Tür wieder geschlossen, nachdem sie den Raum dahinter untersucht hatte, doch diese ließ sie auf. Sie versicherte sich, daß dies die einzige offene Tür in der Nähe der Treppe war, und ging wieder hinunter. Jetzt mußte sie dem wahnsinnigen Jungen den Schutzanzug wegnehmen.

Constance fand wieder in die Eingangshalle zurück. An den Geräuschen, die der Junge verursachte, erkannte sie, wo er sich befand, doch bis jetzt konnte sie ihn noch nicht sehen. Sie wußte nur, daß er noch in der Nähe der zerstörten Treppe war, gut verborgen in der Dunkelheit. Das Tageslicht, das durch die gesplitterte Tür hereinfiel, war fast verschwunden, war zu blaß, um den Jungen zu verraten. Hatte er den Anzug überhaupt noch bei sich? Wenn er ihn fallen gelassen hatte, könnte sie vielleicht nah genug zu ihm hinkriechen, um sich ihn zu schnappen und damit wegzurennen.

Sie machte einen Schritt in die Eingangshalle, trat in den Flur, der wieder in die Küche führte, und dann richtete sie den Lichtstrahl auf die Stelle, von der die Laute seines Atmens kamen. Als sie die Lampe anknipste, war er nicht dort. Sie ließ den Schein in alle Richtungen über den Boden schweifen, bis sie ihn schließlich fand, zusammengekauert wie ein Fötus, in tiefen, japsenden Atemzügen keuchend, den Anzug wie eine Decke vor die Brust gedrückt. Als das Licht auf ihn fiel, heulte er auf und sprang hoch, ohne den Anzug aus der Umklammerung zu lassen. Sie drehte sich um und rannte davon; er folgte ihr, und seine Stiefel polterten über den Holzboden. Sie wagte nicht, in einen der Räume an diesem Flur zu flüchten, denn viele davon hatten keinen zweiten Ausgang, und er war immer noch dicht hinter ihr. Außer dem Gestampfe seiner Stiefel und den kehligen, unartikulierten Lauten, die er ausstieß, glaubte sie, auch die Sauerstoffflasche poltern zu hören, und ihr Herz klopfte noch heftiger. Der Anzug war ohne Sauerstoffzufuhr nutzlos, und es war zu befürchten, daß die Flasche beschädigt wurde.

Sie erreichte die Küche und eilte hindurch, dann kauerte sie sich hinter der Tür auf der gegenüberliegenden Seite zusammen und wartete. Er kam eine oder zwei Sekunden später, polterte gegen eine Wand, rumpelte in einen Einbauschrank. Er war im blassen Licht kaum zu sehen, nur als großer, unförmiger Schatten. Verzweifelt ließ sie den Kopf sinken und versuchte, die Luft anzuhalten. Wenn sie nur nah genug an ihn herankäme, um ihn mit der Taschenlampe niederzuschlagen! Sie hatte den Gedanken noch nicht zu Ende geführt, da wußte sie bereits, daß es keinen Sinn hatte. Sie würde einen Vorschlaghammer brauchen, um ihn niederzustrecken! Als Waffe war die Taschenlampe nutzlos, doch plötzlich fiel ihr ein, wie Candy, ihre Katze, niemals der Versuchung widerstehen konnte, einen Lichtstrahl zu jagen, und sie richtete ihn auf die Wand gegenüber. Seine Silhouette bewegte sich darauf zu. Eine seiner Hände grapschte nach dem Strahl und krachte in den Wandschrank, auf den er gerichtet war. Sie ließ ihn weiterwandern; er folgte ihm und versuchte ständig erfolglos, ihn zu pakken. Sie schaltete die Lampe aus, und er heulte auf.

So lautlos sie konnte, tastete sie sich an der Wand entlang bis zum nächsten Einbauschrank. Sie legte die Lampe auf eins der Regalbretter, richtete sie auf die gegenüberliegende Wand und schaltete sie ein. Er rannte auf das Licht zu, wobei er den Schutzanzug immer noch hinter sich her zog und die Sauerstoffflasche bei jedem seiner Schritte über den Boden rumpelte. Als er an der vom Lichtstrahl erhellten Stelle stehenblieb, kroch sie langsam auf ihn zu. Er schlug mit der Faust immer wieder auf den Schrank ein, brüllend, schluchzend. Wenn er sich nicht bald weiterbewegte, das wußte sie, würde er das Interesse daran verlieren. Also kroch sie schnell weiter, bis sie nah genug bei ihm war, um mit ausgestrecktem Arm den Anzug berühren zu können. Sie wagte nicht, ihn von ihm wegzuziehen, doch sie fand die Sauerstoffflasche und fuhr mit der Hand darum herum und unter den Anzug bis zu dem Beutel, der an den Brustteil gegurtet war. Sie bewegte sich so vorsichtig, wie sie nur konnte, versuchte jedoch, sich zu beeilen. Jeden Moment mochte er mit einem Satz wegspringen, wieder in die Eingangshalle zurücktorkeln. Ihre tastenden Hände fanden den Beutel und suchten darin herum, bis sie das kalte Metall des Rings fanden. Sie zog daran.

Er spürte es und brüllte, trat nach allen Richtungen aus. Einer seiner Füße traf sie in der Hüfte. Sie unterdrückte einen Aufschrei und kroch mühsam davon. Ihr Bein war gefühllos geworden. Wenn er in diesem Moment nach ihr gegriffen hätte, hätte er sie erwischt, doch sein Gehirn gab ihm keinen entsprechenden Befehl, sein Denken war ausgeschaltet. Wenn er sie hörte, versuchte er, auf sie einzuschlagen. Wenn er sie sah, verfolgte er sie. Sobald sie für ihn weder zu hören noch zu sehen war, vergaß er sie. Er ging wieder zum Licht zurück, doch diesmal nur für einen Augenblick. Sie sah seine dunkle Gestalt, die sich entfernte, hörte seine Stiefel, sein Geheul. Sie durfte nicht zulassen, daß er wieder in die Eingangshalle ging und seine unsinnigen Angriffe auf die ehemalige Treppe erneut aufnahm. Sie zwang sich mit aller Mühe aufzustehen und humpelte zu dem Schrank, in dem die Taschenlampe lag, streckte die Hand danach aus und nahm sie heraus, schwenkte sie so, daß das Licht ein Muster aus Kreisen zeichnete, dann richtete sie den Strahl zu Boden. Er folgte ihm.

Sie wußte, daß er den Anzug nicht loslassen würde. Das entsprach seinem Verhaltensschema, das für eine bestimmte Form des Wahnsinns typisch war. Manchmal hielt ein Patient einen Gegenstand von morgens bis abends fest umklammert, bis sich im Schlaf sein Griff so weit lockerte, daß die Krankenschwester oder der Arzt ihn ihm wegnehmen konnte. Sie führte ihn von der Küche weg, indem sie den Lichtstrahl über den Boden, an der Wand entlang, durch die offene Tür wandern ließ. Sie führte ihn zur Treppe und wich selbst immer weiter davon zurück. Er bewegte sich jetzt schneller, widmete einige Zeit dem Versuch, das Licht zu fangen; seine tierischen Laute wurden noch durchdringender. Sie erkannte, daß er sie zermalmen würde, und schwenkte den Lichtstrahl herum, richtete ihn direkt in seine Augen. Er brüllte und kam weiter auf sie zu. Sie drehte sich um und rannte das letzte Dutzend Stufen hinauf, rannte zu der offenen Tür, wo er sie einholte und sie mit dem Handrücken seitlich gegen den Kopf schlug. Die Wucht seines Hiebs schleuderte sie quer durch den Raum, sie prallte gegen eine Wand. Einen Moment lang taumelte sie, dann glitt sie bewußtlos zu Boden.

Sie bewegte sich und stöhnte mit geschlossenen Augen. Sobald sie jeden Laut unterdrückte, herrschte wieder Stille. Als sie die Augen öffnete, erfaßte sie ein Schwindelgefühl. Die Lampe leuchtete immer noch in der Mitte des Raums und erhellte ein Loch, wo einst eine Bodendiele gewesen war. Erschöpft kroch sie zu ihr hin und hob sie auf. Immer noch auf Händen und Knien ließ sie den Kopf hängen und versuchte sich zu erinnern, was sie tun mußte. Mit einemmal war ihr Gedächtnis wieder wach, und sie warf den Kopf hoch. Das hatte einen so heftigen Schmerz zur Folge, daß ihr Tränen in die Augen traten. Er war verschwunden. Sie richtete den Lichtstrahl auf das schwarze Nichts, das immer noch da war. Wie lange schon? Sie hatte keine Ahnung, wie lange sie ohnmächtig gewesen war. Sie hielt sich mit einer Hand an der Wand fest und nahm all ihre Kraft zusammen, um aufzustehen und sich wegzubewegen, möglichst schnell, doch sie merkte, daß ihr eines Bein ihr nicht gehorchte, daß sie an einen Fleck gefesselt und schon gar nicht in der Lage war, eine Treppe zu überwinden und aus dem Hotel zu gelangen.

Der Jeep hielt fünf Meter vor Foley an. Zwei Männer stiegen aus, einer blieb am Steuer sitzen. Foleys Blick wanderte vom Jeep zu Charlie. Sein Gesichtsausdruck war hart und starr, seine Stimme schroff. »Es wird bald dunkel. Charlie. Wir gehen da rein, solang es noch hell ist.«

»Es wird Opfer geben«, sagte Charlie leise.

»Dann wird es eben Opfer geben«, sagte Newhouse ungerührt. »Schicken Sie sie rein!«

»So ist das also?« fragte Charlie Foley. Er musterte Newhouse mit größerem Interesse. Foley gab dem Mann am Steuer des Jeeps ein Zeichen, und Charlie hob die Waffe. »Es wäre besser, er würde erst mal aussteigen und die Lage prüfen, meinst du nicht? Vielleicht kommt er gar nicht um die Schneeverwehung herum?«

»Ich bin diese Verzögerungsmanöver jetzt leid«, schimpfte Newhouse, wandte Charlie den Rücken zu, ging zum Jeep und stieg ein. Der Fahrer legte den Gang ein. Foley wollte etwas sagen, doch Charlie spannte den Finger am Abzug. Und plötzlich kam alles zum Erliegen.

Es war, als ob ein Hurrikan über sie hereingebrochen wäre, nur ohne Wind, ohne Donner und Blitz. Einen Moment lang schien es keine Luft mehr zu geben, als ob sie durch ein riesenhaftes Vakuum aufgesaugt worden wäre. Dann waren die elektrisch geladenen Spinnweben rings um sie herum, drückten gegen jeden einzelnen von ihnen und saugten sie aus. Charlie fiel auf die Knie und hielt sich mit beiden Händen die Ohren zu, als ob sein Empfinden und Wahrnehmen nur aus Hören bestünde. Foley stürzte zuckend zu Boden. Byron taumelte ein paar Schritte und fiel dann mit dem Gesicht nach unten in den Schnee. Newhouse hielt sich den Kopf und schrie jämmerlich.

Carson Danvers und der Junge wurden durch eine Druckwelle zu Boden geworfen. Als sich Carson rührte, glaubte er, Gary schluchzen zu hören. Er kroch zu ihm hin und wiegte ihn in den Armen, wobei er immer wieder die gleichen sinnlosen Worte sprach und ihn schaukelte. Der Junge lehnte sich an seine Brust und schluchzte. Nicht Gary, einfach ein verletzter Junge, dachte Carson schließlich, doch er ließ ihn nicht los, bis sie beide in der Lage waren, aufzustehen und zusammen wegzugehen.

Als sich Charlie wieder bewegen konnte, bemühte sich auch Foley aufzustehen. »Los!« schrie Charlie heiser. Er wankte zum Jeep und zerrte den bewußtlosen Fahrer heraus. Auf der anderen Seite zog Foley Newhouse heraus. Charlie steuerte um die Schneewehe, wobei der Jeep gefährlich schleuderte, dann fuhr er zurück zu der schmalen Straße und durch den Schnee am Fuß des Hügels entlang zum Hotel. Keiner der beiden Männer sprach. Feuersglut erhellte den Himmel, Funken stoben durch die sich verdunkelnde Luft. Charlie fuhr zu schnell, der Jeep schleuderte und rutschte und drohte, ganz und gar im tiefen Schnee zu versinken und abzusterben, doch er hielt ihn am Laufen, bis sie die Wiese erreicht hatten; dort war der Schnee schließlich übermächtig für den geplagten Wagen. Er blieb stehen. Charlie stellte sich auf den Sitz und suchte die Gegend um das Hotel herum ab. Und er sah sie, ausgestreckt im Schnee. Er überließ Foley sich selbst und stapfte durch die hohen Schneeberge zu ihr.

Sie war bei Bewußtsein, aber ganz benommen. Er hob sie hoch und setzte sich mit dem zitternden Körper in den Armen hin. »Sieh dir bloß mal an, was du hier für ein Durcheinander angerichtet hast«, flüsterte er ihr ins Ohr. »Warm?« Die Hitze würde sie in Kürze vertreiben; den Schnee um sie herum brachte sie bereits zum Schmelzen.

»O Charlie«, weinte sie, »ein Junge war da drin. Ein armer, wahnsinniger Junge! Er hat die Bombe mit hineingenommen!«

»Sei ganz ruhig. Sei ganz ruhig, Liebes! Es ist vorbei. Es ist vorbei.«

Er hielt sie in den Armen und beobachtete das Feuer und wartete, daß jemand käme, um sie abzuholen. Hinterher würde man von einem Erdbeben sprechen oder einem Meteoriten oder einer Gasexplosion oder irgendeinem verdammten Mist. Sie waren sehr geschickt in solchen Dingen. Man würde die Verletzten einsammeln und die Toten und die Zerstörten, die vielleicht noch lange leben und nie wissen würden, daß sie zerstört wurden, und bald wäre alles vergessen. Doch wenn sie das Etwas nach San Francisco oder Berkeley oder sonstwohin, wo viele Menschen waren, gebracht hätten, wenn sie dort mit ihren Tests einen Abwehrmechanismus ausgelöst hätten? Er schüttelte den Kopf. Er hatte gewußt, daß es dafür ausgestattet war, sich im Bedarfsfall zu wehren; er hatte es gewußt.

Foley kam zu ihnen. »Nun«, sagte er mühsam. »Das war's, schätze ich. Laßt uns gehen.«

»Sie kann nicht laufen«, sagte Charlie. »Keine Schuhe.«

Constance jammerte. »Ich habe meine Stiefel eingebüßt und meine Skier, die mir mein Vater zum achtzehnten Geburtstag geschenkt hat! Der Junge war ungefähr achtzehn.« Sie lehnte den Kopf an seine Brust und weinte. Er hielt sie fest und beobachtete die züngelnden Flammen, die zuckenden Feuerblitze, die Funken, die wie Sprühregen niedergingen — es war einer der schönsten Anblicke auf Erden.

# EPILOG

Am Anfang betrachtete Wissenschaftsgehilfe Kri, Sohn des Kri, oft den glühenden Himmel mit den Sternenbahnen, die wie Bänder aussahen, und seine eigenen Lebenslichter pulsierten in Harmonie mit den sanft pulsierenden Lichtern dort oben. In solchen Nächten trieb ihn seine Scham zu erneuten Anstrengungen, um das Böse zu finden, das er freigesetzt hatte, das Häßliche, mit dem er die Schönheit verunstaltet hatte. Immer wenn er merkte, daß sich die Sonde wieder mal aus dem leeren Raum in ein Planetensystem auf den Weg gemacht hatte, hoffte er, daß sie diesmal zerstört werden würde.

Dreimal war ihm die Tilgung seiner Schuld und vollständige Amnestie angeboten worden; jedesmal hatte er abgelehnt. Aus seinem Labor war die Theorie hervorgegangen, durch die seinem Volk die Reise durch den geheimnisvollen Raum zwischen den Systemen in eine andere Galaxis mit zahllosen fremden Lebensformen möglich geworden war. Seine Lösung des vielgestaltigen Raum-Zeit-Problems hatte sich als richtig erwiesen, und daraus hatte sich seine Theorie der Subpartikel-Transmission zunächst langsam, dann mit immer mehr Überzeugungskraft entwickelt; das ermöglichte die unmittelbare Kommunikation zwischen zwei oder mehreren bestimmten Punkten und schließlich die Transmission von Materie.

Der Raum, so schrieb er, ist kein glattes Kontinuum, keine einfache Kurve oder Ebene, sondern setzt sich aus vielen Schichten zusammen, immer wieder neu gefaltet und übereinandergelagert durch Kräfte, die die Forscher früherer Zeiten nicht vorausgesehen hatten. Die Kapsel, die er suchte, war vielleicht durch eine unbekannte Zahl von Schichten gedrungen oder war aus dem Raum zwischen den Systemen ausgebrochen, um den Kurven unendlicher Schichten zu folgen, vor und zurück in der Zeit, so lautete seine Theorie, und er belegte sie mit so komplizierten Berechnungen, daß es in seinem Volk niemanden gab, der seine Beweisführung nachvollziehen konnte.

Jedesmal, wenn die Lichtfontäne mit ihrem abscheulichen schwarzen Herzen erschien und wieder verschwand, tickerte er die Daten in seinen Computer, und die Formeln möglicher Flugbahnen wurden ermittelt, um wieder durch neue Daten überholt zu werden, und neue Bahnen wurden angenommen; einige davon wurden nicht widerlegt. Von einer Zahl, die so groß war, daß sie keine Bedeutung haben konnte, waren jetzt weniger als hundert mögliche Bahnen, auf denen sich der Zylinder bewegen könnte, übriggeblieben. Indem er den Ausbruch der Sonde aus dem leeren Raum und ihren Eintritt in ein System aufzeichnete, schuf er gleichzeitig eine Aufzeichnung fremder Galaxien, von denen es mehr gab, als sich irgend jemand vorgestellt hatte, vorstellen konnte. Keine Rasse, keine Konföderation konnte sie alle erforschen; genausogut hätte man versuchen können, jedes einzelne Sandkorn an einem unendlichen Strand zu erforschen.

Seine Theorien wurden immer abstrakter und abwegiger; daß sie niemand mehr las, lag daran, daß man ihm gegenüber gleichgültig geworden war. Das Streben nach Wissen war das einzige, das den Einsatz von Intelligenz wert ist, sagte er sich von Zeit zu Zeit, und er konnte sich nicht erinnern, ob ihm selbst das eingefallen war oder ob er es irgendwo vor langer Zeit gehört hatte. Schließlich ließ sogar sein Streben nach Wissen nach, und es gab lange Zeitabschnitte, in denen er vollkommen unbeweglich war und nur ein blasses Flackern als einziges Anzeichen davon zeugte, daß er noch lebte. Er selbst war zum Gegenstand von Forschungen geworden, und seine Beobachter berichteten, daß er im Anschluß an die blassen Zwischenphasen fast weißglühend strahlte. Niemand wußte das zu deuten. Er hielt keine Vorträge und schrieb keine wissenschaftlichen Abhandlungen mehr. Seine Beobachter berichteten außerdem, daß er manchmal nach seinen blassen Phasen in fröhlichem Lachen aufstrahlte, und das bereitete ihnen Unbehagen. Die Meister hätten ihn zur Ruhe bringen können, doch das wagten sie nicht. Er war zur Legende geworden.

Als sie endete, waren nur zwei Beobachter bei ihm. Lange Zeit hatte die Sonde ihre Lichtfontäne mit der schwarzen, peitschenden Säule als Herz hervorgebracht, und Wissenschaftsgehilfe Kri, Sohn des Kri, hatte sie beobachtet. Er hatte ein bestimmtes Schema entwickelt; wenn die Sonde aus dem leeren Raum ausbrach, überwachte er sie und tickerte die Daten in den Computer. Anschließend verfiel er wieder in seine blasse Lethargie, wenn die Sonde wieder in den leeren Raum zurückkehrte. Doch diesmal war es anders.

Die Lichtfontäne mit der unruhigen schwarzen Mittelsäule, die der Wissenschaftsgehilfe Kri die dunkle Tür zum Bösen nannte, glühte einen Augenblick lang auf, dann flackerte sie und erlosch. Die Beobachter wandten sich an Kri, damit er ihnen eine Erklärung gäbe, doch er war ebenfalls nicht mehr da.

Er strahlte hell vor lauter Lachen. Schichten, dachte er, natürlich! Der Raum faltete sich nicht selbst in Schichten, jemand mußte ihn falten. Er hatte versucht, das seinen Meistern zu erklären, doch sie hatten es nicht begriffen. Er hatte es ihnen mit so einfachen Worten wie nur möglich erklärt: daß er nämlich in dem Moment, in dem der Zylinder zerstört wurde, in der Lage wäre, ihn zu lokalisieren. Und er hatte auf diesen Moment gewartet.

Er faltete den Raum und die Leere dazwischen und die Zeit und machte den erforderlichen Schritt, um den

Zylinder zu betreten. Wie wenig er sich verändert hatte, dachte er bewundernd, während er sich im Zentrum des ewig ansteigenden, ewig fallenden Lichtstromes in allen Spektralfarben befand. Wie schön er war! Sie hatten gute Arbeit geleistet, bessere, als sie selbst wußten. Hatten sie ihn so ausgestattet, daß er sich selbst wiederherstellen konnte? Er wußte es nicht. Doch offenbar besaß er diese Fähigkeit. Ein totes Geschöpf wurde vom Fotoscanner abgetastet. Natürlich ein sinnloses Unterfangen. Aha, dachte er, die Schwärze, die er als Tür bezeichnet hatte, verdiente diesen Namen. Ein weiterer Zweifüßler spazierte ohne Anmut durch die Dunkelheit und zerrte einen Gegenstand hinter sich her. Das Geschöpf lebte, hatte jedoch keinen Verstand. Er blickte an ihm vorbei und fand sich außerhalb des Zylinders, von wo aus er die Welt überblickte, von der er Proben gesammelt hatte. Ein hübscher Planet, mit Wolken, Meeren, offensichtlich mit intelligentem Leben besiedelt, da irgend etwas hier den Zylinder zerstört hatte, beziehungsweise ihn jeden Augenblick zerstören würde. Er wandte seine Aufmerksamkeit wieder dem Innern des Zylinders zu, und mit einemmal wurde ihm klar, daß das Geschöpf, das hereingekommen war, letztendlich das Werkzeug der Zerstörung sein würde. Es trug ein explosives Ding mit sich herum. Kri wußte, daß er Raum/Zeit erneut würde falten können, falls ihm der Sinn danach stünde; er könnte sich retten und hätte genügend Zeit, um alles zu erfahren, was es über diesen Planeten und dieses Geschöpf mit dem explosiven Ding zu erfahren gab, und er wußte, daß er keinen Grund hatte, das zu tun. Endlich war alles vorbei.

Als die Explosion stattfand, strahlte der Wissenschaftsgehilfe Kri, Sohn des Kri, heller noch als die Mini-Nova des Zylinders.